DEVL
UTIN

モンスター・パニック！

マックス・ブルックス

浜野アキオ［訳］　　文藝春秋

MAX B
RKS

ヘンリー・マイケル・ブルックスに
すべての恐れを克服せんことを

類人猿とはなんと醜悪な獣なのか、そしてなんと人間と似ていることか。

――マルクス・トゥッリウス・キケロ

装幀　石崎健太郎
ＤＴＰ制作　言語社

まえがき

マックス・ブルックス

ビッグフット、町を襲撃。レーニア山の噴火からまだ間もないころ、メールで送られてきた記事のタイトルがそれだった。どうせスパムの類だろう。わたしはそう思った。熱心にオンラインリサーチを進めるときには避けられない弊害のようなものだ。当時わたしは、レーニア山について、これで百本目になろうかという署名記事を書き上げようとしていたところで、本来なら予測可能で予防可能だった災厄のありとあらゆる側面に検討を加えていた。この国の人間なら誰でもそうだろうが、わたしが必要としていたのはファクトであって、センセーショナリズムではない。たしかな情報にもとづいて行動することの重要性こそは、これまで執筆してきた数々の署名記事でわたしが一貫して取り上げてきたテーマだった。レーニア山をめぐる人的な失敗——政治的、経済的、物資補給上《ロジスティカル》の失敗——は数々あったが、最終的にもっとも多くの人々を死へといたらしめたのはその心理的な側面だったのだから。誇張した情報の拡散によるヒステリーの亢進《こうしん》。そしていま、またもやそいつのおでました。まさにわたしのノートパソコンのスクリーンの上に。**ビッグフット、町を襲撃**。

気にするな。わたしは自分に言いきかせた。**いきなり世界が変わるはずもない。ひと息つき、削除し、次に進め**。

わたしは削除しかけた。だが、この一語がわたしを押しとどめた。

ビッグフット。

未確認動物学関連のさる無名サイトに投稿されたこの記事によれば、全米の関心はレーニア山噴火の猛威にばかり向けられているが、そこからわずか数キロ離れただけの〈グリーンループ〉なる孤立したハイエンドかつハイテクのエココミュニティも、規模こそ小さいが、むごたらしさという点ではけっしてひけをとらない惨事に見舞われたのだという。記事の筆者、フランク・マクレーが記しているところでは、噴火の結果、〈グリーンループ〉は救援の手の及ばぬ孤絶地帯と化したばかりか、類人猿に似た一群の飢えた生き物、やはり大災害からの逃げ場を求めてうろついていた生き物どもの攻撃にさらされることにもなった。

包囲攻撃についての詳細な記録は、〈グリーンループ〉の住人、ケイト・ホランド――フランク・マクレーの妹――の日記に記されていた。

「妹の遺体は見つかっていません」続いて送られてきたメールでマクレーは記していた。「ですが、あなたが日記を出版してくれれば、生きている妹の姿を目撃した誰かの目に触れるかもしれません」

どうしてわたしなのかと尋ねると、フランクはこう答えた。「レーニア山噴火をテーマにあなたが書きつづってきた一連の署名記事をフォローしていたので。何を取り上げるにせよ、あなたは執筆に際してあらかじめ徹底的に取材をしていました」どういうわけでわたしがビッグフットに関心をもっていると思ったのかと尋ねたところ、こんな答えが返ってきた。「あなたが『ファンゴリア』に書いていた記事を読んだから」

取材の仕方を心得ているのはわたしだけではなかったようだ。なんとフランクは、この伝説的ホラー雑誌に何十年も前に載った、わたしの〈ビッグフット映画・名作ベスト5〉を探しあてたらしい。わたしはその記事で、ビッグフット・ブームの最盛期に過ごした自らの少年時代を振りかえるとともに、読者にもこれらの古い映画を〈六歳の幼児の目で〉見るよう求めていた。〈画面上の恐怖に釘付けにされながらも、同時に窓の外でかさかさ音を立てる黒い木々を何度もちらちら探る、そんな目で見るように〉と。

記事を読んでマクレーは、わたしが幼年時代の妄念をいまだに捨てきれずにいると確信した。一方で、わたしが大人にふさわしい懐疑心に駆られ、彼の話を徹底的に調査するはずだと心得てもいた。実際、わたしはそうした。マクレーと再度コンタクトをとる前に、〈グリーンループ〉というコミュニティがたしかに存在し、マスコミを大いに賑わせていたことを突きとめた。コミュニティの創設に関する記事も、創設者であるトニー・デュラントに関する記事も大量に残っていた。トニーの妻のイヴェットは町の〈集会所《コモンハウス》〉でヨガと瞑想のオンラインレッスンを何講座か開いていた。ただし、それも噴火の日の直前まで。あの日、すべてが停止した。

もしこれが、レーニア山から流れ出た、あの煮えたぎる泥流の径路に位置する町なら、けっして異例の事態ではない。だが、連邦緊急事態管理庁《F E M A》の公式地図を一瞥すれば明らかなように、溶岩流が〈グリーンループ〉に達することはなかった。オーティングやピュアラップなどの被災地域でさえ、いったん途切れたデジタル足跡がいまふたたびつきはじめたというのに、〈グリーンループ〉は依然としてブラックホールのままだ。マスコミの報道もなければ、一般人の手になる記録もない。何ひとつ。グーグルアースは、地域の衛星画像をあれほど頻繁に更新しつづけているというのに、〈グリーンループ〉とその周辺地域については、噴火前の写真がいまだに貼りつけられたままだ。ここまでで充分異様だが、再度マクレーに連絡をつけるようわたしの背中を最終的に押したのは、また別の事実だった。災害後の〈グリーンループ〉に関する言及をわたしはまったく見つけることができなかった。例外はある地元警察の報告書だけ。その報告書によると、正式な捜査がいまなお〈継続中〉なのだという。

「何を知ってるんです?」何日か連絡が途絶えたあとでわたしはマクレーに尋ねた。マクレーは、シニアレンジャー隊員ジョゼフィーン・シェルのフォトアルバムへのリンクを、エアドロップを通じて共有してくれた。今回の企画の一環として、わたしはその後、シェルにインタビューする機会を得た。シェルは最初の捜索救助隊を率いて、もはや〈グリーンループ〉の名残すらとどめていない、黒焦げの廃墟に足を踏み入れた。散乱する死骸と残骸の只中からシェルが発見したのがケイト・ホランド(旧姓マクレー)の日記だった。彼女は、原本が別の場所に移送される前に、すべてのページを写真に収めていたのである。

読みはじめた当初は、どうせ捏造だろうという疑いが消えなかった。わたしぐらいの年代の人間なら、悪名高い『ヒトラー日記』をいまだに記憶している。けれども、ケイトの日記を最後まで読み通した頃には、わたしはそこで語られている話を信じないわけにはいかなかった。いまでもわたしは日記が本物だと信じている。おそらくは文章の率直さゆえだ。ケイトはサスクワッチについてまるっきり無知であり、しかもこちらがいらいらしてくるくらいにリアルな筆致で記しているのだから。いや、もしかすると、幼児期のわたし、恐怖におびえた小さな男の子の汚名をそそぎたいという不合理な欲求がわたしのどこかにはあって、それで日記が本物だと思いこもうとしているだけなのかもしれない。いずれにせよ、わたしはケイトの話を公刊することにした。いくつかのニュース記事や事件の背景に関するインタビューを加えたのは、あまりサスクワッチ伝説にくわしくない読者に向けて、ある程度の予備知識を提供したかったからだ。取材を重ねている最中は、いったいどこまで手を広げたらいいのか決めかね、大いに悩んだ。この分野には文字どおり何十人もの学者、何百人もの追跡者《ハンター》がいて、数千に及ぶ遭遇の記録が残されている。煩をいとわず、そのひとつひとつに付き合おうとするならば、何十年とは言わないまでも何年かの歳月を要するだろうが、本書の性格を考えるなら、そんな悠長なことは言っていられない。そうしたわけで、インタビューする相手は事件に直接関係している二人に限定し、参照する文献もスティーヴ・モーガンの『サスクワッチ大全』一冊だけとした。熱烈なビッグフット・マニアの間で、モーガンの『大全』は、もっとも包括的かつ最新のサスクワッチ・ガイドブックであり、歴史的逸話や近年の目撃証言、さらにはドクター・ジェフ・メルドラム、イアン・レドモンド、ロバート・モーガン（著者のモーガンとは無関係）、そして故グローヴァー・クランツといった専門家による科学的分析を結びつけた決定版と認められている。

　読者のなかには、〈グリーンループ〉の正確な位置に関する詳細な情報をなぜ伏せたのか、疑問に思う向きもいるだろう。なぜそうしたかといえば、旅行者や略奪者が足を踏み入れ、捜査中の犯行現場を荒らしてしまうような事態を避けたかったからだ。現場の位置情報の削除、綴りや文法上の必要最小限の訂正を除けば、ケイト・ホランドの日記にはいっさい手を加えていない。ただひとつ心残りなのは、ケイトの精神療法士（日記の執筆を彼女に勧めた女性）にインタビューできなかったことだ。守秘義務を課されているから、というのが理由だった。とはいえ、精神療法士の沈黙は、ひとつの希望の存在を暗示している。少なくともわたしはそう感じた。つまり、患者の生存を信じていないなら、その人物のプライバシーに配慮する必要などあるだろうか？

この文章を執筆している時点で、ケイトが行方不明になってから十三カ月が経過している。現在の状況が続けば、本の出版後、何年もケイトは行方不明のままかもしれない。

あなたがこれから読む物語の真実性を証明するような物証を、いまのところわたしはひとつももちあわせていない。もしかしたらわたしはフランク・マクレーにかつがれているのかもしれないし、わたしとフランクの二人ともジョゼフィーン・シェルにかつがれているのかもしれない。わたしとしては、読者であるあなたがたご自身で確かめていただきたい。以下のページで語られる物語を読み進めるうち、それが相当に真実らしく思えてはこないだろうか。そしてわたし自身がそうであったように、はるか昔、幼少期のベッドの下に葬ったはずの恐怖が甦ってくるのを感じないだろうか。

モンスター・パニック！

関係人物表

ケイト・ホランド……………グリーンループの住人　手記の筆者
ダン・ホランド………………同右　ケイトの夫
トニー・デュラント…………同右　グリーンループの創設者
イヴェット・デュラント……同右　トニーの妻
モスター………………………同右　ヨーロッパ生まれの彫刻家
カーメン・パーキンズ………同右　児童心理学者
エフィー・フォースター……同右　カーメンのパートナー
パロミノ………………………同右　カーメンとエフィーの養女
ヴィンセント・ブース………同右　ヴィーガン
ボビー・ブース………………同右　ヴィンセントの妻
アレックス・ラインハート…同右　哲学者
フランク・マクレー・ジュニア……ケイト・ホランドの兄
ジョゼフィーン・シェル……シニア・レンジャー隊員
わたし…………………………マックス・ブルックス　本書をまとめた作家

第一章

現代人の犯した罪を目に入れず、記憶からも消し去ろうとするならば、森に入れ。

——ジャン＝ジャック・ルソー

日記#1　九月二十二日

到着！　二日間、車で移動を続け、メドフォードで一泊し、ようやく着いた。完璧。ほんとに家が円環状に並んでいる。オーケー、わかってるって。けど、立ち止まるのも、編集するのも、消して後戻りするのもダメと言ったのはあなたでしょ。紙とペンを勧めたのだってそういう理由からだったはず。バックスペースキーなし。〈ひたすら書きつづけるべし〉。オーケー。知らんけど。とにかく着いたのよ。

フランクも来れたらよかったのに。今夜、電話するのが待ちきれない。フランクは、広州で例の会議があり、身動きがとれなくてどうのこうのとまた弁解し、わたしはわたしで、そんなの全然かまわないとまた応じる。フランクはこれまでだって充分、力になってくれてた！　フランクは住居の準備をしてくれたし、フェイスタイムで家とか外とかの紹介動画を送ってもくれた。動画だとよさが伝わらないと言ってたけど、ほんとそう。とくにハイキング道。今日、はじめて散歩したとき、フランクもいっしょならよかったのにと思った。すごく素敵で、夢でも見てるみたいだった。

ダンは出かけようとしなかった。意外でもなんでもない。家に残って荷物の整理を手伝うから、とダン。〈手伝う〉というのはダンの口癖みたいなもの。脚をちゃんと伸ばしたい、そうする必要があるの、とわたしは言った。車に二日いたんだもの！　人生最悪のドライブ！「ニュースをずっと聞きつづけるべきじゃなかった。「ニュースに接するのはほどほどに、事実を知るのはいいけどとらわれすぎないように」とあなたは言ってた。そのとおり。やめておけばよかった。またもやベネズエラ、派兵の増大。難民たち。またもやカリブ海で船の転覆。あんなにたくさんの船が。ハリケーンのシーズン。ラジオなのがせめてもの救いだった。車を運転してなかったら、スマホでその場面を見てたはず。

わかってる、わかってる。

せめて海沿いの道にしておくべきだった。ダンと結婚間もないころ、そうしたように。もっと強く主張すべきだった。でも、州間高速自動車道五号線のほうが目的地まで早く行けるというのがダンの考えだった。

大失敗。

あのおぞましい工業型農業の何もかもが。ぎゅうぎゅう詰めにされて熱い日差しを浴びている哀れな雌牛たちも。悪臭。わたしがにおいに敏感なのは知ってるでしょ。ここに着くまでずっと、服や髪、鼻孔の奥までにおいがこびりついているような気がしてならなかった。散歩し、新鮮な空気を感じ、首の筋肉をほぐす必要があった。

ダンはほったらかすことにした。家の裏に出て、標識のあるハイキング道を上った。傾斜は緩やかで、百メートル進むごとに木レンガの広い段々を上がるという具合だったから、上るのに全然苦労しない。道は隣人の家のすぐ隣を通っていて、彼女の姿が目に入った。年寄りの女性。失礼、ご年配というべきね。髪の色は明らかにグレー。おそらくは短くしている。キッチンの窓越しだったんでわからなかった。シンクの前にいて何かしている。顔を上げ、わたしを見た。微笑み、手を振った。わたしからも微笑み、手を振った。でも足は止めなかった。これって不作法？　荷物の整理といっしょで、みんなに挨拶する機会だってそのうちあるでしょと思っただけ。オーケー、やっぱりそんなふうには思わなかったかも。ほんとはちっとも思わなかった。ただ先に行きたかっただけ。ちょっとだけ罪悪感はあったけど、いつまでも引きずってたわけじゃない。

わたしが目にしたものは……。

そうそう、憶えてる？　どうしてあんなことを思いついたの？　〈この土地の様子をざっとスケッチでもしてみたら、自分を取り巻く環境を整理し、秩序を与えずにはいられないという、わたし特有の欲求のはけ口として役立つかもしれない〉って。たしかにいい考えだと思うし、もしそこそこ出来がよかったら、スキャンして送るかも。でも、どんな絵を描こうと、いいえ、写真だとしても、あのはじめてのハイキングで目にしたものを表現するのは不可能ね。

色彩。ＬＡでは何もかもが灰色か茶色。灰色の靄《もや》がかかったようなあの明るい空を見ていると目が痛くなる。枯草だらけの茶色い山地にいるとくしゃみが出て、頭が痛くなる。こっちはほんとに緑。東部みたいに。ちがうな。もっといい。色味がすごく豊富。フランクによると、こっちは日照り続きだったとかで、そういえば高速道路に沿ってわずかにブロンドの草を見たような気がしたけど、でも、降りてからは虹のような緑が広がっていた。輝く金色から暗い青まで。灌木、木々。

木々。

ＬＡのテメスカル渓谷ではじめてハイキングしたときのことを憶えてる。背が低くて灰色のねじれたオークの木々。先の尖った小さな葉、ほっそりした弾丸状のどんぐり。敵意むきだしという感じに見えた。いくらなんでも言いすぎと思うかもしれないけど、実際そんな気がしたのよ。あの熱くて硬くて埃《ほこり》っぽくて生気のない土のなかで生きていかなくちゃならない運命に対して怒ってるというか。

こっちの木々は幸せ。うん、本当にそう見えた。豊かで柔らかくて雨に洗われた土地で育ってるんだもの、幸せに決まってる。ほんの何本かだけど、淡い色の樹皮がまだら模様になっていて、黄金色の葉がぱらぱらと落ちている木がある。背が高く、力強いマツの木々に混じっている。下が銀色になった針みたいな葉のマツもあれば、もっと平べったく柔らかで、通りすぎるときにさっと撫でるような葉のマツもある。どこか安心感をもたらす、天を支える柱。ＬＡのどんな植物よりも高い。あの街の、痩せこけ、しなるように揺れ、見上げると首が痛くなるヤシよりも。

右耳の真下からはじまって腋《わき》の下までつづくしこりのことを、いったい何度話し合ったっけ？　なのにすっかり消えてしまった。どんなに首を伸ばしてみたって、痛みはない。薬なんか全然飲んでいない。そうするつもりではいた。戻ったら飲むつもりで、キッチンのカウンターにアリーヴを置いてきたし。でも必要ない。すべてが調子いい。首も腕も。いい感じに力が抜けてる。

　十分ほどその場に突っ立ったまま、葉群越しに太陽の輝きを見つめた。明るい、靄がかかったような光線に気づいて。きらめき。手を伸ばし、そのひとつ、硬貨大の小さな温もりの円盤をとらえようとした。全身の緊張を抜き去りながら。自分自身をアースにして。

　強迫神経症《OCD》人格についてあなたはどう言ってたっけ？「現代の生活になじめず苦労してる」だっけ？　ここはちがう、もうそうじゃない。一瞬ごとにそれを感じる。目を閉じて。深呼吸で浄化。かぐわしく、湿り気を帯びた、涼しい空気。生気にあふれて。ナチュラル。

　LAとは大違い。あそこは芝生やヤシ、人間たちを移植してつくった街だ。人間はどこかの誰かから盗んだ水で生きている。本来は砂漠だった場所。だらだら広がる虚栄の庭なんかじゃなくて。誰もがあんなにも惨めなのはおそらくそのせいだ。みんな知っているのだ。自分が紛い物のなかで生きていることを。

　わたしはちがう。いまはもう。

　わたしはこう思ったのを憶えている。**いまが最高**。でも、そうじゃなかった。目を開くと、ほんの数歩隔てたところに少しだけエメラルド色を帯びた大きな灌木が見えた。さっきは見落としていた。ベリーの灌木！　ブラックベリーかとは思ったんだけど、一応、ネットにつないで確かめてみた（ちなみにＷｉ－Ｆｉの受信状況は最高、家からずいぶん離れてたのに！）やっぱりそうだった！　めちゃラッキー！　フランクの話だと、今年の夏は日照り続きだったから、ワイルドベリーの収穫はさっぱりだったんだとか。でも灌木があった。ここ、すぐ目の前に。わたしを待って。覚えてる？　あなたが言ったこと。心をオープンにしてさまざまな機会を受け入れなさい。兆しを探し求めて。

　ほんの少し酸っぱかったけど、そんなのどうでもいい。かえって美味しさが増したくらい。その味が口のなかで広がった途端、コロンビア[*1]にあった自宅の裏で茂っていたブルーベリーの灌木の前に連れ戻された。ブルーベリーが熟す八月まで待てず、まだ七月だと言うのに、紫になりかけたビーズをこっそり摘みとっていたっけ。記憶が一気に甦った。夏になるとパパは決まって『サリーのこけももつみ』を読んでくれた。サリーがクマと出会うところでわたしはいつもぷっと噴きだした。思い出に浸ってたら鼻がちくちくし、目がうるうるしてきた。いまにも泣きだしそうになっているわたしを救ってくれたのは一羽の小鳥だった。

実際には二羽の。ディズニーっぽい日差しがごく狭い一画をくっきり照らしていて、一対のハチドリがこの背の高い、紫色をした野生の花の周辺を飛びまわっていた。一羽が花にとまり、もう一羽がそのすぐ隣でブンブン羽音をたてていたんだけど、そこでとっても素敵なことが起こった。二羽目のハチドリが最初のハチドリにちょんちょんキスしはじめた。赤茶けたオレンジ色の羽毛とピンクがかった赤色の喉を前後にせっせと動かしながら。

オーケー、もうこんな比較はうんざりよね？　ごめん。でも、あのオウムたちのこと、思いうかべずにはいられない。憶えてる？　話題にしたよね？　あれって野生の群れなのかな？とか、彼らのギャーギャーという鳴き声を聞くとやたらいらいらするのはどうしてか？みたいな話をしてセッションまるまる一回分を費やしたの、憶えてる？　あなたがなんとか話に脈絡をつけようとしてるのに、こっちはそんなの意に介さず、しゃべりちらかしてるだけだったとしたらごめん。

あの可哀そうな生き物たち。ひどくおびえ、怒っているような鳴き声だった。それも当然。残酷な人間の手で、生存に適さない環境へ放たれたというのに、それ以外の感じ方なんてある？　その子どもたちは？　執拗にまとわりつく不快さの記憶が刻まれた遺伝子を受け継ぎ、孵化する。細胞のひとつひとつが、けっして見いだしえない環境を渇望する。彼らはあの場所に属していない！　すべてがそう！　何かについてまちがっていると判断するには、正解と突き合わせる必要がある。背の高い健やかな木々があって愛のキスを交わす幸せな小鳥たちがいるこの場所と。ここにあるすべてのものはここに属している。

わたしはここに属している。

アメリカン・パブリック・メディアのラジオ番組、『マーケットプレイス』より
ホスト役のカイ・リズダルによる〈グリーンループ〉の設立者、
トニー・デュラントへのインタビューの書き起こし

リズダル　でも、誰か、とりわけ都市生活、もっと言うと郊外生活にさえ馴染んでいる誰かがですよ、どうしてまたあれだけ人里離れた原野のなかにひきこもろうという気になるんです？

トニー　ひきこもってるもんか。平日の間ずっと、わたしは世界中の人々に向けて語りかけてるし、週末になると妻とわたしはたいていシアトルにいる。

リズダル　ですが、シアトルに出るにはどうしたって車で移動する時間が——

トニー　人々が日々車のなかで無駄にしてる、いったいどれだけになるかわかりゃしない時間と比べるなら、まるで問題にもならない。自宅と仕事場を車で往復するのにどれだけの時間を費やしてるか考えてくれ。しかも、都会にいるときというのは、自分を取り巻く都市のことなど気にも留めないか、でなければよりはっきりと都市に対して不満を爆発させているかのどちらかだ。人里離れた場所で暮らしてはじめて都市生活のありがたみがわかろうというものだよ。他人からの押し付けではなく自ら進んで、苦役ではなく楽しみとして、そうするのだから。〈グリーンループ〉の革命的ライフスタイルは都市生活と田舎暮らしそれぞれのいいとこ取りなんだ。

リズダル　その〈革命的ライフスタイル〉とやらについて話してください。以前、〈グリーンループ〉はレヴィットタウンの現代版だと形容していましたが。

トニー　そう。レヴィットタウンは、その後大成功を収めるトレンドの基本型《プロトタイプ》となった。第二次世界大戦後、出征していた若いGI連中がどっと帰国した。新婚ほやほやのGIは新しい家族をつくりたいと願い、新居を手に入れたいと強く望んではいたものの、それだけの資力には恵まれていなかった。一方で、製造面では一大革命が起こりつつあった。生産の効率化、物流システムの改善、パーツのプレハブ化……すべては戦争に由来していたのだが、そこに平時ならではのすさまじい潜在力《ポテンシャル》が加わった。レヴィットと息子たちはその潜在力を認識した最初の人々であり、彼らはそれを活用してアメリカ初の〈計画的共同体〉をつくりあげた。建造に要する期間がきわめて短く、そのうえ低価格だったから、レヴィットタウンは現代の郊外の原形となった。

リズダル　その原形が、すでに役割を終えたとあなたは述べていた。

トニー　わたしが言ったんじゃない。国民全員が認めてるんであってね。それも一九六〇年代に。現在の生活水準をこのまま維持すれば、わたしたちは全滅だ。もしも食物を口にできなくなったら、呼吸できなくなったら、海位が上昇して、地上で生活さえできなくなるとしたら、進歩などなんの意味があるのか。持続可能な解決策が必要なのは半世紀も前からわかっていた。だがそれは何か？　時計の針を戻すのか？　洞穴生活でもするか？　初期の環境保護論者はそれを望んでいたというか、少なくともそういう印象を与えた。『不都合な真実』の象徴的シーンを憶えてるか？　アル・ゴアが天秤を示すんだ。一方には金の延べ棒、もう一方には〈母なる地球〉が載っている。なんという二択か。

　浮世離れした理想のために個人的、具体的な安逸を放棄するよう人々に命じることはできない。共産主義が失敗したのもそれでだ。原始的、ヒッピー的、〈大地へ帰れ〉的コミューンが失敗したのも。短期的な改革運動ならば無私の受難も心地よく感じられもしようが、生き方の問題となるとそんな理想は持続不可能《アンサステナブル》だ。

リズダル　あなたが〈グリーンループ〉を発明するまでは。

トニー　これまた否定になるが、わたしは何も発明していないよ。過去の失敗というレンズを通して、その問題を検討しただけで。

リズダル　先行する試みに対し、あなたはひじょうに批判的だった……。

トニー　批判的という表現はあたらない。先人たちがいなければわたしはここにいない。だが、マスダール・シティ[2]や東灘《トンタン》[3]とかの、政府から資金を助成されて建造された大規模エコシティを見たまえ。あまりに巨大すぎる。金がかかりすぎる。ポスト〈強制削減〉[4]時代のアメリカにとっては明らかに野心的すぎる。ベッドゼッド[5]やジーベン・リンデン[6]のような、もっと小規模なユーロ型モデルはお話にもならない。過酷なまでに厳格な生活の上にかろうじて成り立っているだけなんだから。フロリダ州のダニーデン・プロジェクト[7]は好きだね。快適で管理しやすいが、そこに〈驚き《ワオ》〉はないし、そしてこれこそ……。

リズダル　念のために言っておくと、トニーは手振りでわれわれの周囲の家々と土地を示しています。

トニー　これこそその〈驚き《ワオ》〉を具現した眺めと思わないか？

リズダル　あれって本当ですか？　シグナス社の社員旅行を乗っ取ったっていう噂ですが。ここまで社員を歩かせ、そこではじめてプロジェクトをプレゼンしたとか。

トニー　（笑）なら面白いんだが。商談のためだってことは彼らも知っていたよ。連邦政府が民間に向け、競売にかけようとしてた地所がらみだってことも。といっても、具体的な提案内容を明かしたのは、この場所……いまわたしたちが立っているここ……に立ってからではあるんだが。

リズダル　あとは自然が語ってくれた。

トニー　わたしも語ったがね（二人で笑う）。まじめな話、〈オーケストラを鳴らす〉[8]なるスティーブ・ジョブズの台詞を借りるなら、わたしのオーケストラはこの土地だ。ここにきて、そいつに取り囲まれ、本能的なレベルでつながりをもてば、その絆こそが唯一、地球を救う手立てなのだとわかる。隔絶しすぎているがゆえに自然界を破壊してしまうこと。それこそがずっと問題だったのだ。

シグナス社の友人たちには、この間もなく私有化される土地に訪れる二つの結末を思い描いてみるよう促した。中国の材木会社による全面的な伐採か、それとも……それとも……新グリーン革命の理念を体現する極小エココミュニティが残す必要最低限の足跡か。六軒、そうわずか六軒の家屋が中心の集会所を取り囲み、上から見下ろすとカメのような形になっている。ちなみに、世界は巨大なカメによって支えられていると一部のネイティブ・アメリカンは信じていた。

わたしはとくとくと説明したよ、トリンギット族風の家屋は文字どおり森から生え出てきたように見えるだろうとね。

リズダル　いまここから見えるように。

トニー　そのとおり。だが外観からじゃわからないこともある。たとえば、家は百パーセント、リサイクル材で建てられている。木材、金属。断熱材はリサイクルされたブルージーンズだ。床の竹だけはまっさらだ。地球にとって竹はほんとうに重要なものでね。付近のいたるところで竹が生育しているのもそんな理由からだ。竹はもっとも汎用的で再生可能な建築材のひとつだが、それだけじゃない。二酸化炭素の削減にも寄与する。家にはいわゆる〈受動的な要素〉もある。床から天井へといたる、リビングの巨大な窓とか。カーテンを上げ下げすることで家全体を温かくも涼しくもできる。

まあ受動的な要素はそれなりだ。だが、能動的なグリーンテクノロジーのほうは文句なしに素晴らしい。屋根が青紫の色合いを帯びているのはわかるか？　あれはソーラーパネルだ。昔ながらの壁紙というか、裏を剝がしてペタンと貼りつけるタイプ。〈トリプルジャンクション〉だから、曇りの日でも光子を完全に取りこめる。変換された電流《アンペア》は、シグナス社が特許をもっているバッテリーに蓄電される。バッテリーはそれとわからないよう壁に組みこまれ、しかも競合会社の類似品に比べて十三・五パーセントも効率がいい。

リズダル　ざまあみろ、イーロン・マスク、ですか。

トニー いやいや、イーロンは大好きだよ、いいやつだ。ただ、イーロンにもやり残しはある。

リズダル 太陽光発電の売買事業とか？

トニー それ、それだよ。だって、太陽光で必要以上のエネルギーをつくったら、送電網に売り戻せるようにすべきじゃないか。いくつかの州でやってる一部払い戻しとは全然、別物だ。売って現金を手に入れる。ドイツなんて二十年も前からそうしてるんだし。別にテクノロジーの話でもない。ビジネス、それもおいしいビジネスだ。ケツを温めてても自然に金が入ってくるっていう。

リズダル そのなんとかを温めてもですが……。

トニー ちょうどその話をしようとしていたところだ。家は太陽光を取り入れるだけじゃない。メタンガスも集める。メタンガスのもとはいうと、いいか、実は自分のうんちなんだよ。これも新味はない。発展途上国では何年も前からバイオガスが用いられていた。アメリカのいくつかの都市でも、ごみ埋め立て地で発生する沈殿物を活用している。〈グリーンループ〉はその得難い経験のすべてを受けつぎ、それをアメリカ郊外の水準にまで押し上げた。それぞれの家は、水で流したものを破砕するバイオガス発生器の上に建造される。といっても装置は目に見えず、においもせず、それについて考える必要さえもない。すべてはシグナス社の〈スマートホーム〉システムによって調整される。

リズダル そのシステムについて少し話してもらえます？

トニー これも新味はない。現在でも多くの家がスマートホーム化しつつある。〈グリーンループ〉はその先駆けにすぎない。セントラル・ホーム・プログラムは音声かリモコンで作動し、たえずエネルギー効率に目を光らせる。つねに思考し、つねに計算し、ほんのわずかなエネルギーも無駄にしないよう、つねに働きかける。すべての部屋が熱センサーや人感センサーの双方で走査される。効率を最大に設定すると、誰もいないスペースの光と熱は自動で停止する。住人はこれまでとまったく変わらない暮らしをすればいい。安楽さや時間をこれっぽっちも犠牲にせずにすむ。

リズダル この手の動向をさかのぼれば、ある政治的意志に行きつく。ワシントン州が太陽光エネルギー政策の転換に踏みきったのも要するにそういうことだった。

トニー　州はここの建設に要する費用の半分を負担し、主要幹線道路に通じる私道を建造し、さらには何キロにもわたって光ファイバーケーブルを敷設した。

リズダル　グリーン・ジョブですね。

トニー　そう、グリーン・ジョブ。環境保護の仕事を提供し、雇用を増大させる。誰が複雑な電子機器をつねに作動させているのか？　誰がソーラーパネルを掃除するのか？　誰がバイオガス発生器内に溜まった使用済みの廃物を除去し、生ゴミや再生資源や食べ残しとともに運びだし、それからコンポストに変えた有機廃棄物を運び入れ、果樹の周辺にまくのか？

〈グリーンループ〉の市民ひとりにつき、他のアメリカ人が従事するサービス業務が二種類から四種類ずつ発生する。全員、集会所で充電される電気ヴァンに乗ってここにやってくる。そしてだよ、ここまでわたしはまだサービス業について述べたにすぎない。実際に太陽光パネルやバイオガス発生器、壁のバッテリーを組みたてる仕事はどうだ？　製造業。アメリカ製。グリーン革命、グリーンニューディール、いまの言い方だとグリーン・グリーン社会。〈グリーンループ〉は今後の可能性のありようを指し示している。かつてレヴィットタウンがそうだったように。

リズダル　ですが、レヴィットタウンでは人種隔離政策が行われていました。

トニー　そう、そこは無視すべきじゃない。むしろこれこそいちばん言いたかったことでね。レヴィットタウンは排他的だが、〈グリーンループ〉は融和的。レヴィットタウンは人々を分断しようとした。〈グリーンループ〉は人間を自然界に統合しようとする。レヴィットタウンは人間を自然界から分断しようとした。〈グリーンループ〉は人間を自然界にふたたび取りこもうとする。

リズダル　でも、世間の大多数の人々には、こんなコミュニティでやっていけるだけの経済的な余裕はありませんよ。

トニー　それはそうだが、一部を生活に取り入れるぐらいの余裕ならあるはずだ。レヴィットタウンでもっともな重要な点はそこだ。レヴィットタウンは、家屋だけでなく、家のなかにあるありとあらゆる設備についても、世間に向けて広く知らしめる役割を果たした。自動皿洗い機、洗濯機、テレビ。ライフスタイル全体。わたしたちが緑の技術《グリーンテック》に関してやろうとしているのはそれだ。太陽光発電とスマートホーム自体はすでに目下の流行となっている。だが、これら地球を救うアイデアのすべてを文字どおりひとつの屋根の下にまとめたうえ、〈グリーンループ〉と同じようなコミュニティを国中に相当数、建造し、その結果、これらのアイデアが一般大衆の間に浸透したら、いよいよわたしたちのグリーン革命が実現できる。もはや犠牲はなく、罪悪感はない。利益と地球との間の軋轢《あつれき》もない。アメリカ人はすべてを手に入れることができる。すべてを手に入れること以上にアメリカ的なものなんてあるか?

第二章

幸福とはよい資産、よい料理人、よい消化。

——ジャン＝ジャック・ルソー

日記#2　九月二十三日

昨日の夜、〈食べ物持ち寄り歓迎パーティー〉に招待され、集会所に出向いた。

そういえば、この建物について何ひとつ説明してなかった。ごめん。計画的につくられた共同体の住民共有スペースとしては普通というか、ただ、太平洋岸北西部の伝統的な先住民の共同長屋《ロングハウス》に似せて部屋全体がレイアウトされていた。昨日の夜、〈ロングハウス〉についてネットで調べてみた。出てきた画像を見ると、集会所と造りはほぼほぼ同じみたい。集会所は多用途スペースが広くとられ、一方の側にトイレと小型キッチンがあり、もう一方の側に丸石でできた、心地のいい暖炉が据えられていた。暖炉の炎が赤々燃えさかると、マツの香りのキャンドルや夕暮れの自然光と相まって美しい輝きが広がった。集会所は東西に長く、両開きの大きな正面扉を開け放つだけで、沈みゆく太陽の荘厳な眺めを目にすることができた。ここがあんなに温かいなんてびっくり。LAの夜にくらべたって全然寒くない。

なんて野趣あふれる環境！　そして食べ物！　黒くてバターっぽい枝豆のサラダ。スーパーフードのキヌアには直火焼きした野菜を添えて。近くの川で獲れたサーモン。最初に食べたのはすばらしいスープ料理で、ブース夫妻がつくった日本式の野菜そば。夫妻はうちの二軒左に住んでいる。グルメの完全菜食主義者《ヴィーガン》。文字どおり自分たちでつくった。混ぜて調理しただけじゃない。そばは一からこしらえた。その日、配送されたばかりの材料でね。LAに越してから、わたしもそばは何度も食べた。あの日本料理の名店〈ノブ〉でだって食べた。ダンとかつてのパートナーたちは、会社設立のお祝いをあそこでやりたがったのよ。でも、昨日食べたそばのおいしさときたら、比べものにならない。

「決め手は腕前だよ」ヴィンセントによると、そういうこと。わたしは彼が好きだ。奥さんのボビーも。二人は六十代、夫婦ともに小柄で朗らか、典型的な気のいい夫婦というところ。

彼らは、わたしたちみたいにヴィーガンじゃない人間がいても色眼鏡で見たりしない。こう言うと、わたしのほうが色眼鏡で見てるみたい？　でも何を言いたいかわかるでしょ？　LAのヴェニスにいるヴィーガンたち、とくになりたての連中ときたら。ダンの革靴とかわたしのシルクのブラウスを見るときのあの目付き。魚を入れた水槽とか、彼らに言わせれば牢獄だし。冗談でもなんでもなくって、誰かの家のパーティーに行ったら、鯉の池を見てマジギレするやつがいた。「おまえたちがだよ、ちっぽけな空気の泡に入れられて、巨大な海の底に閉じこめられたらどういう気持ちになるか考えてみろ！」だって。ブース夫妻はそんなんじゃない。とても感じがよかった。しかもダンは、二人がくれた引っ越し祝いの贈り物をすごく気に入っていた。

こんな感じのもの。アルファベットのTを逆さまにしたようなかたちをしていて、がっちり握れる金属製の器具。Tの棒の部分が指の間から突き出る格好で、そこはスプーンを細長くシャープにして先端も尖らせたような形状をしている。ボビーによるとココナッツオープナーだとのことで、とくに〈孔《ボア》〉を貫通させるときに使うんだとか。内皮で覆われた小さい黒いくぼみのことを〈孔《ボア》〉と呼ぶんだって。全然知らなかったけど。ココナッツウォーターが天然の水分補給剤としてはいちばんなんだってことも。ヴィンセントによると、ココナッツウォーターは人間の血球内の液体とほとんどいっしょで、「だからといって自家製の点滴液が必要だってわけじゃないけど」とボビーは軽口を叩いていたけど、ココナッツウォーターがハイキングをするうえでいかに有益か説明するときの口調は真剣そのものだった。夏になると夫妻は毎朝、ハイキングに出かけ、ココナッツを大量に消費するのだとか。

「それに、誰かの目玉だってつぶせるかも」ボビーがダンを見つめながら付け加えた。ダンはオープナーを手にし、宙をブスブス突いていた。見た目十二歳の子どもみたいだったし、口から出てくる言葉もやっぱりそんな感じだった。「うわ、マジやばいですね。チョー感謝です！」

あのときわたしはきまり悪げな顔をすべきだったんでしょうね。でもブース夫妻は、親ばかの両親よろしく、にこやかにダンを見ているだけだった。

ほんとの親たちもその場にいた。パーキンズ＝フォースター家のこと。ほんの二、三カ月前にここにきたばかりで、わたしたちの次に新しい住人だった。

カーメン・パーキンズは……彼女がバイキン恐怖症なのかどうかはわからない。会ったばかりだし。でも、あの消毒液。握手したらすぐ手を消毒し、娘さんにも同じようにさせ、周囲の人々にも勧めた。とってても感じのいいひとではある。ダンとわたしがきてくれたおかげでとうとう〈円環が完結した〉、めでたいめでたい、と何度も言っていた。彼女は児童心理学者で、デジタル時代のホームスクーリングをテーマにした本を彼女の妻のエフィーとともに書いていた。カーメンはエフィーのことをずっとユーフィーミアと呼んでいた（エフィーはユーフィーミアの愛称）。

エフィーも児童心理学者みたい。とにかくカーメンはそう紹介した。「でも、有資格者じゃないし――」とエフィーが言いかけたものの、カーメンは彼女の腕に手をかけ、話をさえぎった。「エフィーは学位取得のために努力してるし、いまだってわたしよりずっと頭がいい」その言葉を耳にし、エフィーはわずかに顔を赤らめた。

エフィーのほんとうの身長がカーメンより低いのかどうかははっきりしない。でも、姿勢のせいでカーメンより小柄に見える。縮こまった両肩。静かな声。滅多に目を合わせようとしない。わたしたちの質問にひとつ答えるのに先立って、二度、カーメンのほうをちらりと見た。許可を求めてる？　答えてからもやはり二度。こっちは承認を？

エフィーはまた、彼女たちの娘、パロミノの面倒をみるのに時間と関心の多くを割いていた。パロミノというのは養子縁組の手続きをとっているときにつけた〈仮置《プレース・》き《ホルダー》〉なんだとカーメンは言う。それがどことなく弁解じみていた。その感じは、エフィーがこう付け加えるとさらに強まった。「プレース・ホルダーというのは、要するにとりあえずの名前であって、今後、パロミノ自身がもっといいと思える名前を見つけたら、そちらに変更してもいい」バングラデシュの孤児院で出会ったとき、パロミノはボロボロになったウマの絵本をつかんでいたとカーメンは教えてくれた。わたしはパロミノにウマのことを訊き、ダンはここでの生活は楽しいかと訊いてみた。どちらの問いにも答えはなかった。

『ナショナルジオグラフィック』誌に掲載された有名な写真、緑色の目をしたアフガニスタン人少女の写真を知ってる？　パロミノの目は茶色だけど、何かに取り憑《つ》かれたような表情は同じ。一瞬、その目でわたしたちをじっと見つめて何も言わずにいて、それからまたいつもいじっている小さな手製の〈豆袋《ビーンバッグ》〉に関心を移した。エフィーはパロミノをハグし、こう詫びた。「この子、ちょっと内気だから」

カーメンはそれをさえぎって言った。「そもそも、話し相手になってわたしたちを楽しませるとか、パロミノにそんな義務なんてないし」さらに続けて、パロミノの所持品は例の本と、ビニール袋に入った一塊のパンだけだったと話した。出会ったときのパロミノは、次にいつ食べ物を口にできるか、当人にもまったくわからないというありさまだった。エフィーはかぶりを振り、また少女をハグし、こう言った。パロミノはひどい栄養失調におちいっていて、全種類のビタミンが欠乏し、口に炎症ができ、くる病にもかかってた。エフィーはパロミノの同胞が経験した苦難について語りはじめた。少数民族ロヒンギャ（あとでネット検索しないと）がミャンマー政府にいかに翻弄されたか（ロヒンギャ難民の多くはバングラデシュに逃れた）。カーメンはひとにらみでエフィーを黙らせ、こう告げた。「この子のそんな記憶をあえて呼びさます必要はない。大事なことはいまパロミノが安全だということ。健康で愛されてるということ」

その話が呼び水となり、南アジアの多くの少数民族が置かれた悲惨な状況について、アレックス・ラインハートが論評した。ドクター・ラインハートって名前、聞いたことある？　風貌は『ゲーム・オブ・スローンズ』の作者みたい。さすがにマリン・キャップはかぶってないけど。そのかわりというか、ベレー帽をかぶってて、しかもそうするだけの資格もあると思う。学校で何度か名前を聞いたし、アマゾンで本の広告を見たこともある。飛行機に乗ったとき隣の席のひとがTEDトークを見ていて、エンディングが目に入ったんだけど、あれがラインハートの講演してた回だったんじゃないかな。

大物学者とでも言ったらいいのか。ラインハートの著作、『ルソーの子どもたち』は〈時代を画する〉ものだったみたい。トニー・デュラントもそう言ってた。ラインハートはそれを聞き、気恥ずかしげに軽く肩をすくめながらも、この本のどういう点が彼を学会の寵児《ちょうじ》に押し上げたのか、くわしく説明してくれた。

ちゃんと理解できてればいいんだけど。ラインハートが説明してくれたことをまとめてみようか。ジャン＝ジャック・ルソー――あの夜のダンみたいにヘンリー・デヴィッド・ソローと混同したりしないでね――は十八世紀のフランスの哲学者。初期の人間は本質的に善良だとルソーは信じてた。でも、人類が都市化し、自然から自分たちを疎外するとともに、人間の自然的本質からも疎外された。ラインハートの言葉を借りるなら、〈現代の諸悪を歴史的にさかのぼると、文明の堕落へと行きつく〉。『ルソーの子どもたち』のなかでラインハートは、アフリカのカラハリ砂漠に住む狩猟採集民族、クン・サン人の研究を通じ、ルソーの正しさを証明した。「進歩した社会なるものにはびこる問題は」とラインハート。「彼らには無縁だ。犯罪も依存症も戦争もない。彼らはルソー説の正当性を体現している」

「ルソーの理想とは異なる点もあるみたいだけど。男性支配社会における貞淑な性奴隷としての役割を女性が強いられてないところとか」カーメンだった。口調は丁寧だったし、顔には笑みを浮かべていたが、ぎょろりと動かした目には皮肉がたっぷりとこめられていた。エフィーはそれを聞いてクスクス笑い、ラインハートはお代わりしたキヌアに手を伸ばしながらも、相手をやりこめるためのきつい一発を密かに準備してるっぽかった。

「ルソーだって人の子だ」とトニー。「それでも、無数の分野の人々に何世代にもわたって影響を与えつづけてきた。イタリアの教育学者でフェミニストでもあった女性、マリア・モンテッソーリも含めてね」その言葉のおかげで張りつめた空気が和らいだ。その言葉と、あの信じられないような笑顔で。トニーの目。視線を向けられると、ぞくぞくして前腕に鳥肌が立った。

「ここにいるアレックスこそが」トニーがグラスをラインハートのグラスにカチンと打ちつけた。「〈グリーンループ〉の発想の源といえる。『ルソーの子どもたち』を読んだおかげで、持続可能な住宅建設のヴィジョンを言葉で言い表せるようになった。母なる自然のなかにいると、わたしたちは嘘偽りから解放され、本来的なありようを思いだすことができる」そのとき妻のイヴェットがトニーの腕にするりと手をかけ、品のよい小さな吐息をついた。

デュラント夫妻。

なんて素敵なひと……いや、ひとたち！

彼らの美しさは際限がない。怖いくらい！　イヴェット――外見からしていかにもイヴェットって感じ――は天使のよう。年齢不詳。三十代？　五十代？　背が高くてスレンダー、ファッション雑誌、『ハーパーズバザー』から抜けだしたみたい。ハニーブロンドの髪、すべすべの肌、きらきらと輝くハシバミ色の目。事前にネットで調べておこうとか思わなきゃよかった。よけい近づきがたくなっちゃった。一時期だけど、イヴェットはほんとにモデルをしていた。『カーゴ』と『ラッキー』というちょっと前の雑誌で。納得。アルーバやアマルフィの海岸で撮影された超絶に美しいイヴェットの写真ときたら。スタイル抜群でビキニがあそこまで似合うひとはいないし、あれだけ美しく見えていた、あるいは見える女性で、なおかつあんなに感じのいいひともいない。

そもそもわたしたちをディナーに招待してくれたのはイヴェットだった。あのときわたしはハイキングから戻ってきたばかりで汗まみれだったし、ダンはカウチで寝てるし、そこいら中、がらくたの入った箱だらけでげんなりしていた。そのとき玄関ベルが鳴って、出てみると魅力的で輝くばかりの妖精《ニンフ》がいた。「うーむ、えーと」とわたしが内心の混乱を如実に伝える音声を発していると、イヴェットは大げさな身振りで歓迎のハグをし（彼女はそのために腰をかがめなければならなかった）、あなたたちが〈グリーンループ〉を選んでくれてとってもうれしいと言った。

イギリス上流階級風の軽い訛りが天才っぽい感じを出してるだけじゃなく、彼女、実際、心身症セラピーの博士号まで取ろうとしてるんだって。ドクター・アンドルー・ワイルが何者かは知らないけど（またひとつ調べなくちゃいけないことができた）、イヴェットは彼の愛弟子だそうで、毎日やってる統合ヘルスヨガ講座に招待してくれた。もちろん、講座はオンラインでも大人気で、一日あたりの視聴回数だってものすごい。

きらびやかで才気煥発、気前もいい。わたしたちに引っ越し祝いのプレゼントをくれた。〈ハッピーライト〉っていう、太陽のスペクトラムを正確に再現し、季節的な感情障害を消し去る器具。イヴェットにはそんなの必要ない。うつとは無縁だし、全身の完璧な日焼け色ならそんな器具なしでも維持できる。

トニーはこう軽口を叩いた。わたしには必要ないがね。イヴェットというハッピーライトがあるんだから。

トニー。

オーケー。本音を言わないと。でしょ？　あなたはそう言った。わたしたち二人以外、誰もこれを読まない。おたがいの間には障壁なし。嘘もなし。その瞬間にわたしが思うこと、感じていることがすべて。

トニー。

もちろん間違いなく年上。五十代かも。といっても、渋く年とった映画スター的な五十代というか。ダンが昔のコミック――ＧＩジョー？――について話してくれたときがあった。悪人が歴史に登場したあらゆる独裁者のＤＮＡを集め、完璧な悪の超人を創造する。トニーはそれとは真逆なやり方で創造されたというか。素材は、ジョージ・クルーニーの皮膚とブラッド・ピットの唇だけ。オーケー、ショーン・コネリーの生え際もそこに加えたほうがいいのかもしれない。わたしは全然気にしないけど。そもそもダンの、髪の毛を後ろでひっつめてお団子みたいにまとめる例のヘアスタイルだってなんとか我慢してるくらいだし。それからトニーの腕。兄のフランクが部屋にポスターを貼ってた、あのロックシンガーみたいだった。ヘンリー・ロリンズだっけ？　あそこまで太くてごついわけじゃないけど、ムキムキで墨も入れてた。ダンと握手しようと手を伸ばしたとき、タトゥーの下で筋肉が波打つのが見えた。まるでタトゥーとして刻みこまれたトライバルラインやアジアの文字が生きて動いてるみたいだった。トニーのすべてに活力がみなぎってた。

オーケー。正直に。わたしはダンを連想した。以前のダン。エネルギーにあふれ、仕事に没頭してた。どこにいて、相手が誰だろうと、その場にいる人間をたちまち魅了した。わたしたち卒業生に向けてしたスピーチ、「われわれは社会に出る備えなど必要としない。社会こそわれわれを迎え入れる備えをするがいい！」あれって八年前？　そんな昔？

〈使用後のダン〉の隣にすわり、〈使用前のダンが思い描いていた未来の自分〉そのままの人物とテーブルをはさんで向き合いながらも、比較しないようにした。

ダン。

いまこれを書きながら、ディナーの最中、ダンにほとんど注意を払わずにいたことをすまなく思う。地面が揺れたとき、反射的にさえ、ダンに手を伸ばそうともしなかったことも。

ほんの小さな揺れにすぎなかった。ガラスがガタガタし、椅子がガクガクした。

去年一年間、断続的に揺れが続いてたみたい。この微小な揺れの震源はレーニア山なんだって。心配は無用。火山ってそういうものだし。ヴェニスビーチに引っ越してからの最初のひと月を思いだした。あのときはベッドが揺れた。震えたんじゃない。荒れた洋上の船のように横揺れした。サンアンドレアス断層のことは聞いたことがあるけど、LAの下で交差し合っている小断層線について知りつくしていたわけじゃない。はじめて地震を経験した東部人の多くがあんなに慌てふためくのも無理はない。ダンがシリコンバレーならぬ〈シリコンビーチ〉にあれほどご執心でなければ、わたしはとっくに逃げだしていただろう。でもあそこにとどまっていてよかった。数回続く軽い揺れといわゆる大地震とはまるっきり別物だと知っていてよかった。〈グリーンループ〉で感じたあの微動は、トラックが通り過ぎたときの振動よりも小さいくらいで、否認と恐怖症の違いについてあなたが話してたことを思いだした。

否認とは、危険を非理性的に無視すること。

恐怖症とは、危険を非理性的に恐怖すること。

ありがたいことにあのときわたしは理性を保っていた。そもそも、そこにいるひとたちは誰一人として気にもしてないようだった。イヴェットは同情するような笑みを浮かべ、こう言った。「カリフォルニアの大地震を手放し、その代わりがこれだなんて、不当にも程がある」

わたしたちはみんなで笑っていた。すると、新たな振動が起こった。といっても、今度は人間が引きおこした振動だったの！

モスターのお出まし。

前に窓越しに見かけた老婦人。ミズでもミセスでもモスター・なんたらでもない。ただのモスター。彼女は遅れてやってきて、作業場でうっかり長居してしまい、トゥルンバを冷ますのにも余計な時間がかかってしまったからと言い訳した。トゥルンバというのが、モスターがもってきたデザートの名前。トゥルンバ。ぶつ切りにしたチュロスにテカテカするシロップをかけたようなもので、大皿に盛られていた。ほかにもデザートはあった。デュラント夫妻はサーモンといっしょにもってきた。自分たちの木からもぎとったばかりのリンゴのスライスにハチミツを垂らし、グルテンフリーの手作りアイスクリームと地元のベリーが添えてあった。〈ヘイロー〉とかの、夜になるとつい手が出ちゃう系のヘルシーアイスクリームと比べてどうなのか気になってしかたがなかった。すごくおいしいから気をつけてとみんな口々に注意してくるんだもの。モスターって絶対、空気を読んでない。それともはなから無視してるとか？　ほかにもデザートはあるというのに、ダンはまったくおかまいなしでトゥルンバにかぶりついていた。何個食べたっけ。五個？六個？　一個食べるたびにクチャクチャ音をたて、うなり声を漏らした。下品でいやになる。

わたしは礼を失しないよう一個だけとった。揚げパンのにおいがした。一個でカロリーがどれくらいになるのか考えたくもなかった。そこにいるひとのほぼ全員が手をつけようとしなかったのは、おそらくそのせいだろう。ブース夫妻が動物性のバターはどうのこうのと言った。パーキンズ＝フォースター夫妻はパロミノのグルテンアレルギーについて話した。あんなものをもってくるなんて、モスターはちょっと配慮が足りない。食べられないものについて、モスターはすでに承知してたはずなのに。ラインハートがひとつしか口にしなかったのにも何か理由があるはず。あの体格なのに一個なんて、って感じだから。ごめん。外見でいじったりして。でも、まじめな話、あれ以外はぺろりと平らげていたし、ダンといっしょにこれもむさぼり食べるだろうと思っていた。でも、端っこをそっとかじっただけだった。礼儀正しく冷ややかに。部屋の温度まで一気に下がったみたい。

「食べて」モスターがテーブルの端の位置にどかっと腰を下ろした。「さあさあ、骨に肉をつけてちょうだい」典型的な昔ながらの乳母みたいに。外国訛りにいたるまで。あれ、どこのだろう。ロシア訛り？　イスラエル訛り？　巻き舌のRがたくさん。

モスターはすごく小さかった。ミセス・ブースよりも小さいくらい。ミセス・ブースだってわたしの額ぐらいまでしかないんだけど。せいぜい百五十二センチ、あるいはそれ以下とか？　樽みたいな体形。小さい樽に誰かが服を着せたみたいだった。オリーブ色の肌はしわが寄っていた。とくに目のまわり。しわが寄って黒っぽい。アライグマ風。一年寝ていないかのよう。こんなことを言うのって意地悪？　そんなつもりはないんだけど。見たとおりに言っただけ。でも彼女の目はかわいい。明るい青が黒い円の縁取りでさらに際立っている。髪は灰色でも白でもなく銀色で、後ろでお団子にまとめている。

モスターの全エネルギーは他の人とは大違い。その部屋にいるほとんどの人間のバイブスがゆるやかに波打つ線とするなら、モスターのは激しく、強くぶちあたって跳ね返る系。あ〜、こんなスピリチュアルな言い方をするなんて、わたし南カリフォルニアに長くいすぎちゃったかも。

でも、モスターのすべてがとにかく強烈だった。体を動かすときであれ、何か話すときであれ。モスターはわたしを凝視し、わたしが彼女のデザートをちょっとずつ食べるのをじっくり見守っていた。他の誰もがわたしを見ていた。変な感じっていうか、わたしがトゥルンバに対してどう反応するかがものすごく深い意味をもってるみたい。深読みしすぎなのはわかっている。本能を信じなさいとあなたは言うけど、あのときは居心地悪いなんてものじゃなくて、食欲ゼロというありさまだった。

トニーはそれを感じとったのだろう。ありがとう、トニー。さっと救援に入り、モスターをちゃんと紹介してくれた。「わたしたちは実に恵まれている」とトニー。「住人のなかに世界的に有名なアーティストがいるんだから」長年にわたり、モスターはガラスを素材とする彫刻の制作に取り組んできた。シアトルの〈チフーリ・ガーデン・アンド・ガラス〉で開催中だった彼女の展覧会に出かけたのがきっかけで、トニーはモスターと知り合った。イヴェットが付け加えたところによれば、あれは彼女が〈クリスタル・ヨガ〉セッションの指導のため会場に向かっていたときだったらしい。彼らは偶然、展覧会に気づき、なかに入ったのだとか。トニーは寸分の切れ目もなく話を引きつぎ、こう締めくくった。「で、わたしは提案した。力を合わせ、〈壮大なコラボ作品〉を実現してみないかとね」モスターの生まれ故郷の町の完全再現模型。それがどこかはわからないけど、すべてが3Dプリンタで再現される。

カールスルーエ工科大学[*1]のはるか先を行く3Dガラスのテクノロジーを完成させることは、シグナス社の悲願だった。そんな話をされても退屈なだけだとわたしは思った。大学時代、ダンが一時期その勉強をしてたおかげで、わたしも3Dプリンタについて人並み以上の知識があったから。でも、モスターのプロジェクトがどういうわけで〈あらゆるひとにとってのゲームチェンジャー的勝利〉たりうるのか、その所以《ゆえん》をトニーが熱狂的に語りだしたので、つい聞き入ってしまった。シグナス社は自らの画期的な成果を誇示し、モスターは家賃なしで天国に暮らし、世界中の人々は再生された歴史の一片を目のあたりにするっていう。

「それはわたしの新著のテーマでもある」ラインハートが割りこんだ。「一九九〇年代における資源争い」

資源争い？

その問題がいまの話にどう絡むのかわからなかった。どうしてモスターの故郷が〈再生〉される必要があるのかも。この会食の場で立ち入った事情を聞くのが適切かどうかもわかりかねた。パロミノの封印された記憶を呼びさましたくはなかった。どうすべきか決めあぐねていると、モスターが、ラインハートに向かってダメダメと言うように手を振り、わたしの逡巡《しゅんじゅん》にケリをつけた。

「あのね、この若くて素敵なひとたちはそんな話に興味なんかないの」

それからわたしのほうに顔を向けて尋ねた。「どういうわけでここにきたの？」

そう聞かれて少し不安になり、あごの筋肉が少しこわばった。わたしの話で彼女の関心を全然別の方向に向けさせてみようか。そしたらダンについて余計なことを訊かれずにすむかも。で、わたしは仕事の話をしてみた。そでも、そんなの退屈なだけ。自分を卑下してるとか、そんなんじゃない。仕事は好きだし、自分が優秀なのもわかってる。けど、センチュリーシティーの資産管理会社に勤務する公認会計士がどんなものか聞きたいひとなんている？　そこで、そもそものこの場所との縁に、より重点を置いて話した。みんなフランクと知り合いだったし、彼を好いてもいた。ミスター・ブース（以前、フランクと仕事をしていたときもあった）によると、彼こそが、フランクとゲイリーに誘いかけ、二人がこちらへ引っ越すきっかけをつくった当人なのだという。ここがまだ建造中だった頃に。ボビーが悲しげにかぶりを振り、こう言った。「二人がうまくいかなくて残念ね」するとイヴェットが陽気に付け加えた。「でも、彼らが流行の〈意識高い系カップルの前向きな解消〉をしてくれた結果、あなたがここにきてくれた」

雰囲気はまたぱっと明るくなった。ただしモスターがぶちこわしにするまで。といっても彼女を責めるわけにはいかない。それなしですませるなんてどうせ無理だし。モスターは事情を知らなかった。みんながそう。ただの世間話というか、相手をもっと知るためにはそれが必要ってだけ。ありがちな質問にすぎない。「で、あなたは何してるひと？」

モスターがダンに顔を向けてそう言ったとき、胃がきゅっと締めつけられるのを感じた。スローモーションで転がりほどけていくように言葉が伸び広がった。

「で・**あなた**・は・なに・してる・ひと？」

ダンはただ皿から顔を上げると、目をすがめ、レモンでもなめたときのような例の表情をした。自分は〈デジタルスペースの起業家だ〉などと話した。ここがLAなら、それでたいていうやむやにできた。おそらくだけど、自分以外の誰かを気にしている者などただのひとりもいないせいだ。ここでだって誰もがうなずいただけで、さっさと別の話題に移ろうとしているのは明らかだった。けど、モスターときたら……。

「要するに無職ってことね」

部屋中が静まりかえった。わたしの顔は一瞬にして凍りついた。なんて言う？　どう返せばいい？

トニー・デュラントに感謝。

「ダンはアーティストなんだよ、モスター。あなたやわたしがそうであるように」トニーは微笑み、こめかみを指でトントン叩いた。「制作プロセスのうちいったいどれだけが、気づかれず、時間の尺度では計られず、けっして報酬を与えられることもなく、ここで進行していることか！」

カーメンが割りこんだ。「これまでつくってきた彫刻も、完成前に代金をもらえるものばかりじゃなかったでしょ？」彼女の妻がこくりとうなずき、「うんうん」と従順に相槌を打った。

「雇われ仕事もあれば、自主的な企画もある」ヴィンセントが肩をすくめると、その言葉に触発され、ラインハートが語りはじめた。アメリカ人よりもヨーロッパ人のほうが、〈自己確定《アイデンティティ》〉についてずっとバランスのとれた捉え方をしている。「海の向こうでは、ある人物が何をしているか知るだけではその人物のひととなりはわからないとされる」わたしはくらくらしてきた。ラインハートが言いきかせようとしている当の相手がヨーロッパ人（おそらくは）だから。けど、そんなの別にどうでもよかった。ただただ感謝。みんなが加わってくれたおかげで、最悪の状況にならずにすんだ。もしかするとちょっとやりすぎだったかも。トニーときたら、さっきまでの話はどこへやら、一転して中立っぽいことを言いだした。「モスターはダンの探求を理解しようとしただけなんじゃないかな。彼女なりのユニークなやり方ではあるにせよ」

それからトニーは付け加えた。「モスターはユニークそのものなんだ」部屋のあちこちからクスクス笑いが洩れ聞こえ、やがて笑いの渦と化した。モスターでさえそのなかに溶けこんでいるみたいで、〈一本取られた〉とでもいうように両手を挙げて笑っていた。めげている様子は少しもない。部屋のなかに味方はひとりもいないのを屁とも思っていない。わたしなら死にたい気分になっていただろう。

だからといってモスターを気の毒に思ったりはしなかった。おやすみなさいと別れの挨拶を交わしたときなんて特にそう。モスターはダンを横目でちらりと見た。むしろほくそ笑んでいるみたいというか、〈あなたのことならお見通しよ〉みたいな。昨日の晩、眠れなかったのはきっとそのせい。わたしは自分に言いきかせた。本でも読んだほうがいい。『プリンセス・ブライド・ストーリー』を見返すんじゃなくて。あの映画、ずっと大好きだった。たとえ画面から発されるメラトニン不足を引き起こす光線を浴びて不眠症になったって、十分におつりがくる。親密に触れ合える何か、気持ちをほっとさせてくれる何かが必要。

わたしが感じているのは……。

わたしが願っているのは……。

来週のスカイプでのセッションが待ちきれない。あなたに電話して、予定をくりあげてもらおうかな。セッションなしではいられない。明日からはなおさら。

ディナーの場で起きたことについてダンもわたしも話さない。話すはずがない。何かについて最後に話し合ったのっていつだろう。ダンがイラついてるのは明らかだ。判断基準はカウチ滞在時間の長さ。わたしより一時間かそこいら遅れてベッドにきたら、ダンはむっとしてる。真夜中なら、ダンは怒りを抱えている。朝になって見にいったとき、ダンがｉＰａｄをお腹に載せたままカウチで眠っていようものなら……。

ダンはまだあそこにいる。目覚めたまま、でもわたしを手伝おうともせずに。上にいるわたしが荷物の整理をしている音は聞こえているはず。わたしはずっと棚を組み立てなおしていた。棚を三つ。二つは大きくて、ひとつは腰までの高さ。金属製の長い支柱。重くてやかましい。ガンガン叩きつける音は聞こえていたはず。ひょっとすると音楽を聴いているせいで聞こえてないとか。この家、部屋ごとに対応するデバイスを変えられるってこと、話したっけ？　おそらくは居住者が自分だけのスペースを確保できるようにするため。ダンはリビングを自分のものにしたいと言い張った。あそこにはいちばん大きなスピーカーがあって……。

ドア越しに聞こえてくる。ダンの九〇年代初頭お気に入り音楽のループ。

サウンドガーデンのあのムカつく曲、『ブラック・ホール・サン』。

うわっ、わたし、本気で怒ってる。自分のこんな感情には慣れてない。好きじゃない。あとで散歩に行くかも。山道をハイキングし、頭をすっきりさせる。

どうしてもそうしないと。しこりがまたできた。

フランク・マクレー・ジュニアの証言

ケイト・ホランドの兄は、ソーシャルメディアで使われている、ほんの一年前に撮影された写真と比べてもずいぶん老けていた。ふっくらしていた顔つきはしぼみ、髪は薄く、白くなっていた。シグナス社の元弁護士はひどく気を張っていて、いらだたしげでもあり、ひとつひとつの言葉の背後からは抑制した怒りがかすかにだが感じとれる。マクレーが握手しようと右手を差しだし、わたしは気づく。もう一方の手は、スミス&ウェッソン500リボルバーを収めたホルスターに押しあてられていた。

わたしたちはマクレーの〈暫定的ベースキャンプ〉で会った。暫定的ベースキャンプというのは、カスケード山脈のふもとを走る舗装路の行きどまりに止められたキャンピングカーのことだ。直接顔合わせする前、話す時間はたいしてとれないとあらかじめ釘を刺されていた。車内に招じ入れられたときも念押しされる。キャンピングカーの居住スペース部分はすっきりしてこぎれいで、きちょうめんに整理されていたが、備品類は天井までぎゅうぎゅうに詰められている。キャンプ用品、フリーズドライ食品、ひじょうに高価な武器用スコープの黒いプラスチック製ハードケース、各種小火器の弾薬箱数個が見える。

マクレーは簡易食事スペースの狭いベンチに導くと、わたしとは反対側に行き、膨らんだバックパックやソフトケースに収められたハンティングライフルの隣にすわった。わたしたちの間には使い古されたバイオライトのキャンプストーブがあった。何かを燃やして発電し、スマホやタブレットなどのデバイスを充電するんだとか。チェック柄のネルシャツのポケットから汚れたバンダナを取りだし、ストーブの掃除を再開する。冷たい北風がキャンピングカーを揺らす。何カ月か先に控えている冬の予兆。

最初の質問を発する暇も与えず、いきなり言葉をくりだす。


彼らがあんな目にあったのは俺のせいだ。もちろん、俺が噴火を引きおこしたわけじゃない。噴火のせいであの化け物どもが追いたてられ、彼らに危害が及んだからといって、俺がそうなるよう仕向けたんじゃない。俺があの状況をお膳立てしたんじゃない。俺はただ、彼らをあの状況の真っ只中に放りこんでしまっただけだ。

「いやいや、頼むよ、そうしてもらえるとほんと助かる。マーケットが回復するまで家は売れない。こっちにきて、しばらく家を管理してくれないかな。いろいろ思い出がありすぎて、俺自身があそこに住むのは無理だ。絶対気に入るって」なんて言ってね。

毎度のゴリ押し、自分のほうがわかってるという思い込み、それが俺という人間だ。ケイトにセラピーを受けさせ、しかも改善の兆しが見えつつあるということで、俺はすっかり得意になっていた。ケイトが抱えている、誰かを世話したいという欲求、自分が見捨てられるかもしれないという恐怖。もう少し時間があれば、ケイトは事実を受け入れられるようになっていたかもしれない。父親が自分たちを捨てたのは母親のせいだと心の奥底で考えていて、だからこそケイトはダンの面倒を見つづけているのだという事実を。もう少し時間があったら。だが、あのとき俺はゲイリーと別れ、家は面倒を見てくれる人間を必要としていて、俺は思ったんだ……こう思ったんだ……ケイトをもう少しだけ真実のほうへと後押しできたら、もう少し圧を高められたら……。

——フランクはバンダナに唾を吐き、とくに汚れのひどい部分に取りかかる。

要するに……さしあたりケイトは俺を非難しても、そのうち感謝するようになるだろう、なんだかんだですべてうまくいけば……。

——キャンピングカーが風を受けて揺れる。

俺はすべての答えを知っているとあっていたんだ。

第三章

サルよ、おまえはすべての動物の支配者になりたいようだが、自分がどれほどの愚か者か考えてみるがいい！

——イソップ

アメリカ地球科学協会より

※レーニア山噴火の一年前にオンラインで発表

〈優先度再編成〉を理由に、大統領は翌会計年度のアメリカ地質調査所の予算の十五パーセント削減を要求した。予算に対するこの提言が承認されるなら、西海岸の地震早期警戒システム、磁気嵐の予測に有効な地磁気プログラムの実施は白紙に戻され、全米火山早期警戒システムは即座に停止されるだろう。三点目はとりわけ憂慮される。というのもワシントン州レーニア山では、火山活動の再開を示す兆候がこのところ観測されているからである。

日記#3　十月一日

　セッションのとき、もっとオープンになれなくてごめん。ここがすごく美しい場所でどうしたこうしたとかそんなことばかり話して、時間を無駄にするんじゃなかった。これが〈回避〉なのかな？　おそらくそうだと思う。

　それと、まるまる一週間、何も書かなくてごめん。この生活に慣れなきゃという思いに振りまわされて、全然余裕がなくて。いえ、それはっかりじゃない。何かを書きとめておくという考えがまだしっくりこない。あなたは手紙形式で書いてみたらと勧めてくれたけど、それでもやっぱりダメ。いったん手をつけてしまえばあとはすらすらいくんだけど、毎日腰を落ちつけ、自分がやったことについて話すなんて。たとえ紙に書かなくても、自分自身に語りかけるんじゃなくても。とにかく大変。自分を省みるのが。

　それと、わたしの思い込みとかそんなんじゃなくて、慣れなきゃいけないことがとにかく多すぎる。

　テレワークが新しくもなんともないことぐらい知ってる。でも、わたしにとっては新しい。あのときはじめて気づいたの。オフィス通勤の構造というか、特定の職場、働き手、労働時間からなるその全体的なありようをわたしは心底欲していたんだなって。

　とりあえず家は住みやすい。ヴェニスで借りてた家よりずっといい。清潔、ハイテク、楽ちん。しかもフランクの話だと、〈新居祝い〉《ハウスウォーミング・プレゼント》を残しておいてくれたんだとか。文字どおり、家を暖める《ハウスウォーミング》プレゼント。バイオダイジェスター内のメタンのこと。自分は兄のうんち入り巨大タンクの上で眠り、食べ、生活してるんだとときどき考えてしまうんだけど、そのたびにこれで請求書がひとつ減るんだからと思うようにしてる。

　箱の片づけやらなかのものの整理やらに手間取り、荷ほどきは遅々として進んでない。すべてちゃんとしないと気が済まないんだもの。あらゆるものにふさわしい場所があり、すべてをふさわしい場所に置く必要がある。

　とはいうものの、快適生活のパターンは固まりつつある。わたしにはそれが必要。構造が。毎朝、目覚めると窓のすぐ外には雄大な景色が広がっている。背の高い緑色の木々が立ち並び、家の裏手に見える尾根の最上部まで続いている。日差しのなかできらめく葉。目覚まし時計代わりの鳥の歌。けど、わたしに目覚ましなんて不要。いつだって起き、いつだって準備できてる。なんだけど、いつもみたいに不安を抱えて起きるんじゃなく、わくわくした気分で目覚めるのってとっても素敵。最後こんなふうにして目覚めたのっていつだったっけ？　中学生のとき？　脳内チェックリストが頭のなかでカチカチ作動し、ぱっと目を開くようになったのはいつからだっけ？　やるべきこと。解決すべき問題。

もちろん、問題ならいまだって抱えてる。でも、一日のはじまりは林のなかのハイキングなんだと知ってるし、それだけで気持ちは楽になる。毎朝、わたしはハイキングしている。起きて服を着替える。ダンを起こさないよう、なるべく音をたてずに。ドアから出る。侵入警報器を解除しなきゃとか余計な心配しなくていいから、その分だけ物音を出すまいとビクビクせずに済む。ここでは誰も警報器をセットしてないし、その必要もない！　外に出たら、家の裏の山道を上る。

ここの夜明けはひどく平和だ。わたしと太陽、それからイヴェットだけ！　イヴェットは誰よりもずっと早く起き、集会所に行き、オンライン教室を世界中に向けて開講している。わたしとしてはまだ参加してみようという気になれない。イヴェットは料金を請求したりしないだろうけど。「ウェブカメラの後ろにすわってて。プライベートレッスンを受けてるような気がするから」そうしてみようとずっと思ってはいる。けど、やっぱりビビっちゃうし、ぶっちゃけ、そのせいでハイキングに行けなくなるのは勘弁！

そうしようと思えばいつでもハイキングに行けるなんて信じられない！　いつか新鮮味を失ったりするのかな？　そんなことあるかな。あのさわやかで冷たい空気が大好き。肺や頬で感じるし、体が温まってフリースを脱ぐと背中でだって感じられる。フランクが予告したように、一カ月もしたら天候は変わるし、そしたら気温は急降下、寒くてたまらなくなる。全然かまわない。またほんとうの冬を過ごせるなんて素敵。東部に住んでたときみたいに。

これまでのところ毎日、同じようにハイキングをしてる。山道を進んで、近辺をぐるりと回り、すべてを見渡せる尾根まで行く。そう、ほんとに〈すべて〉なの！

　レーニア山は童話の本から抜け出したみたいだった。遠くにそびえる白い頂。朝の光が雪をオレンジ色がかったピンクに染める。頂上にはお城があってお姫様が住んでいるのかもしれないし、ふもとの地下には恐ろしい竜が眠っているのかもしれない。こんなことを言うと頭がおかしくなったのかと思われるかもしれないけど、毎朝、レーニア山を見ると不思議なほど安心する。わたしたちを見守ってくれてるっていうか。これまで感じてきた震動（最初はあの歓迎会のときで、その後も一度か二度あった）が山からやってきてるのはわかってるけど、眼下に広がる世界のすべてを統《す》べるあの巨大なる庇護者とはどうしてもうまく結びつかない。

　ブース夫妻はわたしの頭がおかしいとは思ってない。昨日の朝、彼らにさっきの話をした。彼らも夜明けの朝食前ハイキングをしてる。とっても感じがよくて、誰に対してもオープン。昨日の朝、尾根に行く途中、二人とばったり。最初はすごく気まずかった。自分が闖入者になったみたいっていうか。うん、わたしたちはこれについて話すべきね。公道で会ったというのにどうして彼らのほうが優先権をもっているとわたしは感じてしまうのかってこと。でも、彼らはなんてこともなく手を振って、わたしを呼びよせてくれた。

　わたしたちはおしゃべりしながら山道を上った。ボビーは、シアトルをどの程度知ってるのとわたしに訊いた。全然行ったことなくて、とわたしは白状した。ヴィンセントは、シアトルがどんなにに素晴らしい街か滔々《とうとう》と話した。〈洗練されている〉という言い回しを使って。魚市場、演劇シーン、ＭｏＰＯＰ[*1]。うちの別宅を使ってもいいわよ、ボビーはそう申し出た。マディソンパークにコンドミニアムをもってて、月に二回か三回、そこに行ってるんだって。「でないと頭がおかしくなっちゃうよ」とヴィンセント。「九十分かそこいらでシアトルに出られるんだってことを頭の隅で意識してるだけでもずいぶん気が楽になる」するとボビーが言い添えた。「まあ、道路の混み具合にもよるけど」それから二人で大笑い。

　すごくキュートなひとたち。パタゴニアで統一したお揃いのアウトドアファッションで身を固め、一対のウォーキングポールを手にしていた。尾根の最上部に達すると、朝の光がレーニア山を染めあげるのを眺めた。二人が手を握り合っている姿はとても素敵だったんだけど、うん、まあ、悲しくもあった。〈出発のタイミングさえ外さなければ〉シアトルに出るのはどんなに楽か、二人してわたしに言いきかせているうち、ヴィンセントは全米に張りめぐらされた幹線道路網についてしゃべりはじめた。

「距離なんて消し去ったようなもんだ」とヴィンセント。「だって考えてもみてくれ。大陸を横断するのに以前は何カ月、何年もかかっていたんだから！　知ってる？　この建造プロジェクトはなかなか承認を得られず、そのためアイゼンハワー政権は、核戦争が勃発した際の緊急走行路だと大風呂敷を広げ、かろうじて実現にこぎつけたんだ」

ボビーがにやにやしながらかぶりを振った。「ええ、そうね。国家防衛戦略上のインフラに関する話が聞けて彼女はきっと大興奮よ」

聞いた瞬間、思わず固まっちゃった。きっとヴィンセントは傷つき、殻に閉じこもり、すねてしまう。ダンみたいに。ところがヴィンセントはボケをかました。「おっと、きみはそうじゃないと！」それから二人は笑いながらハグし合った。彼らといっしょにいるときの安らぎ、気楽さ。

ダンを誘ってはみた。これから出かけようというときじゃない、もちろん。ダンを揺さぶって起こすなんてもってのほか。二、三日前、ハイキングから戻ってくると、ダンが「どうだった？」と訊いた。いつもなら「最高」とだけ言って、二階にシャワーを浴びに行くところなんだけど、そのときはハイキングの話をしようとして、カウチにいるダンの隣に腰を下ろした。木々の香りや鳥の声について話した。見てるだけで気分が上がるレーニア山の頂上の様子をじっくり説明さえした。

ダンは聞いているふりをした。唇をすぼめ、大げさにうなずく。無意識にiＰａｄへと目を落とす。ちらちらと、二秒ごとに。**オーケー、上手にごまかせば。わたしはどうでもよかったんだけど、ちゃんと相手しなきゃと思っただけだし**。ダンが何を望んでいるかはわかっていたけど、どういうわけか、ついこう言ってみたくなった。「明日の朝、絶対いっしょにくるべきね」

ね、この前のセッションで得るものはあったってこと。

自分なりに頑張り、ダンにチャンスを与えた。役目は果たした。けど、ダンはまたうなずいただけ。眉まで上げてみせた。わたしの話をちゃんと聞いていたことを示そうとして。「かもね。いいよ」それからまた画面に目を戻した。

メッセージは受信された。議論はなし、けど約束もなし。

ダン。

慣れなきゃいけないことはほかにもある。とにかく毎日毎時間ずっといっしょにいなきゃいけないってこと。以前はうまくいってたとか言いたくもないけど、少なくともあのころはおたがいの生活パターンだってバラバラだったし、始終べったりというわけじゃなかった。わたしが仕事に出かけるときダンは寝ていたし、わたしが眠りについてもダンはまだ起きていた。その間ということになるけど、わたしが持ち帰りの仕事や電話対応で手がふさがってなければ、そう、二時間ぐらいはいっしょにいられたかな。うん、週末はもっときつくて、ダンときたら、わたしの友だちとは絶対外で会おうとはしなかったし、インテリゲンツィア[*2]へ雲隠れし、半日コーヒーを楽しんでたりした。ほんとはそのことで心をかき乱されていたというのに、わたしはそれに気づかないでいた。いや、もしかすると気づいていたのかもしれない。でも、緊張や憤りは月曜の朝になると真っ先に消散した。

いまはもう消散しない。わたしたちは二人いっしょに罠にかかり、ずっと身動きとれずにいた。

いま〈罠にかかった〉って言った？　実際、そんな感じがしはじめてる。フランクがわたしたちをここに引っ越しさせたがったのはそれが目的？　わたしをダンといっしょにここに閉じこめ、タブレットを手にカウチにすわりこんでるダンの姿を無理やりにでも見せつけようとして？　わたしは家中の荷物を片付け、すべてを整理し、なんでもかんでもやっているというのに。

考えてみれば、ダンが日がな一日家でだらだらしてるというのはもちろんあるんだけど、それだけでここまでいらいらしてるんじゃない。カーテンを開いてると、ダンの姿が外から丸見えになってるというのがやっぱり大きいかな。カーテン開けっぱなしだと、始終、人目にさらされてるような気になりそう。わたしはそう心配してた。で、実際どうだったかというと……。

気まずすぎる……。ほんと、それ。何がって、ダンのことが。さらし者状態。本人、気にしてないのかな？

　モスターに見られたときはさすがに平気じゃなかったみたい。わたしもそう。火にガソリンをかけたみたいになった。そうとしか言いようがない。

　その日は配送日だった。週に一度、オンラインでオーダーしたすべての商品が届く。ドローンでの配送は特別便のみに限定しようと管理組合が定めた。トニーいわく、環境への負荷を最小限にとどめるため。「せっかく空気のきれいな場所にきたというのに、ドローンで汚染するなんてもってのほかだ」

　ドローンはヤバかった。家の仕事部屋にいて電話会議を終えようとしていると、ブーンという、ものすごい音が聞こえてきた。荒れ狂う巨大ミツバチの群れっていうか。普通のドローンの音なら聞いたことがある。ヴェニス運河の上を飛びまわる、うざったい小型機が発する甲高い振動音。でも、ここのドローンはもっと低く太く、もっとやかましく、はるかに大編成だった。

　外に出ると、トニーが集会所裏の芝生に立っていた。日焼けし、筋肉のついた腕を目の上にかざし、手を振って先頭のノートパソコンを止めた。見た目はＰＣみたいな感じなのよ。大きくて平べったくて黒くて。昆虫ロボ。いや、クモ型ロボか。脚が八本だし。それぞれのまっすぐな脚の先端にはプロペラがついているんだけど、回転が速すぎて目に見えない。あんなプロペラで胴体の下の収納バスケットごと浮上できるなんて、いまだに信じられない。

「シグナス社の新型機」わたしが近づいていくと、トニーは肩越しに大声で言った。「Ｙ－Ｑ[*3]マークⅠ。運送会社のＵＰＳやアマゾンで採用されてるホースフライ（ウマバエ）モデルと比べ、搭載量は二倍だし、航続距離は三倍」ドローンは一瞬、宙で停止したが、のろのろと下降し、それから草に覆われた広い一画にそろそろと着陸した。ここなら、本物のヘリコプターだって発着できるだろう。ヘリパッドのことは話したっけ？

　話してなかった。最初に書いたここの説明をさっき読み返してみたらなかった。ごめん。ひとつあるのよ。管理組合費には、パッケージ化された医療保険の保険料も含まれていて、治療の必要な住人が緊急搬送された際、その費用は保険から出ることになっている。トニーによると、誰かがなんらかの理由で病気になったり怪我をしたりしたら、シアトル中心部の病院までビューンとひとっ飛びで行ける。「市内のどっかから車で行くより速い」トニーはありとあらゆる可能性を想定していた。

いずれにせよ、ドローンのプロペラが停止すると、トニーはバスケットを開き、袋の中身をチェックし、それらを取りだし、スマホのアプリをタップした。回転翼がジィィイズズズという音をさせて生き返り、それから飛び去った。「きみが頼んだ品物もきてるんじゃないか」わたしのほうに顔を向けた。あのサファイア色の目で見つめられると、指先がぞわっとした。

わたしはただこくりとうなずくと、トニーの背後に目をやり、到来するはずのない自分のドローンを探すふりをした。ドローン配送される食品をオーダーしたことはなかった。まだその気になれない。でも、トニーはそれを知らなかったし、わたしはあとほんの何秒かトニーといっしょにいるための口実が欲しかった。

「実に素晴らしい」接近しつつある次の自動機械《オートマトン》に向かってトニーがうなずきかけた。「文明の到来だ」わたしの背骨をむずむずさせる、あのウインクをしてこう言った。「例のブツなんだけど、全米で解禁とかならないかね。そしたらオンラインでオーダーできるのに」

歩き去るときでさえ、トニーの自信たっぷりに闊歩《かっぽ》する姿、ぺらぺらのTシャツ越しでもはっきりとわかる背中の筋肉が目につき、やっぱりぞくりとした。そしたら、そこにはイヴェットがいて、私に向かって手を振り、夫のためにドアを開いている。まるであれの二十一世紀版。教授連が口をそろえてののしっていたあのドラマ、なんだったっけ？　『オジーとビーバーちゃん』？　なんでもいい。ほんとに素敵な生活なんだから。

二人がなかに姿を消すと、二つめのY－Q機が数十センチ離れたところに着陸した。「きたよきたよ！」カーメンが家に向かってそう呼びかけた。エフィーが戸口にいて、クロックスを履こうともぞもぞしていた。ここに引っ越してから、ろくに会話も交わしていない。カーメンはポートランドの会議に出るため数日間、不在にしていたし、エフィーのほうもパロミノ相手に勉強を教えるのにいつも忙しげだった。パロミノもエフィーについて出てきて、無音になったドローンを三人で取り囲んだ。朝のパロミノはひと言も言葉を発しようとしなかった。朝の挨拶をするとき、わざわざ呼びかけてみたというのに。「あら、みなさん。ハイ、パロミノ」言葉は返ってこない。無言のまま、無表情な顔でじっと見つめてるだけ。気味の悪い子。

気まずい瞬間がなおさら耐えがたくなったのは、カーメンが二つの袋に手を入れ、がさがさ探ったときのこと。それも、まだドローンを飛ばしもしないうちに。「ブロッコリーはなし？」そう言ってにらみつけると、エフィーは答えをひねりだそうとしていたが、何も思いつかないまま、困りはてため息をついた。カーメンはわたしがまだその場にいるんだって思いだしたにちがいない。だって、何ごともなかったかのような顔をして、こんなことを言ったんだから。「だってこれから生きのびるだけでも大変な思いをしそうな気がするんだもの！」二人はくすくす笑った。エフィーの笑いは少しわざとらしかった。

ほっとしかけたとき、モスターが現われた。ぶち壊し。「あらっ、ヴァンはまだ？」騒々しく、ぶっきらぼうに、背後から飛びだしてきた。カーメンとエフィーはすばやく、それとわからないくらいのさりげなさで目配せし合い、それから二人でわたしに微笑みかけ、自宅に戻りはじめた。「そのうちディナーの会を開かないとね」とカーメン。それからエフィーが、そもそもそんなことを考えもしていなかったらしく、狼狽しきった顔で言った。「ええ、ええ、ええ、すぐにでも、来週とか」

ヴァンが近づいてきた。車の音はほとんど聞こえなかった。とっても静か！　完全電気自動車。そこは別に変じゃない。変なのは、運転手がいないってこと！　ハンドルのついた運転台はあるんだけど、誰もそこにすわってない。オーケー、別にこれまで運転手なしで走ってる車を見たことがないっていうのとはちがう。ダンのｉＰａｄで動画をたくさん見たし、何回かだけど、ＬＡで実際に見かけてる。でもそんな自動車でも、つねに誰かが運転席にいた。都市条例の関係だかなんだかで、〈アシスト〉モードでしか使用できない。飛行機の自動操縦みたいに。でも、このヴァンはちがう。言ってみれば、巨大で無人の陸上ドローン。

「やっとだよ！」モスターは建物に付属する充電スタンドまでドシドシと勢いよく進みでて、ケーブルをヴァンにつなぎ、側面のアクセスパネルにパスワードを入れた。

チチチと鳴って緑色のライトが点き、後部ドアがスライドして開いた。なかには食料品や雑貨品があった。モスター、ラインハート、ブース夫妻、そしてわたしの。ポストメーツやフレッシュダイレクトを利用して食料品をオンラインでオーダーするのは気が進まない。これまでも数えるほどしかやってない。実際に店に行って、農産物のにおいをかいだり、おいしそうなスズキを選んだりするほうが好き。何時間も通路をぶらつくとか、しょっちゅうしてた。でも、いま考えてみると、それってただの口実っていうか、ダンのそばにいたくなくてそうしていたときもけっこうあったような気がする。もしかしたらあのときのわたしはそんな物思いに不必要なくらいふけっていたのかもしれない。そして、もしかしたらモスターはこう考えたのかもしれない。このひと、運転手なしの車などというものをどうしても信じられず、頭がどうかしてしまったんじゃないの？「運転手がいないからって別にどうってことないわよ。宅配人がいないから、荷物運びを手伝ってもらえない点を除けば」とモスター。

モスターは、雑貨品の袋を運ぶのに少々手間取っているようだった。「お手伝いします？」

モスターが微笑み、こう答えた。「あら、それはいいわね、ありがとう」それから大きな紙袋三つを手で示した。わたしは自分の袋を下に置き、紙袋のひとつをもちあげた。ラベルには〈シリコンポリマーブレンド〉云々と記されていた。

「気をつけて。重いから。作品の原料なの」

あのときわたしはきっとよろよろしていたんだと思う。モスターが「大丈夫？」と訊いてきた。大丈夫だと答えると、わたしたちの家に向けてチッと舌打ちした。

「どうしてあなたの旦那は手伝わないの？」

いい、わたしの旦那って。いまどきそんな言葉使う？　独占欲まるだしで。

でも、ダンはカウチに陣取り、その姿をおおっぴらにさらしていた。モスターは顔をしかめた。まずはその光景を目にしたときに、それからわたしに顔を向けたときにも。「さあ、こらしめてやるか」

アクション映画の登場人物にでもなったような気がした。あるいは、その映画をパロった漫画とか。超有名シーンになったとき、スローモーションで「やーーめーーてーー」と叫ぶ人物。実際にやったわけじゃないんだけど、心のなかではそう叫んでいた。だってモスターときたら、リビングの窓までドタドタ進み、ガラスをドンドン叩き、こう叫んでいたんだから。「おーい、ダニー、起きろーーー！」

まるっきり漫画。ダンはうろたえ、おびえ、カウチからずり落ちた。

「ダニー！　手伝えーーー！」

わたしがモスターのところに着いたちょうどそのとき、ダンが玄関ドアからよろけでた。ダンがヘッドライトに照らしだされたシカなら、わたしは助手席に乗った同乗者といったところだろう。

モスターはわたしたちの無言のやりとりに気づかなかったか、気づいたとしてもどうでもいいと思ったのだろう。

「ダニー、ヴァンに大きな紙袋が二つあるんだけど。あなたの奥さんが運んでるようなやつ」ダンはぽかんと口を開け、ためらっていた。「ええと……」

「ほらほら、殿下！」それからモスターはダンをぶった！　きつくじゃない、腕を軽くピシャリと。「行って！」わたしは息をのんだ。ダンもぎょっとしていたが、それでもヴァンのほうへと歩きだした。モスターはというと、すでに自宅へ引き返しはじめていた。

モスターの家に入ったのはあのときがはじめてだった。いったい何を求めてそうしたのか、自分でもよくわからない。

あの彫刻ときたら！

彫刻は壁に沿ってずらりと並んでいた。すべてがガラス！　とても美しくて繊細。鳥やら花やら、自然環境のあれこれ。それから炎！　たくさんの炎。レンジのガス光のように青くて簡潔なのもあれば、山火事のように赤くて荒れ狂っているのもあった。とりわけ目立つ作品があって、あれって爆発？　鮮やかな黄が膨張して橙や赤へと変わり、さらに暗い茶で縁どられていた。

わたしがとくに気に入ったのは黄金のユリだった。高さ三十センチほどの超絶に美しい小さな花。三本の細い緑色の茎が伸び、その先端には橙から黄へと明るみを増していく花弁が載っていた。そしてそのすべてが、いくつもの強烈な爆発がつくりだす大渦巻じみた混乱のただなかから成長していた。いったいどういうスキルや根気や才能があれば、こんな作品を生みだせるのか、想像もつかない。

色やかたちに目を奪われ、ひたすら魅了された。わたしが歩いていくにつれて光もまた移行し、それらが、それらのすべてが順繰りに、ぱっと輝きを発するかのようだった。

「気に入った？」モスターは花々を手で示した。「わたしの初期の作品。へらとパチョフィでつくった。この気楽な3Dプリンタ商売をはじめる前に」

わたしたちは玄関広間に立っていた。それほど離れていないところにあるドアが開いていた。ドアの向こうはモスターの作業場らしい。ぶんぶんうなりをあげているプリンタが見えた。その隣にあるのは、モスター曰く、〈超現代版の窯《かま》〉なんだって。

「すっごい簡単なのよ」モスターが機械類に向けて手を振った。こちらから頼んだりしなかったけど、結局、レクチャーを受けるはめになった。モスターがぺらぺら話してくれたところだと手順はこう。3Dキャド・ファイルを作成して変換し、プリンタに取りこみ、未加工のシリコンポリマーブレンドを投入する。しばらく待っていると、ほぼ完成した作品が押しだされるので、それを窯に抛りこみ、ポリマーを溶解させる。まあ、これは認めざるをえないんだけど、新たな作成プロセスは面白そうだった。できあがった作品はたしかにクールだったし。

その手の作品は少なくとも二、三十個はあり、すべてが作業台の上の棚に並べられていた。何列かに配置された小さな家々。そのひとつひとつはせいぜい高さ数センチしかない。ひとつだけ、もっと大きな、アーチ形の構造物があった。もしかしたら橋かも。めちゃくちゃキュートだし、制作プロセスまで考慮すれば驚くべきものなのかもしれないけど、すぐ目の前にある手吹きガラスのアート作品とは比べものにならない。

何か、深くて鋭い意見を言えたらよかったんだけど、実際はただこう口にしただけだった。「すごく素敵」

モスターは温かみのある笑みを浮かべ、わたしの腕に手を置いた。「ありがとう」そう言って、炎のなかからすっくと伸びた花に目を向けた。「美は炎のなかからだって生まれでると思いたい」

オーケー。奇妙に聞こえるかもしれないけど、モスターがそう口にしたとき、ほんの一瞬だったけど、別人みたいに見えた。何がそう思わせたのか、明確にはわからない。彼女の声、顔、目の周りの筋肉の何か。ほんの一瞬だけ。それからまた例の小さなとどろきが始まり、心臓が口から飛びでそうになった。あのときわたしは彫刻に向かって動きだしていたにちがいない。顔の前にモスターの手がさっと伸ばされたのだから。

「大丈夫、心配しないで。なんて言うんだっけ、あのなんとかをつけてあるから。カリフォルニアで耐震用に使われてる、あのベトベトしたやつ。彫刻の底には全部貼りつけてある」棚をさっと一瞥した。「用心するに越したことはない、でしょ？」

「到着！」ダンが一方の腕でひとつずつ袋を抱え、どたどた入ってきた。戸口でためらっているのは、感激を全身で表現した〈ありがとう〉を期待しているのだろう。

「何？　メダルでも欲しい？」モスターは作業場へ行くよう手でうながした。「向こうの、プリンタの隣」ダンはそそくさ部屋に入り、指定された場所に袋を置いた。そこから出ると、またもやダンは腕をぴしゃりとやられた。

「ね、あなたの旦那、ずいぶん役に立つでしょ」

ドロドロに溶け、床下に流れ落ちてしまいたかった。

それでも、わたしはダンの顔を見た。動揺はうかがえない。例の〈おいおい、どうなってんだ？〉的な表情はもうなかった。こんな顔つきは見たおぼえがない。

「今度は奥さんの手伝い。自分とこの買い物袋をとってきて」モスターはヴァンを手で示した。「さあ、行った行った。彼女もすぐ応援にいくから」

ダンは何も言わず、玄関から飛びだした。わたしも無言のまま作業場に入り、手にした荷物を下ろした。これで終わりだとわたしは思った。あと何秒かで逃げられる。ところが、モスターは玄関で待ちかまえていた。最初の晩に会ったときのような、あの心得顔で。

「なんだったの？」モスターは、食料雑貨品を自宅に運んでいくダンを見ながら尋ねた。「望みの職につけなかったとか？　最初のビジネスが失敗したとか？　両親が過保護で挫折を経験しなかったから、どうしても立ち直れないとか？」

どうしてわかったんだろ！

「あのね、ケイティー、かよわい王子さまなんて珍しくもなんともないの」

どうやってあの家を出たのか憶えてない。ごちゃ混ぜになった、いくつものうなずきと〈ありがとう〉があり、それからモスターの押さえつける手からウナギみたいにするりと抜けだした。去っていくわたしをモスターが見ていたかどうかはわからない。どうでもいい。彼女とはもう二度と話すつもりはない。頭のおかしなサイテー女。

でも彼女が言ったことは。

わたしは怒り狂ったわけじゃない。あのときは。ただショックを受けただけ。まだ尾を引いてる。あんなふうに見透かされるなんて。土足で踏み入られて。神経過敏すぎ？　どうでもいい。実際そう感じてるんだし。ただただあそこから逃げだし、あいつをふりはらい、気持ちを上げる方法を見つけたかった。

家には戻れなかった。ダンはそこにいる。怒ってるか、傷ついてたりしたら……。まともに相手できそうにない。帰れなかった。そういうときのことをこれまであなたに話したことはなかった。うまくいかなくなると、彼は押し黙り、不機嫌になって何日も、何週間も過ごす。電話が鳴るのを待ちながら。全宇宙が彼の天才ぶりを認めてくれるときがくるのを待ちながら。で、わたしが認めるはめになる。際限のない賛辞、励まし、承認。際限なくわたしは必要とされる。けど、わたしがダンを必要としたときなんてあった？

わたしはその場であなたに電話し、緊急セッションのための時間をとってもらおうかと思った。どうしてやめたのかはわからない。どうして踵《きびす》を転じ、デュラント夫妻の家に向かったのかも。

決断を下すよりも先にブザーを鳴らしていた。「ケイト、どうしたの？」イヴェットが応じた。隠しきれていないわたしの感情に気づいて、見るからに心を痛めているふうだ。

わたしはどうでもいいことをぐちゃぐちゃ話した。一日空いたし、もしご迷惑でなければ、ふさわしい時間じゃないけど、でも、あなたのお話だと、わたしの気が向けばうんぬんかんぬんという調子で。

わたしは泣き虫じゃない。もうわかってくれてるよね。コントロールしてる。落ち着いてる。でも、イヴェットが手を伸ばし、ハグしようとしたとき、わたしの感情は爆発寸前だった。

「たいしたことじゃない」イヴェットがわたしの背中をさすり、わたしの肩越しに語りかけた。「あなたがどんな悩みを抱えているかはわからないけど、どうやって癒してあげればいいかはわかってる」イヴェットは一瞬だけわたしを解放すると、ドア脇に置いてある二人分のヨガマットとエアピローを手に取った。「いつかは申し出に応じてくれるだろうと思ってたの」そう言って、わたしを集会所へ案内した。「うってつけの瞑想セッションがあるんだから」

イヴェットは横になるよう指示すると、ブラインドを下げ、暖炉に火を入れ、スマホのアプリを操作して穏やかで心をなごませる音楽を流した。わたしは理解した。無意識は正しい選択をしてくれたんだって。

イヴェットの言葉、誘導イメージ。わたしを森のなかへと導いてくれた。現実にハイキングしているみたいに。「森がもつ癒しの力に身をゆだねなさい」とイヴェット。「痛みを解き放つのです。この土地に入れば、一歩足を踏みだすたびにあなたの気持ちは軽くなる」

イヴェットに導かれ、わたしはいつものハイキング道を上っていった。「苦悩は石のように落下する」

張りつめていた背中、あごから無駄な力が抜けていく。呼吸が緩慢になるのを感じながら、わたしは想像の山道を上った。

「そこに彼女がいる」とイヴェット。「腕を広げて待っている」

それからイヴェットは、聞いたこともない名前を言った。わたしを待っている誰だか、なんだかの名前。

オーマ。

原野の守護者。

イヴェットの説明によると、オーマというのは、先住民の間で信じられていた超自然的存在なのだとか。傲慢なヨーロッパ中心主義の白人たちは、この穏やかな巨人を邪悪化し、ビッグフットなる名前を与えた。

ビッグフットという名前は聞いたことがあった。UFOだとかネス湖の怪獣とかといっしょに。でも、よくは知らない。ばかばかしいビーフジャーキーのコマーシャルで見たことがあるくらい。〈サスクワッチをイジるとこうなった〉だっけ？　そういうコピーだった？　サスクワッチってビッグフットと同じ？　コマーシャルに出てきたのは、愚鈍な獣だった。おちょくられることだけを求めている気難しい隣人。わたしはあの滑稽なイメージを振り払おうとした。イヴェットの言葉を借りるなら、

「真実をずたずたにする行為」ってやつ。「わたしたちの社会が、先住者を遇するときの典型的なやり口ね」。

　オーマは、それとまったくちがっていた。彼女はやさしさ。力。「オーマのエネルギーを、守護する力を感じなさい。あなたを抱く、柔らかくて温かい腕を感じなさい。あなたを取り囲み、穢《けが》れを浄《きよ》める甘い息を」

　わたしを取り巻き、抱擁する巨大な腕を思い描くと、たしかにその力が感じられた。「安全、静穏、くつろぎ」

　またもや涙が出そうになった。嗚咽が喉のなかばまでせりあがるのを感じた。おそらく次の誘導イメージ・セッションでは発散できるかも。次にイヴェットに連れられ、オーマに会いにいくときには。次の機会はきっとある。

　ほんというと、ちゃんと瞑想したことって一度もないんだよね。前にたしか話したはず。自分を解き放てない。一度だけ教室に参加したけど、最初から最後までずっと笑いをこらえていた。家でも何回か試してみた。ダンが不在のとき、イヤホンをつけ、香り付きキャンドルを置いて、ひとり床の上で。頭のなかでは休みなくチェックボックスに記入を続けている。洗濯、雑用、仕事の電話。集中なんて無理無理。

　でも、あのときはイヴェットがいなかった。オーマも。うん、わたしのなかには実務家的な部分もあって、こんなのばかばかしいといまだに思ってたりもする。レーニア山が見守ってくれているのだと感じている自分に対し、真っ先にそう思ったように。でも、何かに見守られていたいと思うのってそんなにおかしい？　自分がちっぽけでおびえていると感じているとき——正直に言うと、わたしはほぼいつもそう感じている——、ほんの束の間、こう思ったからといって何が悪いんだろう？　自分より大きな誰か、何かが、すべての答えを手にしていて、この世のすべてのものを支配していたらいいのに、と。

第四章

ヴァンクーバー！　ヴァンクーバー！　とうとうきやがった！
――米国地質調査所《USGS》の火山学者、デイヴィッド・アレクザンダー・ジョンストンが、一九八〇年五月十八日のセント・ヘレンズ山の噴火で死亡する直前、無線で送信した最後の報告

日記#4　十月二日

　最初、わたしは地震だと思った。ドン！という大きな音で目が覚めた。巨大な足が家を蹴りつけたみたいだった。すばやい、爆弾型の地震だと思った。ヴェニスにいたとき経験したのは、急にはじまり、ちゃんと目が覚める前に終わってしまう、その手の地震だった。照明のスイッチを入れると、寝室の正面の窓がひび割れているのに気づいた。他の家でも明かりが次々灯りだした。

「あれを見ろ！」ダンだった。彼はわたしの背後、裏の窓の前に立っていた。

「ほら！」またもやダン。手振りでわたしをせっついた。地平線上に真っ赤な輝きが見えた。わたしはまだなかば眠りかけで、ふらふらしていた。遠くの街明かりを見て、ダンはどうしてこんなに興奮してるんだろう？　そのときわたしは気づいた。あれは街じゃない。レーニア山だ。

　目を凝らし、ひび割れの彼方を見ようとした。自分の目が信じられなかった。ダンも目にしたものが信じられなかったにちがいない、裏のバルコニーに突進していっ

た。人造の夜明けなら、疑問が生じる余地はない。

またもやとどろきが起こり、わたしたちはおたがいにとびついた。最初のときほど強烈ではなかった。階下からわずかにカタカタ物音がして、窓が少しだけガタガタ揺れた。同時に、レーニア山の背後の光はさらに輝きを増した。

「あれは噴火か?」ダンはとくにわたしに向かって問いかけたわけじゃない。でもわたしはなかに入り、テレビのスイッチを入れてみた。ケーブルは通じていなかった。スマホを手に取ったところ、Ｗｉ－Ｆｉはまだ完全に活きていた。ネットに接続しようとしたんだけど、つながりそうになかった。

緊急通話用の番号、九一一にかけてみた。通話不能。ダンのスマホにもかけてみたけど、結果は同じ。ダンも自分が使っているデバイス類、ｉＰａｄやテレビやノートパソコンで同じことを試した。すべて受信状態は完璧なのにまるで使えない。

そのときダンは気づいた。家の全機能をモニターしているアプリが点滅している。予備用バッテリーが作動しているらしい。送電網からの電力は停止していた。

フランク・マクレー・ジュニアの証言

衛星電話、でなきゃ双方向無線機なんて用意してるわけがない。ああいうのは、文明社会から孤立して暮らす人間が必要とする機器だ。彼らは別に孤立していなかった。〈グリーンループ〉が最大の売りにしていたのは、住人たちがマンハッタンのアッパーウエストサイドにいるのとなんら変わらないネット環境を享受できるという点だ。いや、あそこのネット環境は、それよりもっとよかった。住人はテレワーク主体となるから、最高に速くて信頼度も高い接続を提供する必要がある。それにふさわしいのは無線ではなく、有線での接続だ。衛星通信用のパラボラアンテナは信頼度の点で問題がある。太平洋側北西部の気候を考えれば、なおさらそう。全員のデータストリームが頑丈な光ファイバーケーブル経由で行き来した。そのケーブルがなぜ、どういうわけで、不通になったりするんだ？

日記#4（承前）

　ドアのブザーが鳴り、わたしたちは二人とも飛び上がった。カーメンだった。スマホが電波を受信しているか訊いてきた。わたしたちは、電源の問題を含め、こちらの状況を伝えた。カーメン自身がそれを確認しようと思ったわけではなさそうだ。彼女が自分の家のほうに振り返った。戸口にはエフィーが毛布でくるまれたパロミノといっしょに立っていた。

　あのときは不安な気持ちだったんだけど、ドクター・ラインハートがキモノ姿でよろめきでてきたので、くすりと笑いを洩らしそうになった。我慢したけど。いったい何ごとだ、あのものすごい衝撃音はなんだったんだとラインハートが尋ねた。息がひどく臭かった。二メートル近く離れていたのに。わたしはただ、家の裏手に見える尾根のさらに上を指差した。かすかな深紅のゆらめきはまだ見えるだろう。ラインハートが目を向け、固まり、それからまたこちらに顔を向け、ためらいがちに、それでいてどこか偉そうな調子で「ああ、そう、もちろん、あれだ、見たことがある、つまりなんというか……」言葉をひねくりだそうと四苦八苦していると（体面さえ保てれば、どんな言葉でもよかったんじゃないかな）、カーメンがＷｉ－Ｆｉの接続状況について彼に尋ねた。ラインハートがもったいぶった口調で応じた。ポ、ケ、ッ、ト、フ、ォ、ン、はもってないんでね。ダンが彼の家の電源がどうなっているか尋ねようとしたところ、誰かがそれをさえぎるようにして大声を発した。「集合！」

　全員がそちらに目をやると、ボビー・ブースがスマホのフラッシュライトをわたしたちに向けて振っていた。ヴィンセントは、やはりスマホをフラッシュライトにして地面に向けていた。彼らは集会所に向かう途中だった。集会所ではトニーとイヴェットが待っていた。イヴェットはもうキチネットにいて、やかんに水を入れていた。一方、トニーは食器棚からティーカップを取りだしていた。

　トニーはみんなにすわるよう手振りでうながし、腹を空かせている者はいないか、なんだったら家に戻ってスナック菓子でももってくるけど、と語りかけた。わたしたちがかぶりを振ると、飢えているのは情報だけかと冗談を飛ばした。トニーとイヴェットは二人とも、見る者をほっとさせてくれる、いつもの穏やかな笑みをいまだに浮かべていた。多少いつもより堅苦しい？　作り笑い？　でも、わたしが自分自身の不安を投影していたせいで、そう思えただけかもしれない。

　トニーはこう切りだした。明らかにレーニア山では何かが起きている。何かしらの〈活動〉。さしあたりはっきりしたことはひとつもわからなかったが、〈ケーブルが通じていない〉ことは全員が知った。

　トニーの話しぶり、あの自然ににじみ出る自信。「ケーブルは通じてない」

　トニーが断言した。どうせすぐ回復するだろう、もしかすると数分、一時間で。そしたらレーニア山で実際に何が起こっているのか、すっかりわかるだろう。

「カーラジオはどうだ?」ヴィンセント・ブースだった。

「シリウス・サテライト・ラジオがあるじゃないか」彼がぱっと立ち上がった。「ニュースを聞きにいくぞ！」

彼が自宅の私道に止めている小型のBMWi3のほうに走りだすと、トニーは片手を掲げ、オーバーに敬礼した。

「ああ……そうだな、ヴィンセント……ニュースを聞いてきてくれたまえ」

　わたしは屋内にいる他のひとたちといっしょに笑った。

「もし噴火が起こったのなら」ラインハートだった。

「これだけ人口密集地に近い以上、最低でも何人かの犠牲者は出ているはずだ」ラインハートはこんなことも話した。セントヘレンズ山の噴火の最中、科学者がそこに残っていた。たとえばデイヴィッド・ジョンストンという男とか。それから避難命令を拒否した一般人も。ハリー・トルーマンなる人物もそう（ほんとに？　ハリー・トルーマン？　大統領といっしょの名前?[*1]）。ラインハートは手で窓のほうを示した。「セント・ヘレンズ山は、人間が滅多に足を踏み入れない奥地にあった。それに対してレーニア山は……」

　イヴェットが話をさえぎり、おどけた調子でたしなめた。「アレックス」それからパロミノに向かって大げさにうなずいた。パロミノはエフィーの腕でしっかり抱きかかえられていた。ラインハートは背後の娘を肩越しにちらりと見て、大丈夫だというように親指を立て（マジ？　親指なんか立てる?）、それからのそのそ椅子に沈みこんだ。

トニーはみんなの関心を取りもどそうとして言った。

「何が起こりつつあるのかはっきりするまでの間、いちばん避けなければならないのは、疑心暗鬼に駆られ、冷静さを失うことだ。ストレスや不安が」――温かく、人懐っこい視線をパロミノに向ける――「いったいなんの役にたつ？」

「ここを離れたほうがいいのかしら？」ボビーだった。

「車に乗って、反対の方角に逃げたらダメ？」

「それもありだろう」トニーが少し驚いたような顔でうなずいた。「そうしたくなるのも当然だが、情報が少ないなか下手に動けば、かえって窮地を招きかねない」集まった面々がいぶかしげな表情を浮かべるのはきっと想定済みだったのだろう。「ここにいれば安全だ。レーニア山からはずいぶん離れているからわたしたちに直接の被害は及ばない。いいかね？」

ほんとに？　トニーはそう思ってるみたいだけど。

「だが、慌てふためき、谷間に下っていったら……そこを出る道はひとつだけだし、いまごろはもうパニックになった人々が押し寄せているだろう。高級住宅街のマリブで起きた山火事を憶えてるか？　パシフィック・コースト・ハイウェイで立ち往生していた車の列を？　全然動かなかった。トイレもなかった。憶えてるかい？」

わたしは憶えていた。延々続くニュースを見ていたこと。あの細いヘビのような車の列は丘と海の間にはまって、身動きとれなくなっていた。何時間も経過しているのにほんの数センチしか進んでいないとさんざんニュースで聞かされた。わたしはうしろめたさも感じたものだ。家でなんの心配もなく、ぬくぬくしながら、遠く離れた丘をめらめらと這い進むオレンジ色の線を見ていられたのだから。

トニーが尋ねた。「自分をあんな目にあわせたいか？　大混乱の真っ只中に踏みこむ？　ほんとうに救助を必要とするひとのところに向かっている緊急車両の妨げになるかもしれないのに？　そのせいで手遅れになったら？　そもそも実際のところ噴火でもなんでもなく、すべてがただのから騒ぎだとしたら？」

トニーが壁に向かって手を振った。ミスター・ブースの車がある方角だ。「くり返しになるが、まだ何もわかってない。ヴィンセントが戻ってきて、避難命令が出てたと言えば、わたしは真っ先に、いや、いちばん最後にここを離れるつもりだ。きみたち全員が無事にここから去っていくのを見届けてから。でも、避難命令が出されない以上、もっと多くの情報がつかめない以上、慌てふためき、先走った行動に出るのだけは断じて避けなければならない」

「で、どうするわけ？」カーメンだった。トニーの顔がぱっと明るくなった。イヴェットに至っては心得顔で夫のほうをちらっと見たりした。知りたがっていることを教えてやりなさないよとせっつくみたいに。「完璧な質問だ」トニーが言い、〈よく検討してくれ〉とでもいうようにわざとらしく両手を広げた。

「そもそも〈グリーンループ〉というのは、こういう状況、まさしくいまわたしたちが置かれているような状況を想定して建造されている！」一瞬、口をつぐむと、自らの熱情がわたしたちへとどっと押し寄せる間《ま》をつくった。「考えてもみたまえ。わたしたちは物理的な危険に直面しているわけじゃない。一時的に連絡が途絶えただけのことだ。電力はソーラーパネルから、水は井戸から、熱はわたし自身のバイオガスから得られる。フレッシュダイレクトが届けてくれる食料品に二、三日、ありつけなかったからといって誰かが餓死するとは……ごめんよ、アレックス」ラインハートが笑い、サンタクロースのような太鼓腹を揺らした。ほかの住人もくすくす笑った。明らかに室内の張りつめた空気が徐々に和らいでいくのを誰もが感じていた。

　わたしもそれを感じていた。背中やあごから無駄な力が抜けていった。これがトニーのやり方？　不安を鎮め、わくわくさせるのが？　これがトニーの成功の秘訣？　信じたいと思わせることが？　わたしもそう思った。トニーのエネルギー、情熱。それが他人にも伝染する。わたし自身も仲間入りを果たしたとき、トニーが言った。

「というわけで、少しの間、テクノロジーから離れて生活する必要がある。でも、それって本来、わたしたちがしてるはずの生活じゃないか？　テレビやらパソコンやらでスクリーンを見ている時間を切りつめ、現実世界を楽しむことこそが？」トニーが背後のドアの外を手で示した。「だからこそ、わたしたちはここに引っ越したんじゃないのか？」うなずきと肯定的な〈うむうむ〉が続いた。「もちろん」両手を上げ、どこかちゃめっけのある笑みを浮かべた。「『ダウントン・アビー』のファンは、新シーズンをもうちょっとだけ我慢しなきゃいけないだろうがね」トニーの目がさっとわたしに向けられた。わたしは顔が赤くなるのを感じた。ただの当てずっぽう？　それとも食事会のとき、そんな話をしたんだっけ？

トニーが付け加えた。「つらさはわかる」わたしたち全員が笑った。ひとりを除いては。

「もし〈少しの間〉じゃなかったら？」モスターが口を開いたとき、自分がまたあごに力をこめ、歯をぎゅっと嚙みしめているのに気づいた。「何週間、いえ、何カ月もかかったら？」隣にいるダンも全身を張りつめている。

「ここでじっとしているべきだという意見には賛成よ、トニー。といっても、どうせただのから騒ぎにすぎないと思ってるからじゃない。もしも道路が混雑してるどころじゃなかったら？　まるまる消えてしまっていたら？　渋滞にはまって身動きとれなくなるだけじゃない。命を落とす可能性だってある」

トニーはモスターが賛意を言い終えたものと思い、口を開きかけた。

「でも」モスターが続けた。「ここにじっととどまり、身の安全を図るだけでは十分じゃない。わたしたちは遮断され、物理的に出られなくなっているのかもしれない。アレックスが言うように、噴火がここ以外のすべての町に影響を及ぼしているのなら、わたしたちは忘れ去られてしまうかもしれない」

わたしは頭が急にくらくらしてきた。

忘れ去られてしまうって？

「しかも冬が迫りつつある。憶えている？　気候が変わり、雪が積もりだしたら……」モスターはさっと手振りをして、トニーのほうを指し示した。「電気、水、熱は得られるかもしれないけど、食べ物はどう？」

カーメンは何か言いたそうにしていたが、モスターは彼女の考えを察し、こう続けた。「今週届いた食料だけじゃ今度の春までもつはずない！」横目でちらりと見ると、ボビーがスマホをチェックしていた。ソレッシュダイレクトのアプリを開こうとしてる？　「ほかに何かある？」モスターが尋ねた。「果樹が何本か？　あなたのハーブガーデン？」その言葉はボビーに向けて発せられた。ボビーは、悪さをしているところを見つかった女子高生みたいにスマホをさっと隠した。

「物資を共同でプールする必要がある」モスターはふたたび室内に視線を走らせた。「住人全員の備蓄品を一括管理リストにまとめ、それを最大限に維持するための方策を練らないと」

ラインハートがいらだたしげに言った。「プライバシーの侵害じゃないか」

モスターはラインハートに嚙みついた。「どこかに助けを求めにいくつもり、アレックス?」手振りで火山を指し示した。「道はひとつ。そういうこと。歩いて脱出しようと誰か考えてるなら……」芝居っけたっぷりに両腕を広げ、それぞれで反対方向を示した。「一方の側には火山、もう一方の側には山脈が控えてる」カスケード山脈のほうに顔を向けた。「隣の町、隣の小屋までどれぐらいの距離になるか、誰か知ってる? 隣人のことをわたしたちは何も知らない。そもそも隣人がいるかどうかだって。ハイキングコースの先に広がっている土地について何も知らない。GPSの助けもなく、そんなところにふらふら出かけていきたい?」

「でも、スマホがダメでも……」カーメンだった。モスターとスマホの間で視線を往復させる。「わたしの友人で、パシフィック・クレスト・トレイル、あのとてつもなく長い自然歩道を踏破したひとたちがいるんだけど、彼らはその前にマップだかアプリだかをダウンロードしてて……」

「すでに手に入れたひとっている?」モスターは部屋のなかをぐるりと見回した。「誰もいない? これから手に入れようとしても遅すぎるから」誰ひとり、スマホを見ようともしない。「誰か紙の地図かコンパス、でなきゃ防災グッズをもってない?」返答はなかった。「わたしの考えが気に入らないのなら、もっといい案を出して」

トニーが言いかけた。「なあ、モスター——」すぐさまモスターはそれをさえぎって、「あなたなら何か案を用意してるはずよね、トニー。備蓄品は? 計画は? あなたはこのコミュニティを建造した。ここに引っ越すように誘いかけた」

「この子、怖がってるんだけど」エフィーの声は静かすぎて、ほとんど聞きとれなかった。彼女に抱かれているパロミノをちらりと見たが、正直なところ、それほど怖がってるようでもなかった。怖がってたのはわたしだ。あの夜はずっと怖かったけど、いちばんの恐怖はあの瞬間だった。モスターが話していたことのせいだけじゃない。彼女の口調。ラインハートを相手にしているときより、トニーと話しているときのほうが静かだった。攻撃してるって感じでもなくて。むしろ問いかけてるっていうか。

「どういう問題が生じそうかってことぐらいは考えたはずよね」トニーが何も答えないでいると、モスターの表情が一変した。垂れたまぶたが持ち上げられ、ふっくらした唇が丸くなる。「考えなかったの？　あなたの言ってることとって、〈心配するな、きみたちが思ってるほどひどくない〉だけじゃない。でも、もしわたしたちが思ってるぐらいにひどかったら？　もっとひどかったら？」

「この子、怖がってるのよ！」カーメンだった。背筋をしゃんと伸ばしてすわり、よく通る、威圧的な声を発した。モスターがそれを聞いて口をつぐむと、トニーがここぞとばかりに割りこんだ。

「モスター、わたしたち……わたしたち全員があなたの話を聞いたし、当然至極の懸念についても重く受けとめたいと思う」モスターが口を開き、何かを言おうとするが、トニーは手を上げてそれを制した。「もちろん、わたしだって考えてはいた。だが、より重要なのは」――窓に向かってうなずきかける――「彼らが考えてるってことだ」

「彼ら？」モスターが口をはさんだ。「彼らって？」

「彼ら」ほんのわずかのためらいを交え、トニーがくりかえした。「専門家というか、まあ……警察とか救急医療とかの緊急サービスの機関。任務についている人々。彼らはレーニア山についてよく考え抜いていて、まさしくこんなときのために計画を練り、訓練を積んでいる」

「むしろ税金のためだろ」ラインハートが言うと、部屋のなかで笑いが起きた。トニーもそこに加わり、こう言い添えた。「そのとおり。彼らはこういう状況について考え、それで給料を得ている。別にわたしたちが考える必要はない」トニーはリラックスしはじめていた。わたしたち全員がそう。けど、なんなの、モスターは黙ろうとしなかった。

「でも、もしこの状況が彼らの手に負えなかったら？　ものすごすぎて、わたしたちを見つけられないまま――」

「モスター、それぐらいにして！」カーメンがふたたび声を張りあげ、続いてボビーが「わかってるから、お願い！」と言い、ラインハートが「モスター……」とうめいた。

「いや、かまわない」トニーがゆっくりと両手を上げた。「モスターには現に彼女が感じているとおりに感じる権利があるし、ここにいる全員で助け合う必要があるという意見も正しい。それこそ」いったん口をつぐみ、唇をなめた。「それこそが暗黙の社会契約であって」〈暗黙の社会契約〉という部分になると語気を強めた。「いかなる共同体にあっても規範として承認されている。困難な時期にあるとき、人々はたがいに助け合わなければならない。なんといっても、それが正しいことなのだから。そうじゃないか？」

もしかするとトニーは期待していたのかもしれないが、モスターからは応援も謝意も得られなかった。モスターはトニーをひとにらみすると、わたしたちへと視線を移し、ひとりひとりの顔をじっくりと見ていった。穏やかな表情を浮かべ、わかるかわからないかといった程度のかすかな動きでうなずいた。変なふうにとってほしくないんだけど、その様子を見たとき、わたしはあなたと最初にセッションしたときのことを思いだした。あのときあなたはじっと耳を傾けていた。だんだん事情が呑みこめてきたといわんばかりの表情を浮かべて。モスターかも感じたのもそれ。こんなふうに考えてるみたいだった。そうか、これからずっとこういう感じなんだ、自分はこんなのを相手にしてるんだ。

モスターがわたしたちを無言で値踏みしているのをよそに、イヴェットが口を開いた。夫の隣に立ち、その手を取ってこう言った。「さっきトニーはとってもいい意見を言ってくれた。誰もが自分なりの感じ方で好きなだけ感じていいんだって」イヴェットが愛情のこもった目で夫を見た。「誰かに代わって意見を言いたいとか、そういうんじゃない。けど、いまこの瞬間、ストレスホルモンが体内であふれだしているのを感じてるんだもの。これからきっといろんなひとたちがわたしのことを心配してくれるだろうけど、そういうひとたちのことが心配で心配で仕方ないっていうか」

ボビーやエフィー、カーメンがうなずく。ラインハートが物思いにふけっているみたいに「むむむ……」と長いうなり声をもらした。

「家族、友人、別の州、さらには他の国にいる人々。彼らは、明日の朝、起きて、この恐ろしいニュースを知る。もしかするとすでに目覚めていて、わたしたちに連絡しようとしてるひとがいるかも」イヴェットの声、懸念、感情移入。「いまこの瞬間にも当局に電話しているひとがいて、わたしたちが忘れ去られないよう、はたらきかけてくれているかもしれない」

フランク・マクレー・ジュニアの証言

「ただいま電話が混み合っております。そのまま切らずにお待ちください」俺はそれに従った。アメリカ合衆国連邦緊急事態管理庁《FEMA》、アメリカ地質調査所《USGS》、連邦および州立公園局、知事室、州および郡警察、全部を相手にね。考えたくもないよ、中国のあのくそったれホテルの部屋でいったいどれだけの時間を費やしたことか。シャワーを浴びることも食べることも寝ることも忘れ、ひたすらメールし、スカイプし、メールを一斉配信した。〈グリーンループ〉に何が起こっているのか知ってそうなひとなら誰かれかまわずに。背中ではCNNをつけっぱなし、パソコン上では新着ニュースが絶えず更新されていた。そのまま切らずに待っていた電話から、一度たりとも人間の声は流れなかった。

日記#4（承前）

イヴェットは、その場の全員に向けて語っているという姿勢はけっして崩さなかったけど、ほんの一瞬だけ視線がモスターの上にとどまっていたのをわたしは見逃さなかった。「ここで待ちつづけているのはたしかにつらい。無力感にさいなまれながらも思いをはせないわけにはいかないんだもの。わたしたちが心から愛するひとたちのこと、それから」窓のほうに顔を向けた。「あそこにいて、ほんとうに助けを必要としているかもしれない、あの気の毒な人々のことに」大きく鼻をすすり、わずかにうなだれると、トニーが筋肉質の腕をイヴェットの肩に回した。

「向こうに行って、彼らの力になってあげることはできない。だからここにいて、おたがいの力にならないと」イヴェットは夫の肩に頭を載せた。「これからわたしたちは生き残った人間にありがちな自責の念に駆られるかもしれない。やりきれないニュースを耳にすることもあれば、愛するひとたちがわたしたちについてどれだけ心を痛めてるか考え、つらくなることだってあるかもしれない。でも、だからといって、それで自滅するなんてもってのほか」またモスターをちらりと見た。「処理しなければならないことはいくらでもある。感情的な資源はプールしておかなくちゃ」二人は笑みを浮かべ、モスターを見下ろした。イヴェットが言った。「つねに何かで頭を一杯にして、余計な想念に煩わされないようにしないとね。というわけで、必要とするひともいるでしょうから、明日の朝、ここで瞑想講座を開きます」

トニーはふたたびイヴェットをハグし、こう言った。「わたしの家の扉はつねに開けておこう。ガス抜きしたいとか、ニュースをシェアしたいとか、緊急用シングルモルト・スコッチを共に味わいたい方はどうぞ」クスクス笑いが起こり、トニーはこう締めくくった。「つねに穏やかでありつづけ、すべてのひとの心と魂に配慮しよう。それこそが」自信に満ちた顔でモスターを一瞥した。「わたしたちの社会契約だ」

拍手。

ブース夫妻、ラインハート、パーキンズ＝フォースター一家。そしてわたし。

　こんなひとたちがリーダーだなんて、信じられないくらいに幸福。リーダーというのもあまりに間が抜けた呼び名というか、単純化のしすぎみたいな気がするけど、ほかになんて言ったらいい？　わたしは心底ほっとし、安心感に浸り、二人のすぐ後ろについて歩いていった。ほかのひとたちもぞろぞろ外に出た。けど、わたしは妙なものを見た、というか見たような気がしただけかもしれない。ドアから出ていくとき、イヴェットはこれまで一度も見たことのない表情でトニーをちらりと見上げた。わずかに目を見開き、唇を微妙にすぼめて。二人は無言のまま腕を組み、家までぶらぶら歩いていった。もう少しで家のドアというとき、イヴェットがさっと振りかえった。何か探してた？　わたしたちが見てるかどうかたしかめるため？　なぜ？

　いぶかしむだけの余裕はなかった。ほどなくしてわたしたちも家に着いた。ドアを閉ざしていると、ダンがこちらに振り向いて尋ねた。「どう思う？」なんであれ、ダンがわたしの意見を求めるのは久しぶりだった。最初は正直に答えるつもりだった。トニーはすべてに正しい見通しをつけてくれるし、すっごくありがたいと思ってる、とか。あえてそう口にしなかったのは、ダンの顔に浮かんだ表情が気になったからだ。途方に暮れ、答えを探し求めている。感情があからさまに表に出ている。ミーティングのときに浮かべていたのと同じ表情。モスターが話していたときはとくにそんな感じだった。トニーの意見に反対なのか？　モスターの意見のほうが正しいと本気で思ってる？　いや、そこまでじゃなくても、そっちのほうが正しいのかもなんて、迷ってたりするんだろうか？

「あくまでも……」ダンはためらった。「あくまでも思いつきなんだけど、車で橋まで行ってみたらどうだろう……それか、もう少しだけ進んで、幹線道路に出てみるとか。だから、その……なんというか、何があったのか確認するだけでも」

　答えるよりも先に、裏口のドアから鋭くてやかましいノックの音が聞こえた。キッチンに向かうと、モスターがずかずか入りこんできた。弁解の言葉はなく、それどころか、わたしたちの返事さえ待たずに。ここの住人は夜でもドアに鍵をかけないって言ったっけ？

モスターはダンに顔を向けた。「あなた、修理できたりする？　この家の仕組みとか知ってる？」

ダンはぽかんとした顔でかぶりを振った。

「勉強して」

その一語からはとてつもない重みが感じられた。

「マニュアルはあるんだろうけど」いつもの平板でつっけんどんな口調で続けた。「おそらく」両手を空に向けて振った。「〈雲《クラウド》〉のなかなの。というわけであなたは自分の頭で考えるしかない。配管とか電気とか、コンピュータ関係のわけのわからないことばかりだけど、あなたたち若者ならとっくに知ってるでしょうから」

ダンは何か言おうしたが、モスターは強引に押しきった。「もしまだ知らないのなら、勉強しなさい」

ダンの唇が動いた。モスターが指を突き立てた。「でも、それは後で。まずはいちばん大事なことから」その指を下げて、わが家のガレージのほうを指した。「わたしの作業場は使えない。どかすものが多すぎる。どうせあなたたちのところはほとんどからっぽなんでしょう。それなら菜園も簡単につくれる」

菜園？　待って、何それ？

「じゃあ、がんばって」モスターはダンをガレージのほうにそっと押しやった。「そこに何があるかわからないけど、全部外に出し、床から物を一掃して。それと、もしもってるなら、シャベルを取ってきて」

わたしが何か言うより、それどころか何か考えるより先に、あの指差したり平手打ちしたりする手がわたしの手首をそっとつかんでいた。「行きましょう、ケイティー」

こうしてわたしたちはモスターの家に向かった。

「カーテンは開けないで」キッチンのスライド式のドアを閉ざすや、モスターが言った。「誰にも見られないように。わたしたちがここにいっしょにいることを誰にも知られないようにして」どうにかこうにかわたしは声を発した。「ああ……」とかなんとか、なんとも力強く、気の利いた、言葉にならない音声を。

「あなたとほかのひとたちを敵対させるわけにはいかない。いまはまだ」モスターが続けた。このクレイジーな豆タンクはわたしを踏みつぶそうとしていた。「あなたがいるとなんとなくその場が丸く収まるみたいだし、明日は何よりそのスキルが必要となる」少しの間、モスターは握っていた手を離すと、ペンと剝ぎ取り式のノートを取ってきて、わたしに手渡した。「でも、大事なことから先にやらないと」手で大きく払うような身振りで食料貯蔵室《パントリー》、キャビネット、冷蔵庫を次々と指し示し、こう言い放った。「全部調べて。食べられるものをすべて記録してちょうだい。最後の一カロリーにいたるまで。やり方は知ってるわよね。アメリカの女の子なんだから。ダイエットなしの人生なんて考えられないでしょ」冷蔵庫のほうにそっと押しやると、モスターは裏口に向かった。「終わったらすぐ帰り、自分の家の食べ物でも同じことをして！」モスターが踵を返し、立ち去ろうとしたとき、思わずわたしはこんな言葉を洩らした。「でも……いったい……」

モスターは動きを止め、わたしの顔を見て、そこに途方に暮れ、ひとつひとつの毛穴から不安が漏れ出しているような表情が浮かんでいるのに気づいた。深々とため息をつき、わたしの肩に手を置いて言った。「たしかにそうね。わたしも後悔してる」

当然、それに続いてこんな言葉が発せられるものとわたしは思った。「わたしも後悔してる。バカな真似しちゃって。あなたが考えてるとおりね。もうやめましょう。家に帰りなさい。さっきのことは忘れて。血迷ってただけだから。おどかしてごめんね」

ならよかったのに。

「わたしも後悔してる。もっと日頃から備えをしておくんだった」モスターは顔をしかめた。明らかに自分自身にいらだってる。「わたしはトニーを信頼していたし、トニーは〈彼ら〉を信頼している」肩をすくめた。「もしかするとトニーが考えているとおりかもしれない。いまごろ〈彼ら〉はいろいろと後始末にとりかかっているかもしれない。明日、ここにきて、インターネットの修理をし、ご不便をおかけして申し訳ありませんでしたなどと謝罪をするかもしれない」皮肉な笑みを浮かべた。「そしたら、わたしのおかげでこの魅力的な小事業に没頭できるんだから、それを感謝して。格好の笑い話にもなるし、友人たちに教えてあげればいい。隣に住んでる頭のおかしいおばあさんは世界の終わりがきたと思いこんだあげく、わたしにこんなことをさせたんだって」いまにも噴きだしそうな様子だったが、たちまち真顔に戻った。「でも、もしわたしが正しかったら……」また肩をすくめ、わたしの頬を軽く撫で、それからわたしの家に向かってどかどか歩いていった。わたしはあっけにとられ、ひとりモスターの家に取り残された。

　それが二時間前のこと。わたしはすべてを目録化した。卵、チーズ、サラミ、パン。そこには大量のパンがあった。大量の酢漬けも。キュウリ、トウガラシ類、ザウアークラウトっぽい何か。ジュースやソーダまで調べ（ダイエット何やらはなし）、調味料やスパイスまで手当たり次第に記録した。ジャムからオイル、〈ベゲタ〉なる野菜ブイヨンまで。ベゲタのカロリーはわからなかったが、これまでのダイエット経験がものをいい、その他はなんとなく当たりがついた。どれもこれも〈重い《ヘヴィー》〉ものばかり。わたしたちの、わたしのマイナスカロリー食品、セロリやラクロワ[*2]とかに比べたら、なおのことそう。

　それでもたいした量じゃない。ここではっきりさせておくべきね。普通の状況なら、というのは一日三食おやつ付きってことだけど、二週間もてばいいくらい。意外といえば意外なんだけど、フランクは以前、この点について警告していた。ドローンを使って〈グリーンループ〉まで食料品を配送させるのも、各戸の食料貯蔵庫《パントリー》が小さめになっているのも、要するに食品ロスを抑えるためなんだって。フランクはどれぐらいって言ってたっけ？　毎年、アメリカの食品の三十ないしは四十パーセントが廃棄されるんだったかな？　三千万トン？[*3]　モスターがあの莫大な食品ロスの一因になるなんてとうてい思えない。なんか東海岸の都市生活を思い浮かべちゃった。あっちのひとたちってトマト一個、サヤエンドウひと握り分のためにわざわざ地元の食料雑貨店に足を運んだりするんだよね。

　それでも、モスターがストックしている食料品は、わたしたちに比べれば贅沢三昧といったっていいくらい。引っ越し前、わたしたちは大量の食品を捨てた。中身にまったく口をつけていない大量の袋や缶（さらに廃棄物は増大）。いま家にあるのは、今週、配送された食品と歓迎パーティーの余り物ぐらいだ。全部記録したところでたいした時間はかからない。わたしはこれからそれをやろうとしている。

　わたしはわが家のキッチンにいる。モスターとダンはそばで作業している。

　彼らはガレージのなかのものを一掃し、そしていまその場所に大量の土を運び入れている。

そう。土。

彼らは外にいて、ステンレスの料理用ボウルで土をすくい（わたしたちもモスターもシャベルをもっていない）、掃除用のバケツ（わたしたちもモスターもシンクの下に置いていた）を一杯にしている。狂ったような仕事ぶりで、キッチンのドアからガレージまで橋のように続いているバスタオルの上をせっせと行ったりきたりしている。バスタオルは、モスターが自宅からもってきて、その場に敷いた。

手伝いましょうかと申し出たら、モスターはあっちに行けというように手を振って追い払う。「ダメダメ、専門化。あなたはあなたの仕事をして、こっちはこっちの仕事をするから」わたしがまだ食物リストの作成中だと思ったにちがいない。といって別にそれを確かめようとするわけでもない。モスターは何かの機械みたい。ダンもそう。ちょっとだけ遅くて、ちょっとだけ茫然としてる。一度か二度、わたしたちは目を見開いて視線を交わす。モスターは視線のやりとりに気づき、おそらくこう考えている。さっきケイトに手伝わないでと言ったけど、この二人、なんでわたしがそう言ったのか、どうもわかってないみたい。「分業！」モスターは振り向いて怒鳴る。「それでうまくいく」

いったい何がうまくいくわけ？

わたしは大判の剝ぎ取り式ノートの下に日記を隠している。

このトチ狂ったおばあさんは、冬の間、わたしたちがずっとここに閉じこめられると本気で思ってるのかな？どうしてわたしたちは彼女に好き勝手させてるんだろ？どうしてダンは彼女に立ち向かい、声を上げないの？「もうたくさんだ！」って。

どうしてわたしはそうしないんだろう？

オーケー、あなたが言いそうなことはわかる。一番手《アルファ》が不在で二番手《ベータ》が二人、どちらも消極的、わたしたちの結婚生活がそもそもこんなふうになった最大の理由。どちらも先頭に立とうとしないし、あなたが言うとおり、リーダーシップに伴う責任を引きうけようとはしない。いちいちもっともなんだけど、でも……。

でも……。

もしモスターが正しかったら？

いまはまだそれについて考えるべきじゃない。いったい何について考えるべきかもわからない。トニーは正しいはず。トニーが正しいとわたしは知っている。こんなの、ばかげてる。なら、どうしてわたしは何も言わないんだろ？　もうくたくた。そろそろ夜明けだ。

そろそろ仕事に戻らないと。シャワーを浴び、服を着て、何ごともなかったかのようにイヴェットの瞑想講座に行くための時間が必要。モスターはわたしをそこに行かせようとしている。

ワシントン州、クリスタル・マウンテン・リゾート
シルバー・スキーズ・シャレー

リゾート地は活況を呈していた。スタッフが再オープニングの準備のため駆けずりまわっていた。そのエネルギッシュな行動ぶりときわめて対照的なのは、目は落ちくぼみ、ずるずる足を引きずるようにしてここから立ち去ろうとしている政府職員の疲労困憊ぶりだった。彼らの大半は、噴火のごく初期からここに派遣されていた。なぜわたしがここにいるのか、誰ひとり疑問にも思わないようだった。身分証明書の提示を求めもしない。わたしも彼らの移動を邪魔しようとはせず、軍、州兵、州警察、連邦緊急事態管理庁《FEMA》からなる制服の大海のなか、合衆国国立公園局のグレーとオリーブ色を探しもとめた。運よく、目に留まった最初の人物がシニア・レンジャー、ジョゼフィーン・シェルだった。

彼女の現場事務所、二階の改装された部屋はタバコの煙、コーヒー、さらには足のにおいがする。ジョゼフィーンは雑然とした机を前にしてどっかと腰を下ろし、目をこすり、あくびをする。

わたしにとって、〈グリーンループ〉は〈タイタニック〉号でした。設計上の欠陥、救命艇の不足にいたるまでそっくりの。彼らは極度の孤立状態にあった。公道からは何キロも離れていたし、しかもその公道自体がいちばん近い町から何キロも離れていた。もちろん、それで問題はなかった。現代の物流システムや遠距離通信テクノロジーが機能していればだけど、たとえそんな環境にいたって、世界はすごく小さく感じられていたはず。でも、あのときレー

ニア山の噴火が起こり、物流や通信テクノロジーから分断されてしまうと、世界は突如として巨大さを取りもどしたんです。

この国の真の巨大さを理解しているひとはほとんどいない。もしあなたが東海岸、中西部、さもなければ西部の大都市やその近辺に住んでいたら、どれほどの無人の土地が広がっているか把握するのは難しい。その千の土地の性質、ここで話題にしている地域のタイプっていうのは……。

夜のアメリカをとらえた衛星地図を見たことあります？　大草原《プレイリー》と太平洋沿岸の間に分布するあの黒い大きな斑点を？　あの数多くの暗黒は、どれもが敵意に満ち、容赦のない土地なの。車の窓とか、選定された道の端っこから見る分にはたしかに美しい。でも、その道をはずれ、ふらふら迷いこんでしまったら命の保証はない。〈グリーンループ〉はそうした黒い斑点のひとつに含まれています。北米でもっとも危険に満ちた、山岳の原生雨林地帯。ほぼ垂直に切り立った斜面。不意に出現する、滑りやすいコケに覆われた崖。鋭い岩がそこかしこに散らばっている原野の全域。さらには、体温低下、霧。密集しすぎていて、レンガ壁にでもぶちあたったような気にさせる葉群。誰かが助けを求めて出ていったとしたら、こういう危険に対処しなきゃいけなかったはずです。

――ジョゼフィーンは、わたしたちがあとにしてきた、非常用の装備や救急隊員のほうを手振りで示す。

彼らに差しのべられる救援の手についてはどうか？　たしかにミセス・デュラントの意見は正しかった。愛する人々が電話をかけてくるっていう話のことです。問題は、ほかのあらゆるひとが同じことをするってこと。つまり世界中にいる何百万もの人々が、夜昼問わず電話しまくる。電話線はパンク寸前になっても、そんなことなどおかまいなく知り合いの誰やらの安否を確認しようとする。どうにかこうにか当局と連絡がついたとしても、彼らの問い合わせは、砂浜の砂粒みたいにおびただしい記録のなかに埋没しておしまい。

当時はどこもかしこも大混乱だったし、ミズ・モスターもそれを知っていた。すべてはどんどん悪くなっていったんだけど、どういうわけかモスターはそれを予測できた。おそらく彼女が歩んできたそれまでの人生に関係あるんだろうとは思う。けど、たとえそうじゃなくても、つまり、米国地質調査所《USGS》にきっちり職員を配置し、適正な予算をつけ、その訴えに耳を傾けていたとしても、この前の景気後退のあおりを食らい、当地の支局が機能不全に陥っていなかったとしても、連邦緊急事態管理庁《FEMA》が国土安全保障省に併合されなかったとしても、アメリカ国防兵站局が民間セクターから備蓄品の大半を買い上げる必要がそれまでなかったとしても、灰のせいで空港が封鎖されず、はた迷惑なドローンが州兵のヘリに激突しなかったとしても、州兵と軍の大半がベネズエラに派遣されていなかったとしても、大統領が有能で、メディアが責任を果たしていたとしても、州間高速自動車道九〇号線で無差別殺人を実行した狙撃犯が処方薬を服用していたとしても……何かの謀りごとのような運命のいたずらにより、ロス暴動以降で最大の社会不安とハリケーン・カトリーナ以降で最大の自然災害とが同時に勃発するなどということがなかったとしても、すべてがきっちり計画どおりに進んでいたとしても、だとしてもやっぱりわたしたちは〈グリーンループ〉を発見しなかった。理由は単純、そもそもわたしたちは彼らのことを探しもしていなかった。

——ジョゼフィーンが背後の壁面サイズの大型地図、とくにレーニア山の周辺に油性鉛筆で記された三つの囲み線を手振りで示した。

まず、これ。

——レーニア山からピュージェット湾のほうまで張りだしている黄色い囲みを指して言う。

自然災害の影響が見られる範囲です。そしてこの大きなのは……。

——シアトルを越え、北へと広がる波形の線を断ち切るように手を動かす。

市民の間に生じた混乱の広がりを示している。わかりますね？　そしてこれは……。

——最後に示した青の完璧な円は、火山を囲んでいる。

わたしたちが捜索に従事した区域。ハイカーやマウンテンバイカー、キャンプ愛好者にあの生徒たち。ああ、あの子たち、親御さんたちは政府をどやしつけ、政府はわたしたちをどやしつけた。あの三十六時間、とくに放棄されたバスを発見してからはひどかった。あの子たちは無事でよかったんだけど、ほかのひとたち、渋滞に巻きこまれ、車を乗り捨てたひとのなかには……。こっちもとにかく大変だった。集団心理に駆られ、海に飛びこむレミングみたいに我も我もと逃げだした連中を見つけるため、森のなかをしらみつぶしに捜索しなきゃいけなかったから。おかげで捜索範囲はずいぶん広がった。けど、それについて言うと……。

——ジョゼフィーンは、三つの囲み線のかなり外側にある地図の一点を指で突く。

〈グリーンループ〉のある……あった場所がここです。公的にいうと彼らは安全であり、孤立もしていなかった。森林のなかに山小屋やコミュニティがどれだけあったのかはわからない。そもそも彼らは見つけられることを望んでいないからです。彼らは冬の間、ずっと孤立していたというのに、大半は生きのびた。自分たちがどんな状況にあるかよく知っていたのでしょう。冬ごもりのスキルと貯蔵品をもっていたか、でなければ脱出に必要な能力と装備があった。しかも彼らの多くは好んでそうした。いえいえ、まじめな話。彼らは試練を歓迎した。代償を甘受した。〈グリーンループ〉のひとたちとは別だった。

あのかわいそうなひとたちは田舎暮らしを望まなかった。田舎に住みながらも都会生活を求めた。自分を環境に適合させるんじゃなく、環境を自分に適合させようとした。気持ちはよくわかる。群れから逃れたいという気持ちは誰にだってある。都会暮らしの快適さは手放したくないけど、なぜ都会から離れたくなるのかはわかる。要は、群集、犯罪、不潔さ、騒音。郊外だって変わりない。何から何まで規則だらけ、隣人たちは余計なことに首をつっこんでくる。不条理というかなんというか、アメリカに生きてるとなおさらそんな気になる。何しろアメリカというのは自由を尊重する社会らしいから。その一方で、社会のなかにいる以上、誰もが妥協を強いられ、自由はある程度あきらめざるをえない。〈グリーンループ〉の超接続性が、妥協なしの自由という幻想を与えたとしても不思議じゃない。けど、結局はそれだけのものにすぎなかった。ただの幻想ですよ。

——ジョゼフィーンは、火山の後背を占める、地図の広大な空白部に視線をさまよわせる。

羊たちの群れから離れていられるのってたしかにすばらしい。オオカミの吠える声が聞こえてくるまでは。

第五章

争い合うことこそがあらゆる動物の本性である。たとえ協力し合うことがあるとしても、特殊な状況のもとで特殊な理由からそうしているだけであって、相手に対し親切心を抱いているからではけっしてない。

――フランス・ドゥ・ヴァール
『ヒトに最も近い類人猿ボノボ』

フランク・マクレー・ジュニアの証言

非常時用のたくわえ、というか、その不足について言うと……いや、トニーを責めるつもりはない。あのときだって、そう、〈グリーンループ〉の焼け跡が発見されたときだってそんな気にはなれなかった。

個人としてのトニーを責めたりできない。テクノロジー業界一般がそういう考えだってだけのことで。あいつらは事態が悪化する可能性などいっさい想定しない。〈すばやく動き、どんどん壊せ〉だっけ、フェイスブックのあの有名なモットーのとおり。フェイスブックは本気で驚いたんだ。まさかロシア人が彼らのプラットフォームを乗っ取り、それで大統領選まで乗っ取ろうとするとはねって。すでにほかのいろんな国々を相手に同じことをやりつづけていたっていうのに。グーグルなんていまだにそうなんだ。無人自動車のマーケットを独占しようとしゃかりきになってるけど、テロリストがその車のシステムにハッキングし、人混みのなかにつっこんだらどうなるとか、そんな可能性にさえ思いいたらない。

そうそう、メンローパークの会議に出たときの話なんだが、自分の手を文字どおりハッキングした男がいて、どうやったか見せてくれたんだ。これからピアノを弾くといって、前腕の筋肉上の皮膚に電極を取りつけた。そいつはピアノが弾けなかった。コマンドを打ちこみ、〈実行〉をクリックすると、ジャジャーン！　『メリーさんの羊』。こんなのほんの序の口だ、全身に刺激を与えられるフルボディスーツだったらどうなると思う？　とそいつは言った。「可能性を考えてみてくれ」あの男はつづけた、障害のあるひとたちは。お年寄りは。「可能性を考えてみてくれ」とね。

俺には思いついたことがあった。で、手を上げ、質問した。「そのスーツを着たら、誰かにハッキングされるって可能性はないですか？　あなたが完全に合法に所持しているアサルトライフルを手にとって、地元の保育園まで歩いていくよう強制されるとかいう可能性は？」すると、やつはせっかくつくりあげた砂の城を俺が蹴りくずしたとでもいうような顔をした。でもそれについて考えるのにそいつは一ニューロンも無駄にしなかった。やつの頭のなかじゃ、それでしかないんだよ。ただの無駄でしか。いつだってポジティブな頭しかない。飛び方をおぼえよ、たとえそこがヒンデンブルク号でも。

すばやくどんどん破壊せよ、ってね。

日記#5　十月三日

ジャガイモ。モスターがイヴェットの瞑想教室にわたしを送りだしたのはそのためだった。「わたしたちにはジャガイモが必要なの」またまた必要とわたしたち。モスターは固く信じていた。ジャガイモは完璧なサバイバルフードだし、それだけあれば人間は生きていけるのだと。菜園に植える種イモを入手するというのがわたしに課された任務だった。

それを口に出してはいけないと言われた。何かしらモスターを庇《かば》うようなことも。「何か言われたら、適当に調子を合わせて」モスターはずばり言いきった。「同意し、貢献し、いっしょに笑って。好きなだけわたしをいじっていいから。うまいこと相手にとりいってちょうだい」

そのやり方なら教えてもらわなくていい。わたしは生まれつき相手にとりいるのが上手だし、そもそもモスターのイカレたプランの賛同者になったわけでもない。けど、あのニュースを聞いてからは、心の針がちょっとだけモスター支持の側に振れていた。しかもニュースは山ほどあった。ヴィンセントはミーティングのあともカーラジオを聞きつづけていたが、一時間後、トニーが交替を申しでた。二人が口をそろえて言うには、レーニア山から届く報道を耳にするかぎり、事態はかなり深刻らしい。

煮えたぎる火山泥流はラハールと呼ばれている。ラジオによると、八十年代にコロンビアのアルメロ[*1]という場所がラハールに襲われ、何千人もの死者が出たとのこと。それがいまレーニア山でも起こっているらしい。レーニア山の向こう側、あの町々すべてに面している側に関することばかり、ニュースで報じられてるような気がする。町の名前は、オーティングとかピュアラップ（スペルはまちがってないかな？）とかタコマは聞いたことがあった。いまごろは危険に直面しているはず。トニーが予測したとおり、わたしたちのところに危険は及ばないようだけど、どうやら孤立してしまったみたい。下方の谷、幹線道路。ヴィンセントは、幹線道路がラハールに呑みこまれてしまったというニュースを聞いたような気がするって。

「犠牲者だって出たかもしれない」ボビーだった。「車で逃げようとしたら渋滞にはまってしまい、立ち往生しているところを泥流に襲われたとかで」

イヴェットがため息をついた。「わたしたちもそうなっていたかもしれない」みんなでひと塊になってハグし合おうと、両手を伸ばした。「どうなってたか想像してみて。昨日の晩、みんなで車に乗って谷間へ降りていったら。道路はなくなってるってトニーが予想しなかったら……」

待って、それってモスターでしょ？

道路がなくなってると言ってるのはモスターじゃなかった？　から騒ぎだとか渋滞だとかトニーなりの主張があったはずだけど、あれってどうなったわけ？　みんな何もおぼえてないみたい。いや、もしかするとおぼえてはいるんだけど、どうせ結果は同じだし、とか思ったのかもしれない。トニーとモスターは二人とも、ここで待機すべきだと強く主張した。けど、いま、イヴェットは目に涙を浮かべ、こう言ってる。「トニーがわたしたちの命を救ってくれた」

わたしは口を閉ざしたまま、みんなといっしょにうなずいた。イヴェットが「モスターもここにいたらいいのに」と言ったときには、反応さえしなかった。みんなが抱き合うのをやめ、床の上の定位置につこうとしていたときのことだった。「みんな、これまで以上におたがいが必要となる」

それはテストだった。わたしが幼稚園のころからつねにパスしつづけてきたやつ。ときにはあからさまに。ときにはさも腹立たしげに。今回は気遣いのベールにくるまれて出てきた。「モスターなら大丈夫じゃない」カーメンだった。全員納得。「あんな経験してるんだし」

あんな経験って？　訊いてみようとしたら、イヴェットにさえぎられた。「誰かモスターと話した？」

ほら、きた。越えちゃいけない一線というやつ。

みんながかぶりを振る。わたし自身も含めて。イヴェットが苦々しげな顔でため息をついた。「明日になったら、ここにくるかも。誰よりも癒しが必要でしょうしね」

それを聞いて、胃酸が軽く逆流。テストに受かるための代償は、いつだって高くつく。わたしは嘘をつくのが大嫌い。争いも大嫌いだし、知り合いを敵味方に分けるのも大嫌い。あのときはこんな役回りを押しつけたモスターなんて大嫌いだと思った。こんな役回りを押しつけられ、文句ひとつ言わずに従っているわたし自身も大嫌い。

わたしは調子を合わせようとした。精神を集中し、リラックスし、〈このトラウマ的な出来事の肉体的な顕現〉を感じとり、〈浄化の深呼吸により苦痛と罪悪感を解き放つための許し〉を自分に与えようとした。〈オーマ〉、っていうか前回のセッションの際にイヴェットが話していた森の霊の守護者のイメージ化を試みた。抱擁。わたしを抱く、温かくて柔らかい腕。この前はうまくいったのに。いまはダメ。誘導イメージを受けいれられる気分じゃなかった。

セッションが終わると、重荷がどこかにいっちゃったっぽく見せかけようと頑張った。それからジャガイモを手に入れるべく、最大限にさりげなさを装って頼んだ。「今朝はハッシュドポテトでもつくってみようかなとか思って」またもや嘘、またもや胃酸。

おまけに収穫はゼロ。

やっぱり相手を気遣いながら。でも、今度は本物っぽい。ジャガイモは全然ないとかで、カーメンとエフィーは心からすまなそうな顔をしていたし、イヴェットからはほかに何か欲しいものがあったら立ち寄ってと言われた。

けど、ボビーはというと……。態度が変だったなどと言うつもりはない。というか、知り合ったばかりで素のボビーだって知らないから、ほんとに変な態度かどうかわかるはずがない。でも、居心地が悪いときに自分がどうなるかはよく知っている。むしろ知りすぎてるくらい。おかげでそれがたとえほかのひとの場合であっても、あ、このひと、いま居心地悪い思いをしてるんだなと手に取るようにわかる。返事をしたときのボビーは心底、居心地悪い思いをしているようだった。ただの勘違いかもしれない。ニュースのせいで動揺してるだけなのかもしれない。

家に帰るみんなをわたしは見つめていた。ボビーはやっぱりどこか変な感じで、後ろを振りかえったりしてた。イヴェットはトニーのところへ向かった。そのときになって気づいたんだけど、トニーはまだテスラのなかにいて、ラジオを聞いていた。カーメンとエフィーはパロミノに向かって手を振った。パロミノは幽霊譚《ゴーストストーリー》の登場人物みたいに二階の窓からじっと見下ろしていた。

ごめん。あんまりな言い方かも。でも、ほんとにそう感じたの。ホラー映画に出てきそうな薄気味悪い女の子が、手にしたストレス解消用の豆袋《ビーンバッグ》を狂ったように押しつぶしてるって。

どうしても散歩に行きたかった。気持ちを整理しないと。家に戻るとダンは寝ていた。ありがたいことに、きっとモスターも眠りについているはずだ。「作業は夜にしましょう」わたしが出かける前にモスターが言った。「誰にも見られないように」

頭おかしい。外に出て、気を鎮めないと。わたしの場合、あんまり疲れているとかえって眠れない。ここにきた最初の日、あの神秘的な一日の安らぎを取りもどせたらと思ったわけ。

大まちがい。さっさと眠りにつくべきだった。

わたしの共感力について自分がどう言ってたか、あなた憶えてる？ わたしは共感力が高すぎて害になってるって。他人のことを想像して、まるで自分のことみたいにリアルにその人の人生を思い描いてしまうって。

ハイキングのときにわたしがやったのはそれ。やめようやめようと思いながらも、ラハールに直撃された人々を想像せずにはいられなかった。高熱で湯気を立てている泥の津波。巨石や根こそぎにされた木々、壊れた家屋の一部などが、泥流に乗って押し流されている。車のなかにいる人々を思い描いた。ラジオを聞き、取り乱した顔で携帯電話を見下ろし、車が全然進まないと文句をこぼし、ついでに後部座席にいる子どもたちに向かって、タブレットから離れ、現実に目を向けろ、と怒鳴ってる。

彼らはバックミラーのなかに何かを見るかもしれない。突然、人々が車のわきを駆け抜けはじめたのはなぜなのか、疑問に思うかもしれない。わたしがそこにいたら、どうなっていただろう？ 後ろの車に追突される。カッとなって振り返りはするが、頭に血をのぼらせて中指を突き立てるような真似はけっしてしない。良識ある大人のひとりとして、手を伸ばし、保険証書をつかみ、車の損害について話そうと心のなかで準備し、向きを変えてドアを開けようとする。別の車がギチギチに横づけしてるせいでドアは開けられないかもしれない。後ろを見ようとからだをひねりかけたとき、とどろきが聞こえる。

巨大な瀑布《ばくふ》のような轟音。波じゃない、瀑布。以前、ユーチューブで見た日本の津波みたいに。

わたしのことだから、車の窓を開けてくぐり抜け、逃げだそうなどとは思いもしない。ドアを閉じ、目を閉じ、自分に言いきかせるだけ。周囲は金属とガラスでガチガチに固められてるんだから、そんなことになるはずがない。直撃され、呑みこまれ、釜茹でになるなんて。

けど、そのときわたしは悟った。この悪夢のような空想が現実に起こるはずはなかった。噴火が起こったのは夜だったんだから。移動中のひとなんてほとんどいない。ノースリッジ地震のときはそんなふうだったと隣人たちが教えてくれた。LAに引っ越したばかりのころ。あれ、誰だったっけ？　道の向かい側に住んでいた老夫婦。彼らは家を売らなければならなくなった。名前はなんだっけか？　奥さんは、町にとってはすごくラッキーなことだったとか言ってたんじゃなかった？　地震が夜、起こったおかげで、住民はみんな家にいて無事だったから。そんなことを思うと、わたしは多少ほっとした。といってもほんの束の間のことにすぎなかったけど。ラハールの進行方向にあった家々を思い浮かべてしまったせいだ。

彼らはわたしたちのように寝ていたのだろうか？　夢でも見ていたろうか？　わたしは自分自身を思い描いた。ぬくぬくとベッドに横たわっている。とどろきが耳に入れば、そのときに経験している無意識の世界の物語に取りこみながら。目覚めた瞬間、目にしただろうか？　屋根が崩れ、自分に向かって落下するのを？　折れた梁や裂けた家具の尖った先端が自分の胸を貫くのを？

目覚めないままでいるほうがいい。大半のひとが目覚めないままだったらいいのに。けど、目覚めたひともいる。いまだに生きていて、瓦礫の下で身動きとれずにいるひとはいるんだろうか？　負傷したひとはどれだけいる？　助けを求めようとしてる？　片方だけの肺でぜーぜー呼吸している？　咳して血を吐いている？　折れた骨。苦痛。恐怖。

どうしてこうなっちゃうわけ？　わたしの、なんていうんだっけ、えーと、〈自己防衛機制〉はどこに行ったの？

もしかすると、あのときハイキングに行ったのも〈自己防衛機制〉を構築するためで、愉快な感覚、ポジティブな記憶でできた壁を自分の周囲に張りめぐらすためだったのかもしれない。そんなことをしたってかえって悪くなるだけだと気づくべきだった。レーニア山が怒って煙を上げていた。尾根のてっぺんに立つと、レーニア山の後方、はるか彼方で小さな黒い柱が立ちのぼっているのが見えた。森林火災？　家が燃えてる？　レーニア山の煙が空を暗くしていた。太陽を塗りつぶす灰色の覆い。

その光景から顔をそらし、山道をさらに先に進んで、以前、目にしたブラックベリーの灌木を見つけようとした。木はその場にあったが、ベリーはひとつ残らずなくなっていた。固い、小さな緑色の実さえも。枝を一本、わきにひっぱろうとすると、指に棘《とげ》が刺さった。反射的に手を口にもっていった。傷は深くないが、しっかり血の味がした。口のなかに風味が広がると、お腹が鳴った。自分がひどく空腹なのに気づいた。するとその空腹感がひきがねとなり、昨日、カロリーリストをまとめたときの記憶が甦った。

手持ちの食べ物をすべて記録すると、〈配給プラン〉を立てるようモスターから命令された。なんてことないとわたしは思った。これまでの人生で試してきた数々のダイエットと少しも変わりない。わたしたち二人の年齢、身長、身体活動のレベル、おおまかな脂肪貯蔵量を見積もった。以前はこんなことをずっと書き留めてたなんて信じられない！　スマホにダウンロードしてある、二つのカロリー計算アプリまで使った（うん、わたしのスマホには二つ入ってる）。結果、わたし、ダン、モスターの分として千二百キロカロリー、二千百キロカロリー、やはり千二百キロカロリーが割り振られた。モスターのほんとの年齢はよくわかってないんだけど。

きびしくしすぎかもと思ったんだけど、モスターに見せたら、かぶりを振って大笑いした。「とってもアメリカっぽいわね」

わたしは顔が赤くなるのを感じた。なんとか抵抗した自分をほめてあげたい。わたしは短期集中型ダイエットの危険性、長期的な健康リスクについて説明した。

モスターはチッと舌打ちした。「これはダイエットじゃないのよ、ケイティー。配給なの。ダイエットは自分の選択にもとづいてより少ない量の食事をすること。配給は選択の余地なく、より少ない量の食事をすること。コントロールする余地がいっさいないなんて、ありえないと思うかもしれない。アメリカ人ならなおさら。あなたたちは飢餓というものをまったく知らない。世界の他の地域の人々とちがって。南北戦争という最暗黒の時代ですらそうだった。そんなときでさえ、十分な量の小麦を育てて、余った分を売って利益まで出せた」

どういうわけでそんなことを知ってるの？　ど、、、どうしてそんなことを知ってるの？

「さあ」モスターは剝ぎ取り式のノートをわたしの手から奪いとり、さらさら書きだした。「わたしがどういうつもりなのか教えてあげる」

ダンは八百キロカロリー。

モスターは五百キロカロリー。

そして、わたしは千キロカロリー。

「すぐにってわけじゃない」とモスター。「準備してる間はやらない。でも一週間もすれば、することだってなくなる。せいぜい、のんびりかまえ、蓄積された脂肪を消化するぐらい。あなたにいちばん多いカロリー量を割り当てたのはそれが理由。それと、そもそも最小限の量しかとってないんだもの」そう言って手を伸ばし、わたしの尻を指でつついた。びっくりしてキャーッと叫び、振り返って、他人のパーソナルスペースを侵害するのはどうのこうのと言おうとしたが、すでにモスターは外に出ていた。そして、上で一杯の深鍋を運び入れる作業にまた取りかかった。

モスターのばかげたお仕置きプランをちゃんと実行しようという気なんてさらさらなかったってことは言っておかないと。いつもの、適当にサボれるダイエットと同じっていうか。でもいまはちがう。ニュースを聞き、このクレイジーなおばあさんがそこまでクレイジーじゃないのかもと思うようになってからは、彼女が昨日の夜に話していたことについて逐一、考えなおしてみようという気になっていた。それどころか、こんなふうにハイキングをして大量にカロリー消費をしてるのが、なんだか罪深い行為のようにさえ思えてきた！

以前きたときには目に入らなかっただけかもと思い、ほかの灌木を探してみた。そしたらここが天然のビュッフェと呼んでも全然おかしくなかったんだと気づいて腹が立った。葉っぱ、樹皮、キノコだらけ。ものすごくたくさんのキノコ！　白、黒、茶、ピンク、紫。紫！　どれか食べられるのがあるんだろうか？　わかるはずがない。スマホは使えない。〈賢い電話《スマートフォン》〉って名前のくせに。

わたしはこの小さな長方形の役立たずを習慣からいままで持ち歩いていた。

まあいい。まるっきり役立たずってわけでもない。けど、時計、カレンダー、フラッシュライト、歩数計、速記用口述録音機《ディクタフォン》、ノートパッド、カメラ、ビデオレコーダー、ビデオ編集機、ゲーム機として機能し、それに加えてほんの二十年前だったら驚き以外の何ものでもないアプリが無数に使えるとしても、わたしがスマホに求める役割はひとつだけだし、スマホの本来的な役割だってひとつしかない。要するに、コミュニケーション。

「Ｓｉｒｉ、ここでは何が食べられる？」

なんだかわたしの気分はますます暗くなった。全世界の知識が突然、ポケットから消えてしまったせいかもしれないし、いまのいまにいたるまで自分にはそれを手にするだけの資格があると思いこんでいたせいかもしれない。ハチドリが視界を横切るようにして飛んできたとき、わたしは彼らに心から感謝した。ハチドリたちは以前と変わらず花の周囲を勢いよく飛び回り、愛をこめて軽いキスを交わす。最初、わたしは幸福な思いに浸り、両手を唇にあてていた。神様ありがとう！　そんなことを考えていた。ありがとう神様、美しいものがまだ残っていた。少なくともひとつだけは。けど、よくよく見ると、鳥たちはキスなんかしてなかった。たがいを殺そうとしてただけ。針のようなくちばしを突き刺してやろうとすばやく動かして。あの最初の日、ハチドリたちがしていたのはまさしくそれだった。あのときわたしは、自分が見たいと思っていたものを見たにすぎなかった。

それから物音がして、ハチドリは驚いて飛び去った。わたしも思わず飛び上がった。わたしの前方と右手のシダが前後にしなるのが見えた。横一列の動きは速すぎて、わたしは身動きひとつできなかった。真正面の茂みから何かが勢いよく飛びだした。小さくて茶色い何か。ウサギだろうと思ったが、ほんの一瞬で姿を消してしまった。二度、すばやく跳躍しただけで山道を横切り、反対側の下生えのなかに入りこんだ。一度も止まらず、スピードを緩めもしなかった。その動きの残像が消えてゆくのを見ているうち、もしかして何かに追いかけられていたのだろうかという疑問が頭をかすめた。

そのときあのにおいがした。そよ風に乗って漂い、たちまち消え去った。腐った卵とか古い生ゴミみたいなにおい。昨夜のミーティングの記憶が甦った。解散しようというときのこと。カーメンが、窓を開けると硫黄っぽい悪臭がするとこぼしていた。ラインハートは火山のガス放出だろうと片付けた。おそらくはそのとおりなのだろう。漂ってきたにおいが消えるまでの間、わたしはそんなことを考えていた。

それから吠え声。遠くで、かすかに。オオカミじゃない。少なくとも、映画で聞いたオオカミの吠え声とは似ていない。コヨーテの鳴き声も知ってるけど、まちがいなくちがう。そもそも動物だったのかどうか、いまだに判断がつかない。高い木々の間を吹き抜ける風の音だったのかもしれないし、山々を越えて響くこだまのいたずらだったのかもしれない。こんなところでなんの音が聞こえるのかとかわかるはずない。吠え声は徐々に小さくなり、短く低いうなり声が三度発せられた。三度目のうなり声は前の二つよりもほんの少しだけ大きく聞こえた。あるいは、より近くから聞こえた。わたしは息をつめ、身動きせず、耳をすませ、別の音を聞きとろうとした。どんな音だろうと。森全体が静まりかえったような気がした。

そのときわたしは自分に注がれる視線を感じた。あなたならきっと、全部わたしの思い込みにすぎないとでも言うんでしょうね。確たる根拠があったわけでもない。たったひとりであそこに立っていただけ。くすんだ色合いの不気味な空の下、やましさと、この世の終わりだという思いで頭をいっぱいにして。でも、誰かに見られているという感覚なら前にも経験している。遊び場にいたときとか、ママが部屋の向こう側にいてわたしの服装をチェックしてるときとか。この直観のおかげでダンに出会った。大学一年生のとき、ごちゃごちゃと群れをなすひとと、やかましい音楽をものともせずに。とにかくわかったのだ。感じた。目を上げると、そこにダンがいた。

今回は誰かを見たわけではない。家に帰ろうと引き返しかけたときでさえ。走りはしなかった。そうしなかった自分をほめてあげたい。あえてゆっくりと歩いた。帰宅する途中であの感覚は消えてしまった。いまは気恥ずかしさでいっぱいだ。理由もなく取り乱してしまったなんて信じられない。いもしない怪物をでっちあげ、わたしの幸福の場所を汚してしまった。ばかばかしい。キッチンテーブルについて裏口の向こうに目をやり、二階にいるダンの能天気ないびきを聞いていると、そう感じないわけにはいかなかった。風が強くなり、木々のそよぐ音を聞いていると気持ちが次第に落ちついてきた。もう一回あそこに行ってみたほうがいいかもしれない。いい気分のまま散歩を終わらせるために。

無理。いま試した。脚がオートミールになったみたい。うーむ、オートミール。さっきインスタントのパックを食べた。実際は半分だけ。空腹を鎮めるにはそれで充分。

だんだんイライラしてきた。ダイエットのストレス。〈配給制〉とかいうモスターのばかげたプランに従い、わざわざ自分を辛い目にあわせるのが正しいのかどうかという点になると、いまだに百パーセントの確信は得られない。わたしたちが孤立しているという指摘が正しいとしても。そもそも、その配給制とやらがいつまで続くと考えればいいのか？

何がなんでも眠らないと。ベッドにいるダンの隣りにもぐりこむ。耳栓をして。もしかすると抗不安薬を半錠だけ。心地よい夜の、いや昼の眠り。本来の姿を取りもどせるよう、世界にチャンスを与えてあげる。たとえ世界がそうならなかったとしても、少なくともわたしはいつもの自分を取りもどせる。夕方になり、爽快な気分で森のなかを散歩すれば。

シニア・レンジャー、ジョゼフィーン・シェルの証言

わたしはそれを〈マスード瞬間〉と呼んでいます。ある点と点とのつながりに、手遅れになってから気づくこと。由来はアハマッド・シャー・マスード、アフガンゲリラのリーダーの名前です。彼はまずロシア人と戦い、その後タリバンを相手に戦った。名前を聞いたことはないでしょうね。わたしもそうだった。はじめて名前を聞いたのはマスードが死んだ日。わたしはニューヨークに着いたばかりだった。夜遅くの便で、深夜一時か二時だったんじゃないかな。ケネディー国際空港でつかまえたタクシーの運転手はBBCの国際放送、ワールドサービスを聞いていた。ラジオは、ジャーナリストになりすましたテロリストの手でマスードが暗殺されたというニュースを流していた。わたしはたいして気に留めなかった。別の局に変えてくれと言ったような気さえする。だって、いい、これから休暇がはじまろうというときだったから。ニューヨークははじめてだったし、友人たちも待っていた。わたしたちはミュージカル『プロデューサーズ』のチケットを手に入れていた。

それは二〇〇一年九月九日のことで、マスード暗殺がワールドトレードセンターへの攻撃の前振りだったと知ったのはすべてが終わってからだった。あのとき、そんなことがわかるはずはなかった。わたしがこの符合に気づくと思ってたひとなんてひとりもいなかった。それでもわたしはあの瞬間について、点と点がつながる符合について何度も考えてしまう。そしてこれまでだって何度もそのことを考えつづけてきた。あのとき以来……

——地図をちらりと見上げた。

わたしたちは骨を見つけた。骨のかけら。打ち砕かれていました、誰かが半狂乱になってハンマーをふるったよう

に。蹄、何本かの歯も。毛皮の一部からすると、おそらくシカの骨。ほとんど何も残っていませんでした。肉はきれいにしゃぶられていた。すっかりむしられていたという点では葉っぱも同様。残った葉っぱはごくわずかだったけど、血しぶきを浴びているのは十分にわかった。あそこにあった岩を憶えています。ちょうどこれぐらいで……

——両手を出し、サッカーボールぐらいの大きさと形を表現した。

……一方の側に血、骨髄、脳みその小片が付着していた。そんなに時間はたっていない、せいぜい何時間というところかな？　けど、わたしは立ちどまって確認しようとはしなかった。時間がなかった。噴火後三日目だったってことを思いだして。チームの誰もが眠ってなかったし、あの行方不明になったひとたち全員が……いま思いかえすと、わたしが足跡を重視しなかったのはそのせいです。自分たちの足跡だと思いこみ、それ以上、追究しようとはしなかった。全員ぐちゃぐちゃになって歩きづめで、行かなければならない場所にたどりつくだけで精いっぱいだったから、ほかのことには誰ひとり注意を払わなかった。

ようやく注意を向けるようになったのは、〈グリーンループ〉を発見してから——ちがう、正確には彼女の日記を読んでからでした。食い残しの発見について記した箇所だったかな？　それでわたしはまわりのひとたちに尋ねました。そしたら、ほかのレンジャーや州兵、数人の民間人ボランティアは、「そうそう、そういえばそうだ」という例の瞬間を経験することになった。それでみんなの記憶をもとに地図に表示し、日時を記録してみると……。

——ジョゼフィーンは地図に手を伸ばし、以前は気づかなかった、一群の小さな黒いピンに触れた。

最初の発見、一日目。

——隣のピンに手を触れる。

二日目。

——もう一度。

三日目。わたしのチーム。

――その他のピンに沿って指を動かすと、〈グリーンループ〉に至る直線の経路がくっきりと描かれる。

これが〈マスード瞬間〉、点と点がつながること。

第六章

真実がおたおたズボンをはく間に、嘘は世界の半分を駆けめぐる。
——コーデル・ハル
（フランクリン・デラノ・ルーズヴェルト政権の国務長官）

日記#6　十月四日

灰。空から降ってくる。大きくてのろまな薄片。家、私道、車のフロントガラスの上に。わたしは車のなかにいて、ラジオを聞きながらこれを書いている。

　寝ているべきなんだろう。モスターはそうしている。菜園は完成した。土、それとモスターの容器から取りだしたコンポスト。すべてを混ぜ合わせた。ダンは灌漑《かんがい》システムまで考案した。うちのガーデンホースをつないでガレージの蛇口に固定すると、波状にうねらせたホースをさらに大きく蛇行させ、菜園全体に敷いた。側面に数センチ間隔で小さな穴を開け、梱包テープで端っこを括《くく》りつけた。ダンはそれを〈給水ライン〉と呼んだ。すべて独力で、誰からせかされるでもなく。

　こうしてダンは、ふたたび新たな仕事に転じることとなった。家のシステムがどう機能しているのか、その仕組みを明らかにするっていう仕事。〈一度にひとつだけ〉。ダンはいま眠りについている。おそらく。でも、菜園が完成するや、すぐさま家の中央処理装置《CPU》に属するあらゆるシステムに自分のｉＰａｄを同期させ、その仕組みを把握し、キロワットやら英国熱量単位《BTU》やらを相手どっての作業に没頭していた。わたしたちからせっつかれもせず、休むこともせずに。このほんの数時間でダンがした仕事は、ここ何年間で彼がした仕事よりよっぽど多い。このひと、いったいどうしたの？

モスターも別の仕事に取り組みはじめた。わたしたちの樹木からすべての果実をもぎとり、薄切りにし、乾燥させようと考えている。プラム、洋ナシ、リンゴ。酸っぱくて小さいクラブアップルさえ。クラブアップルはモスターの木になっていた。あんなの、それまでだったら触れてみようとさえしなかっただろう。「一カロリーだっておろそかにはできない」ほんとなら今朝からだって取りかかりたかったんだろうけど、モスターいわく、「暗くなるまで待たないと。誰にも見られないように」

そしてわたしの新しい仕事、庭師。植えたタネすべての面倒をみなきゃいけない。目を離すのは禁物。そんなにたくさんのタネを植えたわけでもないんだけど。

うちとモスターのところにあった全品目をチェックしたけど、これならいけそうだと思ったのはサヤエンドウ何本かとサツマイモ二個だけだった。〈本物〉――ジャガイモを意味するモスター語――に匹敵する栄養価があるかどうかはわからない。「何もないよりはマシ」と彼女は言う。自信たっぷりに。植え方なんてなんにも知らないくせに。サツマイモを切りわけ、出てきた芽を植えるのか（ダンによると、最近、読んだSFにそう書いてあったような気がするんだとか）、それとも丸ごと植えるのか？　結局、そのまんま植えちゃったけど。で、サヤエンドウは？　まず水に浸しておく？　濡れたペーパータオルでくるむ（ぼんやりとだけど、幼稚園のときにそうしたような）？　それとも、たっぷり水をまいた土のなかにただ突っこんでおくとか？　結局、ただ突っこむだけにした。

モスターは何も知らなかった。自分でもそう言ってた。「なんにも知らないの」それから自分は「生粋のシティガール」だと打ち明けた。これまで世話をしたことのある植物は窓台に置いたトマトのつるだけで、ついでに言えばそれも見事に枯らしてしまったのだとか。だからといって気にしている様子はない。自信、明晰さ。「試してみないと」わたしが最後のマメを泥のなかに突っこんでいるとき、モスターが言った。すっかりご満悦、ふっくらした手を広い腰にあてて。「とにかく試さないと」

いまのわたしはモスターの味方だ。心の針はまた彼女の側へと振れていた。わたしはずっとラジオを聞いている。浴びるように。

いま何が起こっているのか、ただただ知りたかった。全体像をしっかり把握したかった。今日、トニーの車がないことに気づいてからはなおさら。もしかしたらガレージにしまっただけかもしれない。でも、トニーはガレージをジムとして使っているはずだ。出かけてからそんなに時間は経っていないはずだ。今朝、わたしがわが家のガレージ／菜園から出たとき、トニーのテスラはまだその場にあった。わたしがシャワーを浴びているときに車で出かけたのだ。救援を求めにいったにちがいない。でも火山泥流《ラハール》がほんとに谷間を覆っているとしたら、車でどこまで行けるのだろう？

けど、もし道がなんともなってなかったら？　ヴィンセントはその話を聞いたと思ったにすぎない。トニーは自分の目で確かめたかっただけかもしれない。頑張れ、トニー！

それに、そう、認めましょう、トニーがどこかに行ってしまってから、精神的な支えを失ってしまったような、一気に無防備になったような気がしている。イヴェットのヨガ講座に行く前にニュースのことを尋ねたかった。わたしには地面にしっかりとつなぎとめてくれる、あの声が必要なんだ。きっとイヴェットはひどく心配しているのだろう。今日、イヴェットの声からはどこかとげとげしさ、微妙な性急さが感じとれた。ここにとどまり、みんなを幸せにしようとするのって、ある種の勇気なんだろう。夫のトニーは命を危険にさらして走り回ってるんだもの。これは、わたしがニュースを聞きはじめたもうひとつの理由でもある。何かいいニュースがあれば、イヴェットに教えてやりたかった。少しでも彼女が明るい気持ちになればいいなと思ったから。

オーケー、いまのは嘘。ラジオを聞いていたのはあくまでも自分自身のため。

なのに、うわあ、こんなことしなきゃよかった。

あれから約一時間経過したというのに、わたしはいままで以上に動揺してる。

ここの近くの谷が無事だったとしても、他の多くの谷はラハールに覆われている。谷は漏斗《じょうご》の役割を果たし、泥流を一定方向へと押し流す。例の悪夢のシナリオで、わたしは車に閉じこめられた人々を思い描いた。それが本当に起きていたのだ。何人が泥流に呑みこまれたかはわからない。車に乗っていたひとたちだけじゃない。家にいて犠牲になったひとについても想像どおりだった。寝ていたひとも起きていたひとも、なんの前触れもなくいきなり襲われた。緊急時、手遅れにならないうちにどうやって情報を拡散するかが目下の大問題となっている。緊急のメッセージを受けとるのって、以前だったら固定電話だったんだろうけど、いまはたいてい携帯になる。そんなことをラジオは大々的に取り上げていた。就寝の際に電源を切ったり、充電し忘れてたり、知らない相手からの電話がかかってもどうせセールスか何かだろうと考えて出なかったりするひとは相当な数になる。

　南行きの交通路はすでに遮断されてるってどういうこと？　泥流のひとつがはるか彼方のタコマへと到達し、わたしたちがここにくるときに通った道、五号線を切断したなんて。州間高速九〇号線への進路変更がどうのこうの、避難民全員を誘導し、北のヴァンクーヴァーへと向かわせてどうのこうの。〈対抗流〉[*1]ってなんなの？　ラジオはくり返しそう伝えていた。それと、車で脱出しようとしたひとたちの不満と怒りはひどく高まっていると。

　タコマってきっと重要な港なのね。ピュージェット湾はたくさんの船でぎちぎちに混み合っていた。次々に事故が起こった。とくに個人所有の小型船が。フェリーは湾外に出られなかった。USNSマーシー号（USNSは米海軍の補助艇を指す）だかなんだかは入ってこられなかった。なぜ何も飛んでいないのかについては断片的にしか聞きとれなかった。灰が飛行機のエンジンに入りこみ、空港中、灰だらけになってどうのこうと言っていたが、それだけじゃなく、墜落事故というか、ドローンがヘリコプターに衝突したという話もあった。乗っていた全員が死亡。救出されたハイカー何人かも。ドローンの出所について二通りの報道があった。ひとつは、人々を探す軍用のタイプだったという報道、もうひとつは、ソーシャルメディアに投稿する写真を撮影する個人所有機だとする報道。どちらの報道も、〈無人航空機《UAV》による支給品の投下が中止された〉と伝えていた。この一件がはじまってから、飛行機やヘリコプター、さらにはドローンさえ一機も見てないけど、それってこれが原因？

　シアトルから見たら、わたしたちは孤立しているってことになるのかもしれない。でも、どうやらシアトル自体も世界から孤立してしまったみたい。

　何がどうしてこんなことになってしまったのか、わたしにはわからない。あまりにも多くの情報が押し寄せる。予算と政策についての報道があった。予算の一律強制削減？　長期的人材保持に影響をおよぼす一時閉鎖？〈行政国家を破壊する〉ってどういう意味？　ＵＳＧＳ（アメリカ地質調査所）って何？　そこに所属する誰だかが不満げに語っていた。地元の財界人は警告に耳を貸そうともせず、マンモスレイクスの二の舞[*2]はごめんだと言い、わたしたちを責めたてただけだった、と。

　ＵＳＧＳの男はまた、おそらくは人々の間で広まりつつある噂と思しきものを打ち消そうとしていた。たくさんの噂。レーニア山は真横のシアトルに向かって爆発したりしないし、津波も起こらないし、連鎖反応で他の火山すべてが次々噴火するようなこともないと話すアナウンサーの声からは強いいらだちがにじみでていた。きっとこの手の噂を何度となく耳にしているのだろう。女性アナウンサーはなんの役にも立たなかった。クラカトア、富士山、ベスビオ山など、歴史的な大惨事を招いた火山を次から次に挙げ、何人ぐらい死ぬ可能性があるか、仮に最悪のシナリオを想定するとして、それはどういうものかと質問した。〈これがイエローストーン国立公園の超巨大火山《スーパーボルケーノ》だったらどうなりますか〉などと、想像上の話をさせられそうになるにおよび、ＵＳＧＳの男は「おいおい、なんでこんな話をしてるんだ！」とキレた。

　怒り。暴力。

　ローカル局７１０ａｍでは、デニーウェイの〈ホールフーズ〉であった銃撃事件を報じていた。それってどこだったっけ？　他の店では長い行列、殴り合い。ガソリンスタンドでひき逃げ。トラック運転手が運転台から引きずりだされ、殴り殺されかけた。パンを配送していたトラックは、荷を略奪され、燃やされた。

　いまは記者会見の中継を聞いている。緊迫した空気。そこで話している女性は、おそらく知事だと思うんだけど、投げかけられるすべての質問に答えようとしていた。おびただしい数――記者も質問も。ボーイングやらマイクロソフトやらの〈会社資産〉にだけ集中して救出活動が行われたただなんて真実のはずがないだろうに。イーナムクローのような中産階級が住む地区よりクイーンアンのような富裕層の住む地区を優先するなんてこともありえない。そんな質問をした記者がいたのだ。別の記者がこう叫んだ。「ＵＳＧＳがあえて警告を控えていたというのは真実なのでは？　噴火が町々をきれいさっぱり消し去ってくれたら、高額所得者向け宅地開発事業を進めるのに好都合だから」

　戒厳令についての質問。まさか！　その質問、前にも聞いた！　それも今日の早い時間に！　車に乗り、ラジオのダイヤルを回していると、わめき声が入ってきたのだ。ニュース専門局じゃない。おそらくはリスナー参加型のトーク番組。どこかのガラガラ声の男が半狂乱になって〈ディープステート〉を非難し、すべては陰謀だと毒づいた。警告を出さずにおき、この大惨事を引きおこした。それを口実にして「連邦軍を投入し、大衆から銃器を取り上げるためだ」と。いまわたしはまるっきり同じ言葉を聞いている。記者は、わたしとその記者がともに聞いたあの暴言をそのまま口にしてるだけなのか？

　いまは知事が話している。彼女はひどく興奮しているようだ。聞いている内容をそのまま書きしるしておこう。

「落ち着いて！　お願い、みなさん！　しっかり耳を傾けてください。デマにかかずらわる余裕はありません。憶測にかかずらう余裕などないのです。多くの人々が現実の危険にさらされています。みなが正確で誠実な報道を必要としています。事実を必要としているのです。あなたがたは伝えている内容に対して責任をもつ必要があるのです。あなたがたはパニックを引きおこそうとは思ってないはずです。話す前に考えてください。考えてほしいのです。それが結果的にあなたがたの――」

トニーだ！

わたしの車のバックミラーに写った！　トニーの車のヘッドライトが自宅に戻ろうとしていた！

フランク・マクレー・ジュニアの証言

くり返しになるが、トニーを、それからテクノロジー産業全体にしたってそうなんだが、なんの備えもしていなかったと非難したってしょうがない。たしかに非常用品を備蓄しておくべきではあったんだろうが、そんなことをやってるやつなんかいるもんか。地震に備え防災キットを用意しているひとがLAに何人いる？　トルネードに備えている中西部の住民、ブリザードに備えている北東部の住民がどれだけいる？　ハリケーンのシーズンに備え、買いだめしているメキシコ湾岸の住人はどうだ？　ハリケーン・カトリーナが襲ってくる前、ニューオーリンズでパーティーに出たときのことを憶えている。みんないつ堤防が決壊するかってことを話題にしてるんだよ。もしじゃない、いつだぜ！

しかもそれは派手な事例にすぎない。いったいどれだけのひとがキッチンに消火器を、車に緊急照明弾を常備してる？　真夜中に戸棚を開け、目的の薬の瓶を必死になって探しだしたのはいいが、ラベルを見たらとっくに有効期限が切れてることに気づいたという経験をしたひとはどれだけいる？

生活必需品の支給体制に関して言うと、備えの不足が露見したのは何も〈グリーンループ〉だけじゃない。彼らはワンクリック、オンラインのデリバリーシステムに依存してたわけだが、それだって〈グリーンループ〉に限った話じゃない。いまじゃアメリカ全体がそれに頼っている。九〇年代後半のクリスマスのことなんて誰も憶えちゃいない。ドットコムバブルがはじける前のこと。サンタのリストにある商品ならよりどりみどりでポチっとできると誰もが信じて疑わなかった。わかってなかったんだ、自分たちの注文した贈り物は、これから配送の手続きに入るんだってことを。しかも、その大半は海外から配送される。ものすごくでかくて、ものすごくのろい船に積んで。結局、友だちの多くは、クリスマスの朝、電子玩具をもらえなかった。友だちの親は、前日の夜、完売状態になったトイザらスの店舗を次から次へと駆けずり回ったのに。あれはまだトイザらスがあった時代だった。

あの巨大なバカ騒ぎから俺たちは何を学んだか？　流通ネットワークの速度を上げることだ。ネットワークの機能が停止したときに起こる事態を想定し、備えるんじゃなく。食料雑貨店に入ってみな。どの大規模チェーン店でもいい。どういう種類の食べ物が目に入る？　缶詰？　酢漬け？　乾燥？　いまじゃもうない。昔とちがって。俺が子どものときの食料雑貨店だと、新鮮な肉や魚や農産物はちんまりとした一角にひっそりと並べられてるだけだった。いまじゃ生鮮食品は正面にどかっと置かれている。産地直送素材の即日配送こそがアメリカ食品業界のビジネスモデルになっている。

けど、配送トラックがこないとなるとどうなる？　配送トラックが動けなくなったら？　それこそがレーニア山が噴火したときシアトルであったことだ。停電プラス配送の停止。最初の四十八時間で腐ってしまう産地直送食品はいったいどれだけの量になるのか？

非常用品は？　連邦緊急事態管理庁《FEMA》は備蓄していない。いまはもう。あまりにも非効率的だ。ＦＥＭＡは民間企業、巨大ディスカウントストアに外注したが、こちらだって備蓄なんかしない。非効率的だからだ。全在庫は二十四時間以内で回転しなければならない。もし危機がちょうど出荷待ちのときに起きたとしたら……。

食料を蓄えていなかったからといって〈グリーンループ〉の住人を責めることはできない。アメリカ全体が、変化に対応する力を犠牲にしてまでも快適さを追求するシステムに依存しているんだ。

日記#6（承前）

トニーは汚れていた。腰から下は灰、それから泥のような何かに覆われていた。膝と肘をすりむき、ハイキングブーツは片方がない。出迎えようと車から出ると、ほかにも何人か家から出てきた。カーメン、ヴィンセント、イヴェット（湯気の立つ首にタオルを巻きつけ、トレーニングウェアを着ている）。トニーはわたしたち全員がやってくるのを目にし、笑みを浮かべて手を振った。トニーがこちらに気づいたのは、わたしたちがトニーに気づいたのよりわずかに遅く、その一瞬、わたしはトニーがそれまで浮かべていた表情を見てとった。トニーは呆けたように口をあんぐり開け、前をじっと見つめていた。わたしたちに気づいたときでさえ、顔に浮かんでいるのは作り笑い以外の何ものでもなかった。

　イヴェットは充分近くにまで行くと、どういうことなのか尋ねた。そして遅ればせながらハグもした、一応。トニーはまずイヴェットに、それからわたしたちみんなに向かってうなずいた。いつもの自信たっぷりな物腰で。

「まあ、おかげで〈火山泥流《ラハール》〉がどういうものかはわかった」腰の水筒を手にとり、ひと口すすった。「見ておきたかったんだよ……だからほら……自分の目で……」（やっぱり！）「……でも、谷までは行けなかった。橋が……そう、なくなってた……川、泥、たくさんの……がらくた……残骸……そう、なくなってた……」言葉は消え入るようにして途切れた。何か別のことでも言おうとしているみたいに。でも、トニーは焦点の定まらない目でまた水筒の水をごくごく飲んだ。

　言葉がいったん途切れると、イヴェットはこちらをさっと見渡した。何を求めていたのか、わたしたちの表情、それかボディランゲージとか？から何を受けとったかは定かじゃない。でも、きっと何かは目にしたはず。だって、トニーがまだ飲み終えてないというのに、彼の頬にキスし、胸をさすり、こう言ったのだから。「でも救援隊はこっちに向かってるはず。こっちに向かってるはずよ」一度目はわたしたちに向かって、二度目はトニーに向かって。

「そうだな」トニーは同意し、それから自分自身にびしっと言いきかせるかのように、「まったくだ。彼らはこっちに向かってる」

ほんとに？　わたしが聞いたニュースを聞いてないとか？　増大する混乱、地上に足止めされた航空機。彼らがこっちに向かってるだなんてどうして信じられるんだろう？　ほんとに信じてるのか、それともそう言ってるだけなんだろうか？　だとしたらどうしてそう言う必要があるのか？　わたしたちを、それとも自分自身を納得させるため？　どうして誰も反論しなかったの？　ヴィンセントだってカーラジオを聞いてたはずなのに。ヴィンセントとボビーの間で、視線が交わされたのに気づいた。

最後にカーメンが発言した。「橋の向こう側に人の姿は見えた？　レスキュー隊とかほかの難民とか？」

トニーが応じた。「いや。いや」最初の「いや」はカーメンに、次の「いや」は地面に向かって。

誰か気づいたかな？　イヴェットがトニーの腕をぎゅっとつかんでいるのを。

わたしは気づいた。すべてに注目していた。トニーの視線、言葉、水を飲む前だろうが後だろうが唇をなめつづけていること。

わたしの様子に気づいて、というわけじゃないと思う。トニーの返答を聞いて、イヴェット自身、きっと心配になっちゃったんじゃないかな。すぐ話に割りこんできた。「わたしたちは難民じゃないわよ、カーメン。それを言うなら、避難民ということになるんでしょうけど、わたしたちは避難民でもない。憶えてる？」最後の〈憶えてる？〉は、きっとイヴェット当人が思ってたのよりもずっときつい感じになっちゃったんでしょうね。あからさまにすぎるくらいのため息をついていた。「けど、その言葉が出ちゃったから言うけど」――胸に手を当て、いつの間にか潤んだ目でまばたきする――「いつでも面倒みられるようにしっかり心積もりだけはしておかないと。どんな避難民が偶然、ここを見つけだすかわからないんだから」家の上方に広がる林に視線を向けた。「もし誰かが歩いて逃げだそうとしたら。わたしたちのすぐ近くにいるかもしれない。道に迷い、脅え、あそこをさまよっている」

ほかのひとたちがうなずいているのに気づいた。わたしもそうした。調子を合わせただけ。モスターがここにいたら、おそらくそう望んでいただろう。だからドローンの事故のことは口にしなかった。だからイヴェットがトニーにこう言わせようとしていたときも黙っていた。

「そうそう、わたしたちは……えーと……わたしたちは備えておく必要があるな……その、そんなひとたちの面倒をみられるように。わたしたち全員が救出されるまでは。準備しておく必要がある。準備を……」

家まで歩いていくとき、トニーは妻に腕をつかまれていなかった。二人が何を話しているかは聞きとれなかった。わたしはもう車に戻っていた。でもバックミラー越しにではあるんだけど、トニーがイヴェットに向かって家に戻るよう、軽微な身振りでうながすのが見えた。イヴェットは反論でもしようとしたにちがいない。というのも、トニーはあごをしゃくりつつ、よりせわしなくせきたてていたから。イヴェットは一瞬トニーに目をやり、それから近所を見回し、つづいて家に入った。トニーは玄関のドアが閉じるまで待っていたんだけど、それから車のトランクのそばまで行くと、パンパンにふくらんだ大きなハイカー用バックパックを回収した。なかばまで取りだすと、いまにも大きく振り上げて背中にのっけるような動きをみせた。そこでトニーは動きを止めた。それだけのことだったけど、わたしの関心を強く惹いた。わたしはしょっちゅう何かをしかけてはためらう。あれよりこれを先に手に取ろうとしていたのを考え直し、やっぱりXのほうをYより先にすべきだと気づいたりする。たいていのひとよりわたしはためらいがちだ。だからそんなのが目につけば、過剰に意識してしまう。トニーがそんなふうにためらうのを見たことはなかった。振り上げる途中で動きを止め、ふたたびドアに目をやり、周囲を見回し、それからすばやくバックパックをトランクに戻した。

もしかするとわたしはまるっきり誤解しているのかもしれない。自分のことならわかってる。あなたとは投影についてずいぶん話したけど、あのときわたしは自分がいけないことをしていると思いながらトニーの様子をこっそりうかがってたし、自分の罪悪感をトニーに投影していたのはまちがいない。トニー自身は、罪悪感をもたなきゃいけないようなことなんてひとつもしてない。彼は助けを求めて出かけた。わたしたちのために！　わたしたちの前に出てきたときのトニーの様子ときたらひどいものだった。たんに疲れているのだ。あの可哀そうなひとはおそらくひと晩中起きていた。きっと今夜ぐっすり寝たら、いつものトニー、ほんとうのトニーに戻るだろう。

わたし、〈ほんとうの〉って書いた？　それって、つまりどういうこと？　トニーを疑うべきじゃなかった。こんなことを書きながら、わたしは罪悪感にさいなまれている。さっきトニーが自宅に消えていく姿を目で追いつつ、罪悪感にさいなまれていたように。

そのときモスターが車のフロントガラスをコンコン叩いた。

「ケイティー！」

思わずシートから飛び上がりそうになった。

「ケイティー！」モスターが小声で呼びかけた。「漏れだす前に早く！」

モスターはホールフーズの袋を手にしていた。なかに入れた何かのせいで底のほうがふくらんでいて、赤い染みが広がっている。

車のドアに手を伸ばしたとき、シートベルトをしていたのに気づき（習慣？）、それからモスターについて、わたしの家に向かった。

ドアを開くなり、モスターはこうささやきながら急ぎ足でわたしをすり抜けていった。「早く、ブラインドを下ろして！」モスターは調理台に駆け寄った。「家でやってもよかったんだけど、あなたにも見てほしかったから」そう言って袋に手を入れた。

わたしは奥歯を嚙みしめた。まずは血まみれの毛皮がほんのちょっぴり見えた。つづいて長く細い突起物。耳。ボウル、大きな鍋かクッキーを焼く鉄板、それと、いちばん鋭利で小振りで薄い包丁をもってくるようわたしに指示した。わたしが踵を返すと、さらに付け加えた。「それと、そう、ゴム手袋をいくつか。ノミやマダニがついてるかもしれないから」

見たくなかった。これから起こるはずのことを認めたくなかった。それでもそれは起きた。わたしは戻って、一対の手袋をモスターに渡した。目をけっして向けまいとしながら。でもモスターはそれを許さなかった。「しっかり見ていて」びしっという音をさせて手袋をはめ、死んだウサギを袋からシチュー鍋のなかへと滑らせた。「すべての手順を記憶して」

わたしは死を直視できない。わかるよね。ニューヨークに行ったときのことを話したから。チャイナタウンでは連なる店の窓の向こうにアヒルの丸焼きがずらりと吊り下げられていて、まともに歩くことさえできなかった。前も話したけど、水槽にロブスターを入れているようなレストランに行くと、死刑囚を収容している監房としか思えなくて食べ物なんか喉を通らなかった。ダンとバレンタインデーでカタリーナ島に行ったときだって、デッキに出たら目の前の手すりに一匹のハエの死骸がこびりついて、一方の羽が風に吹かれてパタパタしていたものだから、下の船内にこもって船酔いしてしまった。

ただの偽善にすぎないのは自分でもわかってる。わたしも魚やチキンは食べる。レザーとシルクの洋服を着る。自らは手を下さず、それでいて利益だけは残らず享受する。重々わかってはいるけど、やっぱり無理。どうしても死を直視できない。

「見なさい！」モスターが命令し、血まみれのウサギを掲げた。「見逃さないで」頭はクラクラするし、胃もムカムカして、それってなんのためとか訊いてみようとさえ思わなかった。動物殺しはあなたがやって、わたしは菜園を管理するっていうんじゃダメなわけ？

前に見かけたのと似ているウサギだった。灰色がかった茶色の毛皮、長い耳、白い足。大きくて茶色の目。開いた目。わたしをまっすぐ見ている。

モスターが掲げているとき、腹と背中に傷がついているのに気づいた。モスターは微笑み、こちらに目も向けず、包丁に手を伸ばした。「うまく罠にかかってくれた！　リンゴの木のそばに穴を掘り、先の尖った棒、もともとは引き出しに残ってた余りものの箸なんだけど、それを底にびっしりと並べておいたの。それから小枝や葉っぱを集めて穴の上を覆い、おびき寄せるための餌としてリンゴのスライスと少しだけ残っていたメープルシロップを散らしておいた」

モスターはウサギの頭をつかんでシンクの上で持ち上げ、もう一方の手でウサギの体を下へしごいた。

「膀胱《ぼうこう》からおしっこを絞りだしておかないと」

モスターはウサギを鍋に仰向けに横たえると、傾けた包丁を胸に当てた。

「箸が臓器に刺さってないことを祈って。中身が漏れてたら、ひどい味になる」

テーブルの端をつかみ、自分の体を支えた。モスターは毛皮を切りすすめる。

「首から肛門まで」とモスター。それから包丁を置くと、切開した部分に指を押し入れ、皮を剝ぎとりだした。

「いまのところいい感じ。全然においがしない」

胆汁がこみあげてきた。

「穴のなかで暴れる音が聞こえたのもラッキーだった。首の骨を折るタイミングを逃していたら、すっかり硬くなってまともに作業できなかったかもしれない」

金属めいた刺激を、げっぷして出した。

「この段階は、とくに気をつけて」血まみれの傷に刃を入れた。「刃を押し下げちゃいけないし、深く入れすぎるのもよくない。まちがって突き刺したりしないように……はじめましょう。心臓を通過して……あったわ、ほら、腸。においがする？　とりあえず早めに処理したし、中身が肉に染みこんだりしないはず。まだ洗い流せる。それと、ほんの少し特別のスパイス、パプリカとかクミンがあれば……でなければベゲタとか。ベゲタを使えばたいていなんとかなる」

ピンクの臓器もあれば、グレーの臓器もあった。一度、ゆっくり、そっと引っぱっただけでそれらはあっさり出てきた。

「わたしたちが取りだしたのはこっちに……」

わたしたち、
わたしたちって！

「……あら、胃袋もとれたみたい」

二つのボウルはともにぬるぬるした小片でいっぱいになり、モスターはシンクで手を洗いはじめた。

「どんなものだって無駄にできない。そんな余裕はない」

また作業に戻り、毛皮を剝《む》きとる。

「脚の抜きとり方だけど、わかる？　ズボンを脱がすように。一方の手で……足をぎゅっとつかんで……見て……ほんとそういう感じでしょ……もう一方の手で脚をゆっくりと引き抜く」

わたしは両手をカウンターにつき、口のなかを熱い唾液でいっぱいにしていた。

「何も考えず、息を吸って」例の命令口調に変わりはない。「深く。一定の調子で。わたしがイヴェットだと思って」モスターがくすりと笑いを洩らした。

視野が狭まった。わたしの体はぐらついていたにちがいない。気がつくと、モスターに支えられていた。

「ごめんね、ケイティー。くだらない冗談なんか言って」心から悔やんでいるような口調で。「ふきんをとってきて、水道の冷たい水にさらし、首のうしろに当てなさい」

わたしは従った。モスターは待った。少しだけ気分はよくなった。でも、そんなによくなったわけではない。わたしは呼吸、首の冷たさに意識を集中させた。

「後ろ脚はどちらもうまくいった。今度は前脚……ひじの上までめくって……毛皮をつかんで首まで引っぱり上げる。セーターを脱ぐように」

まだつながっている頭からすっぽり抜きとり、首を露出させる。

「肉切り包丁はもってないんでしょう?　もってるはずがないか。わたしももってない。あそこの大きな包丁をとってもらえる?」

モスターは動物の首に長いシェフナイフを当てると、一方の手で包丁の取っ手を握り、もう一方の手のひらを反対側に置いた。

「この調理台ってもっと背の高いひと向けよね?」

ゴキッ。

「さあて、頭はしばらく脇にのけておき、どういう仕方で脳みそを取りだすのがいいか、先に考えておこうか」

ありがたいことにウサギの目はこちらを向いていなかった。

「とりあえず皮はなめさなくたっていい。食料は喉から手が出るくらいほしいけど、毛皮を使って衣服をつくる必要はない」

頭、皮を剝がされた胴体、ボウル二つ分の臓器。モスターはさっと手洗い。その同じ湿った手がわたしの腕に。

「あとはもう大丈夫。わたしが洗って、シチューの下ごしらえをしておくから」

ほっとして肩の力が抜けた。突然、目に涙があふれた。

「上出来よ、ケイティー」彼女の微笑みなんだけど、あれは満足感から?　それとも悲しみ?

「わたしの最初のときよりもマシ」モスターはシンクで臓器を洗いはじめた。「それに、あなたの場合、少なくともネコをなんてことは絶対にないでしょうから」

ネコ?

「ああ、心配しないで」ちゃめっけたっぷりに笑いかける。「わたしはやってないから。イタリア人の同業者のひとりからこの手の話はよく聞かされた。別の戦争のとき、彼女のお母さんが生きのびるために何をしなければならなかったかっていう」

　別の戦争？

　モスターはいったんそこで話を中断した。わたしに質問する機会を与えようとして、意図的にそうしたのだろう。わたしは質問しなかったけど。

「それを聞いて、わたしは感謝の念を抱かざるをえなかったわよ」モスターはふたたび口を開いた。「ＩＣＡＲのビーフ缶だろうが、〈チーズスプレッド〉と称する塩をちょっと入れた粉乳をイースト菌で発酵させたあれだろうが、わたしはただの一度も不平をこぼさなかった。ベシャメルソースを、パン粉とニンジンのペーストに合わせた代物以上にひどい味だったけど」得意げな顔をして、目の前の切断された動物の部位に視線を戻した。

「それでも、あれはまだ食べ物だった。同じような状況で多くの人々が食べていたものよりまし。レニングラードの話は読んだことある、ケイティー？　あの可哀そうなひとたちは壁紙の裏の糊をこそげ落とし、皮革類をゆでてスープにし、けっしてひとりで外を出歩かないよう子どもたちにきびしく言いきかせた……まあ……わたしたちもそれはやった。理由は別だけど」

　もうたくさん。血、臓器、肉、目の前の死が、じゃない。

　逸話が。

　ほのめかしが。

「モスター、えーと……かまわないかな、ちょっとだけ……」

「もちろんよ、ケイティー」シンクを前にしたモスターが肩越しに手を振った。「外の空気を吸ってきなさい。気持ちの整理がついたら戻ってきて」

　わたしは裏口のスライド式のドアを開け、何度か時間をかけて深く息を吸った。

　どうしてあのときまた私道へと戻り、それからトニーが橋まで行ったときの行程をたどってみたのかはわからない。ハイキング道のほうが近いのに。逃げだしたいという欲求のせい？　意識下で脱出を試みた？　あなたならこれで大いに楽しめるんじゃない？

　しかも、わたしがイヴェットを精神分析したくてたまらなくなっていると知ったら、あなたも鼻高々だったりして。なぜかはわからないんだけど、トニーのときとはちがい、どんなにイヴェットを疑おうが、罪悪感なんてちっともなかった。救援隊がきっとくると、あんなにあわててトニーに言わせたのはなぜなんだろう？　モスターは正しかったんだと認めたりしたら力関係に影響を及ぼしかねないから？　朝の瞑想のとき、泥流《ラハール》を予測したのはほんとうのところ誰なのか長々と話していたのはそれが理由なのだろうか？　わたしたち相手に、あからさまな忠誠度テストを実行したのもそういうことなのか？　モスターに同意したというだけで、グループへの支配力をいくらか失ったりするだろうか？　イヴェットにとっては、グループを支配することがそんなに重大なのか？

　それからの三十分ばかり、そんなことを考えていたが、思考はどこにも行きつかず、堂々巡りするだけだった。どこまで道を進んだのかははっきりしない。橋はまだずっと先。歩きと車のちがいとか、あなたはもう忘れてるんでしょ。といっても、もう少し先までは進めそうだった。ほとんどそうしかけていた。精神分析じみた黙想に没入していて、すっかりうわの空になってたし。けど、あの小さなカーブに沿ってぐるりと回りこんだとき、道のど真ん中に巨大な岩が居座っているのに気づいた。

　まず言わなきゃいけないんだけど、わたしは睡眠不足のせいでドライアイになってたし、灰の細かな粒子も邪魔をした。そのせいであの巨岩の大きさがどれぐらいなのか、自分からどれだけ離れているかはよくわからなかった。転がり落ちたのはせいぜい二、三時間前だろうと考えたのを憶えている。そうでないとすると、トニーは岩を迂回して消えた橋を見にいったことになるが、そんなのありえない。実際、タイヤ跡は確認できた。タイヤ跡は計四本残っていて、二つの方向を指し示していた。おしまいだ、と思ったのを憶えている。あの橋があろうとなかろうと、あの巨大な岩が行く手をさえぎっている以上、車で脱出するのはもう無理だ、と。

　そのときわたしは、岩が動くのを見た。

　その場でもぞもぞし、大きくなり、それから木々の背後に姿を消した。形を変え、長く細くなり、さらには木の大枝みたいなものが張りだすのを見たような気がする。腕？　わたしは目をこすり、思いっきりまばたきした。

　もう一度見ると、道は開けていた。まちがいなく巨岩は消えていた。そのとき風がこちらに吹きはじめ、わたしはあの臭いに気づいた。腐った卵と生ゴミ。

次に何をすべきか、意識的な思考をはたらかせたわけじゃなかった。心のなかでの議論はなし。反射的な行動だった。わたしは踵を返し、もときた方向へと歩きだした。緩やかな弧を描くようにして視線を左右に走らせた。自動車教習所の初日に教わるみたいに。一定の歩調、安定した呼吸を乱すまいとした。さっき見たものについて深く考えないように努めた。どうせ動物、シカだ。もしかしたらさっき巨岩と思ったのは、目に入った微小なほこりにすぎなかったのかもしれない。

でも、においはどんどん強烈になり、自然と早足になった。右手で何かが動きだし、二本の木々の間に突然、ぽっかりと空白ができたのに気づいた。

わたしはふたたび動きを速めた。

くだらない。ばかげてる。うんざり。さきほどのウサギの記憶が何度も閃光のように甦り、ニュースで得た過剰な情報とないまぜになった。

最初は少しだけ速足に。ゆったりした呼吸を心がける。あの感覚。うなじのあたりに。見られている。早歩きしていたはずが、いつのまにか緩い速度で走っていて、耳のなかで自分の息遣いが轟音で鳴りひびいていた。

吠え声がわたしの想像だったなんてありえない。たしかに聞いた。この前といっしょだ。低く太い音は次第に高まり、木々から響きわたった。胃袋で稲妻が跳ねた。

わたしは走った。

息を切らせながら全力疾走する。目の前の世界が揺れ動く。

そして転んだ。よくあるチープでくだらないホラー映画みたいに。鈍《どん》くさいブロンド娘がナイフを振りまわす異常者に追いかけまわされたあげく、もう少しでつかまろうとするときになってコケる、みたいに。少なくとも目を閉じ、息を止めるだけの冷静さはもっていた。でも、顔から灰に突っこんでしまうと、それを吸いこまざるをえなかった。

咳こみ、むせ、目はかすみ、ヒリヒリしていたが、前方へ駆けだした。

振りむくな！　はっきり憶えている。頭のなかでそう叫んだことを。**振りむくな！　考えるな！　行け行け行け！**

火照る太腿、肺。

走っていると、坂になった私道の上に突きでている屋根が見えた。エンドルフィンが効いていた。到着。帰った。セーフ！

ダン！

ダンがわたしのほうにやってきた。その背後にモスター。

二人ともにショックを受けたような顔をしていた。驚愕そのものといった表情。

あのときのわたしの姿は相当滑稽《こっけい》だったはず。汗と灰にまみれ、耳障りな音をたて、ゼーゼーハーハーあえいでたから。いま考えても滑稽だ。ダンの腕のなかに倒れかかり、胸の上で空吐《からえず》きした。

何分かして呼吸が落ち着くと、それまで自分がどこにいたかを説明した。動物に追いかけられたような気がすると認めさえした。その動物が何かは言わなかったけど。細かい話はいっさいしなかった。木々の大きさを考えるなら、あれがあんなに巨大だったはずがない。おそらくは存在していなかったのだろう。でも、あのにおい。あれがわたしの想像にすぎなかったなんてことある？

モスターの表情は、困惑と、それから、心配？　とが入り混じっていた。ごめん、疲れが限界かも。ダンは、もう寝たほうがいいと言いつづけてる。でも、とにかく全部書いてしまわないと。文章がわかりにくくなってたらごめん。

あのときモスターの顔に浮かんでいた表情。あれがなんだったのか、わたしには到底わからない。ダンがわたしを家に連れ帰るあいだじゅう、モスターがずっと森を見つめていたのはなぜなのかもわからなかった。

第七章

コンタクト、コンタクト、コンタクト。十時の方向、木立のなか。狙撃犯！　狙撃犯！　ラトラー・シックスに命中！　ラトラー・シックスに命中！

――アメリカ陸軍州兵第三百六十九支援旅団の無線通信の筆記録
ワシントン州タナー南東、州間高速自動車道九〇号線にて。

日記#7　十月六日

動物たち！　いたるところにいる。リス、シマリス、ウサギ。ウサギに目を向けられるたびに軽い悪寒が走り、罪悪感をおぼえる。ウサギたちは知っているみたいだった。こいつは妹を切りきざむ手伝いをしたやつなんだって。シカもいた。六頭ばかり目にした。皮膚の上からでもあばら骨がわかる。痩せて腹を空かせているようだ。しかも不安げ。すべての動物がビクついているように見える。三度、彼らが凍りつくのを目にした。動物たちがことごとく。映画を見てるとき、誰かが一時停止ボタンを押したみたいに。すべての動物が同じ方向、後方のレーニア山を見つめた。最初、火山の活動と関係があるかもしれないと思った。その手のことに動物って人間より敏感じゃない？　ペットって、地震がくるときがわかるって話でしょ？

そうじゃなかった。レーニア山と関係あるのかってことだけど。彼らが凍りついたときはいつも、ほかに変わったことなんてひとつも起こらなかった。

火山以外の何かを怖がってるのか？　彼らはみな同じ方向に動いていて、火山の危険を逃れ、移住をはじめているようだった。けど、あの凍りついたみたいな行動は――オーケー、あの言葉を記す前にちょっとだけ準備させて。ずいぶん芝居がかったやり方だと思うかもしれないけど、つまり……。

何かに追われてる？

あのときのウサギみたいに追われてる？　わたしは考えつづけている。わたしを追いかけてきたものの正体について。わたしの頭がでっちあげたものでないなら。クマ？　この件について言うと、わたしのなかで意見は完全に二分されている。もし現実のクマに追いかけられていたのなら、わたしの頭はそこまでおかしくなってない……それとも、極度の怖がりのせいで、目のなかのちっちゃなゴミから逃げだしただけとか。でも、前者の考えが正しいとすると、本物のクマが野外をうろついてることになる。クマは人間を襲う？　あの映画なんだったっけ？　ディカプリオがクマに襲われ、二十分くらいかな、いたぶられてる映画。あれって実話？　もしクマがうろついてるなら、動物たちが怖がるのも無理はない。

でも、動物たちはわたしたちを恐れない。すべての果樹の間をつまみ食いしてまわる様子からすると。いや、わたしたちのを除くすべての果樹と言うべきか。ねえ、モスター。でも、パーキンズ＝フォースター家、ブース夫妻、デュラント夫妻、誰も動物たちを追いはらおうとしなかった。パロミノなんてシカに食べ物をあげてたくらい！　あの子が喜んでそうしているのかどうかはわからない。顔は笑ってなかった。エフィーはパロミノの後ろで腰をかがめ、楽しそうにしている。シカの鼻先に腕を伸ばし、ひっきりなしに娘の耳にささやきかけて。一方、カーメンは満足げな表情を浮かべ、キッチンのドアのそばに立っている。

バンビのほうはまちがいなく喜んで食べ物をもらっていた。シカはスライスしたリンゴ三切れをそれと同じ秒数のうちに平らげた。パロミノと二人のママがいつ食べられなくなってもおかしくないというのに。気持ちはわかる。わたしだって動物は好き。心から憐れんでる。旱《かん》魃《ばつ》。ベリーの不作。しかも住処からも追いだされた。もちろんお腹を空かせてる。でも、わたしたちだってそれは同じ！　こんなことをああだこうだ考えていると、このかわいらしい動物たちがクマよりほんとに危険じゃないのかどうか疑問に思えてきた。動物たちはわたしたちが蓄えている食料を食べてるわけだし、それってわたしたちを飢餓の危険にさらしてる？　競合がもたらす死。まさか自分が本気でそんなふうに考えるときがくるとは思えなかったけど、シアトルでの暴動の話を聞いてしまうと……。

それがわたしのいまいるところ。シアトルじゃない。車のなか。で、シアトルについてのニュースを聞いている。暴力が突然、襲いかかった。そんなふうに言ってた。〈食料暴動〉。暴徒が食料雑貨店を襲って略奪し、人々を殴りつけた。何人かを殺した。刃物で刺し、銃で撃った。市街地だけの話じゃない。州間高速自動車道九〇号線に出現した狙撃犯がどうのこうの。九〇号線は山脈を東西に横断する幹線道路だ。物資の補給活動にとっては生命線といっていい。

単数形で言ってたから、犯人はひとりだけらしく、〈九〇号線の狙撃犯〉は木立に隠れ、陸軍のトラックに向かって発砲をはじめたという。すでに道は封鎖されている。ほかにも狙撃犯がいるかどうかはわからない。

情報を総合すると、秩序を再建すべく、軍と警察はシアトルへ移動をはじめたみたい。ベネズエラに駐留していた軍の一部に帰還命令が出されたけど、時間はかなりかかりそう。現に被災している地域の救援活動にどれだけの遅れが生じ、救出を待っている間に命を落とす被災者はどれぐらいの数になるか推測する記者までいた。

こういうひとたちはすごく気の毒だと思うし、罪悪感もおぼえる。だってそのときわたしが最初に思ったのは彼らとはなんの関係もないことだったから。冬の間、わたしたちはここに足止めを食わされるだろう、そう思った。もはや疑問の余地はない。例の心の針は完全にモスターのほうに振りきっていた。わたしたちは取り残された。そういうこと。すべての行動、すべての思考は、生き残りを目的としてなされなければならない。

少なくとも負傷や劣悪な環境にさらされることを心配する必要はない。ラジオによると、あちらでの死因の第一位と第二位はそれらしい。でも、わたしたちにとっての問題は食べ物だ。

食べ物。

昨夜、ウサギのシチューのディナーを食べているとき、モスターにわたしの〈カロリーカレンダー〉を見せた。

モスターの配給計画を、手元の食材の量に当てはめ、計算してみると、クリスマスイブの前後には蓄えが底を尽きそうだった。

「オーケー」わたしにとっては絶望的な事実だったが、モスターはこくりとうなずいただけだった。「わかってよかった」

「よかった⁉」わたしは耳を疑った。「それのどこがよかったの？」

モスターは口いっぱいに頬張ったシチューをもぐもぐ噛み、何かに気づいて顔をしかめ、ナプキンに骨の破片を吐きだした。「わかってよかったというのはこういうこと。救助されないまま、いよいよその時が近づいてきたら、配給を半分にし、それでもダメならさらにその半分にすればいい。人々はずっと少ない食料でずっと長い期間を生きのびてきた。大丈夫」

シチュー用マグカップをもちあげ、最後のひと口を飲みほし、内側に付着したスープの縁に沿って舌を走らせた。「次はお椀にしてね。舐めるのが楽だから」

「でも、食べ物が底を突いたら？」わたしはせきたてた。

「何もなくなってしまったら？」

「そのときは何も食べない」モスターはグラスに残っている水をマグカップに注ぐと、手でマグカップを覆い、二、三秒、揺り動かした。「一カ月かそこらはそれで生きのびられる」

モスターは濁った中身を飲み、手のひらを舐め、それから付け加えた。「でも、おそらくそうはならないんじゃない、ケイティー。それまでには菜園で収穫できるはずだから」

「そうなの？」どうにかそれだけ口にした。「それに、サツマイモ二個とひとつかみの半分ほどのマメを植えたって、どれだけの収穫が期待できるの？」

「わからない」モスターは肩をすくめた。「これまでの努力がカロリーの途方もない浪費にすぎないとしても、そんなの全然かまわないとでもいうように。「でも、そのころまでにはほかの住人のなかにも、こちらの考えに同調するひとがきっと出てくるはず。彼らが、余分というか、みんなでシェアできるだけの食べ物をもってなくたって、食べ物のなかには種として菜園に植えられるものがあるかもしれない。それに」――モスターはきれいになったマグカップを窓に向かって掲げた――「外には、ほかのチャンスがいつでも転がってる」

　モスターが何に向けて乾杯したのかはすぐにわかった。痩せたリスがもはや実がひとつもないリンゴの木でうろちょろしている。

「さらにもういくつか罠を仕掛けられるかもしれないけど」モスターが考えこんだ。「ほかの住人がまちがって引っかからないよう気をつけないと。誰かと仲違いしてる余裕なんてない。たがいに力を合わせることのほうが、お手軽な食事を手に入れるよりも大切だから」

　わたしにはよくわからない。外にはウサギのシチューがいくらでもある。シカ一頭でどれぐらい生きられるのだろう？　モスターの頭にもそんな考えがよぎったはずだ。わが家の庭のあちこちでクンクンにおいをかいでいる雌ジカを見ている様子からすると。

　実際、パロミノが食べ物をあげている雄ジカをわたしはそんな目で見ていた。

　この歩くごちそうに向かって少女が貴重なリンゴのスライスをさらに何枚かあげているのを見つめているとき、ブース夫妻のハーブガーデンで食事している二匹のリスの姿が目に留まった。ボビーはキッチンの窓辺に立ち、皿洗いでもしているのだろう。苦々しげな顔で齧歯《げっし》類の動物に視線を注いでいた。追っぱらってやりたいという気持ちを抱えながらも、踏みきれないでいるとか？　彼女の隣人が、この無防備でかわいそうな動物たちに対し、あんなに〈親切に、しかも気前よく〉接している様子を目の当たりにしてるせいで。それとも、抜きがたく染みついたイデオロギーと冷酷で厳格な真実の間で板挟みとなり、迷ってるんだろうか？

　わたしにはわからないし、さしあたりどうでもいい。自分があのとき何を考えていたか、何を目にし、なんのにおいを嗅いだかならわかってる！　ハーブを救うためそこまで行ってやろうかとわたしは思った。攻撃的な態度をとるつもりはない。ドカドカ歩き、リスたちを怖がらせてやればすむ。それからわたしはなんにも知らない体《てい》で通す。もしかしたらその後、遅ればせながらではあるが感謝の言葉を頂戴するかもしれない。わたしは何か好ましいことをやろうとした。ただそれだけ。でも、ボビーの家に近づいたとき……。

　ボビーがわたしのほうを見たのは知っている。頭は動かさなかったけど、一瞬、視線をこちらに投げかけた。窓、それからカーテンを閉めたのは、わたしに気づいたからだ。ボビーがそうしたとき、キッチンから温かな空気が漂ってきて、かすかな香りをわたしの鼻孔へ運んだ。油で焼いた食べ物。ハッシュドポテト。

ジャガイモ！

クソ女！　ええ、わたしはそう言った！　最低の嘘つき女！　だからあの女は、わたしが尋ねたとき、あんなにも居心地悪そうにしてた。食べ物がある程度、手元にあったんだ。ボビーは承知で嘘をついた。

これを書いているうち、わたしがどっちに対してより腹を立てているのか、わからなくなってきた。ボビー？　それともわたし自身に？　対決することだってできたはずなのに。窓をドンドン叩き、彼女の面前で怒りくるうとか。でなければ、昔のママの得意技というか、冷淡に、上から目線で、嫌味ったらしくこうふっかけてやるだけでも。「あら、こんにちは、ボビー、ちょっとあなたに教えてあげたくって。わたしはあなたのハーブガーデンを救おうとした。わたしたちはたがいに世話し合う必要がある。でしょう？　シェアし、力を合わせる。わたしたちはコミュニティだったわよね？　**そうよね？**」

どうしてわたしはそうしなかったのか？　何もしなかったのか？　どうしてわたしは絶対に――。

ダンったらいったい何を？　家の角を回ってこっちに近づいてきた。あの大きな竹竿は。

いったいな

――〈な〉と記したペンは動きが止まらず、線はのたくりながら長く、深く伸びていき、ページのいちばん下へと達している。

シニア・レンジャー、ジョゼフィーン・シェルの証言

おそらくミセス・ホランドはずいぶん若いから、『ファンタジア』なんて見てないんじゃないかな。けど、動物たちが移動し……そして凍りついたかのように動きを止める姿を目にしたとき、わたしが連想したのはあの映画でした。あのシーン、憶えてます？　草食動物たちがティラノサウルスのにおいに気づくシーン。わたしが見たのはそれだった。あのやせこけ、腹を空かせているシカたちが突然、そろって頭をもたげ、空中に漂うにおいをかいでいた。ミセス・ホランドが日記に書いていたのとまったくいっしょ。

骨のかけらのときもそうだったけど、あのときもじっくり考えるだけの余裕はなかったし、頭のほうだってすばやく、的確な判断を下せるような状態じゃなかった。かわいそうにと思ったのは憶えています。あんなにたくさんの飢えた動物を見たのはあれがはじめてだったと思う。最初はベリーの不作で、今度はもとの住処から逃げなければならなくなったこと。かなりの数の動物が攻撃的になっていたのだって理解できる。二匹のリスが永遠に続くのではないかとも思える喧嘩をしているのを見た。別のチームにいる友人の話だと、二頭のアメリカグマが大型シカの死骸をめぐり、たがいをズタズタに引き裂き合っていた。わたしは祈りつづけた。動物たちが争い合っている死骸が避難しようとした人間のそれだった、などという状況にはけっして遭遇しませんように、と。

近い状況はありました。といっても、人間じゃなくて、シカの死骸をめぐって。わたしはコヨーテの群れと出会ったんです。何ものかによってすでに肉をかじりとられたシカの骨格をしゃぶっていた。コヨーテはもともと臆病な性格の動物です。体の大きい大人の人間に立ち向かおうとするなんてことはまずない。でも、あのコヨーテたちはちが

った。一歩も譲らず、うなり、噛みつこうとした。わたしを獲物だと思ってたわけじゃない。骨に残ったわずかばかりの肉を何がなんでも守りぬこうとしていたんでしょう。わたしは大声を出し、自分を大きく見せかけ、何個か石を投げ、ついには宙に向かって発砲してみたけど無駄だった。チームの仲間がやってきたときになって、ようやくこのチビっこい輩《バガー》は立ち去った《バガー・オフ》。あそこまで大胆に立ち向かってきた動物を見たのは、この仕事をするようになってはじめてだった。

飢えがどれだけの力を発揮するかを示すいい例です。

日記#7（承前）

震えが止まらない。半日が過ぎたというのに、心臓の鼓動は速度を緩めようとしない。この日記を書きつづけようと決めておいてよかった。どうせあなたはすぐには読まないでしょうし、いまだに手紙を書いてる振りをするなんてばかげてると自分でもよくわかってるけど、書く行為というか、すべてを紙上に書きとめ、見える化するというプロセスを踏むだけで、思考を整理するのがずっと楽になる。

そして、整理すべき問題はあまりにもたくさんありすぎた。六時間前、ソーラーパネルを掃除しようとしたダンに邪魔され、書くことを中断している間にいろんなことが起こったから。すべては昨日の夜にまでさかのぼる。モスターとわたしは配給プランについて話し合っていた。ウサギを捕獲するための罠をもっとたくさんつくるとするとどういう問題があるか、モスターが話していると、ダンが言った。「もっと大きな問題がある」

ダンはそれまで話にちゃんと耳を傾けていたわけじゃなかった。タブレットを一心に見つめては何やら物思いにふけっていた。「電力が底をつきそうだ」iＰａｄをくるりとひっくりかえし、わたしたちのほうに画面を向けた。どうやらエネルギーをモニタリングするページらしく、わたしたちの家を意味するアイコンがあり、壁のバッテリーが黄色、天井のソーラーパネルがオレンジ色で表示されていた。「灰で覆われてるんじゃないかな」ソーラーパネルをタップすると二十五パーセントと出た。「あなたの家も同じだ」モスターのほうに画面を傾けると、スワイプし、彼女の家のアイコンを出した。ダンの説明によると、この手の〈スマートパネル〉は現在の状況を自動で送信するようになっていて、通常だと、シグナス社のメンテナンスチームが清掃のために駆けつける。でも、いまは……。

「電気なんてほんとに要る？」モスターはたいして困っているふうでもなかった。「冷蔵庫がなくなれば、いまある食べ物を保存する別の方法を見つけなければいけないし、保存できない食べ物は先に食べなければならない。でも、大丈夫、電力がなくなったら、電球がただの贅沢品だったとわかるから」

ダンは反論した。「菜園はちがう。新芽が出たら、大量の人工光、それと暖気が必要となる」ダンの説明だと、暖房装置の燃料はガスじゃなく、電気だし、例の床下の自家製メタンにしても調理と暖炉に使われてるだけなんだって。

わたしはとくに考えもなしに尋ねた。「雨でも降ったら屋根の灰も流れおちるんじゃない」

ダンはうなずき、わたしが口にした言葉をじっくりと考えていた。そういえば、ダンがこんなふうにわたしの言葉に反応し、真剣に考えてくれるなんてずいぶん久しぶりなような気がする。

ダンはわたしの考えにも一理あると認めた。「けど、やがて雨は雪にとってかわられる」一呼吸おいてモスターに、箒をもってないかと尋ねた。モスターがうなずくと、顔をぱっと輝かせた。「よかった、明日、屋根に上がって、灰を払いおとせる」

「ダメよ！」いきなりそんな言葉が口をついて出たので、自分でも驚いた。「だって……」わたしは無難な答えを見つけようとした。「だって、梯子がないじゃない」

「自分たちでつくれる」ダンは依然として前向きというか、興奮して我を忘れていた。何か閃いたらしく、突然、目がきらりと光った。「竹だ！　何本か切って、縛りつけるかテープで固定するかして――」

「もめごとになっちゃう！」オーケー、それはそれで嘘じゃなかったかもしれない。わたしはいつももめごとになったらどうしようと心配ばっかりしてたし、いまもしてる。でも、やっぱりそれは無難な答えであって、心の奥に隠してる答えじゃなかった。「竹は全住民の共有だし、切ったりしたら、やっぱり……」救いの手を求めてモスターに目を向けたが、なんの反応もなかった。ありがとう、モスター。

モスターの沈黙をよそに、こう続けた。「竹なら食べられる！」われながら上手い切り換え。それでいてすっごくいいプラン。ほんとにそう思った。「タケノコならラーメンでいつも食べてる！」といっても、わたしはそうじゃない。ラーメンは大好きだけど、必ずメンマは抜いてもらう。こう言ったらなんだけど、馬糞を食べたらきっとあのにおいみたいな味がすると思う。それでもわたしは、ふたたびモスターの援助を得ようとした。「タケノコなら、わたしたちが収穫しても、ほかの住民は気にしないかも！　十分な量、確保したら、菜園だって要らなくなるかも！」

モスターはわたしをやりこめようとして言ったわけじゃないんだろうけど。「あそこにある竹って食用種？」

余計なこと言わないで、モスター！

「とにかく梯子はつくるよ」ダン。声は大きく、眼は輝いている。「二、三本、切ってもいいだろ……のこぎり、あったっけ？」

「でも、カロリーを大量に消費してしまう……」なおも食い下がった。

ダンは聞いてもいなかった。「パン切りナイフを使ってもいいかな……」

「落ちたらどうするの！」とうとう出てしまった。必死に押しとどめようとしていた本当の理由。「医者なんていない！　病院にも連れていけない！　もし頭を強打したり、脚の骨を折ったりしたら……」

「はあ？　ぼくには無理だと言いたいわけ？」ダンの顔で驚きがいまにも痛みに変わろうとしている。ダンって、うーん、なんて言うか、体育会系じゃない。そんなこと、二人の間では一度も問題にならなかった。これまでは。

「ケイトの言うとおり」やっとだ。モスターが見覚えのある陰鬱な顔でこちらにうなずきかけた。「けがをすれば、与える側の人間が受けとる側の人間に変わる。面倒を見るために資源や時間を食われる。戦争で使用される兵器の大半が殺人ではなく、相手を負傷させるのを目的としているのはそのせいなの。負傷者は死者よりもお荷物となる」

なるほど。ほとんど誰も知らない軍事豆知識をもちださなくても、わたし自身の力だけでも目的を達することはできたとは思う。それでもモスターの主張は、まさしくわたしが求めていた、また恐れてもいた反応を引きだしてくれた。ダンは顔を下に向け、肩を落とした。生唾を呑みこんだ。ダンはため息をつき、テーブルを見下ろしていた。これですべてがご破算だ。それまでとは別人のような、前向きで生産的な態度。泡のようにはじけた。うつに逆戻り。あのいまいましいカウチへと。

でも、突如としてダンは復活し、iＰａｄを猛然とタップしはじめた。「もしかしたら、家屋内でもっと効率よくエネルギーを使用できるよう、設定を変更できるかもしれない。それに、もしかしたら」――ダンは目を見開いた――「いや、もしかしたらじゃないな……各家屋は、自分たちの電力の何パーセントかを集会所に提供し、その電気を使って配送車に充電している。ってことは、電力の共有だってできるんじゃないか。あなたの家の電力をうちにもってくるとか」

締め括りの言葉はモスターに向けられ、モスターはそれを聞いて肩をすくめた。ダンは自然と湧きおこる笑みを抑えられずにいた。わたしはほっとして快哉の声を上げたい気分だった。「そしたら考えるための時間を稼げる」

なおも画面に向かって笑みを浮かべながら、ダンは手を伸ばし、わたしの手を握った。「別の手を考えよう！」

ダンは立ち上がると、すべての皿を片づけ、シンクまで急いで運んだ。「ブラックホールの太陽……」流水の音に負けじと、声を張り上げて歌う。「きてくれないか、雨を押しながせ……」ダンは洗い物をしながら、頭をひょこひょこさせてリズムをとっていた。

モスターはまずはダンの背中に、つづいてショックを隠せないわたしの顔に向かって微笑みかけると、身を乗りだし、ささやきかけてきた。「どうしてまた？」モスターが何を言いたいか、きっちり伝わった。

「なんだかよく……」わたしは口ごもった。「なんていうか……仕事のおかげで……」

「仕事じゃない」モスターがささやいた。「生きるか死ぬかの問題。本当の自分が顔を出す」わたしの手をとった。「こういう言葉があるじゃない。〈苦難に見舞われたとき、わたしたちは己と向き合う〉[*1]っていう」それからモスターは椅子にゆったりとすわり、わたしの夫に向かって満足げにうなずきかけた。「はじめまして、ダニー・ホランドさん」

「なんです？」ダンが肩越しに振りかえって尋ねると、モスターは答えた「別に」

「クール」ダンがにこりと笑いかけた。派手な身振りでカップを拭きながら。「心配ご無用。何か考えるから」

そして今朝になって、最新の日記を書いているとき、その何かを目にすることになった。

パン切りナイフを使い、ダンは目につくなかでいちばん長い竹を切り、枝を払い、そこにモスターの箒をガムテープで固定した。それはちゃんと役に立った。車の上に最初の灰がもうもうと降ってきたとき、ダンはわが家の屋根のいちばん高いところにあるパネルにまで届かせることができたんだとわかった。けど、せめて鼻と口を何かで覆うのを忘れないでいてくれたら！　ダンはゲホゲホ咳こみながらそのなかに没した。車を出て、手伝おうとし、わたしも同じ目にあった。二人で咳こみ、くしゃみし、それから大笑い。素敵な瞬間。はじめまして、ダン。

そのとき誰かの叫び声を聞いた。

家の裏手の奥。ダンとわたしは顔を見合わせ、わが家とパーキンズ＝フォースター家の間の小道へ駆けこんだ。

パロミノはまだ庭にいた。彼女のリンゴの木のそばにひとりっきりで。エフィーとカーメンはたがいの手を握り、裏のポーチから見ていた。誰ひとり身動きせず、声も出せなかった。

ピューマ！　長くて痩せた体軀。泥だらけの足、灰で覆われた毛皮。庭のちょうど縁に立ち、パロミノにじっと視線を注いでいた。

いったいどうすれば！　自分を大きく見せかける？　叫ぶ？　何か投げつける？　逃げる？　ひとつヘマをやらかしただけで致命的な結果になりかねないとき、あなたならどうする？

ダンがささやいた。「動かないで」ひどく近くからだったので、彼の温かい息が耳にかかるのを感じた。パロミノにもその声は届いたにちがいない。こちらに顔を向けたのだから。エフィーが口の動きで何かを伝えようとし、娘のほうに身を乗りだした。カーメンは一方の腕でエフィーの動きを押しとどめ、もう一方の手をパロミノに向けて突きだした。やきもきしながら、その場にじっとしていていいと訴えかけるように。でも、少女は二人のママを見ていなかった。視線はわたしに注がれていた。あの表情。恐怖。懇願。わたしはパロミノのほうに一歩進みでたが、ピューマが低いうなり声を発すると凍りついた。

パロミノは半歩だけ後退した。

エフィーが叫んだ。「じっとしてて！」ピューマはさらに深く屈みこんだ。口の肉がめくれあがり、あの長く黄色い牙が剝き出しになった。うなり声は次第に高まり、シャーッという鋭い音へと変わった。

パロミノが体の向きを転じ、駆けだした。

カーメンから甲高い声。「じっとして！」

あっという間の出来事だった！　わたしは見た、パロミノは掲げた両腕の下で縮こまり、エフィーとカーメンが駆け寄り、ピューマがむくりと体を起こし、そしてそのとき、あのポール、細くて長い緑色の棒が、わたしの顔をかすめて獣の脇腹に命中した。

ピューマは横ざまに倒れ、ぶざまな姿で地面の上をずるずると滑っていった。獣はびくりと動き、身をよじり、すばやく脚を振りまわし、鉤爪で棒につかみかかった。それが功を奏したのか、それとも走る動きで先端がすっぽ抜けたのかどうかははっきりしないけど、獣は痰の絡んだようなうなりを鋭くせわしなく発しながら、森の中へと猛然と逃げ去り、あとには点々と続く血痕だけが残った。

「大丈夫？」振りむくと、モスターが家と家の間から歩みでてきた。モスターの関心はパロミノに向けられていた。パロミノは二人の母親にきつく抱かれ、ろくすっぽ息もできずにいた。

わたしは槍というか投げ槍というか、呼び名はどうあれ、モスターの武器を見下ろした。〈モスターの武器〉、というのは、これはモスターの手になるものだし、武器以外の何ものでもないから。幅約一センチ、モスターの背丈に匹敵する長さの竹竿。先端まで含めれば彼女の背丈を上回る。先端部は血まみれの果物ナイフで、やはり血まみれのガムテープで固定されていた。

竹竿を手渡すと、モスターが言った。「ありがとう、ケイティー」自分が拾いあげたという記憶はない。それどころか、どういうふうにしてその場に行ったのかさえ記憶にない。血まみれの手をジーンズで拭ったのは憶えている。で、モスターはダンのほうに顔を向けて、言った。「こういうときのために必要だった」

ダンはモスターのために竹竿を切ってあげたんじゃないかな。屋根掃除のための道具をつくってたし、そのついでとかで。ダンは震える声で「ああ、うん」と返し、モスターは果物ナイフの曲がった刃を見て唇をすぼめた。「相手がシカだったら役に立たなかった」モスターが息巻いた。「もろすぎる。それと、どうにかして刃に返しをつけて、命中したらはずれないようにしないと」血の滴る武器をわたしに向けて振りもどした。「見た？　あんなにあっさり抜けるなんて。誰かやすりをもってたら、そしたら……」

「何してるの！」イヴェットだった。トニーを引きつれ、わたしたちの背後にいた。二つの家の間に、他の住人全員といっしょにいたにちがいない。気がつくと、住人が勢ぞろいし、路地でひしめき合っていた。愕然とした顔。真っ青。

でも、イヴェットはちがった。頰が赤らんでいた。怒ってるみたい。いえ、いまのなし。むしろ、怒り心頭。子どもが〈まちがった選択〉をしたときの親か副校長っていうか。

「いったいなんの真似！」

モスターは無視し、パロミノの隣にひざまずいた。「大丈夫？」空いてるほうの手を伸ばし、娘の頰をなでた。「怖がらせてしまったのならごめんなさい」

イヴェットのほうに目を向けた。イヴェットはトニーをにらんでいた。トニーは無言のままだった。何度も唇を舐め、唇を内側にひっこめ、くり返し音を立てて鼻から短い息を吸っていた。

イヴェットがわずかに目を見開き、カップル同士にありがちな、無言で「それで？」と問いかける表情を浮かべた。トニーは顔をそちらに向けもせず、またもや無言で唇を噛んだ。イヴェットはさっと顔をそむけ、モスターに大声で呼びかけた。モスターはというと、依然、パーキンズ＝フォースター家のひとたちに全関心を集中させていた。

「モスター！」今度は要求だった。命令。イヴェットはトニーの腕をぎゅっとつかみ、合図でもするように何度か軽く引いた。

「ああ、そうだな」トニーは目も合わせようとせずに言った。「いいかな……わたしの考えだと……もしかしたらわたしたち全員……」

モスターはその言葉をさえぎるようにして彼らから顔をそむけ、パロミノにこう呼びかけた。「あなたがどうかはわからないわよ、お人形さん……でも、わたしはすごく怖かった。もしかしたら、おもらししちゃったかも」あのとき、わたしははじめてパロミノがにこりとするのを見た。パロミノはにこにこしていたかと思うと、いつのまにか涙を流しながらくすくす笑いだし、すると二人の母親もそれにつられて笑いだした。三人して泣きながら笑い、そしたらエフィーが鼻水をズルズル勢いよくすすりあげたので、みんなが笑った。

イヴェット以外は。彼女のあごの筋肉がぴくぴくしていた。トニーの腕を離して放りだし、モスターのほうにドカドカ大股で進んでいった。「信じられない！　あんなに利己的で無責任なことをするなんて！」

モスターは「またはじまった」というように小さなため息をつき、うなり声をもらしながら立ち上がり、イヴェットに対峙した。「そう？」

イヴェットはその返答を聞いてたじろいだ。モスターがあっさり屈服するだろうと思いこんでいたかのように。「そうよ！」イヴェットがくりかえした。彼女がそう言ったとき、訛りがそれまでとは明らかに変わったのに気づいた。どっかの訛り丸出しなんだけど、これって、えーと、オーストラリアだっけ？　ニュージーランドだっけ？「あの動物はあの娘を傷つけようとしてなかったのに！」

「傷つけようとしてなかった？」モスターが穏やかに応じた。「襲いかかろうとしてたじゃない。見なかったの？」

イヴェットは信じられないという顔で言った。「ええ、見なかったわよ！　あなたの手で理由もなく傷つけられ、脅えていた動物なら見たけど」

「実際のところ」――ダンが話しだしたので心臓が止まりそうになった――「ピューマは飛びかかろうとしてるみたいだった」その声はわずかに震えていた。つづいてもっと大きな声で、「モスターは……だから……女の子を……救った」

イヴェットは首を一方に傾け、またトニーのほうをちらりと見た。トニーは消えていた。物理的にじゃない。詩的な言い方をするつもりはない――そんな気がまったくないって言ったら嘘になるけど――とにかく、最初に会ったときのトニー、エネルギッシュで自信に満ち、頭上に「まかせとけ、俺ならちゃんとわかってる」というネオンサインがピカピカ光っていた、あのリーダー的な存在はどこに？　どこにもいない。

何かで読んだんだけど、背丈の印象って、その人が権力をもっているかどうかで左右されるんだって。医者、警官、誰であれ、権力をもっていると思われるひとは、実際よりも大きく見えるときがある。その説が百パーセント正しいと思ってるわけでもないし、もしかしたらトニーは背中をひどく丸めていただけなのかもしれない。でも誓って言うけど、あの瞬間トニーは、いつもよりずっと小さく見えた。

イヴェットの目から夫に向けて怒りの瞬間突風《マイクロバースト》が放たれていた。巧みに平静さを装ってるんだけど、視線は異様な熱がこもっていて、いつのまにかわたしのお腹の調子まで変になってた。イヴェットがその視線をダンに向けたとき、げっぷとともにわたしの鼻から酸っぱいものが出た。イヴェットがこう吐きすてた。「あなたにわかるの？　ピューマがどういう生き物か知ってるの？　わかってる？　あのピューマはわたしたちを前にして怖気づき、逃げだそうとしただけじゃない。意味もなく傷つけられた。しかも、そこでよりにもよってあんな真似をするなんて、一歩まちがったら、怒ったピューマはパロミノを襲って……殺していたかもしれない！」

何か言うべきだった。ダンを擁護すべきだった。そうしていたかもしれない。モスターが割りこんでこなければ。そうしてくれるのを望んでいた。でも、モスターはただ肩をすくめ、ため息をつきながらこう言っただけ。「まあ、そうはならなかったし、ピューマもいなくなった。これでおしまい」

モスターはその場の雰囲気を和らげようとしていたし、実際、それはうまくいきかけた。周囲の人々の緊張が徐々にほぐれてきた。パーキンズ＝フォースター家のひとたちが立ち上がった。ラインハートが〈はいはい、一件落着〉というように両手を上げた。ブース夫妻なんて家に引き返しはじめていた。でもイヴェットはというと……あんなに離れていても膨らんでるのがわかるんだから、彼女の血管はどれだけ太いんだろう？　瞬時のうちに考えをめぐらし、態勢を整え、あらためて自らの権威を知らしめる方法を見出した。

「いいえ、そうじゃない！　まだ終わっていない。それのせいであの子は大けがしてたかもしれない！」イヴェットの腕が槍のほうにさっと伸びた。「あなたはここを危険な場所にしている！　だから」――イヴェットの手が開いた――「これは没収しなければならない」

「いや！」

言葉、調子。揺るぎない事実。

イヴェットは鼻から息を吸いこみ、左右に目を走らせた。応援を求めている？　それとも審判を？

「モスター」

「いや」

「渡して」

「いや」

「モスター！」イヴェットは一歩近づき、指を緑色の竹に巻きつけた。モスターはその瞬間を待っていたのだろうか？　イヴェットがぎゅっとつかむ瞬間を。

あのときの記憶がスローモーションで甦る。思いっきりぐいと引いた瞬間、イヴェットは前のめりになって、モスターの顔に向かって倒れかかった。

「いや」

そのとき何かが起こった。思いだすと、いまだに逃げだしたい、身を隠したいという衝動に駆られる何か。モスターは下あごを突きだし、踏みこんだ。せいぜい二、三センチだったけど、目にもとまらぬ早業で。イヴェットの顔にすばやく叩きこんだ。

あの顔。目を見開き、ぱっと離れた。

恐怖。

わたしは何度となくこの瞬間に戻りつづけている。強さと弱さをめぐる観念に。

美しさやお金ならわかる。知恵、人気、セックスも。影響力とか。

けど、肉体的な喧嘩を見たことはなかった。暴力沙汰になる寸前でたがいに火花をバチバチ散らし合っているところさえ。そんなの一度もない。女の子同士の場合はもちろん、男の子同士の喧嘩さえ。わたしの世界では。

原始的。原初的。

支配。

わたしにはあなたに痛みを引きおこす力がある。

イヴェットが槍を手放し、上半身を後ろに反らした。モスターは、頭だけを前に押しだした姿勢でまたもや突いた。

イヴェットがたじろいだ。顔をそむけ、目を閉ざし、二歩ほど引きさがった。手を上げて顔をかばっている。

「帰りなさい、イヴェット」

すべてが終わった。モスターが全身の緊張を緩めた。肩から力を抜き、後方の脚に重心をずらし、口角をきゅっと引いて微笑みに似た表情を浮かべた。「とにかく帰って、わかった？」

イヴェットは背を伸ばした。頬と唇から血の気がすっかり引いている。さらに半歩だけ後ずさりし、にらみつけた。恐怖は怒りに変わっていた。でもイヴェットは何も言わなかったし、こちらに目を向けもしなかった。心のこもっていない偽りのクスクス笑いは、やがてピエロじみたニタニタ笑いとなった。すばやく踵を返すと自宅に向かって歩きだし、トニーの手首をつかんだ。トニー。ひょろりとした顔で目を伏せ、ぎゅっと下唇を嚙みしめたまま、妻の手でずるずる引っぱっていかれた。

その後の何秒かはぼんやりとした記憶しかない。それまでがあまりにも張りつめていたから、反動で気が遠くなってしまったみたい。ダンの腕に抱かれながら、ガクガク震え、いまにも吐きそうになっていたのを憶えている。

その場にいたひとたちが三々五々、引きあげていくところからは、はっきり記憶として残っている。ブース夫妻の背中。カーメンによって家のなかに運ばれていくパロミノ。

それから声。

「うむ」

ラインハートそのひとの声。ほかの誰でもなく、ほかの何物でもなく。ダンにこうぼそぼそ語りかけていた。「わたしは……うーんと……えーと……手伝いできなかったんだけど……で、もしすでにきみの家のソーラーパネルの掃除にとりかかっているのなら、もしよかったら……」

「ん？　ああ、わかった、いいとも」ダンはもごもごつぶやいていたが、その瞬間、いきなり活力を取りもどしたかと思うと、相手の言葉を肯定する手振りを矢継ぎ早に繰りだし、その話題に飛びついた。「ああ、もちろんだよ、うちのが終わったらさっそく——」

「それであなたは見返りとして何をしてくれるわけ？」モスターが話に割ってはいった。ダンの隣に立ち、ラインハートと向き合って、その手には槍からの血が垂れおちていた。「もしあなたがダンに何かしてほしいというのなら、あなたはダンのために何かする必要がある」

モスターの声は大きかった。あんなわずかの距離では不必要なくらいの大きさ。全員を振り返らせ、その場の成り行きに着目せざるをえなくするほどの大きさ。

「その、わたしは……そうだな、もちろんだとも」ラインハートはそんなことはわかりきっているとでもいうように適当にやりすごそうとしたが、そのうちこれがどういう取引なのか呑みこめたらしく、困惑の色を浮かべた。

「いったいあんたは何を……」

「食べ物」モスターがわたしのほうに頭を振った。「ダニーは、これからカロリーを消費するわけだし、その分だけ補充する必要がある。だからケイティーも同行し、あなたの家のキッチンにある食べ物を全部記録させてもらう。それさえやっておけば、もし今度またダンの助けを必要とするときがきても、そしてあなたもわかってるように、そういうときはきっとくるでしょうけど、ダンのほうも、見返りとして何を要求したらいいか、きっちり判断を下せる」考える余地はない。質問は受けつけない。この時点でラインハートにできるのは拒否することだけ。ラインハートはそうしなかった。

「当然だな。よろしく頼む」

ラインハートがよたよたとした足取りでその場を去ると、モスターはダンに顔を向けて言った。「必要性。村は必要性で成りたつ。いまのわたしたちというのは村だし、必要性を介して結束している。あなたがわたしを助けないなら、わたしはあなたを助けない。それが社会契約ってこと」

ほんというとモスターが言ってたことをあのときちゃんと理解してたわけじゃない。まだ身震いはおさまらず、わっと泣きだしたい気分だった。風船みたいにシュ一ッと抜けていく緊張。必要以上の力でダンの腕をつかんでいたにちがいない。脚はガクガク。頭はフラフラ。ただただ家に帰って横になりたかった。

「で、あなたのことだけど……」モスターの声が聞こえた途端、わたしはビシッと姿勢を正し、目を正面に向け、すべてのひとをどきまぎさせずにはおかない、モスターのあの笑みを見つめた。

「あなたには才能があるんだとわかった」

何を言ってるのかわからなかった。尋ねようと口を開いた。

「あなたがパロミノに向かっていったとき」モスターがにっこりした。「ごめんなさい。もう少しであなたを刺しちゃうところだった」

向かっていったですって！

モスターが何を言ってるのかわからなかった。ダンが

「そうそう、きみはモスターとピューマの間に完全に割って入ってた」と言ったとき、わたしはこのひとたち頭がおかしくなってしまったんじゃないかという目で二人を見た。それからいま立っている地面を見下ろした。まさしくそこはピューマの通り道だった。どうやってここにきたんだろう？　ほんとに何も憶えてなかったの！

「おっそろしいやつだったのに」ダンだった。びっくりしてるうえに、ちょっと興奮までしているみたいだ。

「考えもしなかったの？」モスターが満足げに尋ねた。「すべて本能で？」

　答えが浮かぶよりも先に、足音が聞こえ、全員で振りかえった。パロミノが駆けよってきた。両手で枕カバーのようなものをもっている。

　モスターが言いかけた。「こんにちは、お人形さん、いったい何——」

　でも、パロミノはわたしたちの前を通りすぎ、わたしの家に入り、数秒して出てくるとモスターに抱きついた。モスターも抱きかえし、頭のてっぺんにキスし、それから歌うように言った。

「ありがとう、わたしのお人形さん《Lutko Moja》」

　それからパロミノは振りかえり、わたしに抱きついた！　わたしは一瞬、固まり、ばかみたいに突っ立っていたが、やがておずおずと彼女の背をさすった。パロミノは気にしてないようだ。満面の笑みで見上げ、またぎゅっとハグし、それから自分の家に向かって駆けていった。

　全員あっけにとられ、一瞬の後、我に返るとパロミノの足取りをたどって家に戻り、ガレージのドアの隣に置かれた枕カバーを見つけた。

　なかには大量の豆が入っていた。というか、パロミノのストレス解消グッズである豆袋《ビーンバッグ》が大量に入っていて、切りとられた端っこからなかの豆がこぼれおちていた。全部で百以上。その後、ずっと数えつづけている。赤、黒、白、斑点入りの茶。すべての種類を知ってるわけじゃないし、すべてが発芽するとも思えない。もう一回、水に漬ける？　濡れた紙タオルとかで？　わからない。おそらくはそのまま泥のなかに埋めるだけだろう。菜園中にまけるだけの豆がある。どれだけの食料ができるだろう？　全住民を養えるだけの量が得られるだろうか？

村。必要性。

ありがとう、パロミノ。

第八章

この世のものとも思えぬ叫びが渦巻きながら闇を越え、壁のない山小屋に入りこみ、わたしたちを包囲した……。
それは悪魔の発する音だった。

——ビルーテ・M・F・ガルディカス
『オランウータンとともに　失われゆくエデンの園から』

日記#8　十月七日

叫び声！　今夜はそれで目覚めた。ベッドが弾むのを感じた。ダンが跳びはね、窓へ駆け寄った。わたしはふらつきながら立ち上がり、ダンにつづいて裏のバルコニーに出た。いちばん先に気づいたのは夜気の冷たさ、これまでにない寒さだった。それから、また叫び声。林から響きわたり、はっきり耳に届いた。人間じゃない。あの日の午後、ピューマが発していたのと同じ、威嚇《いかく》のために発するうなり声。

だが、それだけではなかった。

ルロォォォ**ウ**ゥゥ、**ルロ**ォォォ**ウ**ゥゥ。

その下に別の音があった。コーラスのバス声部みたいに。より太く低く、よりゆったりとした音。最初は聞きとれなかったが、次第に高まり、以前、聞いたことのある吠え声になった。最初はハイキングのとき、二度目は追いかけられたとき。でもいまはずっと大きい。あのすさまじい腐敗臭に匹敵するほどの強烈な声。やっぱり知ってる。これは現実だ。空想の産物でもなければ、目に入った微小なほこりでもない。まちがいない。ピューマ以外の動物がいる。

あの叫び、シャーッという鋭い音。ピューマは怒っているようでもあり、脅えているようでもあった。吠え声がとどろき、次第にその声は大きさを増し、キャッキャという甲高い音に変わった。あんなの聞いたことがない。いや、ちがう。正確に言うなら、あれとまったく同じものは聞いたことがない。

サルの声なら聞いたことがある。ネイチャー番組だったか、それとも動物園だったか。サルというか類人猿というか。でも、いま聞こえるのはそれよりずっとうるさくて、ずっと強力だ。音の波がぶつかってくるような感じというか。音がもっと近くで発せられていたら、窓はガタガタ揺れたかもしれない。ピューマの叫びが不意に変化した。怒りに満ちたうなり声から、すばやく、とぎれとぎれに発せられる悲しげな鳴き声へと。

ロウロウロウ！

闘いだ。

迅速で激烈。うめきは筋肉を動かすときに発せられ、くぐもった唸りはがっしりと何かに食らいついた口から漏れでたものか。

それから他のすべてを圧し、巨大な咆哮が上がった。低く太いとどろき。一方でピューマの鳴き声は急に甲高さを増し、耳をふさぎたくなるような悲痛な声に変わった。

そしてすべてが終わった。完璧な静寂。気がつくと、ダンとわたしはたがいの手をぎゅっと握り合っていた。力をこめすぎていたから、ダンが手を離したとき、わたしは指に勢いよく血が流れこんでくるのを感じた。ダンが「待ってて」と言い、一階に下りていった。あのときわたしはダンに向かって何か言いかけた。ダンは寝室の戸口で立ちどまった。「すぐに戻る」あたりはしーんと静まりかえっていたから、ダンが表と裏のドアに鍵をかける音が聞こえた。なぜかはわからない。動物がドアを開けるとは思えない。クマならできる？　足やら鉤爪やらを使って、ノブを回すことができるだろうか？　きっとクマだ。わたしの頭はおかしくなっていないはず。ほかにピューマと闘える動物なんている？

どう決着がついたんだろう？　一方がもう一方を追い

はらった？　それとも両方ともまだ外にいて、家のまわりをグルグル回ってるとか？

　さっき寝室の正面の窓に行ってみた。村じゅうの明かりが点いている。デュラント家以外の全家屋。でも、誰ひとり外に出ようとしない。ダンがさっき寝室に入ってきて、バルコニーに通じる扉を閉ざして施錠し、ベッドに戻った。「もう何もすることはない」そうわたしに語りかけた。おそらくはただたんにわたしを安心させるために。わたしは尋ねた。これからモスターを訪ね、前にあんな音を聞いたことがあるか訊いてみたほうがよくない？　ダンは反対した。なんのために？　朝の光がさすまで待って確認しよう。もしかしたらダンは怖がってるだけなのかもしれない。少しも変じゃない。わたしだってそうだし。ダンが寝室のドアに施錠するのにも気づいた。この点について議論はなし。

　ダンはごろりと転がってこちらに背を向けた。何ひとつ問題がないかのように。妬ましい。わが家とラインハート家の屋根を掃除して疲れがどっとたまってる。わたしはただあの男のキッチンに置かれたものを記録しただけ。大量の冷凍ダイエット食品。もうひとつのリストにあれを書き写しておこうか。そうすれば眠れるかな？　充分、退屈そうだし。

　やっぱ無理。抗不安薬半錠の出番にしておこう。いや、睡眠薬かな。

日記#9　十月八日

大まちがい。いまだに眠れない。努力はした。ダンはものすごく寝つきがいい。横になったらあっという間。ぐっすり寝て、ガーガーいびきまでかいている。ムカつく。今度は自分自身に対して。引っ越しのときDVDを全部処分しようと言いだしたのはわたしだった。クラウドに全部上がってる。

クラウド／雲。

なんて美しいイメージ。フワフワのかわいらしい何か。空のはるか上。天空。とんでもない嘘。わたしは憶えている。ダンのかつてのビジネスパートナーのひとりが〈データパーク〉、ほんとのクラウドについて話していたことがある。太平洋側北西部って安価な水力発電のおかげでデータパークだらけなんだって。だとしたら、データパークのひとつくらいは煮えたつ泥のなかに埋まっているかもしれない。人々の個人的なデータ。仕事の計画、財務記録、貴重な写真類。そのほうが安全だと誰かに言われ、人々は写真をスキャンした。だって家にほったらかしにしたら、いつ火事や洪水に見舞われるかわかったものじゃないから。そんなことを思ったんだけど、これも、昨日の夜、眠れずにいたときに思いうかんだ無数の考えのひとつにすぎない。

あのひとたち全員のことを気の毒に思うべきだった。でもあのときのわたしは『ダウントン・アビー』の新作を見逃して残念だと思っただけ。だって今度の時代設定は四〇年代なのよ！ 爆撃されたロンドンの街並みのなか、制服姿のレディー・メアリーが登場する予告編も公開された。貴婦人のおばあさまはまだ生きてる？ ロバートとコーラは？ 全キャストはまだ明らかにされていない。この時代まで生きてるのは誰か、わざと伏せてわたしたちをやきもきさせようとしてるんだ！ 意地悪！

何か古典がひとつあればいいのに。『プリンセス・ブライド・ストーリー』だけでもいい。ダウンロードしとこうとは思いもしなかった。クラウドがなくなるなんて考えられなかった。

テレビもなければ、本もない！ またまたいつものドジっぷり全開。いまさら紙の小説なんてもってない。全部キンドルに入れてある。それなのにわたしときたら、充電し、電力を貯めておこうとはしなかった。ほんと最高。

そこでわたしは睡眠薬半錠を飲み、ベッドに戻って効きだすのを待った。薬は効きだしていたというのに、自分ではまだ気づかずにいた。闇のなかにいて、快い眠りがわたしを圧倒するのを待った。そうならなかったので、わたしは残りの半錠を飲もうとまた立ち上がった。自分の頭がどれだけ朦朧《もうろう》としているのかさえわかってなかった。ろうそくに火をつけたのもそのせい。

わたしの薬は全部、来客用のバスルームに置いている。引っ越し前からの古い習慣。眠りの時間帯が別々だから、ダンの眠りを邪魔したくはなかった……わたしが起きだし、二人の生計を支える仕事に取りかかろうとするときに。自分が主寝室の浴室にふさわしいとは思えなかった。これも習慣。

ろうそくに火を灯したのは明かりが欲しかったからじ

ゃない。あるいは、何時間か前に嗅いだ嫌なにおいを追いはらうためでもない。疲れきっていたし、おそらくは記憶と現実がごっちゃになっていたんじゃないかな。あの悪臭。宙に漂う悪臭がいまでも嗅ぎとれるような気がした。手探りでマッチブックを見つけ、ろうそくに火をつけ、それをわきにずらして横に移動し、洗面キャビネットを開いて薬を取りだそうとした。炎がちょうどタオル掛けの真下にきていたことにわたしは気づいていなかった。

炎のゆらめき、煙。

火事だ！

わたしは冷水を浴びせかけられたようにはっと我に返り、シャワーの栓をひねり、火のついたタオルを抛りなげた。水、蒸気、煙。大量の煙。アラーム。つんざくような警報音。窓を開け、換気扇を回し、半狂乱になってシンクによじのぼり、壁から円盤状の物体をもぎとろうとした。それがただのセンサーにすぎず、家中に配線されてることとさえ忘れて。わたしは引っぱり、思いっきり力を入れ、おそらくはこう叫んでいた。「なんなの！ ふざけんな！ 早く、早く！」それから足を滑らせ、ダンの腕のなかに転げおちた。

ダンは「いったいどうしたって……」と言いかけ、バスタブのなかの黒焦げのタオルを目にした。ダンの腕がわたしに巻きついた。首筋にやさしい「大丈夫だよ」

それだけでよかった。わたしはわっと泣きだした。ダンに抱かれ、泣きじゃくり、ぐちゃぐちゃ文句を並べたてた。いま起こっているあらゆること。起こりうるあらゆることについて。

ダンはただわたしを抱き、背中をさすり、頭のてっぺんにキスし、ささやいた。「大丈夫、大丈夫」

ダンはすべてのスイッチを切り、わたしをベッドに導いた。

それから。

すごく、すっごく久しぶりだったとだけ言っておこうかな。

また戻れてよかった。

起きるのは遅かった。九時ごろ。ダンが起きるときベッドがガクガク揺れなかったら、もっと遅くまで寝ていただろう。片目を開けると、ダンはズボンをはいていた。

わたしはどこに行くのと訊いた。気だるげに、色っぽく誘いかけるように言ったつもりだったんだけど。

でも、ダンがこう答えようとしたときのこと。「ぼくは……ぼくはこれから……」顔でバレバレなんだもん！ダンの人柄でわたしがずっと大好きだったことのひとつ。二人の関係が最悪だったときでさえ。ダンは嘘がつけない人間なの。

「確認してみようと思ってたんだ、昨日の夜、聞こえてきたのがなんだったのか」ダンはあの物騒きわまりない道具、ブース夫妻にもらったココナッツオープナーをベルトに差しこんでいた。わたしの視線がそこに向けられているのにダンは気づいた。

わたしは言った。「大丈夫だって」それから服を手に取ろうとした。

「いや、こっちは大丈夫だから」わたしより先に靴を履こうとした。

わたしはくりかえした。「大丈夫」そして同じことをした。

自分のことは気にしなくてもいいと相手に伝えようとするとき、この「大丈夫」という言葉のマヌケな応酬をわたしたちはやりがちだった。あのときも三、四回はそれをくりかえしたはず。服を先に着る競争をしている間に。

わたしの勝ち。

「ケイト」ダンの声が低くなった。片手を上げる。「ダメだ」

わたしは少し呆然としてその場に立っていた。目の前の男は背筋をシャンと伸ばし、胸を張り、いつものダンよりほんの少しだけ大きく見えた。ダンがこんな保護本能の持ち主だったなんて。それを知るのはなんて素敵なことなんだろう。もしかしたらその本能は以前からずっと秘められていたのかもしれないし、最近の経験を通じて芽生えたのかもしれない。でもその本能は確実にあって、これがはじめてなんだけど、わたしがけっして危険にさらされないようはたらきかけてくれた。わたしはダンがそんなふうにはたらきかけてくれたのを誇らしく思う。でももっと誇らしく思ったのは、わたしが微笑み、頬にキスをし、「さあ、行こう」と言ったときでさえ、ダンがそこまでへこみきっていなかったってこと。

裏口から外に出て、山道を上った。二階の窓からパロミノがこちらを見ていた。不気味で無表情というわけじゃない。でも、微笑んでもいない。わたしたちの背後の森をちらちら見ている。見張り番のように。そして「危険なし、元気でね」というように手を振った。

家の前を通ったとき、ヴィンセントが親指を突き立てて合図してきた。元気づけようとしたのだろうが、彼の不安げな顔、それに窓の前を離れるときの素早さときたら。「よかったよかった、貧乏くじを引いたのがわたしじゃなく、きみたちで」という意味なのだろう。

「待って！」山道の下からモスターの叫び声が聞こえ、足を止めた。モスターはハーハー息を切らしながらやってきて、わたしたちに追いついた。手製の投げ槍を携えている。「ほら！」汚れを落とし、曲がった刃も修復しようとしたらしい。「もっといいのをいま作ってるんだけど」モスターが言い、槍をわたしの手に押しつけた。ダンを見て、こう言った。「向こうではあまり時間をかけすぎないようにして」

尾根を越え、下り坂に入るやいなや、悪臭に直撃された。強烈な刺激臭。手で木に触れると、手のひらからもそんなにおいがした。鼻を樹皮に押しつけた。腐った卵。わたしの手にはほかのものも付着していた。おそらくは植物の繊維。長くて黒い。ウマのたてがみみたいに太い。それがにおっているのかどうかはわからない。わたしの指先がにおっただけなのかもしれない。動物の毛だろうか？

それから白い染みが見えた。地面が掘りかえされ、赤らんだ葉っぱが散乱している一画があり、いくつもの白い染みが突きでていた。

血の赤らみ。それはいたるところにあった。灌木の上や樹皮の表面。あるいは地面に染み、灰と混じり合って、小石状の赤さび色の固体となっていた。

白い染みは砕かれた骨だった。最初はそれが何かもわからなかった。大半はただの小片にすぎなかった。ハンマーで粉砕されたような。そばにいくつか臼があった。片側が血に染まっていた。飛び散った血じゃない。毛皮や肉の一部が混じった、べっとりと厚い汚れ。しかもここが奇妙なところなんだけど、いい？　なんだか塗られたみたいだったの。おかしなこと言ってるのはわかってる。でも岩や木、葉っぱについた血には、どこにも飛沫らしきものはなかった。灰のなかにあったのを除けば、すべての染みは刷毛、あるいは舌でなすりつけられたように見えた。ピューマを葬り去った何やらがありとあらゆる箇所を舐めてまわったとでもいうように。

骨でさえ。骨はきれいだった。髄は洗い落とされたようにきれいさっぱりなくなっていた。実際、肉はどこにもなかった。臓器、筋肉、脳。頭蓋骨の残骸らしきものは見つけた。といっても湾曲したテカテカの破片にすぎなかったが。その隣には、寄せ集められた折れた歯。そのとき、これはピューマにちがいないとわかった。あの黄色い牙。牙の一本は上あごの破片にはまったまま無傷の状態で見つかった。

こんなことができる生き物って？

あの光景だけでも衝撃的だったというのに、モスターの反応はそれに輪をかけてわたしの恐怖心を煽りたてるものだった。

モスターはなんら判断を下すことなく、ひたすら耳をすまし、両方の目玉を一方に寄せ、すべてのディテールを取りこみ、しかもその間、まったくの無反応で通した。わたしは怖くなった。いまでも怖い。モスターが間髪入れず、こんなふうに応じなかったからだ。「ああ、困ったねえ、あんたが見たのは……」モスターはいつだって、どんなことにだって答えを用意していた。最初、苦手だったのはそのせいだ。ご立派なこと。なんでもよくご存じで。「ここに行って、これをやって、わたしが言ったら信じて……」心底、当惑しているモスターを見るのはこれがはじめてだ。いや、はじめてじゃない。はじめてはわたしが追いかけられたとき、モスターが林に目をやったときだ。

わたしが考えまいとしているものは何か、もしかして感づかれてる？　におい、咆哮、道で見かけた巨大な〈岩〉。そしてこれ。わけのわからない事態と遭遇し、なんとか筋の通る説明を見つけようとしてるだけなんだけど。わたしはそういう人間だ。どんなものにもふさわしい役割がある。わたしは自分が聞いたものにこだわってるだけ。しかもそんなに聞いてもない。その手のことにハマってもいない。わたしは現実的な人間だ。非現実の世界に興味をもったことは一度もない。『ゲーム・オブ・スローンズ』さえ一度も見たことがない。ドラゴンと氷のゾンビ？　本気？　イヴェットがオーマについてまくしたてたけど、あれはもののたとえとして持ちだしたたけであって現実のはずがない。そうでなかったら、みんな知ってる。この世界ってそうだよね？　誰だって、どんなことだって、知ることができる。だったら、わたしたちはこれについて知ってるはず。

そして、そう、わたしは自分が何かを見たことを知っている。双方が見た。でも、何かを見たからといって、自分が何を見たか知っていることにはならない。

ひとつ見つけた。くっきり残された足跡。頭蓋骨の破片の隣に。深々と押しつけられた足は、灰の層を突きぬけ、柔らかな地面にその跡を残していた。オオカミでもなく、あるいは別のピューマでもない。形がまるでちがう。もしかしてクマ？　どうだろう？　クマが通った跡を見たことはないから、ただそれだけのことなのかもしれない。けど、残された足跡は、五本の指にいたるまで、靴をはいていない人間のそれにそっくりだった。でも絶対に人間ではない。ダンはハイキングブーツを脱いだ。ブーツのサイズは十一。靴下も脱ぎ、裸足になって足跡の横に置いた。足の指の形は似通っている。全体的な形状も。でもサイズが。ありえない。灰のいたずらか、でなければ足を突っこんだときの加減のせいだ。

あんな大きな足をもつ生き物は存在しない。

第九章

すでに見つかっている証拠からすると、スカマニア郡には夜行性の霊長類が存在している可能性がある。類人猿風の生き物だとか……とさまざまに形容されているが、一般的には〈サスクワッチ〉、〈イエティ〉、〈ビッグフット〉、……という名で知られている。

――ワシントン州スカマニア郡　条例69－1

シニア・レンジャー、ジョゼフィーン・シェルの証言

ええ、その伝説なら聞いたことがある。かといって、わたしが知ってるのは祖先から受けついだ文化的な遺産とはなんの関係もありません。わたしは北西部じゃなく、南西部の出身ですから。[*1] もちろん、わたしたちにも独自の物語がないわけじゃない。誰にだってあるでしょう。ロシアにはアルマス、オーストラリアにはヤウイ、インドネシアにはオラン・ペンデク、ラテンアメリカにはシシメテをめぐる話がたくさん残ってる。しかも全部、現代の物語でしょう。ユダヤ＝キリスト教の聖書には、ヤコブの原始人じみた兄、エサウについて記されてる。人類史上、最初に書かれた物語であるギルガメッシュ叙事詩には、野人エンキドゥが出てくる。地球上のどこの文化でもいい。おそらくそ

こにもその手の伝説があるはずです。

この文化においてもそう。この文化というのは、メインストリームのポップカルチャーのことです。ビッグフットというのはすごくアメリカ的だと思うんです。アップルパイとか、学校への銃持ち込みとかといっしょで。わたしがビッグフットについて知ったのもポップカルチャーのおかげでした。X世代に属する善き人間のつねとして、わたしも子どものころはテレビっ子だった。ビッグフットを取り上げた現代のメディア作品なら、それこそ人並み以上に見てきたんですよ。

もっと新手の、カメラが手振れする、〈目指せ『ブレア・ウィッチ』〉的な映画ともずいぶん付き合いました。ケーブルテレビでやってた疑似ドキュメンタリーも、いくつかだけど、ざっと見てみて、サバイバリストが出てる番組は今後もチェックしようかなと思いました。イギリスでパクったほうじゃなくて、本物のほう。カナダ人はこの特異な分野に精通しているから、そのうち結果を出せるんじゃないかって気もする。けど、わたしが見たその他の番組は、フィクションであれ〈演出入りリアリティ〉物であれ、言わせてもらえば、見かけだけはいまっぽいけど、七〇年代から八〇年代にかけて大ブームを巻きおこしたような、わたしが子ども時代に貪り見た作品群の焼き直しにすぎない。

あなたならよくご存じでしょう。このジャンルの名作五本についてあなたが書いた記事は読ませてもらいました。わたしもあの映画を見たけど、漏らしてしまいそうなくらいに怖かった。イエティがスキーのリゾート地を襲撃する映画のことです。あなたも指摘していたように、怪物の着ぐるみをそっくり用意するだけの予算がなかった[*2]のが幸いして、全篇が『ジョーズ』っぽい一人称視点《POV》の映画になっていて、怖さを増幅していた。窓を叩き割って侵入するあのシーン……山を下り、そのまま町に入って……怪物がこんなことをするなんてありえなかった！　ホラー映画の第一原則をぶち壊した！　わざわざ災いを求めるような真似をしなければ、災いが降りかかることもないという、あのルールを！

そもそもわたしたち世代のホラー映画というのは、本質的には教訓話になってる。そのせいでわたしは、欲情に駆られてサマーキャンプに行くティーンエイジャーにも、ビーチをけっして閉鎖しようとしない強欲な市長にも、定められた規則に従い、異星からの遭難信号の調査に向かわざるをえなくなった宇宙船の乗組員たちにも、まったく同情することはなかったんです。自分は絶対、彼らのようにならないことはわかっていた。わたしなら分をわきまえ、ずっと家にいる。でも、雪獣によるアスペン襲撃を見たあと、こう思ったんです。現実のサスクワッチがいたら、もうなすがままにされるしかないよって。

ほんと、そう！　あなたが記事で取りあげていた別の映画、『スパイ大作戦』の俳優（ピーター・グレイヴス）がホスト役を務めたあの映画（『ミステリアス・モンスターズ』のこと）。足跡や写真の紹介、〈心霊探偵〉へのインタビュー、何よりも、ああ、あの〈再現ドラマ〉。女の子……リタ・グラハム、名前までおぼえてる……その夜、彼女は家でテレビを見ながらいつもどおり過ごしていて……ちょうどわたしみたいに……背後のブラインドにシルエットが浮かび、二秒後、毛むくじゃらの巨大な腕がガラスをぶち破る。あの瞬間に、わたしは漏らしそうになった。あんまり怖くて。何年か後に調べてみたら、たしかに事実ではあったんだけど、番組用にかなり脚色されてたみたいですね。

ドラマ化されてはいませんが、もう一件、正確には二件の事件があり、改変されて別の映画になっています。実際に映画館で上映されたんです。最初の話で語られる事件は、一九二〇年代に起こったとされています。荒くれ者の炭鉱労働者が試掘をしていて、その現場はなんとセントヘレンズ山の近辺。ある夜、彼らの小屋が襲撃され、石やこぶし、もはやビッグフット伝説には付物になった獣じみた咆哮が、雨あられと降りそそいだのだとか。現在そこは〈サル渓谷《エイプ・キャニオン》〉という愛称で呼ばれています。二つめの話のネタ元は、大統領、テディ・ルーズヴェルト（セオドア・ルーズヴェルト）が書いた本。

――ジョゼフィーンは机の引き出しに手を伸ばし、古くなり、ページの隅が折れた『荒野の狩人』を机にドンと置く。

はじめのほうは相当イタいから覚悟してくださいね。ルーズヴェルトは冒頭で自分はすごく恵まれていたと語っている。どうしてかというと、北米の大型動物をさんざん撃ち殺してきたからなんですって。

いけすかない。

それはともかく、やがて問題の〈物語〉がはじまります。でも体験談じゃありません。語られるのはアイダホの毛皮取り猟師の話。バウマンという名の猟師で、彼の相棒が〈鬼《ゴブリン》〉に引き裂かれたというんです。

これらの物語は真実なのか？　わたしには判断のしようもありません。当時は真実だと思って、ベッドを窓から離れた場所に移動してほしいと両親にいつも頼んでいた。こんな調子で。「あれは実話なの！　書いたのは大統領なんだから！」

両親の名誉のために言っておくと、家族はわたしの言葉に耳を貸さなかったわけじゃありません。わたしにそれが真実であると証明させようとしました。言葉の背後に目を向け、物理的な証拠が存在するかどうか確かめてみるようにうながしたんです。わたしが動物学に興味をもったのもそれがきっかけでした。新種の存在が科学的に証明されるたびに、いまだにわたしは興奮に駆られる。新種は何千種類もある。それも毎年！　ゴリアテという世界最大のクモや巨大イカの死骸を見た。海底の熱水噴出孔から採取された、あらゆる種類のサンプルも見た。そんなの、わたしが生まれた当時なら、SF小説の世界の話だと思われたでしょう。コンゴの治安がよくなり、エコツアーが開催できるぐらいになったら、いち早く現地に乗りこんで、〈ライオンイーター（ビリエ《イプリエ》）〉と呼ばれる新種の生物を真っ先に見るつもりなんです。わたしはどんな発見だって受けいれる。信頼できる物理的なエビデンスに基づいているかぎり。事実が明らかになれば、怪物は駆逐されるはずなのに……

――ジョゼフィーンがため息をつく。

……受け入れる余地なんてなくなるはずなのに。

日記#9（承前）

動物たちは姿を消した。今朝は気づかなかったけど、一日の時間が経過すると、シカもリスもまったく見かけなくなってしまったのに気づく。どんな動物も。どこかに鳥がいるとしても、鳴き声はまったく聞こえない。どうして動物たちはここを去ったのか？　飢えのせいとは思えない。パーキンズ＝フォースター家の木々にはわずかだがリンゴの実がまだ残っていた。ほかの木々を確認すれば、きっと残っている果実が見つかるだろう。闘いのせいか？　ピューマを殺した動物を恐れているのか？

さっきこう書いたのを見た？　動物って。

わたしは言葉を書きとめることさえできないってこと。モスターに告げてからは、あいつについて話したこともない。ダンも話をしない。といっても、ダンの場合、忙しくてそれどころじゃないみたい。

ダンのもとに新たな単発仕事が舞いこんだ。ダンの言い方を借りれば〈ギグ〉。わたしたちはモスターの家で朝食をとっていた。水で薄めたウサギのシチューもいよいよこれで最後だった。そのときヴィンセント・ブースがやってきた。ヴィンセントがダンに言った。「昨日、えーと、見かけたんだけど、ラインハートのとこのソーラーパネルを掃除してたよね。それでもしよかったら……」

「いいよ」ダンはもうお椀を舐めていた。「すぐ行くから」

「よかった！」ヴィンセントはほっとしたようだが、モスターの視線に気づいて身を固くした。「もちろん、時間をとらせた分は、食べ物でお返しさせてもらうよ」ヴィンセントがわたしを見た。「あなたも大歓迎だ。いっしょにきて、備蓄品を全部チェックしていってくれ」

わたしはばつの悪さを感じながらも笑いを浮かべた。モスターが満足げにうなずいた。

これほど幸せそうなダンは見たことがなかった。ヴィンセントが出ていくなり、バカっぽさ全開の、ほとんど子どものような笑みを満面に浮かべた。「大人気じゃん」

モスターはふざけてダンの腕をぴしゃりとやり、こう言った。「いまのあなたは村の便利屋よ」

「便利屋！」以前のダンなら、それだけで壊滅的な打撃だったはず！　ほんの数日前でさえそうだっただろう。これまで仕事のオファーを何件、見送り、フランクとの有益にして希望に満ちたディナーを何度、無駄にしたことか。「ぼくはサラリーマンじゃない」ダンのいつもの弁明。「ぼくは建設者であって、維持管理者じゃないんだ」それから、ああ、ダンはむすっとした顔で意気消沈し、わたしはご機嫌取りに精を出すはめとなる。

それがいま、モスターの適当なおしゃべりのおかげで。ハンドルをしっかり握り、衝撃に備えなさい。

でも、覚悟してたのに、ダンの顔がニターッとやにさがったので、またしても衝撃でわたしの首は体からもげとんでしまいそうになった。村の便利屋！　スプーンをペロペロキャンディーみたいに舐め、椅子から文字どおりぴょんと跳ね上がり、わたしに向かって言った。「仕事の時間だ」それから、ふんふん鼻歌を歌いながら食器をシンクへと運んだ。

ダンは一日中、鼻歌を歌っていた。で、そのままブース夫妻に与えられた仕事を次々にこなした。参考までに記《FIY》すと、彼らは作業リストを用意していた。ソーラーパネルに取りかかる前ですら、寝室の通気口はがたがた鳴ってたし、シャワーの排水管は詰まっていた。あちこちに小さな問題があった。わたしは自分自身のリストに記入を続けた。お代は〈押しオート麦〉、外皮を取り、蒸して平らにつぶしたカラス麦で請求（わたしたちは穀類を切らしていた）。ダンが次の仕事に向かおうと浮かれ歩いている間も、わたしはブース夫妻の食料貯蔵室を丹念に調べ、そこにあるすべてをリストに記した。イタリア製プレミアム・オリーブオイル、ルッチーニの最後の一滴にいたるまで。オリーブオイルには多量のカロリーが含まれる。お代をぼったくりすぎってことはないと思う。

もしかするとちょっぴりはぼったかも。

例のジャガイモの一件は忘れなきゃ。ボビーは精一杯愛想よくふるまおうとしていた。すごくあけっぴろげに話してくれた。いまあるすべてのものについて、っていうか、食べずに残していたすべて（ごめん、これ以上はイヤミはやめにするから！）について。家の電気を分けようかとまで申し出てくれた。そのうえ、小さな青いティーポットまで提供しようと言いだした。「菜園にもっていけば、完璧なじょうろになる」からだって。

どうして菜園のことを知ってるの？　みんな知ってるわけ？　彼らはほかにこそこそ何を話しているのだろう？　唐突すぎる変化だった。彼らは、冬の間、生きのびなければならないという事実を受け入れたらしい。でも、しばらく前から変化は徐々に生じていたにちがいない。ニュースを聞き、虚空を見つめ、他の住人の様子を目の当たりにしているうちに。トニーとイヴェットが旧来の現実にしがみつくだけだったのに対し、モスターはまがりなりにも新たな現実に適応しようとしていたのだから。

　理由はどうあれ、ブース夫妻はわたしたちの側についてると見てまちがいない。ボビーはコンポスト容器の中身を肥料として提供しようとも申しでた。それから、自分たちの玄米とかパフト・キヌアを菜園に植えたらどうだろうと訊いてきた。キヌアが発芽するとは思えない。だって〈ふくらませた《パフト》〉って、〈調理済み〉ってことでしょ？　コメのほうは試しに少量だけ受けとった。三十センチ四方の地面に植えるには充分なくらいの量。パロミノのマメを植えてしまったし、残ってる土地はたいしてない。でもマメが発芽せず、コメが発芽したら、貴重な代替物となるかもしれない。ともかく、より多くのコンポストを確保できた。わたしはなかなかいい点ついてると思うんだけど、ボビーは、枕の詰め物として使われているソバの実は食用かもしれないと口にした。

　ヴィンセントはこのアイデアを聞いて噴きだした。でも、ボビーが傷ついたような表情を浮かべているのを目にし、こう説明した。枕に入ってるのはソバ殻であって、ソバの実じゃない。ろれつの回らない口でどうにか言い終えた。ダンとわたしがくるやいなや夫妻はシャルドネのボトルを開けたが、すでに二人はほろ酔いだった。わたしたちがやってくる前に、一杯百二十キロカロリー分のグラスを何杯空にしたのかはわからない。その後、ヴィンセントはさらに二百四十キロカロリー分のアルコールを口にしたはずだし、そこでようやくピューマについての疑問を口にするだけの度胸がついたらしい。

　現場で目にした血と骨の様子を伝えたけど、ヴィンセントはどうせ清掃動物たちのせいだろうと、まともにとりあわなかった。「ありとあらゆる鳥や小動物。虫たち。きっと虫だな。大量の。哀れなピューマが死んだあと、ぞろぞろ出てきたんだよ。外の世界じゃなんでもかんでも腹を空かせてるし。ピューマは傷が原因で死んだんだ。昨日の晩、聞こえたのはそれだよ。あの絶叫やら何やらのすべて。あのかわいそうな獣はずいぶん苦しんだんだろうな。小動物の餌になる前にあの世に行ってたらいいんだが」

　岩のことをもちだしてはみたが、ヴィンセントはまともに耳を貸そうともしなかった。「現場はメチャクチャだったんだろうし、実際どうだったかなんてわかりゃしないよ」

　足跡の話をしなかったのはおそらくそのせいだろう。また別のほろ酔い理論で適当にはぐらかされるのが怖かった。あるいは、はぐらかされもせず、扉を開いてしまうのが怖かったのかもしれない。答えを出せない問いに通じる扉を。

　いまだに答えは出ない。その後、デュラント家に向かったのはおそらくはそのためだろう。いまでも絶対そうだという自信はあるんだけど、あのときイヴェットは、自分がこの土地特有の、ちょっと変なおとぎ話について話しているとしか思ってなかったんじゃないかな。でも、そんなお話からでももっと多くのことがわかれば。細かな事実。そいつはどこからくるのか。望みは何か。民間伝承には必ず現実的な根拠があるってわけじゃないのかな？　ノアの大洪水って過去ほんとうにあった事実じゃなかったりする？　将来の気候変動を予言してただけ？　紅海の潮が極端な動きをしているから、水が分かれたように見えた説とかなかったっけ？

　どこでこんな話を聞いたんだっけ？　そんなのがあったんじゃないかとなんとなく思いこんでるだけ？　こっちはまちがいないはずなんだけど、ダンの大学時代の友人がこんな話をしていた。ギリシア人はマンモスの頭蓋骨を目にして、そこから単眼の巨人《キュクロープス》を想像したのだとか。頭蓋骨の中央に鼻腔がぽっかり空いていて、ひとつの巨大な眼窩のように見えたから。イヴェットならその手の有益な情報をもっているかもと思ったの。話さえ聞ければ。

　それとトニー。車で走り去ろうとした日のことを訊きたかった。

　いやいやいや、走り去ろうじゃない。助けを求めて！　助けを求めて出ていった日！　わたしが追いかけられた日。トニーも何か見たのだろうか？　あのときの表情。火山泥流《ラハール》を見たせいだと思っていた。自分たちが孤立しているという事実を目の当たりにしたせいだと。それも一部ではあるのかもしれない。でも、家に帰る途中、あるいは崩れた橋のたもとに立っているときに、トニーは何かを見たのか？　彼も追いかけられたのか？

不安な思いを抱え、デュラント家の玄関へ歩みよるとき、頭にはこんな疑問が渦巻いていた。

自分が何を恐れていたのか、わからない。イヴェットに顔を平手打ちされ、裏切り者とののしられるとか？　そんなことになったら、両方とも傷ついていただろう。わたしは深く息を吸い、作り笑いを浮かべ、静かにノックした。返事なし。もう一度、今度は少し大きくノックした。何もない。話し声が聞こえるような気がした。でも、その音はずっと向こうから聞こえた。明滅するかすかな輝きがリビングの窓のカーテンを透かし、洩れでていた。テレビ。録画してあった番組。聞こえていた音の正体はこれだ。その前を影が横切り、ドアのほうへ向かった。

わたしは口ごもった。「トニー？　イヴェット？　ケイトだけど」ドアのブザーを鳴らそうと思ったが、指がボタンにかすかに触れた途端、怖気づいてしまった。影がまた輝きを横切り、反対側に移動した。わたしは家の正面を横に移動し、ガレージに向かう。イヴェットのエリプティカルマシンのジージージーという絶え間のない音、それからくぐもった二つの声が聞こえた。イヴェットはそれまでワークアウトでもしていたのだろう。ジージージーという音が消え、二つの声が大きさを増したのだから。実際のところ大きさを増したのはひとつの声だけだった。イヴェットの声。トニーの声は低いつぶやきのまま。イヴェットが何を言ってるのか正確には聞きとれなかったけど、高い声で何やらまくしたてていた。ガレージの薄いアルミでできた扉に耳を押しつけようか、それともいっそのことノックしようかと思ったが、あきらめた。一分ほどバカみたいにその場で待っていると、声は消え、またジージージーとはじまった。

家に引きかえしている途中、思わず足を止めた。屋根の清掃にとりかかろうと、ダンがブース夫妻の家から出てきたところだった。わたしに目を留め、手を振った。投げキッスまでしてくれたのでわたしもお返しした。一瞬、自分もその場にとどまり、作業を手伝おうかとも思った。なんとなくいっしょにいるだけでもいい。ダンが外にひとりっきりでいるなんて。いまではそれを喜ぶ気にもなれない。あのときわたしは不安な思いでいたし、いまも不安だ。

すべてがあまりにも静かだ。野生動物はどこにもいない。音はしない。でも、においはある。いまではつねに漂っている。わたしたちを追って、殺戮現場からずっとついてきたみたいに。それに視線も。今朝は見つめられているという気はしなかった。もしかしたら死んだピューマのことばかり考えていたせいかもしれない。でも、いまはたしかに視線を感じる。家に帰るときも見上げたり、周囲を見回したりした。家々の上方、山の尾根にいたるまで、立ち並ぶ木々に目を走らせた。何も見なかったが、何かはわたしを見てるのか？　そういうわけでわたしは一刻も早く家のなかに入りたかった。いまは家のなかにいて、カウチにすわり、リビングの窓の向こうのダンから目を離さないでいる。このうえなく幸福そうにソーラーパネルの表面をきれいにしていたかと思うと、さっと後ろに跳びのき、落ちてくる灰をよけた。まるで何かゲームでもしているように。

林のほうにちらちら目をやるつもりなんてないのに。木や岩、空き地のひとつひとつを記憶し、次に目を向けたときどこか変化していないか確認する、なんてことはやめないと。ブース夫妻の家に戻り、双眼鏡をもってないか訊いてみたいという衝動に駆りたてられながらも、必死でこらえていた。あんなに山歩きするんだもの、きっと双眼鏡をもってるはず。このままだとそのうちコンポストをもらいにいくことになりそう。でなきゃ、家にいて菜園でひと仕事するとか。ひとりでいるダンをじっと見守る以外の何か。車に乗ってニュースを聞くのはどうかな。でも、車は家のほうに向いて止まっている。背中を向けるのは嫌だ。

スティーヴ・モーガン著、『サスクワッチ大全』より

謎の原人との遭遇をめぐる公認された歴史を検証すれば明らかだが、各地方の口頭証言はけっして同じ比重で取り扱われているわけではない。国際未確認動物学協会の創設者にして事務局長、J・リチャード・グリーンウェルの言葉を借りるなら、「原住民は、超自然的世界と物理的世界との間に明確な境界線を設けない傾向がある。それに対し、わたしたち西洋人は両者をきわめて明確に区別する」[*3] これが偏見に深く根差した、異論の多い見解であることは言うまでもない。〈西洋人〉（すなわち白人）による目撃証言においても、サスクワッチがさまざまな超自然的、さらには地球外的要素と結びつけて語られることが多いという点を鑑みればなおのことである。にもかかわらず、グリーンウェルの主張が典型的に示しているように、本質的に彼らはヨーロッパ人中心の遭遇記録に依拠している。そうした記録は、二十世紀の半ばまでは悲惨なほど数が少なかった。

ヨーロッパ諸国によるアメリカ侵略が無秩序になされ、ときには熾烈《しれつ》なつば競り合いがくり広げられたとしても、また、おびただしい数にのぼる個々の侵略者が好奇心も持ち合わせていない無学無教養な輩だったとしても、文書というかたちで現存する目撃談がこの二十世紀半ばという時期にはじめて登場したというのはなんとも奇妙なことだ。もちろん、例外的な事例、時期的には先行するが広く知られている報告もないではない。フレッド・ベックの〈エイプ・キャニオンでの包囲〉やルーズヴェルトの〈鬼《ゴブリン》〉の話、イギリス人探検家、デイヴィッド・トンプソンが記した記録などがそれにあたる。トンプソンは〈クマとは明らかにちがう、巨大な動物の足跡〉を発見した。その一方で、いったいどれだけの数の毛皮取り猟師や交易商人、金の夢に取り憑かれた探鉱者が、サスクワッチと遭遇した経験を

明かすことなく、墓までもっていったかは判然としない。現代のロシア人が所有する、どこかの別荘の壁には、帝政ロシア皇帝《ツァーリ》のアメリカ植民地からご先祖様が持ち帰ってきた土産、正体不明の動物の悪臭を放つ毛皮が釘で打ちつけてあるかもしれない。

　だとすると、その変化の原因は何か？　なぜサスクワッチとの接触が滴りから洪水へと突然、変化したのか？　答えは簡単。第二次世界大戦である。この大規模な事件以前は、カリフォルニア州北部からカナダとの国境までの間の〈全民族の〉人口はニューヨーク市のそれよりも少なかった。真珠湾攻撃とともに、産業や軍事施設、インフラの拡張事業、そして膨大な数のアメリカ人が流入した。V－Jデイ（対日戦勝記念日）のわずか十三年後、カリフォルニア州ブラフクリーク[*4]で道路工事に従事する建設労働者の一団が、これまで見たこともないような足跡を発見したのも不思議ではない。巨大な、ただし形は人間のそれにそっくりな足跡。この発見をうけて地元新聞が調査を開始し、その周辺地域での過去の事例がいくつも発掘された。

　その年が終わるまでには足跡をめぐるニュースがアメリカ中の新聞の大見出しを飾ることとなった。〈ビッグフット〉なる、足跡の主の名前とともに。

第十章

ビッグフットの場合、目撃者の証言は……えー……さほど良質ではない。検証不能なのだから。結局……その人物の信頼度にかかってるというか……こういうひとたちというのは……もともと不思議なものを見たいと思っていて……頭のなかでそいつを捏ねあげかねない。

――トーマス・デイル・スチュワート博士
スミソニアン協会人類学部門元首席学芸員

シニア・レンジャー、ジョゼフィーン・シェルの証言

これまで彼らが発見されなかったのはどうしてか。これは難問中の難問だと思います。わたしなりの意見を述べさせてもらうと、タイミングの問題なんじゃないか。だって、彼らの存在を証明する立場のひとたち、物理的な証拠を見つけ、分析するノウハウを知っているひとたちは、自分たちの評判が台無しになるのを恐れ、けっしてそんなところに寄りつこうとしなかったから。そしてその恐れは、サスクワッチの存在がはじめて明るみに出た時代にまでさかのぼる。

もし目撃証言が、たとえば四〇年代とか五〇年代に次々出てきたら、当時はまだ人々が同じ信念を共有し、国家全体としても強い一体感を保持していたわけだし、もしかしたらそれなりの力が作用し、科学界になんらかの行動へとうながすきっかけとなったかもしれない。もし彼らがそうしていたら、この生き物がゴリラやチンパンジーみたいに現実的だと証明していたら、ダイアン・フォッシーやジェーン・グドールのようなアイコンが世に出て、北米の大型類人猿の研究でキャリアを確立していたかも。

問題は、目撃証言の数がピークに達したのが六〇年代後半から七〇年代前半にかけてだったこと。国民の政治不信が広がりはじめたのがちょうどその時期だった。ベトナム戦争とかウォーターゲートとか〈自分のやりたいようにやれ〉的カウンターカルチャーとか、いろいろあったでしょう。だから悪いと言ってるわけじゃない。民主主義的な社会ならそのほうがむしろ健全だし。批判的思考はそれなりに必要。権威を疑う姿勢も大切。でも、ビッグフットの登場は、誰もがあらゆるものを疑いだした時期とちょうど重なっていた（学問の世界も例外じゃない）。当時、大学の教授連は左右双方からの攻撃にさらされていた。神が無から世界を創造したとするドグマで凝り固まった右派からも、科学と戦争との癒着ぶりにはたと気づいた左派からも。結果、ただでさえ用心深くなっていた博士号取得者《PhDs》たちは、補助金やら在職権やらを奪われまいとますます小心にふるまうようになった。

こうしてビッグフットは〈色物〉のファイルに放りこまれた。その状況は……そう……今日にいたるまで変わらない……あんなことがあったというのに……これからお話しする例の……。

連邦政府が〈グリーンループ〉に関する完全なレポートを公表しなかったのには決定的な理由がありました。でも……。

――交通巡査みたいに両手をつきだす。

モスターの言葉を借りるなら、一度にひとつだけ。

問題はこういうことです。大衆の間に懐疑主義が広がった結果、まともな専門家は物理的な証拠を追いかけようとはしなくなり、物理的な証拠がどこにもなくなった結果、懐疑主義がますます幅をきかせることとなった。

　そうしたわけで、証明という重荷は主に素人冒険家にゆだねられたものの、結局、彼らは何も見つけられないか、でなければ、ＦＢＩが関与したあのとき[*1]みたいに、自分たちを取りまく状況をよりいっそう悪くするかのどちらかでしかなかった。もちろんごぞんじでしょう？　二、三年前に発表された話で、七〇年代にどこかのとんちきグループがＦＢＩに圧力をかけ、自分たちが採取した毛をテストさせて、でも結局、シカの毛だったという。アル・カポネの地下金庫が公開されるとかで、どんな財宝が隠されてるだろうと誰もがすごくわくわくして期待してたら、いざカメラが入るとガラクタしかなくてみんなずっこけたっていう番組もありましたね。あのレベルの大失敗が世間に広まったせいで、信頼できる目撃者もおおっぴらに証言を口にすることもできなくなってしまった。わたしは目撃者と人並み以上に話をしてきました。こんな仕事をしていると、何かに遭遇したと確信しているたくさんの人々と出会うんです。駄ボラ吹きじゃない人たち。そういう輩はわたしたちのところにはこない。メディアのほうに行くんです。そこにはお金があり、名声がある。ときおり紹介される手振れのひどい映像があるでしょう？　いちばん有名なのは、〈パターソン＝ギムリン・フィルム〉というやつで、ビッグフットというと誰もが思いうかべるイメージはあそこからきています。ロジャー・パターソンの話だと、ビッグフット映画の撮影をつくろうとして出かけたら、たまたま本物に遭遇したとか。そんなことあります？

　いえ、わたしが話を聞く人々について言えば、彼らのことを信じています。むしろ、こう言ったほうがいいのかもしれない。彼らは自分のことを信じているとわたしは信じている。でも、ミセス・ホランドの言葉を借りるなら、「自分がたしかに何かを見たとわかっているからといって、自分が何を見たかわかっているとはかぎらない」。だから、子ども時代にやっていたドキュメンタリー番組の一本についていまでも考えるし、嘘発見器によるテストをクリアした男の言葉をいまでも信じている。あれは演技じゃなかった。ほんとうにそれを見たと信じていた。彼らはみな信じている。

ご記憶ですか、わたしは南西部の出身で、あそこはＵＦＯ銀座かっていうぐらいにＵＦＯが出る。空に浮かぶ光を目にするって、しょっちゅう誰かが言ってた……で、あそこのひとたちは実際にそれを見ている。まちがいなく空には光が浮かんでたんでしょうし、彼らは本気でこう信じこんでもいた。謎の光は彼らのお尻に探針をぶちこむためにやってきたんだって。彼ら全員を嘘発見器にかけ、宣誓させたうえで、実際には何を目にし、耳にしたか尋ねてみれば……。

そっち方面のこともいっぱいあるんです。音関係の未確認情報のことですが。夜に聞こえる雑音。足音や木の枝の折れる音。あるいはあのうなり声。何回か、まちがいなく何かを聞いたとかにおいをかいだという人々と話もした。何人かのハイカーやキャンパーからは、ゴミや腐った卵のにおいがするとつねづね報告も受けていた。わたし自身、そのにおいをかいだような気もします。シカの死骸を見つけたあのときに。

――突きだした親指を肩越しに振り、背後の地図を指し示す。

もしかしたらあれだったのかもしれないし、もしかすると三日連続で歩きづめで、シャワーも浴びていなかったからっていうだけのことかもしれない。なんのにおいかはわからないけど、何かのにおいをかいだのはわかっている。わたしは自分の鼻、耳、目を信じている。でも、脳となると……。

謎を前にすると人間の精神というのは安穏としていられないんだと思う。わたしたちは説明のつかない事柄を解明してくれる答えをつねに探しもとめている。答えが事実から得られなければ、古い話から適当にでっちあげようとする。ＵＦＯの話を聞いたことがあり、その後、たまたま空の光を目にしたとすると、あるいはスコットランドの湖に出現する怪物の話を耳にしていて、水面にさざなみが立つのを見たとすると、はたまた、巨大な類人猿風の生き物のことを知ったうえで、枝の向こうを移動する黒い塊を目にしたとすると……。

そんなわけで、何かを報告してきた人々のことなど、わたしはこれまできれいさっぱり忘れてきました。信用できそうなひとであろうと。信用できそうなというのは、つまり、どこかきまり悪そうにしてるということです。彼らは望んでその場にいるわけじゃなかった。頭がおかしいなどと思われるのは不本意だと感じていた。彼らは必ずこう念押しした。ここだけの話にしてもらいたい、名前は明かさない、けっして記録をとらないでくれ。彼らは、自分の意識が錯覚を起こしたにちがいないとほぼ確信している。自らが見聞きした何かを信じたくないと思っていた。

——ジョゼフィーンがため息をつく。

彼らのことを信じるべきでした。毎回、信じかけてはいたというのに。だって彼らの話を聞けば、それを疑う気持ちなんて消え失せていたんです。きちんと追跡調査すべきだった。誰かがわたしの目をまっすぐ見つめ、自信に満ちた明快さで語るたびに……。

日記#10　十月九日

わたしは見た！

今夜、何がきっかけで目覚めたかはわからない。音、それとも外のポーチの照明がぱっと明るくなったせいか。うちじゃない、最初は。パーキンズ＝フォースター家。わたしの頭上の天井を明々と照らした。わたしは起き、眠い目をこすり、そっと裏窓に近づいた。ダンを起こしたくなかった。明日、やらなきゃいけないことがたくさんある。村の便利屋。だから裏のバルコニーに出る扉をあえて開けたりはしなかった。

でも窓から外を見ただけで、何かが変だとすぐわかった。パーキンズ＝フォースター家のコンポスト容器が倒れていた。やっぱり変。だって、コンポスト容器は、しっかり動物対策されているのだ。何本か長い杭が付属していて、地面に深く差しこまれていた。ふたは二つの回転式レバーでロックされている。なのに開いている。ロックをはずされたのかもしれず、無理やりもぎとられたのかもしれない。ふたは横倒しになった容器の近くにあり、散乱したゴミが周辺を絨毯《じゅうたん》のように覆っていた。

それからわたしは何かが動くのを見た。おそらくただの影。パーキンズ＝フォースター家の向こう側で。並木の縁に沿って灌木がカサカサと音を立てる。目を上げるとそれは消えていた。おそらくはアライグマだろう。わたしはそう思った。少なくとも意識の上では。アライグマって賢いんでしょ？　ヴェニスビーチの中心で金属製の大型ゴミ入れの間をすりぬけていくのを見たことがある。それでもわたしはバルコニーの扉にちゃんと錠がかかっているか確かめ、それから他の扉も確認しようと忍び足で一階に降りた。

最初にチェックしたのは玄関だった。警報装置をセットしたらどうか？　でも、セットの仕方なんか知らない。そのときわが家の裏のポーチの明かりが点いた。屋内の照明のスイッチを入れようとして、マスタースイッチを押してしまったものだから、全部の照明がいっきに点灯し、まぶしさのなかで必死に目を凝らすはめとなった。

そいつはきっとおびえてしまったのだろう。一階全体が突然、夜から昼に変わったのだから。わたしがキッチンに入った瞬間、そいつは逃げだそうとくるりと背を向けた。きっと裏の踏み段に立っていたんだと思う。

ものすごく背が高く、頭頂部が戸口のてっぺんよりも上にくるため、頭全体を見ることはできなかった。あの巨大な肩、あの太く長い腕はいまでも思い描ける。逆三角形になった体の細い腰。首はない。もしかすると逃げ去ろうとして首を曲げていたのかもしれない。頭も同じ。やや円錐形で、スイカのように大きい。髪の色が黒か濃い茶色かははっきりしない。長くて幅広の銀の筋が背中に流れていた。光が反射してあんなふうに見えたのかもしれない。

わたしはおびえてはいなかった。むしろ肝をつぶしていたというか。車がこっちに走ってきたかと思うと、すぐ目の前をかすめ、走り去ったときみたいに。ああいう集中の瞬間。意識が身体から離脱してしまったみたいな。わたしはそんな状態で、化け物がうちの裏庭に接する灌木の茂みを走りぬけていくのを見つめていた。扉ににじり寄り、ガラスに顔を押しつけた。そのときわたしは見た。まちがいない。灌木の向こうに、針で刺したような小さな光の点が二つ。

屋内の光が反射しているのではなかった。両手をおわんのように丸め、両目を囲むようにして顔につけた。きらめく葉みたいな、ありきたりのものじゃない。葉っぱのほうも見た。小さな二つの光は別もので、葉群からやや後方にあり、地面からだと、そうだなあ、確実に二メートルから二・五メートルほど上方に位置していた。高さなんだけど、別に盛ってるわけじゃない。あそこの植物のことなら全部知ってるし、自分が並んだら頭が木のどのあたりにくるかもわかってる。

一秒か二秒、わたしは光を見つめていた。向こうも見つめかえした。そしてまばたきをした。それも二度！それから光は消えた。横にすばやく移動したかと思うと、闇に溶けこんでしまった。正面の枝が折れるボキリという音がした。わたしは三十秒ばかり扉にもたれかかっていたにちがいない。くりかえすたびに呼吸は深くなり、その息でガラスが真っ白になっていた。

そのとき手がわたしの肩をつかんだ。

こんなふうに書くとなんかメロドラマっぽくもあるし、その後は笑える展開にもなりはした。でも、いやほんと、手でつかまれたときのわたしの反応といったら。

ダンがあんなに抜群の反射神経の持ち主だなんて。わたしが大きく腕を振り回したとき、ダンが手首をつかまえなかったら、彼の鼻にもろ一撃をお見舞いしていただろう。

「ストップ、ストップ、ストップ！」ダンがあとずさりし、わたしの腕を放し、両手を掲げた。「いったい、何――」

自分のおしゃべりでダンのおしゃべりをさえぎり、いま目にしたすべてをしっかり整理して話そうとしたんだけど、うまくいかなかった。

ダンはわたしの背後に目をやり、「いったいなんなんだ?」とくりかえし、わたしも「わからない」とくりかえした。やぶから地面へと視線を移すと、大きな足跡が列をなして続き、それを逆向きにたどるとわが家の裏口の上り段へ行きついた。

ダンがスライド式の扉を開くと、悪臭を放つ冷気の波がビューッと押しよせた。例の悪臭だった。悪臭はものすごく強烈で、わたしは吐き気をもよおした。ダンはキッチンのカウンターにあったココナッツオープナーを手に取り、ポーチに一歩踏みだした。わたしは壁の包丁ラックに手を伸ばし、そのとき、バカみたいな話なんだけど、モスターの投げ槍がすぐ目の前の壁に立てかけてあるのに気づいた。置きっぱなしにしておいたほうがよかったのかも。ゆらゆら揺れる長い竿が戸口にひっかかり、自分の顔を突き刺しかけた。でも、何か護身用具が必要だった。よりにもよってあんなものを目にしたあとだし。

足跡はいたるところにあった。くっきりと。鮮明に。足指すべての跡が確認できた。足跡はパーキンズ＝フォースター家のコンポスト容器からうちの容器（こちらは無傷だった）へ、それから森へと向かっていた。さすがにそっちまで調べようという気にはなれなかったけど！

悪臭のせいでわたしはポーチから前に進めなかった。においは鼻に襲いかかり、屋内に戻るよう駆りたてた。ダンが錠をひねっているとき、侵入警報器のことを訊いてみた。ダンもどうセットするのか知らなかった。最初はエラーメッセージばかりが出た。やがてダンは閃いた。もしかするとエラーは窓のひび割れと関係あるのかもしれない。窓は、噴火の際、損傷していた。ダンはエラーを回避する方法を探しだそうと、キッチンテーブルでｉＰａｄとにらめっこしている。わたしはコーヒーのできあがりを待っている。新しい〈リサイクルブレンド〉。一週間分の使用済みコーヒーかすを押しかためたもの。モスターのアイデアだ。「長持ちさせないと」わたしはもう問いただしたりしない。「今日水っぽいコーヒーを飲むほうが、明日何も飲めないよりはマシ」

口をつぐんでいるべきかもしれない。二人ともただでさえおびえている。一時間ばかり何も聞いていないし、見てもいないというのに。ダンは屋内の警報装置もセットしたほうがいいと考えている。ただのモーションセンサーだけど。住宅内にいる人間の動きを感知し、光や熱を調整するセンサーがあるじゃない。要するに、あれといっしょ。わたしはダンの考えに賛成できない。廊下の端っこのバスルームを使おうと起きだしたとき、偶然、作動させてしまったら？　わたしの頭はおかしいとダンは思っている。いっしょに主浴室を使おうとしないなんて。「ぼくを起こしてしまうからなんだってわけ？」ダンは二回もそう言った。いまはそんなことよりもっと大きな問題を抱えていると思うんだけど。

でも、ほんとにそうなのかな？

モスターの家に行ってみようと何度か考えはした。でも、モスターを起こしたくなかったし、だいいち、また外に出ようという気になれなかった。

これってただの病的妄想？　「Ｓｉｒｉ、わたしたちは心配すべき？」

少なくとも、わたしたちはそれについてあけっぴろげに話し合っている。いい気分。ダンはわたしが何を見たか確信している。ただ、それについての知識不足をくやしがってるだけ。そう、ダンは完全なオタクなのだ。といってもSF専門で、ホラーとかファンタジーは得意じゃない。今夜、ダンはいろいろ説明してくれた。サブジャンルありすぎ。わたしにとっては全部ダンジョンズ＆ドラゴンズと同じに見える。いまになってみると、この話をこれまで一度もしなかったなんて信じられないって感じ。あんなにも長い年月。これがなかったらありえなかったってこと？　意見のやりとりとか、本物のコミュニケーションとか。たとえ、近くにいる何やらの正体について憶測をめぐらしているだけだとしても。

あいつはどこからきたのか？　どうやってここにたどりついたのか？　一体以上いるのか？　というか、いるはず。少なくとも、ふつうは。魔法の話をしてるんじゃないんだし。こいつは不死じゃない。もっと多くの仲間がいなければ、仲間の数を増やせない。けど、どれぐらい？　それに、どうやって隠れていたのか？　いや、それは正確じゃない。そいつの存在を証明されない程度にどうやって隠れていたのか？　どういうわけでこれだけ巨大な動物がこんなに長いこと記録に残らなかったのか？

　ダンは窓のひび割れを回避する方法を確認したところ。就寝の時間だ。コーヒーは冷蔵庫にしまっておこう。長持ちさせないと。

スティーヴ・モーガン著、『サスクワッチ大全』より

サスクワッチの起源をめぐる一部の説は、ギガントピテクスという先史時代の霊長類こそがその祖先だと主張している。一九三五年にアジアで発掘された歯や顎骨の化石（最初の発見者は、人類学者のG・H・R・フォン・ケーニヒスワルト）からすると、仮説の域は出ないにせよ、この巨大サルは身長三メートル、体重五百キロにも達し、いまからほんの十万年前までは地上に存在していたと考えられる。

その骨格は、全体的なものはおろか部分的なものさえも発見されていないため、この生き物の基本的な姿勢は想像にゆだねられている。芸術的に表現されたギガントピテクスの多くは、前屈みで腕が長く、前肢の指の背面を地面につけて歩行している姿で描かれているが、ドクター・グローヴァー・クランツをはじめとする反対意見の持ち主は、直立二足歩行していたにちがいないと想定している。グローヴァー・クランツは著書『ビッグフット・サスクワッチは実在する』のなかで、発掘された顎の化石をもとにギガントピテクス・ブラッキーの頭骨を復元した作業について語っている。このプロセスを踏まえ、クランツが導きだした結論はこうだ。その首の形状から見て、ギガントピテクス・ブラッキーは「完全に直立」していた。

クランツの仮説は、サスクワッチが人間に似た歩行をしているという目撃証言の正しさを裏打ちしているばかりではない。ギガントピテクスが樹上ではなく地上で暮らしていたとする主張を踏まえれば、ビッグフットの足の構造をめぐる疑問についても納得のいく説明を与えることができるだろう。ビッグフットの足跡からとられた型や写真で、類人猿の特徴である、がっちりつかむ足指が見られるものは皆無に近い。ギガントピテクスにそうした足指がないの

はなぜなのか？　その謎はこう考えれば解決する。サスクワッチの祖先であるギガントピテクスは大きさや重さのせいで樹上生活を放棄していた。したがって足指のそのような特徴を獲得すべき進化論的な必要性もなかった。

もしそれら二つの仮説が正しいのなら、この先史時代の巨大類人猿が直立し、かつ地上で生活していたという特質は、おそらく彼らの絶滅の原因となったとされる気候大変動を生きのびるのに大いに役立っただろう。化石が教えてくれるところだと、最後のギガントピテクス・ブラッキー（種のなかで最大）は約十万年前に死に絶えた。当時、南アジアではジャングルが後退し、草原地帯が広がった。だが、ダーウィンそのひとが嘆いていたように、化石が完全なものではないとしたらどうか？　ギガントピテクスのその後の時代の化石が中国中部で発見されていないのは、彼らが別の場所に移動したにすぎなかったからだとしたら？

一部は湖北省の山地に到達し、その子孫は今日、野人として生きているかもしれない。また別のグループはさらに西へと移動してヒマラヤ山脈に入り、今日、イエティと呼ばれる存在になったのかもしれない。第三の、恐れをしらない一群は、まったくの新天地を探しもとめ、果敢にも北の荒野に進んだ。

何十年も前から唱えられているある学説によると、最初の人類と同じく、ギガントピテクスも先の大氷河期にアジアからアメリカへとベリンジア経由で移動した。現在でこそ水面下に没しているとはいえ、当時はシベリア東端からアラスカ西端までは地続きになっていて、ベリンジアと呼ばれるこの地域は大陸間の横断路としての役割を果たしていた。この説は、近年、論争の場に立たされることになった。かねてより流布されてきた、〈内陸を通る氷の通廊〉を利用しての横断という説とは相容《あいい》れない証拠が発見され、もっと早い時期に湾岸航路を利用して移動したのではないかという説が打ちだされたためだ。とはいえ、氷の通廊であれ湾岸航路であれ、人類とギガントピテクスというヒト科に属する二つの種は同時に新世界に到達したと考えるのが理にかなっている。

二つの種が同時に移動したと考えれば、現生する他の大型類人猿とはちがい、サスクワッチだけがさまざまな行動適応を遂げた理由が理解できる。たとえば夜間に行動することは、昼間に狩りをするホモサピエンスの鋭い目や、もっと鋭い槍の切っ先から逃れるための最上の手段だっただろう。同じく、昼夜の諸条件に応じ、いつでもどこでも相手に察知されることなく移動する技術は、木々のないベリンジアのだだっぴろい凍土ではきわめて大きな役割を果たしたことだろう。軽快に動く、エネルギー効率のよい脚[*2]と危険を見張るのに都合がいい直立姿勢がそこに加わり、彼らはベリンジアの大草原《ステップ》という環境のなかにあって、しかも人間による〈電撃戦《ブリッツクリーク》〉、更新世の哺乳類の多くを絶滅させたあの猛攻にさらされながらもどうにか生きのびることができた。

〈電撃戦〉というのは、第二次世界大戦初期に誕生した語だ。アドルフ・ヒトラーの機甲化部隊が、とてつもない速度と衝撃でもって無防備な状態にあったヨーロッパを不意打ちした。そこから〈電撃戦セオリー〉は、初期の人類により虐殺された大型動物の大規模絶滅を説明する際にも用いられてきた。ポーランドの騎兵隊、フランスのマジノ線と同様、ヨーロッパやユーラシア、さらには南北アメリカの野生動物は完全に不意をつかれた。なるほど気候変動こそが最大の悪玉にはちがいなかろうが、だからといって、人間による狩猟もまた、恐竜の滅亡以後で最大の絶滅を惹きおこした原因のひとつであることは否定のしようがない。北アメリカだけでも、人類がその地に到達してから現在へといたる千年の間にいくつもの種がこの世から完全に消滅してしまっているのだ。

人類を回避する能力は北アメリカの大型類人猿の専売特許ではなかったのだろう。人間古生物地理学の仮説に従えば、今日のアフリカがおびただしい数の大型動物に恵まれているのは、その祖先が人間の祖先とともに進化を遂げたからだという。進化を段階的にたどり、完全な人間になる前の人間たちに適応したからこそ、アフリカの大型動物は電撃戦の恐怖を経験せずにすんだ。かの大型類人猿を含む南アジアの大型動物相の一部についても同じことが言えるかもしれない。

周知のように、ホモエレクトゥスのような原生人が、百八十万年前から二百十万年前にかけてのどこかの時点でアフリカから移動を開始した。彼らはわたしたちの同類ではなかったにせよ、ギガントピテクスに強い警戒心を呼びおこさずにはいられないといった意味ではわたしたちと通じるところがあった。完全なる進化を遂げたホモサピエンスがアジアに到着したとき、すでにしてあの心やさしい巨人たちは、例外なくこいつらを避けなければならないというメッセージを十分なくらいに受けていたはずだ。

第十一章

事件があったとき、当時まだ若者だったバウマンは、サーモン川の支流をウィズダム川の水源から隔てる山脈で相棒とともに罠猟をしていた。それまでツキにめぐまれなかったバウマンと相棒はより山奥に入り、ひときわ未開で寂しげな山道を進んだ。この山道をめぐっては、ある忌まわしい噂がささやかれていた。山道の先には小川が流れ、たくさんのビーバーが生息していること、そこに迷いこんだひとりの猟師が殺害されていた。野生動物の仕業らしく、食い荒らされた遺体は、金鉱探しの採掘者のグループによって発見された。その前夜、彼らは猟師が野営するテントのそばを通っていた。

——セオドア・ルーズヴェルト大統領
『荒野の狩人』

日記#11　十月九日

どうやらクマがいる。今朝、管理組合の会合で話し合った結果、住民一致でそういう見解に落ちついた。朝食前、わたしは各戸を回り、ドアをノックした。デュラント夫妻のところでももう一度、試してみた。結果は前と同じ。なかからテレビのぼんやりとした光、エリプティカルマシンのジージージージーという音。でも、今回、声はまったく聞こえない。勇気を出してドアのブザーを押した自分をほめてあげたい。なんの反応もなかったので、裏庭にも回りこんだ。キッチンの窓やドアはカーテンで閉ざされていた。ガラスをコンコン叩いた。名前を呼んだ。やはり反応はない。モスターは、変に期待しないほうがいい、と釘を刺した。「流刑地から離れやしないって」でも、モスターは理由を説明しようとせず、時間の無駄だから余計なことを考えるなとだけ告げた。

そんなの無理ってもの。王位を奪われ、恥辱にまみれてるとか？　自らを流刑に処し、その地に引きこもってる。外づらを木っ端みじんにされたという理由で。それだと腑《ふ》に落ちるっていうか。モデルとセールスマン。これまであの手この手で盛ってきた。ってこと？

でも、ほかの住人は快く応じてくれた。全員が集会所に集まり、昨夜の出来事について議論した。パーキンズ＝フォースター家のひとたちも寝室の窓から何かを目撃していた。でも、そいつの正体まではわからなかった。ポーチの光の縁にいた黒い塊。ボビーは、木々の間で何かが動くのをちらりと見かけたらしい。ラインハートは何も見なかった。ぐっすり寝ていた。モスターもそう。とりあえず彼女を起こさないで正解だった。

集会のとき、モスターはわたしをぎょっとさせた。クマの件であんなことを言いだすなんて。その前、わたしたちは集会に誘いかけようとモスターの家のドアをノックした。戸口に出てきたモスターに、わたしは目にしたものについて話した。あの言葉を口にして。はっきりと、疑問の余地なく。モスターもわかったと認めた。ともかくも身振りからすると。あのときモスターはこくりとうなずいてたし、真剣な口ぶりだったから、モスターが信じてくれたものとばかり思っていた。そういうわけだから、モスターがみんなを前にしてこう言ったとき、わたしがどんな気持ちになったか、わかってくれるよね。「んー、どうやらクンクン嗅ぎまわってるクマがいるみたいね」って。

誰も返答しないでいると、モスターはこう付け加えた。それ以外、考えられない。体の大きさからして、リンゴの木のてっぺんに手が届きそうな動物はクマだけ。残っていたリンゴの実（シカには取れなかったやつ）がなくなってるけど、みんな気づかなかった？　わたしは気づいてたし、ほかの何人かも気づいてたみたい。リンゴの木の多くは、誰かがやってきて、〈狼藉《ろうぜき》の限りを尽くした〉かのよう。もっといい言葉があるんだろうけど、でも、いちばんてっぺんの枝は折られ、実はきれいさっぱり摘みとられていた。リスはそんな損傷は与えないし、シカが後ろ脚で立ったとしてもそんな高いところには届かない。これがモスターの理屈だった。

モスターはまた、こう指摘した。アライグマならどうだろうというひとがいるかもしれないし、たしかに彼らの賢さからしたらコンポスト容器ぐらい開けられるかもしれないけど、容器を基礎ごと引きちぎってしまうほどの力はない。みんな、それを聞いて納得したようだった。それにそう、ほんの一瞬だけだけど、わたしはそれまでの考えをご破算にした。だって、クマは大きいし、毛むくじゃらだし。首だってない。それに後ろ脚で立ったら、ものすごく大きくならない？　それだと筋が通るっていうか。モスターがそう言うのなら、どういう理由でかはわからないけど、ダンとわたしは幻覚でも見ていたのだろう。だいいち、あのなんだかをほんとに見たのはわたしだけだ。ダンだってモスターに同意するだろう。わたしはてっきりそう思いこんでいた。

でも、ダンは少しも物怖じせず、足跡についての疑問をぶつけた。クマには鉤爪だかなんだかがあるんじゃなかったっけ？　ヴィンセントの顔がちらりと目に入った。床をにらみつけている。ヴィンセントもその線で考えていたのか？

ラインハートが手を振って、その考えを打ち消した。

「原野に残されたクマの足跡、誰か知ってるか？　時間の経過に伴い動物の足跡が徐々にかたちを変えるのとか普通じゃないか。何日かが過ぎ、溶けて再凍結したりすれば、足跡は大きくなるし、形だって変わる。コネティカット州にいたときだが、つけられてから一週間たったシカの足跡を見たことがある。ゾウがうちの芝生をドシドシ踏みつけていったみたいだった」

それを聞いて、みんな納得したみたい。ブース家とパーキンズ＝フォースター家のひとたちは全員が同意するようにうなずいていた。パロミノがモスターを見ているのに気がついた。これまた驚いたことに、モスターはラインハートにあからさまなおべんちゃらを言っていた。〈すごく鋭い説明〉って。パロミノはわたしと同じくらい困惑してるみたいだった。わたしが〈どゆこと⁉〉って顔でダンをちらりと見ると、ダンはそれに応え、みんなにこう語りかけた。

「そうだけど、とりあえず雪は関係ないでしょ。灰は溶けて再凍結したりしないし。時間や風、それ以外の何やらの影響で足跡が変形したりするかもしれないけど、この足跡はまだつけられたばかりだから、はっきりと……」

突然、ダンの声が小さくなった。最初はなぜかわからなかった。ちらりと目を向けると、ダンはまっすぐモスターを見ていた。モスターは普段よりこころもち目を見開いて、ほかのひとに気づかれぬようにかぶりを振った。みんなの視線はまだダンに注がれていた。ダンはただため息をつき、肩をすくめ、こう言った。「けど……まあ……ぶっちゃけ言っちゃえば、そのとおりだよね、たしかにぼくはクマの足跡の見た目がどんなもんかなんて知らないし。悪かった、疲れきってるんだな」

ラインハートは上から目線で「もちろん、もちろん」と言い、ありもしない寛大さを見せつけようとでもいうのか、会釈までしてみせた。

すぐさまモスターはクスクス笑いで応じた。「ということは、なにやら曖昧模糊とした訪問者はいるってことよね」手振りで木立のほうを示し、「これで誰が怪我したピューマを葬ったかという謎のほうも解決してしまったのかもしれない」するとヴィンセントが〈わかった《エウレ》ぞ《カ》〉と言うように、無言で両手を掲げた。カーメンは「うーん」と肯定の声を洩らし、ラインハートもうなりを発した。モスターはかすかに笑みを浮かべ、こう続けた。「ということは、もうちょっとだけ警戒する必要がある。そうじゃない？」

さらにまた賛同する音、さらにまた同調する身振り。ありえない。ダンの言葉を使えば、〈ヘンテコ異世界〉瞬間。モスターがみんなの前で指導者然としている。

それからモスターが尋ねた。「で、誰かクマ撃退スプレーをもってる？」

全員が凍りついた。

この緊張の一瞬、誰もが無言でいたが、やがてボビーが声を上げた。「やめて！」ボビー自身が語気の強さに驚いていたみたい。全員が目を向けると、ボビーは続けた。「残酷すぎる！　彼らはただ食べ物が欲しいだけなのに、あなたはメースで攻撃したいの?」

モスターの表情は変わらない。穏やかで、そつがない。あのときモスターがどんな言葉をぐっと呑みこんでいたか、想像するしかない。「ピューマのことを考えてるだけなんだけど」モスターは穏やかに言った。極度の緊張で骨がカタカタ鳴っているのではあるまいか。「もう二度とあんなことは起こってほしくないから」

ボビーは主張した。「わたしたち、びっくりしちゃったの。今後はもっと用心するってことなら、自分の行く手に目を光らせ、コンポスト容器同士をもっと離しておけば……」

エフィーはボビーに異議を唱えようとしているようだったけど、体の向きを変え、口を開こうとしたとき、カーメンが割りこんだ。「でなければ……コンポスト容器の中身を全部処分し、餌になりそうな廃棄物は林に運び、家から離れたところに捨ててしまえば、彼らが……」

「ここに接近する理由はなくなる」ラインハートがドヤ顔でひと連なりの思考を締めくくった。計画の言いだしっぺが自分なので喜んでるみたい。

ボビーはほっとしたらしく、うれしそうな顔をしていた。ヴィンセントの腕をつかみ、ダンのほうを見た。「あなたにやらせようとは思ってないからね、ダニー。みんなでするから。そうするのが当然だもの」

やはりモスターの顔に変化はない。まあ、声からほんのちょっぴり緊張が感じられるかな? いまではモスターという人間をよく知ってるし、彼女を見れば無理やり怒りを抑えつけてるんだなってわかる。「でも……」モスターは言葉をひとつひとつ選び、ゆっくりと言った。「クマに餌をあげるのって、危険なんじゃないの?」

室内が静まる。ボビーは応援を求め、ヴィンセントのほうを見た。「危険性が問題になるのは、観光客がどっと押しよせる地域だけだよ」とヴィンセント。「長期的というか、シーズン中、ずっと続くから問題になるわけでね。わたしたちみたいに一回餌をやったからどうだって話にはならないんじゃないか」

ボビーが付け加えた。「クマにとって危険ということかしら、餌やりが危険だっていうのは。クマが人間に依存するようになったら狩猟本能まで失いかねないから」

ヴィンセントがそれも自説の補強材料として取りこんだ。「これまた問題にならない。わたしたちのコンポストなんて、せいぜい一食分だろうから」

「でも」モスターはやはり温和に応じた。「食べ物を外に出してたら……彼らを煽ることにならない?」

「彼らの何を煽るわけ?」カーメンだった。「クマは攻撃的じゃないわよ。子グマといっしょにいるところをびっくりさせないかぎりは」言わんとするところを強調するかのように、エフィーの前から手を伸ばし、パロミノの頬を撫でた。

いま言ってたことってほんとう? カーメンはクマが攻撃的になる理由を説明してたし、ブース夫妻はクマへの一回限りの餌やりを正当化しようとしてたけど。

モスターは爆発寸前だった。少しずつ怒りが増大し、沸点に近づきつつあるのが目に見えるようだった。合意形成はもうなし、仲良しごっこもなし。わたしはこうはっきり考えたのを憶えている。**きゃー、くるぞくるぞ**。

でも、そのとき、いちばんありえないことが起こった。

モスターの顔。あんな表情は見たことない。うなだれ、両目を下に向け、一方の側に寄せていた。まるで頭のなかの誰かからの呼びかけに応じているかのように。すべてが未知で、完全に解読不能だった。意識の焦点をふたたび室内へと向けたときのモスターの声ときたら。いままで一度もなかったことだけど、すごく離れたところから聞こえるような気がした。

「わかった。それでいきましょう」

その後のモスターの歩きぶり。のろのろと、だるそうに。モスターの何もかもが。神様がモスターの減光スイッチをパチンと押したみたいに。

モスターはわたしたちのそばを通りすぎた。ダンが「モスター?」と声をかけたのにも気づかずに。

わたしたち以外は、モスターの変化に誰も気づかないようだった。気づくはずがない。刺激的で小規模な新プロジェクトを手にそそくさと退出。つねに自分の利益だけ。それがわれらのコミュニティ。

パロミノを除いては。心配そうな顔でわたしからモスターへと視線を移しながらも、両親に連れられ、その場から出ていった。

「モスター?」わたしたちはモスターについて家まで行った。このときは後ろから声をかけた。モスターが玄関ドアに手を伸ばしたときにもう一度。「モスター、どうしたの?」ノブに手をかけたとき、わたしは自分の手を彼女の手に重ねた。モスターがはっと我にかえった。ふたたび目の焦点が合い、わたしを見て、手をわたしの頬にあてた。

「ごめんね、ケイティー。あなたもね、ダニー」散らばりはじめた住人たちにちらりと目をやり、彼女はわたしたちをせきたてた。わたしたちはうながされるまま、モスターの家のなかを抜け、裏庭に出た。

「ごめんね。〈クマ作戦〉のことをあらかじめ話しておかないで」わたしたちは裏口の踏み段の上に立ち、庭を横切る足跡を見ていた。「彼らの心をつかむにはそうするのがいちばんだと思ったの。身近な何やらを想定して議論を組みたてるのが」灰を踏みつけ、いちばん近くの足跡に向かった。昼も夜も空は澄みわたり、足跡は最初につけられたときのまままくっきり残っていた。モスターは最初の足跡に向けて両手を広げ、わたしたちのほうを見た。

「もちろん、わたしはあなたたちのことを信じている。でも、彼らはそうじゃない。信じられないものを信じるなんて、精神的なハードルが高すぎる」そう言ってモスターはかぶりを振った。「自分の生まれ育った国が実は崩壊寸前だとか、生まれたときから付き合ってる友人や隣人があなたを殺そうとしているとかと警告されたときみたいに……」深いため息をつき、両手を天に向かって掲げた。一瞬、よぎる怒り。「否認。居心地のいい環境。そういうものはものすごく強固。そんな彼らを批判する資格のある人間なんて、わたしたちのなかにいる?」

まちがいなくわたしにそんな資格なんてない。わたしが同じ立場だって、居心地のいい環境にしがみついていただろう。あのときもそうだ。モスターは過去に負った、正体不明のトラウマのことを匂わせた。突っこんで、くわしい話を聞きだすことだってできただろう。これまでモスターが何度かそのことをもちだしたときにも、その気になれば聞きだせたように。でも、わたしはそうしなかった。ただその場に立って、モスターが話題を変えてくれればいいのにと思っていた。けど、ほんの一瞬の後には、話題を変えてくれなければよかったのにと思った。

「人間は、自分の過去というレンズを通してしか現在を見ることはできない」不快そうに唇をゆがめた。「もしかすると、それはわたし自身の問題になっているのかもしれない」

モスターは踏み段に腰を下ろし、灰に視線を集中させた。「暴力。危険。それがわたしの居心地のいい環境」

　顔を上げ、またこちらを見た。「あの最初の夜、あなたたちは、わたしのことを頭がおかしい人間と思ったでしょうね」わたしたちの家と、そしておそらくは菜園のほうにさっと頭を振った。「でも、自分が何をしているか、わたしは承知していた。社会なるものがあっという間に炎上してしまうということをわたしは知っている。自分の目で見たし、そのなかを生きぬいた。でも、今度は……」視線を足跡へ戻す。「これは本物みたいな気がする」顔を上げ、木々のほうを向いた。「やつらは向こうにいるかもしれない」

　やつら？　やつじゃなく？

「やつらが危険だとどうして知ってるのかって？」モスターがかぶりを振った。「知らないわよ。友好的かもしれない。通りかかっただけかもしれない。そしてピューマと喧嘩になった。自分の身を守るためにそうしただけかもしれないし、ヴィンセントの言うように、清掃動物の仕業なのかもしれない。それがまちがっているのかどうか、わたしにはわからない」

　あのときモスターがどのような思いにとらわれていたか、わたしにはわかっていた。そして、背筋が寒くなった。

　疑念だ。

「クマ撃退用スプレー」モスターは憤慨していた。「あれは序の口にすぎない。ほんとうなら、今日、あなたたちみんなをはるか遠くまで導けたのに。あの連中が止めなければ。けど、彼らが止めたのは正しかったのかもしれない」モスターと目が合う。その目にあるのは謝罪？「だって、あいつらが脅威だってことを示す証拠なんてある？　それなりの証拠は？」モスターがまばたきする、力いっぱい。「だって、いまわたしの手元にあるのは、所詮、個人的過去というレンズにすぎないのだから」

　それ以上は耐えられなかった。いまでも耐えがたい。モスターに帰るように言われてから二時間が過ぎた。あれから彼女には会っていない。ダンは仕事に出た。いまはパーキンズ＝フォースター家の屋根に積もった灰でも払いおとしているのだろう。庭仕事が終わったら、わたしもあっちに行って合流するつもり。庭仕事といったって、やるべきことは多くない。種はすべてまいた。いまではコメまで加わっている。コメは縦横三十センチの小さな区画にまき、土を軽くかぶせた。給水ラインは完璧に機能していたから、手で水を運ぶ必要はいっさいない。何かの芽が出てきたわけじゃないけど。庭仕事といっても、わたしの場合、泥でいっぱいの部屋をざっと見渡せば、それでおしまい。

まずはモスターの様子を確かめに行くべきなのだろう。すごく大変な思いをしているんだろうし、それにそう、彼女以外の人間からするとそれって恐怖でもある。わたしたち、ダンとわたし、それに村全体がまちがいなくモスターに頼りきっていた。その事実に気づいていようがいまいが、そんなこととは関わりなしに。モスターをこれ以上、自己不信に陥らせるわけにはいかない。そんなことになれば、他の住人ばかりか、モスターまで途方にくれてしまう。モスターには何がなんでも強い人間でいてもらう必要がある。あくまでも正しい人間でいてもらわないと。

でも、いまみたいな場合、向こうにはあいつらがいるわけだし、もしモスターが強く、正しい人間だとしたら、それってわたしたち全員にとって何を意味してるのか？

フランク・マクレー・ジュニアとのインタビュー

ああ、『サスクワッチ大全』なら読んだよ。起源をめぐる公式的な見解について言うなら、ほとんどの部分に同意するね。サスクワッチの祖先がギガントピテクスだとか、アジアから南北アメリカに移動したとかいう、あの本の主張は説得力があると思う。でも、人間との共移動はどうかな？　よくわからんね。

別に裏付けになるような証拠があるわけじゃないから、俺を論破したけりゃ勝手にどうぞ。でも、〈グリーンループ〉じゃあんなことがあったわけだし、仮に……あくまでも仮の話なんだが……やつらが共移動していないとしたらどうなのか？　俺たちを獲物として狩りをしていたのなら？　それこそが人間が渡来した理由じゃないのか？　草食動物を追い、ベーリンジア地峡を横断したというのが。人間がトナカイを追跡する一方で、あいつらが人間を追跡していたとしたら？　といっても、やつらが遂げた適応の重要性が揺らぐわけじゃない。ただその目的が変わるだけのことだ。夜に狩りをするのは、人間をもっとも無防備な状態で捕らえるため。待ち伏せて攻撃する際、偽装のスキルほど役立つものはない。幅の広い、走る足は人間を追いつめるスピードを与えてくれる。

そして、やつらにつかまったら……統計の教えるところが正しいなら、やつらの力はゴリラの三倍ってことになる。そもそもゴリラの力だって人間の力の六倍だというのに。あの大きな頭、ゴリラと同じ円錐形の尖った頭。矢状稜、つまり頭頂骨の矢状縫合に沿って骨がでっぱっていて、それが顎の筋肉をつなぎとめている。その筋肉は、ゴリラをこの世でもっとも強力な咀嚼《そしゃく》力をもつ動物のひとつにしている。二・五平方センチメートルあたり六百キロ近くの力。サスクワッチの場合はその三倍になるから、人間の骨なんてひとたまりもない。

もしかすると、やつらはそうした咀嚼力、筋力、スピードを行使し、人間と獲物を争ったのかもしれない。あるいは人間こそが獲物だったのかもしれない。それに関しては、ジョゼフィーン・シェルに聞いてくれ。肉食性の類人猿のことなら俺よりもっとよく知ってるから。

でも、理由がなんであれ、この広大な新大陸にあわてて逃げこんだのは俺たちのほうだ。やつらじゃない。こう考えてみたらどうか？　長い時が過ぎ去り、俺たち、か弱く、ちっぽけな種は数を増やし、自信を高め、ついには北米の支配権をめぐってより大きな霊長類に戦いを挑んだのだと。だからこそ、やつらは正体を隠しつづけてきた。暗闇の外に出た途端、どんな災いが降りかかってくるのかは明らかだった。人間のせいで剣歯トラ、ダイアウルフ、巨大なブルドッグベアがたどった末路をやつらは目の当たりにした。やつらの仲間もかなりの数が犠牲になり、そこでやつらは悟った。進化のまちがった側にいるのは自分たちなのだと。

少なくともレーニア山が噴火するまでは。

ジョゼフィーン・シェルは、俺の考えが突飛すぎると思っている。彼女は生態系や必要カロリー量の話に終始している。たしかにそのとおりかもしれない。けど、ひょっとするとだよ、こういう可能性だってあるんじゃないか。やつらは〈グリーンループ〉に遭遇した。すると、そこには行き場を失って孤立したホモサピエンスの群れがいた。その瞬間、あの怪物たちの奥底に隠れていた潜在的な遺伝子が覚醒したとか。何かの本能がやつらにこう命じたのかもしれない。いまこそ進化を退化へ転換すべきときだ。かつてのおまえたちへと遡行し、おまえたちが享受してたはずのものをいま一度つかみとれ、と。

第十二章

もしかすると不快に思われるかもしれないが、暴力はチンパンジーの社会で必要不可欠な機能を果たしている。

——アンドリュー・R・ハロラン
『サルの歌　チンパンジーの言語を理解する』

日記#12　十月十日

いろんなことがあった。どこからはじめよう？

まずはコンポストをめぐる愚行。尾根にまき散らすんですって？　わたしは一日中、彼らを観察していた。ヴィンセントとボビーは、バケツ何杯分かの残飯についてうきうきした様子で話し合っていた。パーキンズ＝フォースター家の場合、もっぱらエフィーが重労働をしている。カーメンはゴム手袋と白い紙マスクをしている。細菌恐怖症なのだ。パロミノはそばを離れず、不安げにきょろきょろ見回している。何はともあれ、彼らはいちばん上の部分だけを採取した。まだ食べ物っぽく見える物体。底のほうに溜まった土になりたての部分は、菜園のために必要だ。もしかすると彼女たちはそれを考慮したのかもしれない。運び上げるのが面倒くさかっただけかもしれない。ラインハートの場合は絶対そっち。

わたしは、ラインハートが集会所のコンポスト容器へと荷を運ぶ現場を押さえた。どうして〈現場を押さえる〉と言ったかというと、ラインハートの顔から後ろめたさがありありとうかがえたから。じっと見ていると、ラインハートは私道から集会所に移動し、オフィス用ゴミ入れ（バケツをもっていないのかな？）の中身を厄介払いした。覗き見でもしているようで我ながらちょっと悪趣味という気はするけど、ラインハートがこそこそあたりをうかがっている様子ときたら……。

窓をコンコン叩かないわけにはいかなかった。こちらを見て、一瞬にして凍りついたラインハートの表情はサイコーすぎた。それに続く作り笑いと滑稽なパントマイムも超笑えた。おそらくだけど、尾根の急斜面は腰に障るとでも伝えようとしてたんだろう。たしかにラインハートが不自由そうな歩き方をしているのを見たことはある。でも家までのたのたした足どりで戻ろうとしているラインハートは、いつもとちがって極端に足をひきずるように歩いていた。

せこいやつ。

モスターにこの話を教えてあげたら大受けだろうな。元気の素をあげよう。でも家に行ってみると、作業場の明かりがついていた。なかに入り、何をしているのか尋ねてもよかったんだけど、朝にあんなことがあったわけだし、おそらく他人と話したい気分ではないのだろう。

夕食のとき、思っていたとおりだとわたしは確信した。モスターは、わたしの家だったり、あるいは彼女の家だったりで、いつもわたしたちの食事をつくってくれた。でもその夜、モスターは姿を見せなかった。もう一度家に行ったほうがいいかもしれないと思い、ダンの意見も訊いてみた。ダンはいかにも事務的な感じで答えた。

「会いたくなったら、向こうからくるんじゃないか」

ダンとわたしもいっしょに食事しなかった。ダンは、すべての窓の警報装置を復旧する作業に精を出していた。ひびの入った部分にガムテープを貼りつけ、ガラスを修理するのに半日を費やしたものの、なんの意味もなかった。ほんとうの問題は網戸だったのだ。地震の際に接合部が緩んだらしい。ダンは悪態をついた。はんだごてはおろか、まともな道具なんかひとつだってありゃしない。

信じられる？　道具がどこにもないなんて！　わたしはみんなに尋ねてまわった。パーキンズ＝フォースター家、ブース家。誰ももっていない。週七日、一日二十四時間待機してる便利屋でもいたら、修理道具をもたないっていうのもありなんでしょうけど、いまはそうじゃない。3Dプリンタが使えないか、モスターに訊いてみた。ダンはそれが冴えた思いつきだと思った。でも、モスターの指摘によると、彼女のところにはケイ素ポリマー混合物以外の原料はないんだって。ガラス製の道具なんてムリよね。どんづまり。そこでダンはテープやペーパークリップ、さらにはキングコング風の猿の絵がついた接着剤をたっぷり使って、なんとか間に合わせた。

猿の絵とダンの作業を眺めていると、わが家、いや実際にはすべての家がいかに脆弱か、気づかないわけにはいかなかった。物理的安全を確保するのが家屋建造の目的ではない。それは警官の仕事だ。ダンが大学二年のときのルームメート、マットのことを憶えている。歴史学専攻の学生だったマットによると、金持ちのローマ人は快適な住居で暮らしていけた。軍の砦が道の先にあって、その保護を受けられたからだ。でも、帝国が崩壊すると、破壊された砦は城へと建造しなおされた。細長い切り込み状の窓。ごく少数の扉。すべて防御のためだ。マットはあるフランス映画に出てくるエピソードをいつも話していたものだ。中世の騎士がタイムトラベルをして現代にやってくる。そして自分の城の変貌を目にし、恐怖をおぼえる。「いったいどこのどいつが窓をはめこんだのじゃ！　これじゃ丸裸も同然じゃろうが！」ダンがすべての窓の警報装置を復旧させる作業に取りくんでいたとき、わたしはそんなことを考えていた。

こんな疑問が浮かんだ。ダンには言わなかったけど。アラームが鳴ったとして、いったいなんの役に立つのだろう？　ただのシグナル、コールサイン。たとえそれを耳にしたとしてもここにくることのできない用心棒に向けての知らせ。もしかしたらサイレン音自体がなんらかの効果を発揮するかもしれない。うまくいけば、あいつらはその音におびえ、逃げだすかもしれない。

今日の仕事ぶりからすると、ダンもきっとそう考えているにちがいない。食べ物だって無理やり食べさせなければならなかった。ボビーのパフド・キヌア、お椀一杯分。あのときのダンはいらいらの絶頂で、二階の客用バスルームの窓を相手に殴り合いの喧嘩をやりかねない剣幕だった。窓はすごく小さくて、平らな壁のなかに切られていた。やつらがよじのぼり、通りぬけるなんてありえない。でもダンは〈いったんはじめた仕事はやりとげなければならない〉という思い込みにとらわれ、言葉に耳を貸そうともしなかった。ダンが罵声を発しはじめたとき、わたしは食べ物を下に置き、ダンにひと休みするよう言いきかせた。夕食と熱いシャワーをすませたダンは、わたしの言うとおりだと認めた。そのあとダンをベッドへ直行させたが、こちらも正解だった。何かあったら起こすからとダンには約束した。

二、三時間は何も見なかった。空が暗くなり、家々の明かりが灯り、それから隣人たちが眠りにつき、明かりも消えた。わたしは仕事部屋の机につき、コミュニティの共有食料のリストに目を通した。ブース家とパーキンズ＝フォースター家の二家族からは、配給帳を作成してほしいと頼まれた。彼らは年齢や身体活動のレベルについて変に隠しだてしようとはしなかった。ラインハートだけは非協力的だった。もしかするとそこまで自分をさらけだすのは恥ずかしいとでも思ってるのかもしれないし、自分はたっぷり脂肪を貯めこんでるから、他の誰よりも長生きできるだろうと踏んでるだけなのかも。悪口でもなんでもない。ただの事実。その点だけで考えたら、ラインハートはわたしたちの誰よりも長く生きる。それはだって、みんなのお腹はぺったんこなんだから。それはわたしたちだって同じ。一月にはどんな姿になり果ててるんだろうとか、なるべく考えないようにしている。パンくずや最後に残ったオリーブオイルでどうにかこうにか生きのびたとして。わたしはこれまでにも増して菜園をあてにしている。ボビーの種もみが発芽してくれたらいいのに。わたしはそこに一縷《いちる》の望みをかけていた。コメは成長するときに水が必要なのだろうか？　写真で見ると、つねに稲は水を張った田んぼで育っている。地中にコメを埋めたのはとんでもないヘマだったのだろうか？　ほんとうのところ、わたしは自分がやってることをよくわかってない。

わたしはまた、自分自身にこう言いきかせつづけている。なんであれ、みんなが協力しはじめたのは素晴らしいことだ。ダンが手仕事する代わりに食べ物を提供し、備蓄品だってすべて確認させてくれた。人々は手伝いたい、いっしょに働きたいと思っている。その手の進歩を否定することはできないし、そんなことを考えていると、机を前にしてすわっていたわたしもなんだかとてもいい気分になった。そのときだった。最初の人感センサーライトがパッと光った。

デュラント家だ。その一瞬後、ひとつの影がデュラント家とブース家の間に入っていった。影がかたちをなす。その何かは前かがみになって斜面をのぼり、姿があらわになった。前の夜に見たのとまったくいっしょ。クマなんかじゃない！

広くたくましい肩、長く筋肉質の四肢。指が見えた。四本指と親指！　でも早合点しないで。人間でもなかった！　大きさ、毛皮、頭！　背後からだと、首のない大きな頭はヘルメットそのものだった。そいつが頭を大きくめぐらせて振りむいたとき、はっきり見えた顔をじっくり観察した。毛のない、テカテカした黒い皮膚。突きでたあご、唇はない、ひらべったい、広がった鼻孔。大きく張りだした額、陰になっている、深く落ちくぼんだ目。

見られはしなかったはずだ。デュラント家のポーチの明かりが点くのを見た瞬間、電気スタンドは消していた。そいつはうちのほうを見てもいなかった。どちらかというと左から右へ、全地域をゆっくりスキャンしているという感じだ。なめらかで、さりげない動き。昨日の夜とはちがい、人感センサーライトに驚き、その場から逃げたりしなかった。

わたしは小声で呼びかけた。「ダン」それからもっと大きく。「ダン！」返ってきたのはブタの鳴き声じみた、調子っぱずれのいびきだけ。わたしは不意の動きを感知されないよう、ゆっくり立ち上がると、すばやく、静かに寝室へ戻った。ぐっすり寝ているダンを揺さぶった。

「ダン、ダン、起きて、あれがきた！」

ダンはわずかにうめき、「なんだい……」と言いかけ、ぱっと目を開き、ベッドから飛び起きた。

小声で言い交わした。「どこ？」「デュラント家」「どこだって！」「あそこ！」

あいつはすでに姿を消していた。わたしが指差した斜面の場所は空っぽだった。「さっきはあそこに……」

「あそこだ！」ダンの指が尾根のさらに上のほう、木々の間を指した。ブース夫妻がコンポストを捨てた場所だ。そこで何かが上へ移動していた。ポーチのぼんやりとした明かりのなかには暗い輪郭がいくつか。ひとつじゃない。毛皮がかすめ、枝が揺れる。ひとつの全身がちらりと目に入った。他のやつらよりも色が薄い。とび色。それからそいつは姿を消した。

わたしははっと思いだした。「iPad！」ダンはベッドわきの卓のiPadを手に取った。画面からの光のことなんて考えもしなかった。光を浴び、二人の顔が明々と浮かびあがった。

目。少なくとも三組のビーズのような目。新たなポーチの明かりが点くたびにめまぐるしく向きを変えた。でも、iPadの画面をわたしたちの顔に向けた瞬間、三組の目がいっせいにこちらを向いた。頭をひっこめたいのはやまやまだったけど、その気持ちはこらえ、もっとズームインして、とダンに言った。画像はひどく荒い。ビデオ設定にするとなおさらだ。噓みたい、まともなカメラが一台もないなんて！　彼らは一瞬、こちらを見つめ、わたしたちも見つめかえした。それから円錐形の光がわが家とモスター家の間に投じられた。べつの一体が裏にいる！

くるりと向きを変え、裏窓のほうに向かった。ポーチに出てみるべきだった。フランクの言葉を借りるなら、へタレにもほどがある。モスターの家の庭からうちの庭へと横切ってく姿がちらりと見えた。こいつの毛皮には灰色の斑点があった。鼻づらにも、ぶらぶらしている両腕にも。最初に見たやつよりも色が薄く、まだらになっている。年齢的にはどのぐらいか？　やっぱりわからない。でも、いま思うと、そいつはまちがいなく雌だった。これまでその点について触れなかった。なんといっても、そもそも自分が何を見ているのか、その場ではよくわかってなかったというのが大きい。でも、その前に見た別のやつにはたしかに大きくてぶらぶら揺れる陰嚢があった。村の反対側から見てもはっきりわかった。でも、こいつ、彼女の股間には何もなかったし、毛のない胸にはぺちゃんこの小さい垂れた乳房がはっきり見えた。

こっそり様子を探っていたのはほんの一瞬だったし、iPadをもちあげる余裕さえなかった。彼女は頭を下げて二階のバルコニーの下に入った。それからガリガリ擦れ、ポンと弾ける音がして、うちのコンポスト容器のふたがわが家の庭をフリスビーのように飛んでいった。うなり声が聞こえた。低く、性急に。

ウム、ムウムウ、ウム。

コンポスト容器をひっかきまわし、おそらくは欲求不満になっているのだろう。わたしたちは引っ越してからそれほど月日がたっていないので、たいした量のゴミはない。わたしたちはさらに何秒か聞き耳を立てた。ダンは問いかけるような目でこちらを見ると、二本の指をちょこちょこ動かし、人間の歩行を真似た。下に行くべき？　接近してビデオに収めるために？　ポーチの明かりがあれば完全に撮れるだろうし、侵入警報器はまだ鳴っていた。そんなことを考えていると、鋭い、やかましいうなり声が聞こえ、わたしたちはまた正面の窓に戻った。

集会所だ。やつらは二体いた。雄。最初に見たやつよりも小さい。背丈がわずかに低く、肩幅も狭い。若い？　瓜二つ。双子1号と2号。兄弟？　でも兄弟であんな喧嘩する？

彼らは喧嘩していたのだ！　双子1号がコンポスト容器のふたに手をかけた。2号がひじで押しのけようとする。1号がうなり、輝く歯をむきだしにして2号に体ごとぶつかっていった。2号がうなりかえして突撃し、ふたの反対側をつかんだ。1号がグルルと吠え、2号の顔を平手だかこぶしだかで打ってはねのけ、大きなうなり声とともに襲いかかった。犬歯が2号の肩に食いこむ。耳に三発、すばやいパンチを食らったにもかかわらず、1号は食らいついたまま離さなかった。

集会所の明かりのなかに、血の鮮紅色が見えた。取っ組み合いの最中、灰色の雲がもうもうと舞いあがると、皮肉にも集会所の光は灰に当たって散乱し、ほとんど何も見通せなくなった。四肢をわちゃわちゃ振りまわしているそのありさまは、あそこまで恐怖に圧倒されていなかったとしたら、マンガっぽいと思えただろう。『アニマルプラネット』でなら何度か動物同士の闘いを見たし、一度は近所で二匹のイヌが喧嘩してるところにも遭遇した。でも、自分がリアルに体験していることで、しかもこれだけパワーのぶつかり合いとなるとはじめてだ。巨大で、激烈。たんなる思い込みだったかもしれないけど、地面が揺れてるような気までしたの！

1号が2号から転げ落ち、相手の顔を蹴りつけると、体を起こし、しゃがみこむ姿勢をとった。2号がそのポーズを真似した。束の間、相手を追いかけてぐるぐる回る。歯をむきだしにし、両腕をかかげて。キーッという金切り声、おしゃべりみたいなキャッキャッという呼び声。おたがいに突進し、殴りつけ、相手の攻撃をかわす。最後に1号が2号をとらえ、その腹にかみつく。2号が吠えたて、1号の背中を乱打した。ドンドンというバスドラムを叩くような衝撃。

それから、あの轟くような咆哮！　闇から発せられ、波のように村じゅうにとどろきわたった。今度ばかりはほんとに窓がガタガタ揺れた。絶対。すると闇のなかからばかでかい塊が。最初に見た雄と同じくらいの背丈。いや、もっと大きい。しかも雌だ！　幅の広い腰。胸。あの胸！　一方が引きちぎられていた。話を盛ってなんかないから。後でｉＰａｄの映像を確認したし。引きちぎられたか嚙みつかれたか、傷跡だけが残っていた。全身が傷だらけ。鉤爪の跡、一方の太もものわきに沿ってジグザグの線が四本。両方の前腕にすり傷。左腕に嚙み跡。嚙んだのはクマか、それとも仲間かもしれない。ちょうど1号が2号を嚙んだように。

1号はあのときそんな真似をしたのを悔やんだにちがいない。この新たに登場した雌――母親？――「アルファ」って群れのリーダーのことをそういうふうに言うんじゃなかったっけ――とにかく彼女は、手で1号の横っ面を強打した。殴打のせいか、それともただの恐怖からか、1号は手足を広げて横たわって転がると、彼女の足元にうずくまった。2号は殴られる前にその姿勢をとった。彼女が顔を向けただけで縮みあがってた。1号と2号の双方に向けて、そのアルファは咆哮を発し、もう一撃を加えようと両腕を上げた。1号と2号は身をすくめ、イヌのように小さな声でクンクン鳴いた。

何かすべきだった。体、せめて頭を、ｉＰａｄの輝きのなかでいくらか動かすだけでも。だって、彼女はあの巨大な傷だらけの恐ろしい頭を、突然もたげて、こちらに向けたのだから。まともに目が合った。彼女はわたしを見た。明らかに見られた。彼女が反応した。唇の両端が後ろに引かれ、うなり声をあげた。

そのとき、侵入警報器が鳴り出した。

ブース家の方向から聞こえた。ダンとわたしがそちらを見やると、別のやつが家の裏手の坂を駆け上がっていた。そいつの脚は他の連中よりも長く、いまにして思えば、あの日、わたしを追いかけてきたやつと似ていた気がする。あのときは自分が追いかけられていたんだと、いまわたしは知ってるから。そいつもやつらの仲間だと知っている。この雄――そいつは雄だとわかった――は一番手としてここにきたのだろうか。斥候みたいに。これはすべていまになって思いついたこと。あのとき考えていたわけじゃない。

あの瞬間は、他のやつらが瞬時のうちに姿を消しているのに気づき、そのあまりの俊敏さに愕然とするばかりだった。ダンとわたしがまた集会所のほうに顔を向けたとき、あの三体はすでに姿を消していた。一体残らず。さっきまで村のあちこちでくりひろげられていたはずの活動がいまはもうばたりとやんでいた。わたしたちの背後にも一匹いたはずだと思い、裏の窓もチェックした。うちのコンポスト容器をあさっていた年上のやつ。やはり消え去っていた。

わたしたちは待った。目を凝らした。耳をすませた。まるまる五分間は動かずにいた。たった五分だけど、それよりもはるかに長い時間のような気がした。沈黙。静寂。屋外の人感センサーライトが時間の経過にともない、ひとつずつ消えていった。外に出て、うちのコンポスト容器をチェックしようかどうか悩んでいると、ダンが腕をつかみ、こう言った。「あれ、モスターじゃないか?」

たしかにモスターだった。身長百五十二センチの寸詰まりの姿が私道を渡り、集会所へと進んでいた。さっきの喧嘩で白黒パッチワーク状になっている場所で足を止めた。コンポスト容器のほうに目をやり、尾根に視線を戻した。両手を腰に当て。落ちついて。

ダンがつぶやいた。「いったい……」

でも、わたしは知っていた。家々の明かりはまだ点いたままだったし、何人か――ラインハートとブース夫妻――は二階の窓からモスターを見つめていた。わたしはダンに言った。「教えてくれてるのよ。もう外に出ても大丈夫だって。集会を開きたいとみんなに訴えてる」

モスターのところに行ったのはわたしたちが最初だった。ほどなくほかのひとたちもそれに続いた。ローブと室内履きという恰好のブース夫妻は小走りでやってきた。ラインハート（キモノ姿！）も。パーキンズ＝フォースター家から出てきたのはカーメンだけだった。エフィーとパロミノはリビングの窓から見つめていた。

「あいつらを見た?」誰が最初に口にしたのかはわからない。ボビーかカーメンか。それはともかく、ダンが答えた。「ああ、しっかり見たよ!」誰も答えないでいると、さらにこう付け加えた。「絶対、クマじゃない!」

何を言おうとしてたのかはさておき、その言葉を聞いてヴィンセントは口をつぐんだ。カーメンもリセットモードに入った。モスターはずっと黙っていた。もしかすると、あの真実がどう着地するか、見きわめようとしていたのかもしれない。そのほんの一瞬後、モスターは自分の迂闊《うかつ》さを悔やんだかもしれない。ラインハートが質問を発そうと指を立て、こう口にしたのだから。「たしかに」いかにも学者ぶった口調で。「クマ科とは別の生き物を見たと全員が思ってはいる。でも……いいかな、思いだしてもみてくれ。明かりもあんなに暗かったし、すごくストレスフルな状況が続いていたし、そんなとき人間の精神はありもしない存在を――」

「おいおい、やめてくれ！」ダンが怒ってさえぎった。「自分の目ではっきり見ただろうが！　あいつらを！」ダンは全員を見た。やはりモスターが沈黙を続けているので、わたしはつぶやいた。「わたしも見た、はっきりと。自分が何を見たかわかっていると思う……」

もうちょっと激しく駆りたてるのもありだったろう。わたし自身についても、意見の対立についても。でも少なくともダンの応援をしようとはした。ラインハートにはまったく功を奏さなかったとしても。

「思うだけだ」――目を輝かせ、手を突きだし、ラインハートはひどく得意げだった――「きみは自分が見たと思っているが、理解不能な状況に直面したときには、まさしくその点が問題となる」

「冗談だろ」ダンが家に向かって駆けだした。「待ってくれ」肩越しにそう叫んだ。「少し待っててくれ！」

ラインハートは待たなかった。「曖昧さを完全に排除するためあえて述べておくが、わたしの専門的な知識は人類学分野に限られるとしても――」カーメンに向かって軽く会釈する。「――集団幻覚というものの事例が記録されたことはなかったかね？」

カーメンは餌に食らいつき、第二次世界大戦中、中西部のある町で起きた出来事について話した。イリノイ州のマトゥーンで異臭騒ぎが起きたときのこと、人々は〈麻酔攻撃を仕掛ける怪人〉のせいだと考え、パニックが広がった。一九七九年にはアイルランドのある学校で生徒全員の気分がいっせいに悪くなり、救急車まで呼ばれたが、最終的に集団的な病気不安症が原因だと判明した。

「そのとおり」ありもしない帽子の端をカーメンに向か

って軽く持ちあげてみせ、ラインハートが言った。それから今回の事件にぴったりの事例に思いいたり、はっと目を見開いた。「最近、インドでもそういう話があったじゃないか。デリーのスラムの住人たちが、謎の巨大猿人の襲撃という噂を信じ込んだ。だが、当局が集団的な精神病にすぎないと断じると、その後、猿人の噂はぱたりとやんだ[*1]」

わたしは見た……あちらを……モスターのほうを。ねえ、いまこそあなたの力が必要なの！　わたしはそんなふうに訴えかけた。だが、モスターはなんの表情も出さず、両手をほんの少し外に向けただけだった。〈いえ、あなたが続けて〉――わたしはそう受けとった。理解できなかった。まだ疑ってるってこと？　わたしはぼやいた。「えっと、でも……それは……なんていうか何かの気配を感じたとか、そういう気がしたとか、そういう感じのことでしょ？……でも、わたしたちは全員が……自分の目で……」

われながらビビリもいいとこ。すると、助かった、ダンが救援に駆けつけた。

「ほら！」ダンはｉＰａｄをもって戻ってきた。「これを見てくれ！」

わたしたちは従った。はっきりとした映像で、しかもそれなりの時間にわたり、やつらの喧嘩が映しだされた。ダンはタブレットを窓台に固定しさえした。誰からも異論の声は出なかった。ラインハートからさえ。打ちのめされて黙りこみ、縮こまっていた。意外にもカーメンはあっさり寝返った。「こいつら、実在してたんだ」衝撃を受け、そんな言葉を洩らした。けど、ヴィンセントの「ビッグフットは実在したんだ！」という言葉からは明らかに興奮が感じとれた。ボビーは笑みさえ浮かべ、夫の手を握り、カーメンは手を振ってエフィーとパロミノを招きよせた。自分たちは狂ってるわけじゃないんだという安心感をどうやらみんな共有しているみたいだ。

モスターもその場の雰囲気について同じように受けとめたみたいで、わたしたちにうなずきかけ、口を開いた。「怪物が存在していることはもう否定できない」それからおしゃべりがはじまった。全員が一度に話しだし、耳にした話をみんなで共有した。抱えこんでいたものを一気に解放したというか。それまでもやもやしていたことの正体がはっきりし、全員の同意によって承認されたのだ。わたしは夢中になって、エフィーやパロミノといっしょにビデオを見直していた。「これを見て」――カーメンだった――「ものすごく大きい!」

「憶えてる?」エフィーが彼女の妻に言った。「結婚前に、リムロック湖でキャンプをしたとき、においが――」

「実在しているとわかった以上」モスターが話をさえぎった。「どう対処するか考えないと」

喋りあっていた人々がいっせいに口をつぐんだ。ダンとわたしを含め、その場にいた誰もが問いかけるような眼差しをモスターに向けた。

カーメンが尋ねた。「どういうこと?」

モスターがもったいぶった風にローブの内側に手を差しいれ、尖った棒のようなものを取りだした。長さ三十センチの竹で、両端が尖らせてあった。「これがたくさん必要になる」そう言いながら尖った棒の尖端を、後ろで生えている竹にコツコツ打ちつけた。「おそらくは何百本も。でも力を合わせて、村を囲む幅広の円周上に植えれば……」

「なんのために?」ヴィンセントが尋ねた。おそらくは答えを知っているのだが、どうしても相手にはっきり声に出して言ってもらい、自分の耳で聞いておきたかったのだ。

「防御線を築く必要がある」モスターは答え、スパイクをバトンのように振った。「その線を越えようとすれば、足にこれが刺さって……」

「傷つけようというの?」ボビーは平手打ちでも食らったみたいな顔をした。

「阻止したいだけ」モスターが穏やかに応じた。

「だったら、侵入警報器でなんとかなるはずよ!」ボビーが答えた。

「今回はなんとかなった」モスターが即座に言いかえした。「でも、無害な騒音にすぎないとすでにあいつらは学習した。そもそもどうして警報が鳴ったんだと思う?」それから全員に対し、モスターが言った。「なかに入ろうとしたからよ!」

ヴィンセントはボビーの隣に進みでて言った。「好奇心からそうしてるだけだろ」

ボビーが夫にとびつき、夫の意見をさらに後押しした。「あなたは彼らを傷つけたいだけよ!」

「そうすれば、やつらはわたしたちを傷つけようとしなくなる」それまでの疑念はどこへやら、モスターは自信の塊と化していた。「あいつらがピューマをどうしたか、聞いてるよね」ちらりとこちらに目を向け、こう続けた。「おたがい同士で何をしていたか、全員が目にしたはずだけど」言わんとすることを強調しようとするかのように、腰をかがめ、粒状の灰のかたまりをつまみあげて、わたしたちに向かって掲げた。親指と人差し指でつぶすと、赤いペースト状になった。「いままざまざと見たばかりじゃない。あいつらがどこまでだって狂暴になるという事実を」

ボビーが反論した。「わたしたちに対して狂暴化したわけじゃない」今度はカーメンが加勢に加わった。「どうして彼らが邪悪だと決めつけるの?」

モスターはひと息つき、話しはじめた。「カーメン、やつらは善良でも邪悪でもない。腹を空かせているだけなの」暗闇に向かってうなずきかけた。「ベリーは全部なくなった。わたしたちの木の果実も、あなたのコンポストも。おそらくそれらを目当てに、ここにとどまっていた。ほかの動物たちを追っていくんじゃなくて。もしも動物たちをまだ食べつくしていないとすればだけど」

ヴィンセントは納得できないというように肩をすくめた。「じゃあ、もう何も残ってないじゃないか」

モスターはわたしたちを見まわした。「何も残ってない?」

誰も口をきかなかった。ダンがぎゅっと握りしめてくるのを感じた。

明らかにモスターは、グループが自力でこの結論に達することを望んでいた。そしておそらくはそうなっていただろう、ラインハートがぶち壊しにしなければ。「事実だけをとってみればだが」――ラインハートが輪のなかに進みでた――「訪問者がクマ科の動物でなかったのは、わたしたちにとってはまだ幸いだといえるかもしれない」ほかの連中が議論をしているのを尻目に、ご高説を練りあげながらじっと好機をうかがっていたのだろう。「なんといってもクマは雑食性だ。それに対して……告白しておくと、わたしの霊長類学についての知識なんて、精神分析学についてのそれに比べてさえ貧弱なものにすぎないのだが……」

口先だけの謙虚さとは裏腹に、得意げに高笑いした。これほど顔に一発食らわせてやるにふさわしい人間がいるだろうか？

「けどね、わたしの記憶によると、たしかヒト科の動物のほとんどは本来、草食性だったはずだ」モスターがうなりを発した。権威者ぶって一方的にまくしたてるラインハートを前に、ただただあっけにとられたのだ。「大型類人猿！　ゴリラとオランウータンは果実や植物質だけで生きている。実際」——頭の上でマンガの電球がぱっと光った——「わたしの思い違いでなければ、類人猿のある種、中央アフリカ南部のボノボは生来、女系の平和主義者だったはずだ」

信じられない思いだった。まさかつづいてラインハートがあんな言葉を口にするなんて。実際にパーキンズ＝フォースター夫妻のほうを見て、こう言ったのだ。「まちがいならば正してほしいのだが、ボノボの世界では雌同士で一種の性的交渉までやってるって話じゃなかったか？」

エフィーとカーメンが沈黙していたのはショックのせいなのか？　それともブース夫妻のように、ラインハートそのひとのように、不安を遠ざけるためならなんでもいいからしがみついてやれと固く決意していたとか？

自我防衛機制。ラインハートは教室向け演説を続けた。

「このヒト科動物の社会秩序、交流方法についてわたしたちが何も知らない以上、下手に彼らを傷つけたりしたら、最悪の事態を招きかねない。それだけはなんとしても避ける必要がある」

フランク・マクレー・ジュニアの証言

真面目に言ってるのか？　彼らが武器を所持しようという気になるはずがない。自分の質問についてよく考えてみな。なぜひとは銃をもつんだと思う？　これほど特異な状況は別にしてだが……。

――フランクは周囲の武器に向かってうなずきかける。

……妥当な理由は二つしかない。お遊びと叛乱を除けば――つまり、『コール・オブ・デューティ』の現実版をプレイしたいと思っているお子ちゃまと、CIAが飛ばしている〈黒いヘリコプター〉とやらを見張ってる国内テロリストを別にすれば、残るのは二つだけだ。ハンティングとわが家の防衛だ。

合理的、実際的、だが〈グリーンループ〉の生活とはまったく相容れない。

ハンティングに関して言うと……そうだな……以前の自分を非難はできない。かつての隣人たちと同じく、あそこに住んでいた当時の俺も、どういうわけかシカ狩りに興じるようなひとたちを見下していた。肉よりも魚、銃弾で獲物を仕留めるよりもアップルペイで購入するほうを好んでいるというたったそれだけの理由で。

わが家を……自分たちの家々を、侵入者から防衛するほうだが、そもそもわざわざ侵入しようとするやつなんているか？　だいたいどうやって？　〈グリーンループ〉は、普通の人々がけっして足を運ぶことのない、究極の袋小路だ。ゲート付きの私道だけでなく、民間のセキュリティ会社と郡警察の双方に通じる警報装置まで備えている。

だから、それこそあんたが『ミッション・インポッシブル』顔負けの空襲作戦をやってのけるつもりもなく、こりゃついてるぞと信じて疑わないどっかの宿無しヤク中でもないのなら、〈グリーンループ〉はおそらくアメリカ一安全な場所ってことになる。それはトニーの売りのひとつだった。だからあそこには監視カメラの付いてる家はひとつもなかった。イヌもそうだ。気づいてたか？　イヌ一匹あそこにはいなかったってことに。管理組合規約が禁じていた。引っ越したときにすごく妙な気がしたのを憶えている。だって、あそこにいた連中は大のイヌ好きだと考えたほうが自然だと思わないか？　ただ問題がある。イヌは野生動物をおびえさせるかもしれない。そして野生動物というのは、わたしたちがそこに引っ越したもうひとつの理由でもある。

すべては〈グリーンループ〉哲学の核心部分にまでさかのぼる。つまり、人間こそが問題だ、自然はあなたの友人だっていう。

第十三章

真夜中にバウマンは何かの物音がして目を覚ました。毛布をかけたまま、むくりと起き上がった。強烈な、野獣めいたにおいが鼻孔にわっとまとわりつき、闇のなか、差し掛け小屋の入り口に巨体がぼんやりと見えた。ライフルを手に取り、ぼやけた不気味な影に向かって発砲したが、狙いをはずしたにちがいない。というのは、その直後に下生えがグチャグチャに踏みつけられる音が聞こえたのだから。そいつがなんであれ、怪物は真っ暗な闇に閉ざされた夜の森のなかに駆けこんでいった。

——セオドア・ルーズヴェルト大統領
『野生の狩人』

シニア・レンジャー、ジョゼフィーン・シェルの証言

ドクター・ラインハートは正しかった。たしかに彼は霊長類についてまるっきり無知でした。すべてのサルは相当程度、フォーニヴォリーを実践している。フォーニヴォリーなんて、もったいぶった言い回しだけど、要は、ある動

物が他の動物を食べる習性ってことですね。類人猿には捕食動物として行動するうえで必要な、あらゆる生物学的ハードウェアが備わっている。肉をとらえ、引き裂くための犬歯。動く獲物を追尾するための前向きの目。逃げようとする獲物を出しぬく目的で進化を遂げた脳。こんな説を聞いたことがあります。異星人が到来したとすれば、人間に敵対的な行動をとる可能性はきわめて高い。宇宙飛行を実現した脳とはいっても、せんじつめれば狩りを通じて思考することを体得した脳にほかならないのだから、というわけです。

霊長類の種類がちがえば、当然、好みもちがう。ゴリラとオランウータンの場合、その嗜好は果実と野菜の側にはっきりと振れています。彼らがあんなに大きな腹をしているのはそのせいね。腸には植物だった物質がぎっしり詰まっていて、長い時間をかけて分解している。目撃者の証言だと、サスクワッチはそんなんじゃない。むしろ、サスクワッチが雑食性だという点ですべての目撃談は一致しているんです。

サスクワッチの主要なタンパク源は魚だと考えられています。山小屋から乾燥した魚を盗もうとしているところを目撃したという話もあるし、ハマグリを掘りだそうとしていたという話もあります。例の映画で嘘発見器のテストを受けていた男がいましたね。サスクワッチに漁網をひったくられたと彼は言っていました。この地域にはたくさんの川があるし、サケやマスも豊富にとれるから、おそらくサスクワッチが巨大な肉体で活動するのに必要な食料はそれで充分にまかなえていたのでしょう。ところがレーニア山が噴火し、サスクワッチは昔からの漁場を放棄し、別の場所へ移動せざるをえなくなった。折からベリー類は不作で、生物学的な順応命令が発動された。

――ジョゼフィーンはふたたび地図を参照し、シカの死骸が発見されたいくつかの場所を重点的に示した。

こういうことわざを聞いたことがありませんか？〈愛するひとといっしょになれないのなら、いっしょにいるひとを愛したまえ〉。動物界では、これは〈捕食転換〉と呼ばれます。捕食転換の結果、捕食動物のなかで新たな食糧供給源に対する嗜好が発現する。これまでずっと餌食にしていたものよりもそちらのほうがよっぽど豊富だからという、ただそれだけの理由で。

わたしたちが発見したシカは、捕食転換の犠牲になったと思われます。この捕食転換は、つい最近、起こった。そうでないとすると、これまでの何百年間、骨の破片が発見されていないのはおかしい。やつらにとっては、レーニア山の噴火が生態学的臨界点になった。こういう事実を目の前にすると、つい考えてしまいますよね、人間にとっては何が生態学的な臨界点になったんだろうって。

人間も同じようにして始まった。わたしたちは骨を砕いた最初のサルだった。アフリカではるか昔に、最初の怖がり屋の小さな清掃動物が木から降りたときに。岩を使い、骨髄を手に入れる。肉がカロリー的な大当たりだと理解する。動物を動物に転換するほうが、植物を動物に転換するよりもはるかにエネルギー効率がいい。肉という大当たりのおかげで頭脳が飛躍的に進化した。道具、言語、協力。何が誘因となり、わたしたちを人間たらしめる、さまざまな進歩を可能にしたのか。その答えははっきりしています。より多くの肉。より大きな脳。より大きな脳。より多くの肉。わたしたちが最初に新鮮な血を味わったとき、何が起きたのか？　わたしたちはどう思ったのか？　どう感じたのか？　一切が変化したあの瞬間。清掃動物《スカベンジャー》から捕食動物《プレデター》へ。狩られる側から狩る側への。

日記#12（承前）

ラインハートの話の最中、ノックのような音が響いた。はっきりした音で、調子もずっと変わらなかったから、何かの機械の音だと思ったひともいただろう。パイプのガタつきとか、あるいは車が近づいている音のようにも聞こえた。でも、全員が黙りこんで聞き耳を立てると、その音の奥底に動物のかすかなうなりがはっきり聞きとれた。

カーメンがわかりきったことを口にした。「聞こえる？　あいつらよ」

トン、トン、トン。

何も見えなかった。みんなそうだった。遠くから聞こえてきているのにちがいない。森の中から、あるいは尾根の向こう側から。

エフィーが尋ねた。「どういう意味だと思う？」

最初は誰も答えなかった。ラインハートでさえ。聞いているうちに、音の出所《でどころ》が絞られてきた。枝で幹を叩いている？　うなりがわたしたちに向けられたものなのかどうかはわからない。静かで低く、混沌とした様子の唸り声にひそむ何やらからすると、どうやら彼らは、木を打つ音で自分たちの声がかき消されぬようにしているようだった。もっとも、それはいまになって考えていること。あのときは見当もつかなかった。

ダンのほうをちらりと見た。ダンも途方にくれていた。それからモスターに目をやった。モスターは何かを待っているみたいだった。叩く音が収まる、あるいは変化すること？　わたしはあえて訊いたりはしなかった。

「コミュニケーションだ！」ヴィンセントの声が聞こえ、わたしは驚いた。てっきりラインハートが言うものと思っていたから。わたしはそちらに目を向けた。驚いたことに、おしゃべり教授は持ち場を譲ったのだ。

ヴィンセントは輪から出ていった。木々に向かって首を伸ばして。「わたしたちに向かって話しかけてるんだ！」

「彼らは友好的だ」おそらくラインハートは先手を打って、その次の結論に飛びつこうとしていた。「絶対にそうだ！　コミュニケーションをとるのであれば、知性が

あるはずだ。知性があるなら、先天的な平和欲求がある
はずだ」

ほんと？

ブース夫妻は信じている、あるいは信じたいと思っているようだった。カーメンやエフィーとともに。でも、パロミノはモスターの疑わしげな顔にじっと視線を注いでいた。

「もしかしたら、わたしたちは……」モスターが言いかけたものの、ヴィンセントはそれを無視して呼びかけた。

「ハロー！　ハロー、みんな！　友人たち！　わたしたちは友人だ！」

ボビーは夫の手を離し、軽く肩を叩いた。「彼らは英語を話さないわよ！」おどけた口調でたしなめると、ラインハートが叫んだ。「ボンソワール、メザミ！」ブース夫妻とパーキンズ＝フォースター家のひとたちが笑った。ヴィンセントがにんまり笑みを浮かべ、モスターの竹の杭をさっと手に取った。

「みなさん、静粛に」小声で言い、集会所の壁にそれを叩きつけた。三度、それから休止。

向こう側の連続音がやんだ。全員が凍りついた。うなりはさらに大きくなった。ヴィンセントが微笑んだ。連続音がまたはじまった。今度はもっと速く、もっと大きく。

ドンドンドン。

「わかった、そうか、そうか！」ヴィンセントが小声でわたしたちに語りかけ、手にした竿をさらに速く打ちつけた。「友だち、友だち、友だち」とつぶやきながら、集会所の壁をすばやく叩く。十数回ほど叩いたところで動きを止めた。彼らも同じように応答した。

異様に張りつめた三カウントの間、ヴィンセントは待ち、それからまた何度か叩いた。何も返ってこない。額に汗の粒が浮かんでいるのが見えた。メガネが曇りはじめた。ボビーもそれに気づいた。メガネを外してやり、袖でそっと拭い、両腕を夫に巻きつけた。

わたしたちは待った。耳をすました。沈黙。

誰かが言葉を発する前にどれだけの時間が経過したのだろう？　あのとき、時間はひどくのろくさと過ぎていった。それほど長い時間だったはずはない。ほどなくヴィンセントは心底驚いた顔でわたしたちのほうに振りかえった。「やったぞ！」

　ヴィンセントの御墨付きを得て、グループはこの結果を受けいれた。それともヴィンセントがグループから御墨付きをもらったと言うべきか。ヴィンセントがそう言った途端、ボビーは続けざまに大きなため息をつき、突然、のどを詰まらせ、すすり泣いた。「わたしたちはやった！」かろうじて聞きとれるぐらいの声でささやき、夫の腰をぎゅっと抱きしめ、縁がきらめいている目を閉じた。「あなたはやったのよ！」

　カーメンは一方の腕で娘を抱き、もう一方の腕を伸ばし、彼女の妻に触れた。そしてラインハートはヴィンセントに向けて是認の気持ちを表明するかのように手をぐるぐる回しながら敬礼した。

シニア・レンジャー、ジョゼフィーン・シェルの証言

木叩き《ウッドノッキング》なんですが、サスクワッチとの遭遇談ではよくあるエピソードのようです。でも、それがどういう意味をもつのかは誰も知らない。同じく、木叩きに対する応答がどう受けとられるのか、知っているひともいない。言語は一筋縄ではいかない。たとえ、わたしたち人間同士の間でだって。

――ジョゼフィーンが親指と人差し指で輪をつくる。

アメリカでは〈オーケー〉という意味で使われますが、ブラジルだと〈おまえはクソ野郎〉という意味になる。もし異種間コンタクトという特殊なレベルまで含めたら……。

――わずかに頭をもちあげ、あごの下の変色した傷痕を見せる。

昔、いとこの家に行ったときがありました。わたしは六歳だった。その家で飼っている年老いたビーグル犬とにらめっこした結果がこれ。わたしは知らなかったんですよ、イヌにとってにらめっこは、喧嘩を売ることを意味するのだと。おそらくですが、木叩きは相手に対する挑戦を意味した。そしてヴィンセントはそれと知らずに、その挑戦を受けてしまった。

日記#12（承前）

雰囲気は一変した。突如、その場はカクテルパーティー顔負けの陽気さに支配された。誰もが相手をハグし、おしゃべりに興じていたし、ボビーやエフィーみたいに目の隅から涙の滴をぬぐっているひとまでいた。ラインハートは最初にその場を去った。何やら偉そうな笑みを顔いっぱいに浮かべながらヴィンセントの肩に手を置き、こう言った。「明日、わたしたちは共同作業すべきじゃないかね。この歴史的と言っていい人類学的発見について詳しく記した論文を書きあげようじゃないか」

ヴィンセントは自らのなした業績の偉大さを知っていささか感極まり、ただうなずくだけだった。「うん、ぜひぜひ。明日……ありがとう！」芝居がかったお辞儀をするとラインハートは足音高く立ち去った。

「明日の夜、みんなでディナーの会を開かないと！」ボビーは言ったが、すぐさま自分でこう言いなおした。「いいえ、今夜ね！」すでに真夜中を過ぎていた。「この集会所に全員集めて。癒しの時間が必要よ」

カーメンも共鳴して言った。「やりましょう。すごく素敵！　あのひとたちを歓迎したときみたいに！」わたしに向かって微笑みかけ、ボビーをぎゅっとハグした。

「今夜ね」――ボビーはわたしたちに手を振りかえした――「今夜、また」

カーメンは大声で呼びかけた。「ありがとう、ヴィンセント」ヴィンセントはボビーに腕を回し、帰宅しようとしていた。

ちょっとの間、わたしは彼らを見つめていた。ボビーは夫の肩に頭を預け、手で背中をさすっていた。そのときカーメンがこう言うのが耳に入った。明日、うちにきてバイオダイジェスターのタンクの片方を掃除してもらえない？　ダン、いや、ニュー・ダンがとことんハマるのはわかっていた。村の便利屋ダンだけができる、とびきりきつい仕事。ダンは腰に両手を当ててるスーパーマン・ポーズで答えた。「大丈夫。まかせてくれ」そちらに顔を向けると、カーメンはわたしにもちゃんと声をかけてくれた。あなたもうちにきて、対価をその場で選んでいってちょうだい。エフィーは何か言いたいことがあるようで、カーメンの腕に触れた。「そうそう、ちょっと考えていたの」カーメンが続けた。「パロミノのことなんだけど、問題がないようなら、庭仕事のお手伝いとかボランティアで使ってもらえないかな?」

わたしは言った。「いいわよ」それから、こう付け加えた。まだひとつも芽が出てないし、いまのところたいしてやることもないけど。すると、エフィーが、今度は自分で言った。「ミミズを掘りだすのとか、いいんじゃないかな。ミミズは土壌に空気を含ませるっていうし、糞だってすばらしい肥料になる」

わたしが肯定的な意味合いをこめて肩をすくめると、カーメンは付け加えた。「パロミノはぜひそうしたいと思っている。そもそもこれってパロミノ自身のアイデアなの」

もし別のときなら、あの子も母親たちに匹敵するほどの熱狂ぶりを示していたかもしれない。でも、あのとき、少女は神経質なリスのようにさっと頭をめぐらせただけだった。木々から家屋間のスペースへ、つづいてモスターのほうに動かし、そこで視線をとどめ、ほんの一瞬、おたがいの目を合わせた。あの視線の出会い、モスターの表情。最初の緊急集会を終えようとするときにモスターが浮かべていたのとまるっきり同じ表情。「というわけで、わたしはこういうのを相手にしている」

モスターははっきり口に出してそう言ったわけじゃない。そのかわりというか、家に戻る途中、自らの見解をぽつりと洩らした。「ヴィンセントの考えが正しかったらいいんだけど。みんなの考えが正しかったらいいんだけど」今度、尾根をざっと見渡すのはモスターの番だった。「二人とも少し睡眠をとるべきね。あなたたちにはそれが必要。明日はあなたたちの力が必要になる。あなたは菜園の仕事が終わったら。そして」ダンに向かって「うんちをシャベルですくい終わったら」このときモスターは竹の杭を手にしたままだった点は強調しておくべきだろう。「わたしの力が必要なら、これからわたしは……」

質問するには及ばなかった。作業場でもっとたくさんの竹をのこぎりで切る。そして結局はわたしたちもそこに加わるだろうし、そしておそらくほかの住人は仲間に入らず、地面に立てられた杭の円は二軒の家だけを取りまいているだろう。何も言う必要はない。モスターには、そしてわたしたち二人の間では。

ダンとわたしはその直前の出来事について、何も話さなかった。ヴィンセントのとった行動について、ほんとうにあれでよかったと思うか、とか。帰路、わたしたちはほかのことも話さなかった。話したのは、もっぱらダンの新しい、そして危険な仕事について。絶対にあれは危険な仕事だとわたしは確信していた。だって、他人の排泄物のなかで這いまわるわけでしょ？　どんな黴菌《ばいきん》がいっしょに這いまわっているかわかったものじゃない。汚物だらけの下水って危険よね？　処理する必要があるんじゃ？　しっかりと？　傷でも負ってそこから感染したら？　何か変なものを吸ったりしたら？

心配のあまりダンを責めたてるなんて、我ながら信じられない。ソーラーパネルのときとまったくいっしょなんだけど、自分が小言屋に見えようが、相手がどんな気持ちでいようが、気にもしなかった。頭のなかにあったのは、パートナーの身に危険が及んだらどうしようということだけ。ダンは帰り道ずっとそれに耐えていた。ひと言も反論しなかったし、自尊心が傷ついたような様子も見せなかった。ただただわたしの意見を承認し、そしてわたしはそうだと信じてるんだけど、心からそれを受け入れただけだった。

あと二歩で玄関ドアというところまできたとき、ダンは不意に顔を向けると、黙れと言うようにこちらに手を突きだした。わたしの心臓が大きく跳びはねた。ちょっとやりすぎちゃったか。驚きと不安、そしてそう、静かにしろと指図されたことで燃えあがった怒り——その間で感情が堂々巡りした。そこで気づいた。ダンの目はわたしに向けられていない。夜の闇のほうを見て、聞き耳を立てている。

わたしは口を閉じ、耳を開いた。

ドサッ。

ダンが聞いたのはこれにちがいない。柔らかく鈍い音。前のときの鋭くて硬い音とはまるでちがう。

ドサッ。

まただ。もう少し大きい。近づいてる？

わたしも外を見ていた。屋根の上、森のほう。目の隅でそれをとらえた。小さくて速い。ラインハートの家の近くに落ちて、灰色の土煙を舞いあげる。ダンの手をとり、激突地点へと導いた。といっても、それが激突だとわかったのは、真正面に別の落下物を見つけたときだった。それはモスターの家と集会所のなかほどに落下し、まさしく〈クレーター〉としか言いようのないもののなかに鎮座していた。

月の写真知ってるよね？ いくつものリング状の穴。わたしたちが見ているのはまさしくそれだった。ただしこの穴の真ん中にはグレープルーツ・サイズの塊がなかば埋まっていた。ひざまずいてじっくり眺めていると、私道の反対側からまたもや**ドサッ**という音が聞こえた。ダンが埃を掘り、丸みをおびたぎざぎざの岩を掲げた。

さらに二度、**ドサッ**という音がした。ひとつは遠かったけど、もうひとつはすごく近かったからわたしたちは二人とも飛び上がった。さらに今度はよりくっきりとした**ドカッ**という音がして、三番目の岩が集会所の屋根にぶつかって転げおちた。

それから誰かの家の窓が割れる**ガシャーン**という大きな音。

突然、小雨が豪雨になった。

ドサッドサッドカッドサッドサッドサッドカッという岩の音が、闇から湧きおこる吠え声のなか、周囲で鳴りひびいた。

「なかへ！」向こうを向いたダンの肩越しに声をかけ、振りむかせ、押しやり、雨あられと降る石の間を駆けぬけた。

どうやって石に当たらずに家までたどりついたかはわからない。わたしたちを狙っていたのか？ こちらが見えるのか？ きっとそうだ。少なくとも、見えるやつがいる。目標を狙いすまして撃ってきた。

わたしは口笛みたいな響きを聞いた。想像なんかじゃない。「口笛」というのは、弾丸が耳元をかすめて飛び去っていくときの音を指す常套句で、これが岩の場合は口笛というよりもフーッという低いうなり声に近い。わたしのすぐ横をかすめ、玄関の戸枠に当たって跳ねかえるのを目にした直後、わたしたちは家のなかに飛びこんだ。

第十四章

大半の報告には巨大な岩が山小屋に投げつけられるエピソードが出てくるし、なかには岩が屋根を突きぬけ、落ちてきたというのまである。

――フレッド・ベック
『わたしはセントヘレンズ山の猿人と戦った』

日記#12（承前）

戸を激しく閉めた直後、岩がそこにぶつかった。いまも手の震えが感じられるような気がする。ダンはわたしを二階にひっぱっていった。わたしは叫んだ。「明かり！　明かりを点けて！」階段を上りきったところにあるマスタースイッチでつけてと言ったつもりだった。iPadのセントラルコントロールを使ってじゃなくて。でも、ダンはそうしようとしていた。階段の途中で。ダンは足を止め、おぼつかない手つきでタブレットをいじろうとした。「ダメ……そうじゃなくて……」でも、すでにタブレットはダンの手から落ちていた。覆いのない木の踏み段に当たり、ガラスの表面にひびが入った。「行って！」家が振動したとき、わたしは怒鳴り、iPadをスワイプしているダンの尻を膝で蹴りあげた。「行って！　**行けー！**」

寝室に駆けこんだ瞬間、バルコニーの扉が直撃された。大きくうつろなボカッという音にわたしは絶叫し、ガラスから顔を守ろうと顔をそむけた。でも、扉はバラバラにならず、なんとか耐えた。ｉＰａｄのように、わたしたちの車のフロントガラスのように、板ガラスには蜘蛛の巣状に広がるきらめくひびが入り、その部分だけボコッとふくらんでいた。わたしを襲ったのはまずショックで、直後に感謝がきて、それからわたしは叫んだ、「カーテン！」

わたしたちは二手に分かれ、布の遮蔽物を引っぱって閉ざし、くるりと向きを変えて、正面の窓でも同じことをした。

自分があんなことをしたなんて信じられない。躊躇したのはほんの一瞬だけ。外に目を向け、村の全景を視野に収めると、四方八方で岩が飛びかい、屋根の上で弾み、灰の間歇泉を蹴立てるのが見えた。

もしわたしが外を見ようとして足を止めなかったら。

もしダンが気づかなかったら。

「危な――」ダンの声、ダンの重み。わたしの胸にのしかかるダンの肩。二人が床に倒れた瞬間、上の窓が砕けた。ひんやりとした細かな薄片が首筋と耳にぱらぱらと落ちかかるのを感じていると、野球ボール大の岩がポンポン弾みながらベッドを横切った。

床の上であえいでいると、ダンはわたしの髪からガラスの破片をつまみとった。ダンの息のぬくもり、指先の圧力。「ここにも……痛ッ……ここにも……ここにもある」もしかしたら一分程度かもしれず、もっと長い時間が経過していたのかもしれないが、動いてももう大丈夫そうだった。しゃがんだままの姿勢で歩きながらバスルームに行った。ガラスのない場所はそこだけだった。わたしが明かりを消すと、ダンはｉＰａｄのマスタースイッチを見つけた。画面についた指の痕のいくつかが赤くにじんでいるのに気づいた。「大丈夫」ダンが人差し指の先の小さな泡を見せた。「画面のひびのせいじゃない」さっきわたしについたガラスのかけらを探していたときに発した〈痛ッ〉の正体はそれだった。カーテンを閉ざしたシャワースペースにうずくまり、ｉＰｈｏｎｅのフラッシュライトを使ってかすかなきらめきを探すのはわたしの番だった。

ドサッドカッガッシャーンドサッ。

これがあのときのサウンドトラックだった。衝撃音の織りなすシンフォニー。何分かすると、オーケストラの楽器みたいに、構成する音を聞きわけられるようになった。

ドサッ。灰。

ドカッ。屋根。

ドシン。わが家の屋根。

ガッシャーン。窓。

そしてなかでも途方もなく大きく響きわたる、**ガッシャーン……ウィーーーーーーウィーーーーーーウィーーーーーーーーーー**。これは車、そのアラーム音が傷ついた獣のように嘆き叫んでいる。

それから足音。家のなかだ！　ダンのほうを見ると、ありもしない凶器に手を伸ばしていた。ココナッツオープナーはダンが一階のキッチンテーブルに置きっぱなしにしていた。わたしが投げ槍を寝室に置きっぱなしにしてきたように。

いまこそ手に取るべき？　一瞬、考えたが、階段をすばやく上がってくる足音が聞こえた。

それから寝室のドアを必死に叩く音。

「お二人さん？」くぐもった叫び。モスターだ！

「お二人さん、そこにいるの？」

わたしたちは寝室のドアまで飛んでいった。あたりは真っ暗だったから、自分の手が彼女の両腕に触れそうになるまでモスターの姿はほとんど見えなかった。全員、ひざまずいてガクガク震え、円陣になってハグし合った。

一瞬だけすすり泣いて、それからモスターは円陣から離れ、左右それぞれの手でわたしたちの顔をつかんだ。

「ダニー、下に行って！」ダンの顔をひねって、リビングのほうに向けさせる。「カウチのシートに敷いてあるクッションを……二つ……もってきて！　さあ！」議論はなし。ダンは駆けだした。

「ケイティー！」まだわたしのあごをつかんだまま。「いっしょにきて！　ほら、こっち！」

わたしは二階の廊下を走りぬけた。ダンの仕事部屋の前を通った。窓のひとつは割れたばかりらしく、床の真ん中にバスケットボール大の石が転がっていた。わたしの仕事部屋に入るや、モスターは狂ったように窓を開けはじめたの！　わけがわからなかった。わたしは机の下になかば隠れていた。するとマンゴーみたいな楕円形の小さな岩が、開いた窓から回転しながら入ってきて、わたしの口から「いったい何してくれたの？」という言葉が洩れかけた。マンゴーがなんの害ももたらすことなく奥の壁に当たってコロコロ転がり、わたしの足元で止まると、わたしの言葉も急に停止した。

窓はない。ということはガラスもないんだ！

「ケイティー！」モスターがわたしに合図した。わたしは飛び上がり、窓を開けた。ぽっかり空いたスペースから岩がビューッと入ってきて、わたしは壁にぴったり体をつけた。皮肉にも岩は、クッションを手に、息を切らしながら入ってきたダンに当たりかけた。

モスターが叫んだ。「ここに！」モスターは開いた窓の半分、自分側の半分にシートクッションのひとつを押しあてた。ダンがわたしの側で同じことをした。

ドサッ。

ダンのクッションがわずかに後退した。岩はなんの害も与えず、反対側に跳ねかえった。

簡単。天才。モスター。

わたしがダンにすべりよったとき、モスターはもうデスクトップパソコンのモニターをクッションの背後へ移動していた。

「わたしのうしろ！」わたしはダンから柔らかい防壁を受けとりながら、遠くの壁の前に並べてある二つの小さなスチール棚のほうにさっと頭を振った。ダンは意味を察し、急いでスチール棚へ駆けより、床に中身をぶちまけた。

ダンが最初の棚を机の上にもちあげ、然るべき位置に据えているとき、わたしはまた岩がクッションを強打するのを感じた。衝撃で倒れかかった。「大丈……」ダンの手が背中を支えた。

「大丈夫！」ひじでダンを押しのける。体重をずらし、両足を大きく開くと、次の二発はわずかな衝撃を感じただけですんだ。

部屋の反対側で、ダンが「気をつけて」と叫び、二つめの棚を机にどんと置いた。それから棚を再補充した。ファイル、プリンタ用の紙、プリンタ。イケアの机がその重みでうめいた。だが、もちこたえた！　**ドサッ**という音がはっきりとして、クッションと窓台の間に一瞬だけ光の筋が見えた。けど、クッションももちこたえた！わたしもほかの二人と同じことをした。つまり、両手を離し、うしろに下がった。静かな**ドサッ**という音がして、わたしの棚の上の固くて、固定されていない何かがガタガタ揺れた。

砲撃の音のせいで、かろうじて言葉が聞きとれた。砲撃というのはモスターの言葉だ。モスターは床にすわり、背中を壁につけて言った。「彼らはけっして警告しない」ひと息ついた。「いつだってサイレンの前にやってくる」大きな音をたてて鼻をすすり、それから咳をした。「開《ひら》けた場所で足止めされるのは禁物。つねにドアから離れていること。古い通りが最高、とくに狭いのが。榴散弾から守ってくれる」またもや謎めいたモスター語。

モスターがあくびし、理解不能な外国語のフレーズをつぶやき、眠りに落ちた。ぐっすりと！　いびきをかいて！　ダンよりもうるさく！　ちなみに、いまはダンまでいびきをかいて寝ている。二人そろって、ディズニー映画のキャラクターのように。

少なくともダンは、〈砲撃〉がやむのを待っていた。一時間ばかり前、砲撃は次第に収まっていった。トータルで十分というところ？　なんて十分間！　モスターは背筋をまっすぐにして壁にもたれ、まだ眠っている。ダンは仕事部屋の閉じたドアの足元で体を丸めて横になっていた。ここにいたら窒息するんじゃないかと不安になったが、ダンは扉を閉ざしておくべきだと主張した。

「アラームは故障している」ダンが寝入る前に発した最後の言葉がそれだった。「明日、直そう……直……直そう」

心配する必要はないのだろう。防壁は気密性ではなかった。冷たい隙間風がわずかに入りこみ、机の周辺を漂っているのが感じられた。わたしはいまそこ、机の隣にいて、隅にはまりこみ、このすべてを書きとめている。指が痙攣《けいれん》している。おしっこがしたい。眠りたいんだけど、眠りたくないとも思う。明日が怖い。どうして投擲は止まったのか？　なぜはじまったのか？　何を意味しているのか？

外からは何も聞こえない。

おしっこがしたくてたまらない。

シニア・レンジャー、ジョゼフィーン・シェルの証言

木叩きと同じく、岩の投擲もまた、サスクワッチをめぐる民間伝承できわめて重要な要素となっています。こちらについても、さまざまな臆説が流布しています。平和的な……というか……相手の命を奪うまでにはいたらない威嚇手段のようです。遠吠えもそうで、そうやって別の群れや個体を追いはらおうとしてるんだともいわれています。チンパンジーがときどきおたがいに向かって、あるいは、スウェーデンの動物園[*1]にいるサンティノというチンパンジーのように、ひとに向かって石を投げるものもいるといった事実を踏まえれば、それはそれで納得できる。サンティノはおそらく誰かを殺そうとしてるんじゃなく、ただ追いはらいたいだけなのです。

日記#12（承前）

今朝はやることがたくさん、今日はやることがたくさん。まだ新鮮なうちにさっさと書きとめておかないと。首に痛みを感じて目覚めた。床の上で横向けに、腕をまくらにして寝ていた。首筋に痛みを感じたことは以前にもある。でも、まいった。肩、腹、顔まで！　しかもとんでもなく寒い！　昨日の夜はまだマシっていうか、部屋はひどく暑く、むっとしていた。でもいま、外は冷えきっている。気温は十度以上も低下したにちがいない。息が白い。フランクが言ってたのはこれだ。冬到来の時期に見られる気温の急激な低下。

わたしの残りの部分は凍りついていたというのに、膀胱は焼けつくくらいに熱かった。不快なだけじゃない。目を開けたときには、恐怖のあまりおしっこを洩らしかけた。ダンとモスターの姿がなく、ドアが大きく開いていたのだ！

呼びかけたが、返事はなかった。震えながら立ち上がり、何度もくしゃみし、仕事部屋から首を突きだした。家のなかはがらんとしていて、玄関の扉が開いていた。リビングの窓を覆う昇降式のカーテンが引き上げられていた。スマホをチェックすると、八時を少し過ぎたところだったが、闇……鉛色の闇がひろがっていて、すべてを曖昧にしていた。他の家からの明かりは見えなかった、というか他の家そのものが見えなかった。すべてが別の世界にテレポートしてしまったみたいに。

二階の廊下の端にあるバスルームにすばやく入り、すぐに出て、またダンに呼びかけた。返事はない。声が聞こえる。遠くから、でも、はっきりと。よたよたと下に行った。針で刺されたようにチクチク痛む右脚をさすり、血流を行きわたらせながら。半分足をひきずるようにして玄関まで行った。

霧だ！　暗くて濃密。そして冷たい！　霧が皮膚に染みいり、骨に浸透するのが感じられた。村はほとんど見えなかった。だが、集会所のそばにわずかながら人だかりができているのはなんとなくわかった。

ダンはそこにいて、カーメンやラインハートとともにブース夫妻と話し合っていた。ヴィンセントはハイキング用の装備一式、ブーツ、ストック、キャメルバックで身を固めていた。バッグは全体がパンパンにふくれあがっていた。普通ならそこに入れて持ち運んだりしないものを詰めこんでいるせいだろう。腰のノートパソコン用バッグも同様で、詰め込みすぎで丸みを帯びていた。腰の反対側では、ボビーのピンク色のヨガマットが、靴紐でつくった即席ロープで肩から吊り下げられていた。その隣では、小売りチェーンのハドソンニュースで売ってるような超フカフカの旅行用ブランケットが吊り下げられていた。これまた靴紐で縛ってあって、この紐が服装全体のマークみたいになっていた。

「道に迷う心配はない」ヴィンセントは道の先をずっと手で指し示していた。「そこの私道をたどって橋まで行くだけだから……」

ダンが反論した。「そのあとは？　もし橋がなかったら……」

「火山の泥流《ラハール》をたどっていく」ヴィンセントはつばを飲んだ。「もう冷たくなってるだろう。それとも、硬化してると言ったほうがいいのかな。正確になんというかは知らないが」

ダンは食いさがった。「だからってなんの危険もなしに渡れるのか？」

ボビーが割って入った。「渡る必要なんかない。さっき本人も言ってたけど、泥流の横を歩いていくだけ。以前、川だった場所を泥流に沿って下っていく」

「どこまで？」ダンはわたしがグループに加わったのに気づき、わたしの腰に腕を回し、空いているほうの手を空に向けてさっと振った。「何も見えないじゃないか！」

「そのうち霧は晴れる」ヴィンセントは目を合わせようとせず、ただ地面に向かってうなずきかけただけだった。「絶対に」それから妻に向かって、「去年の秋のこと、憶えてるか、正午には……」ボビーはうなずきかえし、夫の腕をつかみ、笑みを浮かべようとした。

「うまくやるよ」ヴィンセントがその言葉を発した相手は妻なのか、あるいはダンか、それとも自分自身だったのかはわからない。「ゆっくりと、気をつけて」ヴィンセントは顔を上げた。「どこかにたどりつけなくたっていい。ただスマホの電波が入るところまで行ければ」ジャンパーを軽く叩く。ソーラーパネルが裏地に縫いこまれたトレッキング用の高級品。ヴィンセントがくりかえした。「気をつけるつもりだ」

「でも、誰の助けも得られないんだぞ」

そこで間《ま》。警告の。

あとになって、ダンはわたしが不在だったときに交わされた議論の内容を教えてくれた。ダンとモスターは早起きし、わたしは眠らせておこうと決め、他の住人の様子を見にいった。そのときちょうど、ヴィンセントが村から出ていこうとするところに出くわした。ヴィンセントの覚悟のほどは明らかだった
哲学、弁明。どういうわけかヴィンセントとボビーは、やつらが石を投げてきたのは、わたしたちを脅し、ここから追いはらおうとするためだと確信していた。狙いはこの土地を奪いとること。家という避難所《シェルター》を。あと、なかに蓄えている食物も。ブース夫妻は例の精神的な一線を踏みこえる気にはならないみたいだった。あの化け物どもがほんとは何を求めているのか認めようとはしなかった。そのときラインハートが姿を見せた……。

ラインハート。

ラインハートはずっと聞き耳を立てていた。ダンはそう思っている。壊れた窓から聞いていた。そして、何が起こっているのかたしかめようとしてやってきた。ラインハートがヴィンセントを熱烈に支持しだすと、モスターはさじを投げてしまった、とダン。同時にその場に姿を見せた人々は誰一人、カーメンでさえ、真実を受けいれようとはしなかった。そこでダンは戦術を変え、山歩きの危険性に焦点を当てて説得を試みた。でも、わたしがこの目で目撃したように、こんな理屈が通用するはずがない。

とにかく誰かが助けを呼びにいかなきゃ。残された選択肢はそれだけなんだ。

どうして？　どうしていつもわたしたちは自分を救ってくれるほかの誰かを探しているんだろ？　自力で窮地を脱するんじゃなくて。

「これを使って！」振りむいたみんなの視線の先には、引きずるような足取りでこちらに戻ってくるモスターの姿があった。ダンによると、彼が地形的な問題に議論の方向性を転じると、モスターは何かを取ってこようと家に駆けもどった。その何かとは、竹の槍だった。今度はちゃんとした槍。以前のような急ごしらえで用意した投げ槍じゃない。長さ二十センチの大型包丁が太くて頑丈

な軸の空洞から突き出ていた。何か茶色い紐で固定されているように見えたが、あとになってゴムで被覆された電線だとわかった。投げ槍は見るからに強力そうで、一撃で相手を仕留めそうな気配を漂わせ、小柄なヴィンセントと並べるとどこかコミカルだった（これもあとで知ったんだけど、モスターはこれをダンのためにつくったんだそうで）。

「さあ」モスターは武器をヴィンセントに差しだした。

「これが前に話してたやつ」

「ありがとう」ヴィンセントは両手をわきに垂らしたままだった。「けど……やっぱり……ちょっと……」長さ百八十センチ以上もある槍に視線を這わせた。

「切りつめてもいい」モスターが引きかえしかけた。

「三十秒くれれば」

「大丈夫だ」ヴィンセントは言いはり、両手首から下げた一対の入れ子式のストックを掲げた。「バランスをとるのならこっちのほうがいい。慣れてるし、それに……」濡れててらてらしている上唇を手で拭った。「わたしは……」

ラインハートを一瞥。驚いたことに、ラインハートはさっきからずっと沈黙していた。「わたしは……現状をさらに悪化させたくない」

「だったら行かないで！」モスターは槍のこじりで地面を突いた。

ヴィンセントが肩をすくめた。「行かないと」それから妻に向かって、より穏やかに、「行かなきゃ」

それでおしまい。会話全体が、双方の合意により定められた規範《コード》を用いて交わされた。つまり、ほのめかしと警告。武器でさえ、それがなんのために使用されるのかはっきりとは語られなかった。モスターはただため息をつき、槍をひっこめ、ヴィンセントをぎゅっとハグした。残りの住民もそうした。ヴィンセントの脅えきった心臓はいまにも衣服を突きぬけてきそうだった。ヴィンセントの首筋の汗がわたしの頬にあたった。ラインハートは例によって自信たっぷりな物腰で腕を軽く叩いた。古いモノクロの戦争映画で、英雄を死地へと送りだすお偉方のように。わたしはあの手の映画が昔から嫌いだった。お偉方は「幸運を」とか「無事を祈る」と言うんだけど、わたしには「これがわたしじゃなくて、きみでよかったよ」と言ってるようにしか聞こえなかった。ボビーは心をこめて夫にキスをし、一瞬、わたしは彼女が泣きだすんじゃないかと思った。

わたしたちは集会所までついていき、あとはボビーだけを先に行かせた。ボビーはヴィンセントといっしょに私道のいちばん下まで向かった。待っている間、わたしたちは二人に背を向けてその場に立っていた。ブース夫妻が二人だけの時間を心おきなく楽しめるように。モスターは自分の靴を見て言った。「彼らは絶対に耳を貸さない。あなたがなんと言おうと、遅かれ早かれ決まって誰かが封鎖の突破を試みる」それから生まれ故郷の言葉で何か、わたしには理解できないことをつぶやいた。わたしはモスターが十字を切るんじゃないかと心のどこかで思っていた。戦争映画ではそれもありがちじゃなかった？　恰幅のいい外国のおばあさんが十字を切る、みたいな。

彼女はそうじゃなかった。二度手を打ちならし、こう言った。「オーケー、これからひと仕事しないと。大量のガラスを片づける必要がある」ラインハートがダンをわきに連れていき、悪い膝のことでぶつぶつ言った。振りかえって目をやると、すでにボビーはひとりだった。

ボビーはわずかにうなだれていた。自らをかき抱き、肩を上下させている。

「さあ、ケイティー」モスターはわたしの腕をとると、丘の下にいるボビーを迎えにいこうとうながした。「ボビーを連れかえらないと」

すでにヴィンセントは行ってしまい、霧のなかに姿を消していた。

シニア・レンジャー、ジョゼフィーン・シェルの証言

すべてのチンパンジーが支配を求めて岩を投げるわけじゃありません。近年、霊長類学者が報告しているところだと、西アフリカではチンパンジーが木に向かって石を投げつけるんだとか。誰にも理由はわからない。〈聖なる儀式〉の一種だとする説もある。といっても、その目的が何かという点についてはいまだ明らかになってませんが。わたし個人の考えで言うと、彼らがそんな行動をとる理由なんてどうでもいい。チンパンジーがそんな行動をとるという事実だけが重要なんです。岩には複数の役割があるらしいけれども、実際どんな役割なのか、わたしたちには到底わかりません。一部のチンパンジーがサル狩り戦略の一端として石を使うとしたら。そして体のより大きい、北米のいとこたちもその戦略を用いているとしたら。そんなふうに仮定すると、セントヘレンズ山での攻撃であれ〈グリーンループ〉での砲撃であれ、実は人間を追いはらうためじゃなく、開けた場所に追いやるためだったということになります。

第十五章

いつでも食べられる状態でその場にあるとき、肉は貴重な資産として扱われる。昔から観察されている事実なのだが、ボノボたちは、肉を所持する同胞に対し、自分にも分け前を与えてくれるよう懇願する。

――『ワールドアトラス　大型類人猿と保護区域』
ジュリアン・コールデコット、レラ・マイルズ編

日記#13　十月十二日

これ以上、嘘はつけない。おたがいに対しても、自分自身に対しても。彼らが何者であり、何を求めているのか、これ以上、偽ることはできない。

この二日、日記を中断していたけど、ほんとにいろんなことがあった。いまは頭のなかのゴタゴタをなんとか整理しようとしている。ここに一年も暮らしてきたみたいに。

ヴィンセントが去ったあと、その日は終日、家の修理をして過ごした。モスターに疑問をぶつけてみた。わたしたち、わたしたち三人は、余計なことをせず、ひたすら尖った棒をつくったほうがいいんじゃないかしら？　やつらが敵意をもっているのなら、そしてそれは岩の攻撃でもう証明されたのだし、セキュリティの強化こそ、まっさきに取り組むべき最重要課題じゃないのかな？

モスターの答えはこう。「あなたの言うとおりね」で

も、つづいて出た言葉は、「割れたガラスの処理もセキュリティ上の問題なの。片づけを怠ったせいで誰かが怪我をし、縫わなきゃいけなくなったら……」モスターはまた、壊れた窓にぽっかり空いた穴をふさぐ必要性についても指摘した。「全員、風邪をひかないようにしないと。彼らがわたしたちの考えを受けいれたとき、強く、健康な状態でいてもらう必要がある」わたしが質問を発するより先に、モスターは答えを口にした。「きっとそうなるはずよ、ケイティー。信じて。いまは一線を越えるか越えないか……いえ、アメリカ的な言い回しだと、フェンスを越える、か。彼らはいまのところそろいもそろってフェンスの上にいて、これからどうするか決めあぐねている。ヴィンセントの英雄的な決意を目にしたばかりだしね。でも、そのうちすぐ、彼らはわたしたちが必要になる。わたしたちも彼らが必要になる」

またはじまった。

必要になるとは。

いったいどういう理由で彼らがこちらの考えに同調するのかは訊かなかった。どうせすぐわかるだろう。

わが家について言うと、主寝室は放棄せざるをえなかった。岩はバルコニーの扉を直撃し、割れても破片の散乱しない安全ガラスをフレームから押しとばした。ぽっかり空いた部分にベッドのマットレスとその下のボックススプリングを押しあてたとしても、現実問題として隙間風を完全に封じる手立てはありそうもない。それらはわたしの仕事部屋に運びこんだほうがいい。洗面用具は全部、廊下の先の客用バスルームに移し、主寝室の扉はつねに閉ざしておく。

ダンの仕事部屋も同じようなありさまだったが、ダンはそれをプラスと受けとめていた。「さらなるエネルギー効率の向上」これがダンのモットーだった。「二つの部屋をもう暖める必要がない」システムをプログラムし、それらの部屋に通じるエアダクトを閉ざした。こんなことができるなんてすごい。賢い家《スマートハウス》。どの程度、電流を節約できるかダンが教えてくれた。「その分、菜園に振りむけられる」

ダンの楽観主義と熱狂ぶりにわたしも感化されたようなふりをした。退却するのがどんな気分かは言わなかった。また一歩後退。まず彼らは森を奪った。次は夜だ。それからわたしたちの家の部屋を二つ。あと何歩後退しなければならないのか？

　家はソーラーパネルのひとつがオフラインになっていることを教えてくれた。割れたんじゃない。フレキシブル構造になってるし、破砕しにくい。電線の接続が甘くなっただけだから、バルコニーから修理できる。とはいっても、バルコニーにいるダンは、林に背を向けて作業しなければならないのだ。たった一発、狙いすまして投げつけてきた岩が当たっただけでも……。作業中、わたしもつきそい、木々のほうに顔を向け、動きに目を凝らした。何も起こらなかった。岩もなく、音もなかった。霧が煙幕の役割を果たし、わたしたちを覆いかくしてくれたらしい。ともかく、あのときわたしはそうであってほしいと思っていた。霧はもう晴れようとしていたけど。ヴィンセントの意見は正しかったのだ。いまごろ彼はどこにいるのか？　どこまで行ったのか？　自分がしていることに集中できない。クタクタだ。あちこち痛い。でも、やらなきゃいけないことは山ほどある！

　村は大量の岩に直撃された。壊れた裏窓。二、三の家のバルコニーの扉も破損していた。キッチンのドアも同様。安全ガラス。こちらは亀裂ができても壊れず。ラインハート家のキッチンドアも一撃されていたが、わが家のバルコニーの扉とはちがい、ガラスはフレームにしっかりはまっていた。ドア自体も動かせた。ただし、使うのは危険かもしれないとダンは考えた。そこでカーテンを閉じ、キッチンテーブルを寄せて押さえつけた。ラインハートはラッキーだった。キッチンを封鎖するわけにはいかない。

　万一、破損していたら生じていたはずの熱損失の量を考えれば、リビングの壁全面を占める窓が安全ガラスでほんとうによかった。わたしは心の底からそう思わずにはいられなかった。わが家のリビングの窓壁は、無傷のパネルとひびが入って曇りガラスになったパネルとがあるせいで、非対称的なチェッカー盤のようになっていた。

　わが家を別にすると、内側に面した窓に石をぶつけられた家はなかった。彼らに私たちの姿を見られていたことが関係してるんだろうか？　パーキンズ＝フォースター家の三人は玄関ドアの真後ろにみんなで隠れていた。ボビーは一階のバスルームに避難していた。デュラント夫妻が何をしていたのかは誰も知らない。モスターから釘を刺されていた。どうせ時間の無駄だから、彼らの様子をたしかめようなどとは考えないようにと。モスターは作業場に避難していたが、その後、わたしたちの様子を見にすっとんできた。二階の窓の真ん前に立っていたのはわたしたち、わたしだけだった。やつらはわたしを見て、狙いを定めたにちがいない。

コンポスト喧嘩の最中のあの瞬間。リーダー格の巨大な雌、〈アルファ〉はわたしをじっと見ていた……。

やめやめ。起きたことの記録に専念しないと。

ダンがラインハートを手伝っている間、モスターとわたしは、パーキンズ＝フォースター家の様子を見にいった。何か手伝えることでもないかと思ったのだ。昨日の夜わたしたちが聞いた、あの車のアラーム音は？　あれは彼らの日産リーフが発する音だった。家を超え、車のルーフを直撃。トレーニング用のメディシンボールぐらいの岩を投げ、これほどの飛距離を出すのにいったいどれだけの力が必要なのか？

少なくともパーキンズ＝フォースター家の主寝室のバルコニーに続く扉は無傷だった。そこでベッド全体を起こして、そこに立てかけることにした。三人は今後、あの部屋で寝ることになるのだろう。パロミノの部屋は悲惨なありさまだった。いくつもの岩。窓ガラスと鏡の破片が混じりあっている。石の塊がパロミノの枕のど真ん中に載っていたが、それについては考えないようにした。

掃除はなし。ただただ放棄。またもや退却。

パロミノがわたしを見ている様子、なかに入っていったわたしの手を握る様子を、エフィーは見ていたにちがいない。「少しだけここに残っていってくれない？　パロミノが自分のものをわたしたちの部屋に運ぶのを手伝ってくれる？」わたしは承知しかけた。パロミノが目をキラキラさせているのを見てしまってからはなおさら。でも、モスターがこう言って、そのアイデアを葬った。

「まだボビーの家に行ってない」

〈ボビーの家〉って。モスターがそんな言い方をした理由は瞬時に理解できた。〈ブース家〉じゃなくて。

エフィーはあきらめ、「ああ、そうね。もちろん」と口にした。わたしは背を向け、立ち去ろうとしたが、パロミノは手を離さなかった。「いっしょにきたい？」それから顔を上げて、エフィーに尋ねた。「かまわない？」

「ぜひ」カーメンが首を突っこんだ。「わたしたちでなんとかするから」その表情が何かを伝えていた。カーメンだけじゃない。誰もが一様にそんな表情をしていた。わたしたちが訪ねていったときのボビーも例外ではなかった。

ボビーはキッチンにいた。右手の親指と人差し指にバンドエイド。岩がシンクの上の窓を突きやぶっていた。ボビーは排水口から破片を取りだそうとして指を切ったそうだ。「生ゴミ処理機がつまったりしたら大変だもの」

部屋はシャルドネのようなにおいがしたし、落ちたガラス片のいくつかは緑がかったオリーブ色だった。岩がボトルを叩きおとしたのか、それとも自棄《やけ》になったボビー自らがそうしたのか？　目の前にいるボビーは何をするのも億劫そうで、目もトロンとしていた。飲んでいたのかもしれないけど、酒のにおいは消されていた。パロミノをここに連れてきたことを後悔しはじめた。それでもパロミノの姿を目にし、ボビーは元気を取りもどしたらしい。「あら、ハイ、パロミノ！」ぱっと立ち上がり、冷蔵庫の扉を開いた。

「これをとっておいたの」アイスキューブのトレイを手に戻ってきた。セロファンがかけられ、その上から爪楊枝が何本も立てられていた。「最後に残ったラベンダーとベリーのレモネードソーダでつくったのよ」パロミノが微笑み、ひとつつまんだ。「どうぞ」ボビーが誇らしげにトレイをわたしたちに差しだした。「全部うちの庭で採れたものなの」夏の味がした。ひと舐めごとにじっくり味わった。対照的にモスターはひと嚙みでぼりぼり砕き、〈砂糖の特別配給〉のお礼をさっさと述べ、それからほうきとちり取りを貸してほしいと頼んだ。

モスターがキッチンの床を掃いているとき、二階で別の仕事にとりかかってもいいかと尋ねた。別にかまわないわよとボビー。「ヴィンセントが戻ってくるまでカウチでひと眠りしたいから」

「それ、本気？」モスターがキッチンから声をかけた。「よかったら、うちにこない？」

「お気持ちはうれしいけど」ボビーが微笑み、リビングの窓から外を一瞥した。「ヴィンセントが戻ったときに家に誰もいないなんてあんまりじゃない」

それを聞いたとき、わたしもあまりいい感じがしなかった。といっても、モスターとは別の理由でだけど。モスターはもっぱらセキュリティ面を気にしている。わたしが気にしているのは感情面のほうだ。ボビーの顔に浮かんでいた表情、パロミノやその両親と同じ表情。いまはわかっている。切望だ。

欲求というか。

「ボビー、今夜、集会所で全住人参加のディナーの会を開くとか言ってたけど、まだする気はある？」

三人は、わたしの頭がどうかしてしまったんじゃないかというような目でこちらを見た。このまま押しきるしかない。

「その……だから……わたしたちに、おたがいに思いださせないと……えーと……わたしたちにはみんながいるんだって」信じられないけど、わたしはほんとにそのフレーズを口にしていた。わたしたちにはみんながいる。

子どものころ、パパが昔の『マペット・ショー』のDVDを買ってくれた。そのなかのエピソードで、あの男、ドム・デルイズがなんかのことでミス・ピギーを慰めようとしてこう言う。「きみがここにいる。ぼくがここにいる。わたしたちがここにいる」ミス・ピギーが「わたしたちがここにいる？」と言いかえすと、デルイズはあの歌でダメ押しする。『わたしたちにはみんながいる』[*1]あれはわたしたちの歌、家族のアンセムだった。両親の離婚後は忘れようとしてたんだけど、あのとき頭のなかではあの曲がフルボリュームで鳴りひびいていた。

「わたしたち……」おどおどしながらしゃべりつづけた。「……わたしたちはずっと資源を蓄積してきたよね？食べ物、スキル……でも、別の資源もある……」直接、モスターに向かって、「……最初のうち、それをないがしろにしてしまった。現に目の前で生じているあれこれの対処に追われていたせいで……いまもそう……でも、忘れてはいけない……わたしたちに必要なのは……」

「慰め」モスターが進みでた。顔には悔恨らしき表情が浮かんでいる。「そのとおりね、ケイティー。それだって必要にはちがいない。先の尖った棒に負けず劣らず」モスターが両腕を上げ、わたしとボビーに巻きつけた。最後にパロミノが加わり、小さな円陣を完成させた。わたしの手をぎゅっと握っているパロミノは、体を震わせ、鼻をすすっているミセス・ブースの腰にぴたりと身を寄せた。「一体感、帰属意識……」モスターが、ふとそんな気になったのか、どことなくうっとりとした口調でくりかえした。「わたしたちにはみんながいる」

すっごい皮肉。イヴェット、かつてのイヴェットがこんな瞬間に立ち合ってたら、感極まって昇天したんじゃない？　だから、わたしたちはやってみた！　輪を崩したあと、何はさておき、わたしたち四人は隣の家まで行進し、二人を招待しようとした。もちろん、返答はなかった。ドアブザーを鳴らしたが、誰も出てこない。エリプティカルマシンはジージージーという規則正しい音を途絶えることなく発しつづけていた。わたしはボビーを促し（二人に対する感情的なわだかまりがいちばん少なそうだったし）、コミュニティやら癒しやら、とにかく最初の緊急集会の際、二人してご高説を垂れていたなんだかんだについてドア越しに叫んでもらった。

まっ、いいか。

少なくともほかのみんなは賛成してくれた。あんなに元気をもらえたことはない。食べ物、ワイン、それに友人たち……さらにワイン。誰もがボトルを持参し、わたしたちはみんなでどうやってカロリーを残らずカウントするか話し合った。パロミノでさえ、小さなグラスで二、三口すすり、それを見たラインハートは満足げに洩らした。「なんとフランス的な」

一人分の量についていうと、最初の夜の食事には遠く及ばなかった。普通の状況なら、このほんのちょっぴりの食事を前菜かと思っただろう。とにかく、会が開けるだけで大満足だったから、みんなは配給ガイドラインに素直に従っていた。いや、むしろ熱烈に従っていたと言ってもいいくらいだった。カーメンの言葉を借りるなら、〈エレ・ハンブレ・エス・ラ・サルサ〉、すなわち、飢えは最高のソースなのだ！

飢えのことはさておき、カーメンが用意したエッグフリッタータはおいしかった。すりつぶしたベジタリアンベーコンを混ぜこむなんて最高のアイデア。うちのよりずっと上等。うちのは基本的に塩と胡椒をかけたスクランブルエッグにすぎない。

そして、たしかにわたしたちは飢えてたけど、モスターの食べ物のおいしさときたらそれとはまったく関係なかった。掛け値なしにおいしかったのだ。モスターが〈包囲揚げ〉と呼んでるスティック状のパン生地を押し固め、油で揚げたもの。ボビーは自分の分にあまり手をつけていなかった。もしかすると好みではないのか、それともモスターがこんなひと言を口にしたせいかもしれない。「ポテトの代用品としては最高」と。ボビーはあの件をまだ気に病んでいるのか？　もう百年も前のような気がする。いずれにせよ、ボビーは揚げ物の塊をパロミノにあげた。「わたしがもってきたのよりもこっちのほうが好きでしょう？」

ボビーは何ももってこなくてもよかった。彼女の家にいたとき、その点についてわたしたちは同意した。それなのに、前とはちがうヌードルスープを手早くつくってきた。麺はソバよりも太く、黒く、不揃いだった。ご本人の説明によると、韓国式の冷麵をつくろうとしたらしいが、クズウコンの粉を使いすぎたと言って恐縮していた。そんなの誰も気にしてなかったと思う。わたしは気にしてなかった。噴火以降はじめて、お腹をいっぱいにするという至福に浸っていたのだから。

しかもその食べ物はみんなを楽しませてくれた。わたしはパロミノのほうに目をやり、こう叫んだ。「ほら、見て！　ミミズ入りのスープよ！」そのひと言がきっかけとなり、以降は昆虫食が会話の中心的な話題となった。菜園でミミズ探しをする機会とかこれまであったのかとエフィーが尋ねると、その言葉に刺激され、カーメンは、『ワシントンポスト』紙に掲載された記事について紹介した。真のパレオダイエットというか、旧石器時代の食生活をちゃんと実践するのであれば、昆虫食はその基本的な要素をなしている、みたいな内容だったそう。

ダンは、サンタモニカのレストランでフライドコオロギを食べたときの話を披露した（わたしもそこに行ったことはあるけど、お相伴《しょうばん》は丁重にお断りした）。

エフィーはコオロギ粉について聞いたことはあるかと訊き、冗談とも本気ともつかない調子でボビーが、ちょっとだけヴィーガニズムを裏切って、昆虫の幼虫とか食べてみようかな、などと言いだした。「カレー粉か醬油をつけて……」

「でなきゃ、ヴェゲタとか」わたしが付けたすと、モスターは満足げにうなずいた。

するとダンが勢いづいて言った。「本気でやってみるべきだよ！　よく洗って、火を通して。タンパク質たっぷり！　きっと幼虫がうじゃうじゃいるはずだ。外の腐った丸木の下を探ったら」暗い窓にちらりと目をやり、それからまた部屋に視線を戻す。一同の急に冷めた顔が目に入った。勇み足だ。うっかり外に言及してしまった。ダンが気の毒に思えた。すべてをぶち壊しにし、しかも自分でそれを知っていた。励ましの気持ちをこめ、テーブルの下で膝をダンの膝に押しあてた。

それでもダンは失地回復を狙い、こう付け加えた。

「もちろん、いまじゃなくて明日、明るくなって……」

この場の沈んだ空気を救ってくれたのは、なんとラインハートだった。

「みんな正統派の食虫動物になる気満々みたいだけど」──ダンの背中を軽く叩いた──「よろしければ、それまでの間に合わせとなるものについて提案したいのだが」

マジシャンを思わせる芝居がかった物腰で集会所の小さな冷凍庫に近づき、両手を宙でひらひらさせ、それから扉を開いた。現れでたのは、なんと、カップ入りアイスクリーム六個だった。

全員が目を見張った。ダンはこう言いさえしたと思う。「いったい全体……」

わたしはこう口ごもった。「ちょっと何……どこに？」キッチンを隅から隅まで調べたはずなのに！

「申し訳ない」ラインハートは両手を上げて、降参するふりをした。「どうかお許しいただきたい。これまでしらを切っていたが、実はこの貴重品をわが至聖所に隠匿していたのだ」

「寝室に冷凍庫？」モスターはくすくす笑いながら、かぶりを振った。

「たしかに退廃的ではある」ラインハートは大容量カップ六個を片腕で抱えた。「でも、これでもうまちがいなく空っぽだ」大容量カップをひとつずつ、テーブルの中央線に沿って厳《おごそ》かに並べはじめた。ヘイロートップ・アイスクリーム！

ああ、わたしが抱えこんできた渇望！

一瞬、わたしたちは固唾をのんで見つめていた。トレジャーハンターが海賊の残した宝箱を開こうとするときのように。いまのいままで、フローズンデザート切れを起こしたひとなんてひとりもいなかったと思う。だって、噴火が起きてからまだ一・五週間しか経ってないのだ。

でも、いまならわかる。配給制が心理状態にも影響を及ぼしていたせいだ。あのときモスターがこの国について何を言いたかったのか、ラインハートの振る舞いに対し、どうしてわたしたち全員があれほど感謝の念を抱いたのか、わたしにはわかる。あの瞬間、わたしたちはいつものわたしたちに戻れたのだ。欲しいと思うものを好きなだけ手に入れ、自分たちがアメリカ人なのだとふたたび感じたことで。

ここまで深く考えていたひとがいたかどうかはわからない。でも、カーメンが「えーっ、クッキードゥ味はなしなんだ！」と言うと、全員が噴きだした。笑うのはすごくいい気分だった。

ラインハートはお椀とスプーンを配り、みんなに食べるよう促した。ダンはシーソルトキャラメル味をドカッとすくい、お椀に入れようともせず、そのまま口に押しこみ、何やらうめいた。おそらくは〈バッシャーン〉と言ったんだろう（ダンの好きな大人向けスパイ・アニメ、『アーチャー』参照）。誰ひとり気にも留めなかった。ボビーはジョークさえ飛ばした。「あなたたちってほんとにタンパク質が好きなんだから」ヘイローアイスクリームがほかより余計にタンパク質を含んでいることを言ってるのか……それとも別のこと？　がんばれ、ボビー。

目を顔の半分ぐらいの大きさにしているパロミノは、許可を求めて両親を一瞥し、それからパンケーキ・アンド・ワッフル味に文字どおり跳びついた。わたしの大好物。けど、ガッツリ食べようという気もなかったし、底のほうを二、三回すくって口にしただけでもう十分以上。

嘘でしょ！　いまのはナシ。この件がはじまってからも、配給で甘いものはずっと摂っていた。スプーン一杯のアガベシロップとかハチミツ、あるいはモスターからもらった本物の赤砂糖。でもこれは別物。びっくり！クリームと氷、各種甘味料（砂糖、ステビア、それから、えーと、天国？）の冷製混合物。

「全然食べなくていいのか？」目を向けると、ダンはミントチップ味のカップをラインハートに差しだした。ラインハートは椅子にどっかとすわり、両手を腹に当てて、かぶりを振った。「もう十分食べたよ」一瞬、心から悔しがっているように見えた。「あまりにも長く貯めこみすぎた。ひとりでたいらげてやろうと思って」

「それも一気食いで」カーメンが言いたすと、またまた全員が笑った。ラインハートも含めて。頬を赤くし、芝居がかった身振りで一礼し、カーメンのいじりを軽くいなした。

なおも笑いながら、ラインハートはワイングラスをつかみ、わたしを心底驚かせたことに、こちらに向けて掲げたのだ。「女主人に！」

「わたしたちにはおたがいがいる！」モスターが付け加え、すると「わたしたちにはおたがいがいる！」という合唱が湧きおこった。

目頭が熱くなり、喉がつまりそうになるのをわたしは感じた。誰が命じるでもなく、めいめいが手を叩きはじめたかと思うと、たちまちその場は熱烈な拍手の音に包まれた。

拍手の音がやみ、飲み物に口をつけようというときのことだった。誰もが押し黙ったあの最初の瞬間、わたしたちは外の叫び声にようやく気がついた。

第十六章

チンパンジーはほぼいつも肉をゆっくり食べ、葉を口いっぱいに頬張るたびに、なるべく長時間にわたって味わいつづけようとするかのようにじっくりと嚙んでいる。……そして、これまた頻繁に目撃したのだが、チンパンジーは木の枝も舐める。獲物が彼らに接した箇所、おそらくは血の滴が垂れおちている箇所を。

——ジェーン・グドール
『森の隣人　チンパンジーと私』

日記#13（承前）

誰も口をきかなかった。全員が疑問に思ったんじゃないかな。さっきの叫びって現実？　って。でも、その一瞬の後、叫び声が聞こえた。人間だ。

全員いっせいにすべてを放りだし、一丸となって夜の闇のなかに飛びだした。声ははっきり聞こえた。村の近く、もしかすると、尾根へとつづく坂の半ばあたりかもしれない。ブース家の上の密集した木立。

たったひとつの声。耳をつんざくような。まず苦悶の。幼児のとき、友だちが勢いよく転んだことがあって、わたしはこのときはじめて悲鳴を耳にした。それを思わせる声だった。最初にショックで息を呑んでから、激烈な悲鳴が横隔膜を痛めつけるかのように長々と続く。

「ヴィンセント?」ボビーの声は震えていた。

それからボビーが叫んだ。わたしのすぐ横で。「ヴィンセントよ!」

エフィーはパロミノの耳を手で覆い、屋内へと引っぱっていった。ふたたびヴィンセントが長い悲鳴を発し、やがてそれがくりかえされるすすり泣きへと変化した。

ボビーはわたしのほうを見た。どうしてわたし?

「ヴィンセントは怪我してる」それからダンに。「連れ戻しにいかないと!」

ダンが音のほうに踏みだした。ほんの一歩だけ。モスターが腕をつかもうと手を伸ばしたからだ。モスターは狙いははずしたが、シャツをぎゅっとつかんでダンをその場に引きとめた。

「ダメ」モスターは無表情のまま事務的に告げた。「やめなさい」

遠くからさらにすすり泣き。短く何度も、静かに。それから不意に、また長い叫びがはじまった。

「怪我してる!」ボビーは信じられないという顔でまずモスターを、次にダンを見た。「助けが必要なのよ!」

ダンが腕をわずかにねじり、モスターがつかんでいるシャツを引っぱった。試すみたいに。

モスターは譲歩しなかった。「やつらの思うつぼよ」

その言葉の真意を理解するにはほんの少しだけ時間がかかった。急にわたしは食べたものをすべて吐きだしたくなった。

ダンも理解したらしく、肩がガクンと下がった。

カーメンとラインハートも同じ。肩じゃなくって、理解のほうだけど。一瞬の驚きがあってから心が大きく動くのがわかり、カーメンはまた尾根のほうに顔を向け、ラインハートは靴を見つめた。

でもボビーは、「彼ら!」と言って両手を上げた。「彼らって何? 声なんて聞こえないじゃない!」

「においに気づかない?」モスターが尋ねた。

後方から風が吹いているというのに、悪臭の強烈さは圧倒的だった。

「わざと声をひそめているのよ」モスターは尾根から注意をそらそうとはしなかった。「誘いだし、分断しようとしている」目をすがめ、左右をうかがった。「スナイパーのやり口」

「いったいなん……」ボビーが言いかけ、それから当たりくじでも引き当てたかのように満面ににんまり笑みを浮かべた。「あなたは狂ってる！」含み笑いをまじえ、わずかに息をあえがせ、かぶりを振った。「狂ってるのよ！　ろくでもないトラウマで……」

それからくるりと振りかえり、闇と向きあった。「ヴィンセント！　いま行くから！　少しだけ待ってて！」それからダンに向かって、〈さあ、行きましょう！〉というように頭をさっと振った。

ダンが動こうとしないと――

「どうしたのよ！」ダンをじっと見つめ、それからグループ全体へと目を移した。

ダンはその場に突っ立っていた。モスターの言うことを信じてはいるが、ボビーを助けてやりたいという気持ちも強かった。眉根を寄せ、唇を震わせている様子からすると。わたしは何か言いかけた。当然だ。でもそのときダンの顔に気づいた。肌に光が投じられ、ほんのわずかだが明るみを増している。ダンの背後でカーメンが叫んだ。「あそこに！」

カーメンはわたしたちの向こう、ブース家とデュラント家の間の空隙を指していた。それまで誰ひとり気づきもしなかった。あのときだってよく見えなかった。そこを何ものかがずっとふさいでいたなんて。そしてその何ものかは家々の裏手の斜面を駆けあがっていった。脚の長いやつ。〈斥候〉。わたしたちをずっと観察していたのか？　罠に引っかからないのでいらいらしながら？

見ていると、そいつはキイチゴの茂みのなかに姿を消した。木々の間に隙間ができている箇所のすぐ下。そして尾根のてっぺんのその隙間に、家々の明かりに照らされて……。

そいつが〈アルファ〉だったのかどうかはわからない。あんな距離では判別できない。そいつがわたしに向かって何を振っていたのかもわからない。枝に決まってる。で、それは真ん中で折られていたのだ。でなければ、あんなふうにぶらぶらしたりしない。わたしが何を見たのか、脳は教えつづけていたけど、そんなはずはない。絶対にありえない。まさか指だなんて。

「無理だ」ラインハートが語りかけた。わたしの後頭部に向かって。わたしは振りかえり、みんなのほうを向いた。「モスターの言うとおりだ。あそこには行けない」

ラインハートが言う。それからボビーに向かって。「すまない」

「すまない?」青白い人感センサーライトの輝きを浴び、ボビーの唇が白くなった。

「ボビー」――ラインハートがあきらめたとでもいうように肩をすくめた――「とにかく状況を直視――」

また叫び声が聞こえ、ボビーは闇を指差した。「聞いてよ!」目を潤ませ、子どものように軽く体をはずませている。次の叫び声が聞こえると、両手で髪の毛をつかんだ。「なんてことなんてこと……」

またもやダンはモスターを振りはらおうと突進を試みた。自由に動かせるほうの手を背中に回し、シャツの下に隠していた突き刺し道具を取りだそうとした。

モスターはふくらみに気づいていたにちがいない。それとも疑っていただけか。「ダン!」警告の声を張りあげ、もう一方の手でダンをつかんだ。

ボビーは二人に目をやり、両手を差しだし、しゃがれ声で告げた。「お願い」

カーメンはボビーにじりじり接近した。わたしもつづいた。何をしようとしていたのかはわからない。慰め?制止?

カーメンが肩にふれた刹那《せつな》、半狂乱になったボビーが乱暴に腕を振って払いのけた。「お願い! お願いよ!」全員に向かって、「お願い!」

「ボビー」ラインハートが静かに、なだめるように。「わかってくれ。こんな状況じゃ、わたしたちには何も――」

「あんたよ!」ボビーは怒りをむきだしにして食ってかかった。「こんなことになったのはあんたのせいよ!」

遠吠えがはじまった。ヴィンセントの苦痛は吠え声のコーラスに呑みこまれた。

スポーツ競技のときに鳴らすスターターピストルを思った。というのも、あの音が聞こえた途端、なぜかボビーがラインハートに突進していったのだ。

ラインハートが向きを変えようとしたとき、ボビーが襲いかかった。彼女の爪が耳をひっかくのをわたしは見逃さなかった。ラインハートが傷口に手を伸ばしかけたとき、カーメンとわたしはボビーを制止した。「あんたはヴィンセントに大丈夫だと言った! あんたがヴィンセントを行かせた!」釣りあげられた魚のように手足をバタバタさせる。「あんたが彼を死なせた！」

出発しようとするヴィンセントの姿が脳裏に浮かんだ。その前にラインハートに相談したのか？　アドバイスを求めた？　ラインハートがアイスクリームを大盤振る舞いしたのはそのせいか？　罪悪感から？

「ボビー、落ち着いて……」両方の手のひらを開いて手を突きだし、唇を震わせ、きらめく額からは湯気が出ていた。「なあ、いいか……」

「あんたよ！」ボビーが金切り声を発し、蹴りあげ、蹴りつけ、紙一重のところで顔をはずした。「あんただ！」

「どうしろというんだ！」ラインハートが低い声をとてつもない音量で発したので、わたしはぎくりとした。

「望みはなんだ？」ラインハートは手を顔にバシリと叩きつけ、激しくこすりはじめた。まるで現実を消し去ろうとするように。

「やつらはわたしたちを殺すつもりなんだ、ボビー」両手を突きだしてボビーの前の宙をひっかき、ひと言ひと言区切りを入れながら言った。「**やつらは――わたしたちを――皆殺しに――するつもりなんだぞ！**」

本能的にわたしはボビーをうしろに引いた。ラインハートが殴ろうとしているのかと思ったのだ。あんなふうにボビーめがけて近づいてきたんだから。でも、そうじゃなかった。あの顔。ショック。両膝を地面につき、両手は前に、口を開いて。

カーメンが叫んだ。「つかまえて！」ラインハートは前に倒れかけたが、モスターとダンが腕で抱えこむようにして支えた。

わたしはボビーから手を離すとぱっと飛びだし、モスターを手助けした。なんてこと、ラインハートの体はひどく重く、熱く、そして汗をびっしょりかいていた。

「わたしたちにはできない」――ぜいぜいあえぎながら――「できない……」

モスターは名前を呼びつづけた。「アレックス！　アレックス、わたしを見て！　聞こえる？」

彼は口をあんぐり開け、目をどんよりとさせ、下唇からよだれを垂らしていた。

「何か飲んでる？」モスターがラインハートのあごをつかみ、顔を自分のほうに向かせた。「薬？　家に薬はある？　アレックス、聞いて！　アレックス！」

ドサッ。

最初の石がわたしの隣に落下し、ほこりがもうもうと舞いあがって顔にかかった。

ドサッ、ドサッ、ドサッ。

「なかに入って！」モスターがうなり、苦労してラインハートを立たせた。「集会所に！」

ラインハートを引きずって戸口を抜けるや、エフィーとパロミノが背後でドアを閉ざした。

モスターが吠えたてた。「明かり！」

部屋が暗くなり、わたしたちはラインハートをカウチに導いた。ラインハートはうーっとうめきながらクッションに沈み、両手を胸にあてて耳ざわりな音を発していた。

モスターがシンクに向かって走り、叫んだ。「みんな伏せて！　窓から離れて！」

磁器がカチャンと鳴った。岩が屋根にあたる。ボビーの静かなすすり泣き。ラインハートが「うーむ！」という挑戦的な声を発し、モスターがもってきた水を押した。すべては薄明りのなかで。離れたところから聞こえるむせび泣きがサウンドトラックになった。

モスターはもう一度、水を飲まそうとした。ラインハートが荒っぽく押しやり、わたしに水がかかった。ラインハートが横に体を傾け、いまにも吐きそうな様子を見せると、モスターが這いつくばってゴミ箱を手に取った。ラインハートが吐き気をもよおし、えずき、床に吐いた。モスターはゴミ箱を下に据え、間一髪、キャッチに成功した。わたしは顔をそむけた。部屋に吐瀉物《としゃぶつ》の悪臭がたちこめた。

ラインハートはうめき、ふたたび吐き、ぶつぶつと何やらこぼしつづけていた。「できない……できない」「頭を押さえて！」モスターはわたしの手を取り、ラインハートのぬるぬるした額にあてた。ラインハートがまた空吐きすると、モスターはシンクに戻り、ふきんを濡らした。

いまやラインハートは何やらもぐもぐつぶやくのみになっていた。言葉とうめきが混じりあってしまっていた。

ラインハートに対してひどく申し訳なく思った。なんの力にもなれなかった。目の前でラインハートが苦しんでいるのに、わたしにできることは何もなかった。あの無力さ。ヴィンセント。ボビー。強い無力感にただただ苛まれていた。わたしの同情はいつ変質したのか。

もしかしたら嘆願がはじまったときかもしれない。高い声で、辛抱強く。「帰りたい……家に帰りたい」同じ言葉が何度も。「家に帰りたい」それらを区切り、子どものようなすすり泣きがほんのちょっとだけ入る。一度、ラインハートは誰かの名前を口にした。〈ハンナ〉、と言ったのだと思う。それからすぐに「家。帰りたい。帰りたい」と。

死ね。

考えまい、感じまいとした。

死ね！　さっさと死ね！

わたしは唇を噛み、闇のなかのラインハートをにらんだ。

お願いだから黙れ、死にやがれ！

これは六時間前のこと。岩の攻撃が完全にやんでからだと五時間になる。モスターの指示で一時間待った。その場でずっと沈黙を保ち、もう大丈夫だろうという頃合いを見はからって移動する。ラインハートはそのときには寝ていた。あるいは緊張病で表情も動きも失ったか。わからない。四人がかりでラインハートを無事、自宅まで運んだ。いまラインハートは自宅のリビングのソファで寝ている。呼吸は安定している。カーメンが見守っている。

ほんとうにあれが心臓発作だったかどうかはわからない。エフィーは、〈ストレス性心筋症〉かもしれないと考えている。心停止そっくりの症状を示すパニック発作。といっても確信があるわけじゃないとエフィーは言った。自分とカーメンは心理学者であって、精神科医じゃないから、とエフィー。けど、たとえ彼女たちが医学部出身だったとしても、それで何か解決するのだろうか？　適切な薬も設備もないのに？

Ｓｉｒｉ、**自分の家で心臓発作が起きたらどうやって治療するの？**

いずれにせよ、交替でラインハートを見守る案に全員が同意した。ラインハートが目を覚まさなければ、どうやって世話するか考えておかなければならない。あれこれの欲求、たとえば摂食、それとそう、排泄とか。全員で力を合わせなければ。

そして、すでに誰もがそうしていた。モスターがいまやわたしたちのリーダーだ。手の空いている者はみな、例の防御線の構築に参加している。

エフィーとパロミノは家で竹竿を切って、杭をつくっている。モスターとダンは外でさらに多くの竹竿を集めている。彼らの姿がはっきり見える。私道のちょうど向こう側。屋外灯の下にしゃがみこみ、パン切りナイフの閃きに合わせてリズミカルに動いている。モスターは、暗いうちは誰かがひとりで外に出るのをやめさせたがっていた。「万が一だけど、やつらは大胆になって、やってみようと思うかもしれない」

やってみる？　何を？

モスターは、日中なら安全だろうと考えている。村の境界内だったらまず大丈夫だろうと。防御線を完成するだけの時間は稼げるはずだ。たぶん二日。もうひと晩。モスターの考えだと、やつらはわざわざ勇気を奮いおこし、家屋への侵入をはかる必要はない。ラインハートを家に運びおえたとき、モスターはそんなことを教えてくれた。「そもそも」――こんなことを付け加える必要あった？――「いまはやつらも満腹だし」

ヴィンセント。

ボビー。泣きつかれ、ついさっきわたしのひざに頭をのせ、体を丸くして眠りについた。彼女がこんな言葉を発した理由がわたしにはわかる。「わたしたちは……彼を見つける……明け方……彼を探す……見つける……わたしたちは……」否認。希望。精神安定剤。

ボビーがヴィンセントを探しにいきたいと考える理由は明白だ。でも、どうしてわたしはそれに同意し、手伝うと言ってしまったんだろう？

おそらくはそれも明白だ。

何かする必要がある。ラインハートに対してあんな感情を抱いてしまったのは事実だし、その埋め合わせをしておかなきゃ。あれはわたしじゃない。これからもそうはならない。とりあえず軽く眠りをとろう。スマホのアラームを明け方にセット。少なくともまだ何かの役にはたつ。わたしだってそうだ。あんな考えを抱いたのは誰なのか？

わたしは誰なのか？

シニア・レンジャー、ジョゼフィーン・シェルの証言

チンパンジーがサル狩りするのを見たことはありますか？　彼らはぴったり息の合ったチームを組むんです。メンバー全員に役回りがある。〈流し屋〉は、木に登り、枝をゆさぶり、大きな叫び声を発し、自分たちよりも小さな霊長類を驚かす。サルたちは恐怖に駆られ、必死に逃げだす。恐怖は強力な武器です。恐怖は思考を曇らせる。流し屋はその力を活用する。知性は自己保存本能に屈する。たった一匹でもグループから離脱させることができれば。それこそが決め手となる。数は力なんですよ。獲物となる側にとっても。

子どもたちは、いちばん無防備で、孤立させるのもいちばん簡単。けど、成長しきった大人でさえ、慌てふためいているときにはヘマをやらかす。恐怖に支配された脳はスイッチを切られ、一縷の望みをかけて走り、登り、ジャンプする――でも、待ちかまえていた別のチンパンジーに捕らえられてしまう。運がよければ、即座に死を迎えられます。首を折られ、あるいは頭を木に叩きつけられて。そうでなければ……わたしは見たことがあるんです。レッドコロブスが逃れようとして必死にキーキーわめいていました。チンパンジーが一方の手でレッドコロブスを押さえつけ、もう一方の手で腹を引きさいて内臓を引きずりだした。

ふさわしい言葉はひとつしか思いつきません――血を求める欲情《ブラッドラスト》。チンパンジーがサルを二つに引き裂くさまは、まさにそういう感じです。あなたがこれまでに目にしたような、ほかの捕食は全然ちがう。ヒョウがガゼルを仕留めるとき、サメがアザラシを襲撃するときでさえちがう。それらは冷静で機械的。類人猿は熱狂するんです。跳びまわり、小躍りする。彼らは楽しんでるんじゃないとか言わないでほしい。

純粋に食物目当てで狩りをしてるっていうのもありえません。彼らは序列に従って肉を回す。リーダーは死骸のそばに立ち、他の連中は文字どおり手を突きだして待っている。彼らはそれを通貨みたいに扱う。社会組織なしには、その手のよく訓練された、一糸乱れぬ攻撃はありえない。その一方、攻撃がもたらす血まみれの戦利品なしには、社会組織は維持できないのです。

第十七章

最初、バウマンには誰の姿も見えなかった。呼びかけに対する応答もなかった。何歩か前に出ると、もう一度叫び、同時に友人の体に視線を落とした。死体はマツの大きな倒木のかたわらに長々と横たわっていた。罠猟師は恐怖に憑かれながらも、死体に駆けより、まだ温もりが残っているのに気づいた。しかし、首の骨は折れ、喉には四つの大きな牙の痕が残っていた。

知られざる獣＝怪物の足跡が、柔らかい土に深々と刻まれていて、すべてを物語っていた。

不運な男は荷造りを終え、マツの丸太に腰を下ろし、火に顔を向け、密集した木々に背中を向け、仲間を待っていた。その間、化け物じみた攻撃者は、林のなかのすぐ近くの場所にじっと身をひそめ、なんの備えもしていない冒険者のひとりに襲いかかる機会をうかがっていたのだが、やがて背後からそっと接近した。音をたてず、歩幅を大きくとって。なおも二足歩行を保ちながら。足音を聞かれることはなかったのだろう、そいつは男のすぐ背後に迫ると、首の骨を折り（前足を使って首を後方にひねって）、同時に歯を喉に食いこませた。そいつは死体を食いこそしなかったが、その周辺にいてはしゃぎ、跳びまわり、粗野で獰猛な歓喜を爆発させ、ときには死体の上をゴロゴロ転がり、それから静まりかえった林の奥へと逃げもどった。

——セオドア・ルーズヴェルト大統領
『荒野の狩人』第十七章

日記#14　十月十三日

わたしは無責任なことをした。利己的な。そして愚かな。

　まちがっているのは自分でもわかってた。でなければ、誰かに話していただろう。ボビーは寝ていた。おそらくはラインハートも。エフィーに見守られて。彼女がカーメンから仕事を引きつぐところは見ていた。カーメンはふたたびパロミノと杭を切りだす作業に戻った。ダンとモスターは同じ作業を続けているのだろう。誰にも見られず、わたしはブース家から抜けだした。山道をかろうじて四分の一ばかり進んだとき、声が聞こえた。「待って！」

　わたしの背後をダンが上ってきた。突き槍を一方の手に、投げ槍をもう一方の手にもって。ハイキング用のストックのように使い、わたしの倍のスピードで前方に自分を押しだしていた。赤い顔。歯を食いしばり、断固たる意志を見せつけている。わたしは振りむき、闘いに備えた。

「やめて、ダン！　わたしを止めないで！　わたしはヴィンセントを見つけるつもりだし、あなたが何をしようと無駄だから！　これまではそうじゃなかったけど。わたしを引きとめるのはおしまいにして。わたしもこれ以上あなたを甘やかしたりしない。ダメダメ、何も言わないで！　要するにこういうこと、わたしはヴィンセントを見つけにいくし、あなたはそこで回れ右をして、さっさと引きかえして。わたしが戻るまでみんなの役にたってちょうだい」

　と言えてたらメチャきまってたんだけど。だいたいの内容はあらかじめ頭のなかにあった。いろいろと形を変えつつ、たぶんもう何年も前から抱えていた。でも結局、言えずじまいになった。というのも、手を挙げてダンを制止しようとした瞬間、ダンはその開いた手に投げ槍を押しつけ、そのまま先へ歩きつづけていったのだ。わたしはその背中をぽかんと見ていたが、次の瞬間、ダンがくるりと振りむき、空いているほうの手を差しだした。こうしてわたしたちはいっしょに進みはじめた。手をつなぎ、たがいに助け合って。二人で山道をハイキング。ここにきた初日から夢見てきたように。

思ったとおり。

何も聞こえなかったし、ほんのわずかな動きも感じとれなかった。彼らが夜行性であることを願わずにはいられなかった。満足しきって眠りについているように。ぐっすりと。

なかばまできたところで足跡と交差した。昨夜の〈斥候〉の足跡は、家々から尾根のてっぺんまで一直線を描いていた。そこは別の個体、おそらくは〈アルファ〉が立っていた場所でもある。彼女は大量の痕跡を残していた。そして血も。灰のなかで玉となり、木々にも飛び散っていた。赤い斑点はもっとあって、それをたどっていくと反対側の傾斜に出た。移動には時間がかかった。山道はなかった。獣道もない。彼女は葉群のなかを突っきっていて、あとには折れた血だらけの枝の小道ができていた。

開口部に入ると、地面は柔らかく、踏みあやまるたびに横から枝の突きが入った。スポンジのようだった。視界は完全にさえぎられている。音も聞こえない。わたしたちの心臓の鼓動だけ。小道は大きなマツの木をぐるりと迂回した。すぐにはわからなかったのだが、マツの木のかげに隠れるようにして小さな空き地があった。

骨。断片。いたるところにあった。灰や泥と混じり合って。動物一頭にしては多すぎる。毛皮の断片や切断された蹄のある足。わたしたちが見たシカ？　ひょっとしてわたしたちは目にしなかったけど、ほかにも何頭かいたのか？　見覚えのある、血まみれの石がいくつかあった。殺戮用の石。でも、この新しい石の山は？　山はいずれも高さ三十センチ、幅六十センチほど。個々の石は真新しく、わたしたちに投げつけた石とだいたい同じ大きさだった。次の投擲のためのストックか？　もし彼らがこんなふうに先の計画を立てられるだけの知性の持ち主だとすれば、ほかにどんなことができるの？

石と骨の間をゆっくりと歩いていくうち、それぞれ別個の〈島々〉の存在に気づかされた。葉、コケ、根っこから掘りだされたシダまるごと、といった〈島〉の材料が地面に押しつけられ、長く粗い繊維と混じりあっていた。いまにして思えば、あの繊維は毛髪だった。寝床？これまでよりもひどい悪臭がする。それも異質な。ダンはわたしの手を引き、別のものに注意を向けさせた。小さな茶色い小山がいくつか木々の端にできていた。糞便？ここをなんて呼べばいい？巣？ねぐら？

ダンはいちばん近い小山の真下の何かに向けて手を下げた。どんよりした光のなか、長く細い物体が輝いていた。それ以上近づく必要はなかった。ヴィンセントのハイキング用ストックの片方だ。

そのとき正面の木々が動いた。

そいつは大きかった。もしかしたらわたしが最初に目にしたやつかもしれない。あの夜、キッチンドアのところで。体の幅が広く、筋肉質だが、〈アルファ〉にあった傷痕はない。

彼の視線がわたしたち二人の間を行き来する。低く、長々とつづくうなり声。

ダンのほうが先に後退した。ゆっくりと坂を戻り、わたしをそっと後ろに引いた。

大きな雄が頭を下げ、ふたたびうなり、用心深くこちらへ一歩踏みだすと、周囲の林がふいにざわめきだした。彼らはずっとそこにいたのだ！　全員が！

いまわたしは目を閉じ、それぞれを思いだそうとする。名前をつけるなんてばかげているけど、わたしの心はついついそうしてしまう。

コンポスト容器で喧嘩をしていた二体の小柄で若い兄弟、〈双子1号2号〉は彼らの——なんだろう、父親？——のわきを固めている。その雄は〈アルファ〉の配偶者？　ドラマの『ザ・クラウン』で、エリザベス女王の配偶者であるフィリップのことをなんと言ってたっけ？〈王配〉？　で、そいつの右には細く、背が高い〈斥候〉がいた。さらに右には、より年配の雄、〈灰色〉がいて、いちばん右端を〈老貴婦人〉が占めていた。

〈王配〉の左側には雌がいた。若く、お年頃という感じ。やぶを突っきって駆けぬけていたのは彼女だ。色が薄く、赤っぽい毛皮のやつ。毛皮は柔らかく、きらめき、彼女のまわりを流れているようだ。〈王女〉と呼ぼう。彼女の左には別の雌。もっと年をとっていて、もっと大きく、やっぱり柔らかそうな赤い毛皮が斑点状に散らばっていたけど、お腹は大きくふくらんでいて、一方の腕で保護するように抱えこんでいた。妊娠？　女子高校生が妊娠する映画、なんだったっけ？　そう、〈ジュノ〉だ。

若い雄が彼女の左にいた。ぱっと見でわたしは思った。こいつは雄でさえない。あれはまだ落ちてない、かろうじて股間の毛皮からぶらさがっていた。彼のすべてが若かった。猛烈な片足跳び、やかましい鳴き声、ちらちらと絶えず肩越しに視線を投げかけるさま。待ってる？〈王配〉の背後にぬっと現れた三つの姿に呼びかけていた。

二体は雌、一方は年老いていて、一方は若く、どちらも腕に毛むくじゃらの塊を抱えていた。赤ん坊。二体の母親は、背中を丸め、おずおずと〈彼女〉のあとからついてきた。

〈アルファ〉のあとから。

〈アルファ〉が近づくと、群れ全体が二つに分かれたように見えた。〈王配〉でさえ、アルファが通りすぎるときには地面を見つめていた。〈アルファ〉はうなり声を発しない。鳴き声も。静かに接近する。じりじりと後退をはじめたわたしたちと調子を合わせて。わたしたちはそのまま傾斜を上り、空き地から出て、尾根のてっぺんに戻るつもりだった。

サルたち。わたしはそのイメージを頭から追いはらえない。動物園の小さなサルたち。目を見開き、視線をすばやく投げかける。それがわたしたちだった。いちどきに自分の周囲をなんとか見ようと必死になっていた。前方に接近する群れ、下方に石の山、左右には徐々に包囲しつつある輪、後方には狭まりつつある脱出路。

彼らはわたしたちを取り囲み、退路を断とうとしていた。だからこそダンはスピードを速めなければならないと考えたにちがいない。手首をつかんでいるダンの手に強い力がこめられるのを感じた瞬間、わたしは引っぱられていた。〈アルファ〉から目を離せなかった。〈アルファ〉の唇がめくれあがり、あごが下に降りた。

咆哮。わたしは熱と悪臭を感じた。群れは狂乱状態になった。突き刺すような声に合わせて飛び上がり、踊り、両腕を掲げた。〈アルファ〉が顔ほどもある巨大な手をこちらに向かって伸ばしたとき、わたしはとっさに槍を持った両腕を上げた。わたしの手の槍の刃が、相手の手に深く切りこんだか、閉じようとする手の指にめりこんでいただけかはわからない。とにかく相手は槍を握りしめ、とてつもなく強い力でぐいぐい引っぱる。肌が火傷でもしそうな摩擦をいまも手に感じる。〈アルファ〉は投げ槍をわたしの手からむしりとり、放りなげた。投げ槍はクルクル回転しながらわたしの頭上を越えていった。

　ダンが振りむき、槍を振りまわした。何度も宙を突き、刺すが、なんの危害も加えられない。〈アルファ〉は相手にもしてない。首のない頭をひょいひょい動かし、攻撃をかわす。彼女は突き槍をつかもうとさえした。両腕をさっと動かしたとき、思わずダンは引きさがった。新たな音色の短い吠え声。あれは笑っていたんだろうか？

　背後を見ると、包囲の輪が閉ざされようとしていた。前方に視線を戻すと、〈アルファ〉がとうとうダンの突き槍をつかんでいた。あの場面がいまもスローモーションで甦る。一方の手で突き槍をもち、もう一方の手を握りこぶしにして高々と突きあげていた。巨大な顔がぐっと下に押しだされ、口が大きく開く。

　燃えあがる輝く目。

　明滅する二つのビーズ玉。

　幻覚なんかじゃない。ほんとに燃えていた。光を撥ねていた。

「うしろ！」

〈アルファ〉は突き槍を手放し、さっとあとずさった。まさにそのとき、わたしとダンの間を炎が通過した。

「戻って！」

　モスターが猛スピードでわたしたちの間に割りこみ、火の玉が先についた竿を振りまわした。

「ゴニテセウピチュクマテリヌ！」*1 モスターの言語。やつらの言語。動物的な喉音がないまぜになった外国語。モスターがうなり、吠え、甲高く軋《きし》るような咆哮を発した。キャッという発作的で脅えのにじんだ吠え声が上がり、群れが後退する。

　脅え。

〈アルファ〉でさえおとなしくなった。腕を下げ、肩を上げ。周囲でクックッというような静かな呼びかけが次々にあがるなか、きっかけを求め、頭を上下させる。

モスターがクックッという音で応じた。「マーシュ！マーシュ！」[*2]と言っているようだった。

それから、「ピチコ・ジェドナ！」[*3]と言うや、モスターは前方に突進し、アルファを追いはらおうと手にした松明《たいまつ》を振る。燃えるタオルを電線でくくりつけたものだということはすでにわかっていた。燃えつきかけていて、煙が炎にとってかわろうとしていた。

「ジェベムリティクルフ！」[*4]モスターが吠えたて、後退しようとする〈アルファ〉に向かってトーチを投げつけた。それからわたしたちに向かって、「走って！」

　包囲している輪に隙間ができ、斜面がはっきり見えた。ダンとわたしは走り、ぬかるんだ地面をよろめきながら上った。

「モスター！」ダンが呼びかけた。わたしは目を向けた。モスターは真後ろにいて、手を振っている。「走ってぇえええ！」

　するとやつらがやってきた。両側を走っているが、スピードは抑え気味だ。まだ用心してる？　わたしたちも火をもっていると思っているのか？　〈アルファ〉はしっかりとその場に立ち、何かを拾いあげようと体をかがめる。わたしは前を向き、行く手に目を凝らそうとした。すると一発目の岩がわたしの隣の木を直撃した。

　迷路。どこをどう逃げたらいいのかわからないが、石で狙い撃ちされる危険も少ない。岩が枝にあたるビシッという音、前にはだかる木の幹にぶつかるドカッという音。マスクメロンのような石が真正面の泥にベチョリとめりこむ。

「ジグ！」背後のモスターが叫んだ。最初、わたしは外国語かと思った。

「ジグザグ！」叫んだモスターに岩が命中して、うっと声が洩れた。かすめただけだったというのはあとで知った。ダンへの一撃もそうだった。そちらは見た。下から上へ投じられた石は肩をかすめただけだったが、ダンをはじくだけの力はあった。ダンは旋回し、よろけた。わたしは倒れようとするダンをつかまえ、体を引きあげ、そのままダンをひきずって最後の一、二メートルを進んだ。

　尾根のてっぺんが見えた。さらに数歩分、上り、越えた。村、下り斜面が見えた瞬間。安堵。あのときの高揚感を憶えている。それから衝撃。肩甲骨の間に一撃。一瞬、息が止まる。倒れる。前に。今度はダンがわたしをつかまえる番。そしてモスターがわたしたちふたりを押しやる。「止まらないで！　止まらないで！」

傾斜を駆けおりる。すべらないように気をつけて。わたしを直撃したものが何だったか見ないように、理解しないように気をつけながら。その物体は前方の斜面をまだ転がっていた。黒と茶色の。黒と茶色。髪の毛と顔。ヴィンセント・ブースの頭部。

いちばん近くの家、パーキンズ＝フォースター家のキッチンドアが開いていて、腕が手招きしている。カーメンとパロミノ。「早く！　早く！」

なかに駆けこみ、キッチンの調理台の背後の床にしゃがみこむ。ふらふらし、肺が熱い。小さな腕がわたしの両わきをがっちり固定し、温かい顔が腹に押しつけられる。目を開き、下を見ると、パロミノの頭のてっぺんが見えた。それからダンに目をやる。突き槍を手にし、待っていた。

彼らはこなかった。近づいてもこない。家に投石さえしなかった。遠くからこちらに向かって泣き叫ぶような声を上げていた。

「火」モスターは目を閉じ、あえいでいた。「彼らは……まだ……怖がっている」

「かがり火とかつくれる？」カーメンが尋ねた。調理台の向こうのドアを見つめる。「村を囲んで？」

「何も……燃やすものがない」モスターが調理台に手をあてて体を支え、立ちあがった。「湿りすぎ……木々が……」また深く息をする。平静さを取りもどそうと。「もしかすると……もう少し時間があるかも。杭をすべて完成させましょう。彼らがショックを克服する前に。そしたら、松明だってつくれる。もし必要なら、もっとたくさんの武器も」

アドレナリンは枯渇し、わたしの頭はすでにはっきりしていた。

わずかに体をずらし、パロミノに一歩下がるように合図した。彼女がわたしの手をつかみ、わたしたちはいっしょに立ちあがった。パロミノが顔を上げ、わたしの目を覗きこんだ。「わたしは大丈夫」――パロミノの髪をなでる――「大丈夫」それからモスターのほうへと。彼女はまだドアに視線を集中していた。

わたしは手を伸ばし、彼女の肩に触れた。そっとさする。「ありがとう」

するとモスターが振りかえった。

強烈な平手打ち。大きな音。横ざまに一発。

「何を考えてるの！」

わたしの頬をつかんで目線を合わせ、正面からにらみつけてきた。「考えた？」わたしが答える前に。「ふたりのうちどちらかでも？」それからもう一発。今度はダンのあごに。「子どもじゃないんだから！」

ダンは真っ青になって震えていた。「ぼ……ぼくたちは……」

指を突きつけ、ダンを黙らせた。「あなた！　杭の作業を手伝って」その指がぐるりと旋回し、カーメンとパロミノに向けられた。「二人のそばにいて！　いっしょにいてあげて」

モスターがこちらに顔を向けると、わたしはたじろぎ、腫れた頬をかばおうとそっぽを向いた。「それとあなた、あなたはいっしょにきて、さあ！」

わたしはモスターについてキッチンドアに向かい、彼女が静かな尾根を確認する間、その場に立っていた。いまはもうがらんとしていた。彼らは向こう側へ引きかえしていた。モスターは、パーキンズ＝フォースター家の裏庭の縁からブース家のほうへと頭をゆっくりめぐらせた。一瞬の後、モスターが何を探しているかわかった。ヴィンセントの生首は傾斜のいちばん下に転がっていた。リンゴの木の周辺の堀に似たくぼみの内側だ。わたしたちを見つめていた。目と口が大きく開いている。どの時点で凍りついたのだろう？　あの表情は末期《まつご》のそれなのか。恐怖か。後悔か。ボビーのことを考えていた？　それとも自分の子ども時代のこと？　これほどまでに恐ろしい決定を下してしまった自分を呪っていた？　わたしがあんな決定を下した自分を呪っていたように？　あの顔。いつか忘れられるだろうか。たっぷり時間をかけてセラピーでも受ければ忘れられるのか。聞いたこともない催眠術とか薬とかで。あれを頭のなかから追いはらうのに役立つ何かがあるのか？

でも、モスターはまったく気にしていないようだった。子どもがまちがってフェンスから投げこんだバスケットボールか何かのように拾いあげる。両膝をついて生首をつかみ、腕に抱えると、こちらをちらりと見て、わたしがちゃんとついてきているかたしかめた。

　ゆっくりと歩き、まっすぐキッチンに向かう。無頓着。冷酷。モスターはシンクの下に手を伸ばし、白いビニール製のゴミ袋を取りだすと、首をなかに入れ、それから自分の手を洗い——洗ったのよ！——冷凍庫の扉を開けて、例のゴミ袋をなかに転がした。「ボビーには言わないで」首を氷で覆う。「ボビーはヴィンセントが死んだことを知っている。これは知らなくていい」

「さあ」モスターが冷凍庫の扉の裏から保冷剤を取りだし、頬に押しつけてきて、わたしが受けとるのを待った。わたしが手に取ると、モスターは顔をもちあげ、こちらからほんの何センチか以内のところまで寄ってきた。

「聞こえてる？」さっきよりも穏やかな声、顔。

　すすり泣くつもりはなかった。咳みたいに急に洩れただけ。

　モスターの目がきびしさを増した。「ちゃんと聞いてほしいの。聞こえてる？」わたしは背筋を伸ばし、うなずいた。

「これから教えることに集中して」——モスターの手はまだわたしの顔にあてられていた——「だって、あなたが今日したことは利己的で無責任だったから。しかも愚か。ふさわしい武器ももたずにあそこに行ったのだから」

第十八章

A'oodhu bi kalimaat Allaah al-taammaati min sharri maa khalaq.
わたしは、アッラーの完璧なる言葉のなかに、〈彼〉が創造したものの邪悪さからの逃げ場を見いだす。

——サヒーフ・ムスリム
『ハディース』2708

日記#14（承前）

モスターはわたしの頬から手をはなし、わたしの手をとり、自分の作業場へ導いた。モスターの兵器庫。いまはそんなふうに見えた。壁に立てかけた竹竿。作業台の上の包丁。失敗した試作品が遠くの隅に放りだされていた。のこぎりで切られたり、割られたりしている不揃いな槍の柄、曲がったり、欠けたりしている包丁が目に入った。かき集めた靴ひも、さまざまなテープのロール、ほどけて絡みあったクリスマス用のきらきらした赤いリボン。

「ここに立って」モスターは部屋の中央を示した。「背筋をまっすぐに」一瞬、わたしの全身に視線を這わせ、それから一本の竹竿を手に取った。「ここにいて」竿をわたしの背中にあてた。「ほぼ完璧」竹竿を作業台に載せた。「見て、聞いて、すべての段階を正確に記憶して」

そういうわけで、いわば指導マニュアルとして次のセクションを書きとめておいた。今夜眠ったら、教わったことをきれいさっぱり忘れてしまうような気がするので。作業中にモスターが口にした言葉がどうしても頭から離れない。〈村のみんなに教えて〉どうのこうのっていう。どういう意味かは訊かなかった。そんなチャンスはなかった。モスターはすぐさまレッスンに入ったから。その内容は次のとおり。

・超初心者でもできる突き槍のつくり方

適切な竹竿を選ぶのがまずは肝心。先細になっているのは絶対にダメ。バランスがとれなくなる。身長にも合わせる必要がある。長すぎると手に余る。短すぎると刃の上に倒れこむ危険がある。ぴったり同じにする必要はない。もっと大切なのは最上部にナイフの柄がすっぽり収まること。竿はほどほどの太さがなきゃいけない。太ければ太いほど強さも増すけど、あんまり太すぎるとしっかりつかめなくなる（あらら、なんか下ネタっぽいかも。ごめん、いまのわたし、どうかしてるから）。

竿を刈りいれるときには、いちばん下の連結部、ほんとの名前はよくわからないけど、とにかくあの輪っかみたいにふくらんだ部分の真下を切る。けっこう時間がかかる。まして細いパン切りナイフで切ると余計に。とくに普通の木を切るときみたいに一方の側から切りすすめていって、反対側に皮一枚の繊維を残してしまうと、それがぴーっと竹の端までむけてしまう。モスターの警告に従うなら、「そのせいで完全無欠は減り、裂片ばかりが増える」。失敗しないコツはこう。まずは完全な輪を描くように周囲を挽き、頑丈な最上層を切断する。そのうえで深く切れ目を入れる。

次に、すべての枝（これは杭の材料になる）を払い、節を爪やすりで削る。ああ、ちっぽけでもいいから紙やすりがあったら！

実際のところ、わたし自身はこの最初の二つの作業をしなかった。モスターがわたしを採寸したのはそのせいだ。あらかじめカット済みの竿を使えば、時間の節約になる。今回のレッスンのうち、その部分だけはモスターが自分自身でやった。それ以外の作業はすべてわたしにさせた。実際に自分の手でつくり、コツを習得させようというのだ。

竿についてもそうだったのだが、包丁を選ぶ際も慎重な検討を要する。極端に長い包丁はダメ。そうした包丁の場合、刃はたいてい薄っぺらで話にならない。ベストな選択肢は、それらよりは短い、長さ二十センチほどの牛刀《シェフナイフ》なのだが、仕様も適切でなければならない。

　鋼の刃が柄のずっと奥まで差しこまれているタイプならかなり期待できる。それ以外だと、そもそも竿に取りつけられない。そしてもっとも厄介なのが取り付け作業だ。包丁の柄がピンで固定されているようなら、幸先いい。ピンが使われている以上、当然、刃には穴が開いているから。この穴を利用するのが刃を固定する最上の方法なんだけど、その点についてはあとで説明するね。

　柄が樹脂製なら言うことなし。その場合、岩を使って叩きわることができる（わたしにはわかってる……村じゅう探したって金づちなんて出てこない！）。叩きわるときには気をつけて。目に破片が入るかもしれないから。モスターのタマネギ切り用ゴーグルをつけていても、顔のあちこちに小さなかけらがあたるのを感じたもの。

　柄とピンを取りはずしたら、次は刃の装着。刃の取っ手部分を竿の中空の先端にすべりこませる。うまくはまらないようなら（頑丈な竹は内側に十分な空きがないかもしれない）、パン切りナイフを使って小さな溝を掘りこまなければならない。むき出しの刃がぴったりはまれば、測定のためにふたたび取りだす。

　取っ手の穴がくる位置を確認するためだ。竿の外に刃をあてて、ペンで（もってれば、マーカーで）穴の場所に印をつける。それから反対側でも同じことをする。それから？　果物ナイフで竹に穴を開ける。時間をかけて。あわてずに。何本かの果物ナイフの刃を欠き、永遠に使い物にならなくしてしまった経緯も、モスターは教えてくれた。それらを全部並べてみれば、きらきらしてライトショーのチェックって感じ。わたしは一発でコツを呑みこみ、モスターも感心してた。いちばんやりがちなヘマは、おそらく合わない穴を開けてしまうことだ。そして穴を開ければ開けるほど、竹は脆弱になる。

　次に、ナイフを縫いつけなければならない。ここでワイヤーの出番。モスターはフロア用電気スタンドのコード一・五メートル分を使った。コードをスタンドから切りはなしたあと（普通のはさみがあれば十分）、それを両側から二つに裂く（よくあるコードというか、真ん中に溝が走っているようなコードなら）。一本は別の突き槍のためにとっておき、もう一本の電線をいちばん上の穴に通す。簡単そうだけど、最初の何回かはさっぱりうまくいかず、すごくいらいらした。コードの先がつまってしまってどうしても通せなかった。せっかちにやろうとして、必要なことをやってなかったせいだ。端のゴムをはぎとって先っぽをとがらせると、電線は針のようになり、それで問題は一件落着！

電線が上から二つ目の穴を出れば、末端近くまで電線を引っぱり、最後の二、三センチを使って結び目をぎっちりつくる。それからコードを竹にぐるぐる巻きつけ、下の二つの穴のところまでもっていく。その二つの穴を通し、最後に結わえ、これで完成！

本物の突き槍！

モスターはわたしから武器を受けとり、両手で保持し、バランスをたしかめ、片方の目をすがめて結び目のある電線を見つめ、それからわたしに返した。「上出来ね、ケイティー」この一日ではじめてモスターは微笑んだ。

わたしはとても誇らしく思った。ほんの短い間ではあったが、わたしは自らの創造物を操ってみた――垂直に、水平に。両手で軽く突く動きまでしたが、その拍子に誤って後端をガレージのドアに叩きつけてしまった。

「ごめんなさい」衝撃でできたへこみを目にし、わたしは頬が赤くなるのを感じた。

モスターは手を振って言った。「気にしないで」それから「あなたは絶対、この作業に向いていると思う。論理的で秩序だった思考ができるから。わたしよりもはるかに」モスターは失敗した試作品の山を手で示した。「すべてはこんなふうにして進んでいく。試み、失敗、学習、改善を通じて最終的には成功へといたる」

その言葉を聞いた瞬間、わたしのなかで改善のためのアイデアが閃いた。「ゴムを溶かしたらどうかな？　さらに刃をがっちり固定できるんじゃない？」

「かもしれない」モスターがわたしにうなずきかけた。まるっきり見当違いの提案をしている無邪気な小学一年生を励まそうとする教師のように。「でも、そんなことをしたら電線がダメになるし、そしたら、さらにまた突き槍をつくる必要が出てくる」

モスターが短く細い竿の一群を手で示した。「投げ槍の問題点がそれなのよ。投げるたびにまともな包丁を失う。といっても、相手にあたっても、すぐ抜けおちるだけという気はする。刃に返しをつければいいんだろうけど、どうやればいいかいまのところさっぱりわからない」

　別のアイデアがうごめきはじめた。けれどまだ漠然としている。３Ｄプリンタに目を向けたが、考えがうまくまとまらない。そのうちあくびが出てきて、モスターももらいあくびをした。

「あなたは眠らないと」モスターが壁の時計をちらりと見上げた。「ラインハートを世話する番になったらね。どうせラインハートはまだ目を覚ましてないだろうから。そしたらあなたも休んで。それと何か食べなさい」

　食べる。

　突然、吐きそうになった。それまでは突き槍づくりに夢中で、何かを着々と進めることにひたすら熱中していたのだ。でも、集中力が途切れた途端……。

　きっとわたしはドアのほうにちらりと目を向けたのにちがいない。つまりキッチンに。冷凍庫のなかのヴィンセントの首に。

「あとで埋めてあげましょう」モスター、読心術の使い手。「危険がなくなったら。余裕ができたら」

　頭がくらっとし、テーブルによろめきそうになった。

「少し休んで」モスターは突き槍を手に取り、わたしを作業台の小さなスツールまで導いた。「楽にして」

　わたしは目を閉じ、その言葉に従った。頭のなかのダムが決壊した。

　ほかの誰かの食べ物になること。

　あなたは人間だ。あなたは考え、感じる。それからすべてが消え去る。かつてあなただった物体は、いまでは誰かの胃袋のなかのドロドロの流動物でしかない。

　殺戮、血、笑う黄色い牙。肉にかじりつき、骨をなめる。

「わたしを見て」わたしのあごに手を添え、目を無理やり開かせる。

「わかってる」そう言うモスターの悲しげな笑み、ため息。「人間の精神は祝福でもあり呪いでもある。人間は自分自身の死を想像できる地球で唯一の生き物なの。でも」モスターはわたしの突き槍を掲げた。「死を防ぐ方法を想像することもできる」

　そのときドアのブザーが鳴った。

　玄関にパロミノが立っていた。ぐるぐる巻きにしたヨガマットを手にしている。「ここで何をしてるの、お人形さん?」モスターはパロミノをつかまえ、なかに引きいれた。「ひとりで外にいちゃいけないって知ってるでしょ。ご両親はいまあなたがどこにいるか知ってるの?」

パロミノは頭を振り、それからマットで外の何やらを示した。

それでわかった。マットをもってきたのは、膝が泥で汚れないようにするためだ。「ねえ、パロミノ、申し訳ないけど、いまはいっしょに庭いじりする時間はないの。ラインハートさんのところに行かないと……」

はずれ。パロミノはわたしに向かってかぶりを振り、ふたたびモスターのほうに寄るとまた同じ身振りで指し示した……なんだろう?

わたしは目を向けたが、何も見えなかった。特定の家ではなく、火山でもなく、そして(神様ありがとう!)木々から見下ろしている何ものかの暗い姿でもなかった。

パロミノは南東を向いていた。知るかぎり、その方向には何もない。モスターも困惑しているようだった。

「ごめんなさい、でも……」

そこで、「ああ」と言って後方の壁掛け時計にすばやく目をやり、「あああぁぁぁ!」、そして顔いっぱいに笑みを浮かべ、口を大きく開いた。目の隅にきらりと光が浮かんでいた気がする。

「ああ、お人形さん《Lutko Moja》、そういえばずいぶんご無沙汰ね」

モスターは鼻梁をつまみ、それを支点にして頭を揺さぶり、それから肩をすくめて見上げた。「さあ、はじめましょうか。まだちゃんと憶えてるかな」

こちらの当惑など意に介さず、モスターは少女に腕を巻きつけると、わたしに頼んだ。「急いで二階に行って、廊下の端のクローゼットからきれいなタオルをもってきてくれない?」

二階に行くのははじめてだった。こそこそ覗いてまわるつもりはなかった。

でも、モスターの家の間取りはうちとほぼいっしょだった。廊下の端のクローゼットは主寝室のすぐ隣だった。入りはしなかった。ドアが開いていた。写真はとても大きく、ベッドに向けられていて、廊下にいるわたしの位置からだと見逃しようがなかった。

モスターはいまよりずっと若い。二十代か三十代。細くはないが、ベルトのついたコートを着ているせいで腰のくびれが際立っていた。ウールのニット帽の下の光沢ある真っ黒い髪。モスターに腕を巻きつけている男はモスターとだいたい同じ年頃だった。やぎひげ。眼鏡。映画に出てくるヨーロッパ知識人風というか、わたしが高校生のときに思いえがいていた理想の結婚相手というか。二人とも前に立っている子どもたちに腕を巻きつけている。

　男の子と女の子。男の子は十二歳、女の子は十歳ぐらい。満面の笑み。男の子は心からの笑み、女の子はおどけた変顔。

　彼らは凍りついた川に面した岩だらけの土手に立っていた。背後にそびえたつ橋。狭く、車は走っていない。古い石のアーチ。同じくらいに古い両岸の石の町を結びつけている。最初はなんとも思わなかったが、そのうちはっと気づいた。あれはモスターのガラス彫刻の現実版だ。

　どこかはわからなかった。ロシアかもしれない。といっても、赤の広場を写真で見た程度だからなんとも言えないけど。北西ヨーロッパじゃないのはまちがいない。建物と服が地味すぎる。語弊があるかもだけど、東ヨーロッパ？　ポーランド？　チェコ共和国？　たしか高校の歴史の授業で習ったはずなんだけど、当時はチェコスロバキアだったっけ？　東南ヨーロッパってどう呼ばれていたんだろ？　トルコに接するあたり。バルティックっぽい言葉。バルカン諸国だ。

　ユーゴスラヴィア。これまた学校にいたとき何かで読んだもうひとつの国。九〇年代に戦争があったんだっけ？　たしか、あの子どもたちと同じくらいの年齢だったはず。当時のわたしが同時代の事件に広く目を向けていたかというと、そんなことはまったくなかった。九〇年代ときたらO・Jとブリトニーがすべてだった（O・J・シンプソンとブリトニー・スピアーズのこと）。

　ペンシルベニア大学では政治学入門の講座をとっただけだし、憶えているのは〈民族浄化〉という単語ぐらい。あとは、スーダン出身のトングン教授の言葉。「アメリカは他国の苦しみに耳を貸さない。森のなかの一本の木のように」

　爆撃。狙撃者。包囲揚げ。モスター。

「ケイティー！」下から。「待ってるんだけど」

　そこにあるなかでいちばん大きなタオルをつかみ、階下へと駆けおりる。二人はキッチンにいた。モスターはニヤニヤしながら、こちらを見上げていた。わたしが写真を見たのを知っているにちがいない。モスターはただ一言。「絶妙のタイミング」

二人はちょうど手を洗いおえたところだったらしい。おそらくは足も洗ったのだろう。足先の間で水気がきらめいていた。タオルは足を拭くためだろうと思ったが、モスターはそれを受けとると、二人でそのままリビングに入っていった。

「見てていいから」モスターが肩越しに言った。「〈彼〉は気になさらない。〈彼女〉かもしれないけど。わたしにはわからない」モスターは軽く肩をすくめてくすりと笑い、パロミノのヨガマットと並べ、タオルを床に広げた。リビングの窓に対して体を斜めにし、さきほどパロミノが示した方角に向き合った。

二人は背筋をぴんと伸ばして立ち、両手を肩より少し上に上げ、掌をつきだした。モスターは「アッラーフ・アクバル（アッラーはもっとも偉大なり）」をくり返し唱えている。

そこで目にしたことを細かく書きしるすつもりはない。どうせグダグダになるだけ。リスペクトがちゃんと伝わるようなものにしないと。モスターもパロミノも、そんなの気にしないだろうけど。二人が唱える祈りの美しさ、バレエを思わせる流れるような動き。腕を上げ、首をねじる。モスターの唱える語句に合わせ、膝を曲げ、起きあがる。それから名前が。かすれ声にのって。

「ヴィンセント・アーネスト・ブース」

第十九章

もっとも勇敢な男たち、もっとも頑健な兵士は農民階級の出身だ。
――マルクス・ポルキウス・カト

日記#14（承前）

モスターの家を出ると、右ではなく、左に向かった。ラインハートの家に行くまであと何分か余裕があったし、それならその時間を使って菜園に行っておきたかった。たいしてすることはなかったけど。給水ラインに水を流し、その間にシャワーと着替えをすますのもいいかもしれないと思ったのだ。

玄関ドアを開け、それからガレージのドアを開け、はっと息を呑んだ。

芽だ！

足元でとても小さなアーチが突きでていた。最初に大きな白インゲンを植えた場所！

「パロミノ！」わたしは玄関ドアから顔を出し、呼びかけた。「パロミノ！　芽が出てる！」

腰をかがめ、さかさまの小さなU字をじっくり見た。白っぽく、長さは一センチほど、さらに間近で見ると、一方の側の下では豆の先端が顔をのぞかせていた。

アーチの隣の土がわずかに盛りあがっていたので、ボビーのティーポットを使い、何滴か水を垂らしてみた。土が崩れると案の定、ごくわずかだがアーチが出てきた。その隣、さらにその隣も試してみた。たくさんのUの字が懸命に地面から出てこようとしている！

しかも、出ている芽はそれだけじゃなかった！

菜園全体に！　数センチごとに！

「わあ、すごい！」パロミノといっしょにきたカーメンが言った。「全部、あなたが植えたの？」

「これだけなんだけど」マークの付きのマメを示した。皮肉なことに、サヤエンドウやサツマイモを植えた場所からは何も出ていなかった。まだ出ていないだけかも！

ただ、それは問題ではなかった。正体不明の小さな新芽が苗床をぐるりと囲んでいた。菜園のあちらこちらへ手当たり次第にまきちらかしたかのように、何やらよくわからない植物の新芽がそこいらじゅうで吹きでていた。

「これ、なんの芽なの？」とカーメン。パロミノは四ん這いになってじっくり観察していた。

「見当もつかない」わたしは答えた。「どこから湧いてでてきたんだろ？」

「運びこんだ土のせいじゃない？」ついさっきやってきたモスターが口をはさんだ。

「かもしれない」わたしは軽い失望を感じた。もしこれが全部、雑草なら……。

「コンポストかな？」ダンだった。だんだんパーティーっぽくなってきた。「ぼくらが混ぜこんだコンポストは、容器の底のほうの生ゴミが土に変わってたやつだったけど……そこに古い種がまだ残っていたのかもしれない……」

「キュウリのスライス」モスターがじっくり考えた末、口にした。パロミノの隣にしゃがみこんでいて、二人して丸い緑の葉のついた小さな野生の芽をじっくりと観察していた。「それと、トマト？」二つの細い小さな葉のついた、長さ七、八センチの糸を指差した。「これ、そうじゃないかな。傷んだとこを捨てることってどれぐらいある？」

「うちはしょっちゅうよ！」とカーメン。あんなに活力と興奮に満ちたカーメンを見るのははじめてだった。「何かを余分に切ってしまったときとか、穴をくりぬいたときとか。それとサルサソース！」この言葉はパロミノに向けて。「タコ・パーティーをするとき！　自家製サルサの食べ残し全部！　即、コンポスト容器行き！」

わが家のトマトだ！　食べたらどんなにおいしいか、いまでもついつい考えてしまう。

モスターはパロミノに目をやった。パロミノは揺れるトマトの茎をそっと指先でなでていた。「うちには土になった古いコンポストがまだ大量に残っている。そこにもきっと種が含まれている」

「あとおコメも」わたしはボビーの玄米をまいた、三十センチ四方の小さな区画を指差した。いまでは草がびっしり生えている。

「コメ！」モスターはわたしに微笑んだ。わたしはそれをどこで入手したか説明し、おそらくボビーの手元にはまだまだ残っているんじゃないかと思うと付け加えた。モスターの唇が丸くなり、ちゃんとしたOのかたちになった。「コメとマメがあれば生きられる」カーメンに目をやった。「あの豆袋《ビーンバッグ》、ほかにもその辺に転がってない？」

「あるかもしれない」カーメンはパロミノを見た。「まだ袋につめていないマメが残ってるかもしれない。手工芸品用のチェストとかに」

パロミノが熱烈にうなずいた。

「やってみるだけの価値はある……」モスターがうなずきかえした。「カロリーを使い、また別の菜園をつくるだけの価値は」

「別の菜園！」ダンは天井に頭をぶつけそうな勢いだった。「賛成！　別のガレージで！　一箇所でなくてもいい。給水ライン、コンポスト」パロミノのほうをちらりと見た。「もっとたくさんのミミズとクソ！」

「クソ？」モスターが眉を上げて尋ねた。ダンが頰を赤くして笑った。

「そうそう、実際は——バイオダイジェスター・タンク！」それから、わたしに向けて両方の掌を広げ、「いいだろ、怪我したり、病気になったりしないから。約束する！」

わたしが答えもしないうちに、カーメンがわたしに訊いた。「そんなことできるの？」

カーメンがわたしに求めていたのが許可なのか、それとも専門家としての意見なのかはわからない。そもそもそんなもの、もちあわせてもいない。でも、ダン、カーメン、パロミノ、彼らがわたしを見つめている様子からすると違うのかも。モスターは後方にいて、腕を組んでいた。お手並み拝見というわけ？

モスターの想定が正しいのかどうかたしかめようと、頭のなかで計算を試みた。カップ一杯分の玄米は約二百キロカロリーになる。カップ一杯のマメのカロリーは、種類にもよるけど、それと同じくらい、場合によってはもっと多い。そして太らせもする！　ほとんどのマメ類には脂肪が含まれている。カップ一杯につき、約一グラム。でも、マメとコメは何杯分収穫を見込めるのか？

「やってもいいんじゃない」わたしはそれだけ言うと、制止でもするようにすぐさま両手を掲げた。「でも、その前に……その前に防御線を完成させないと。重要事項優先ってことでいいよね？　まずは身の安全、食べ物はその次。杭の設置作業を終え、期待どおりに効果を発揮してくれたら、すぐにでも菜園づくりに専念しましょう」

「イェイ！」ダンはガッツポーズをキメ、カーメンは娘を抱いた。

背後ではモスターが微笑み、うなずいている。

自分が身長三メートルの巨人になったみたい。

それからモスターが頭をドアのほうに振り、昔ながらの腕時計でもしているように手首をトントン叩いた。

ラインハート！　わたしの番！

走ってラインハートの家まで行き、窓からなかを見ると、彼のカウチの隣でエフィーが椅子にすわって本を読んでいた。エフィーがわたしに気づいて笑みを浮かべ、腰を上げ、玄関ホールまで迎えにきてくれた。眠っているラインハートが見えた。エフィーの話だと、朝の間、ラインハートはほぼずっと眠りっぱなしだったらしい。

遅れたのを詫び、いましがた菜園であったことをくわしく説明した。エフィーはぱっと顔を輝かせたが、それはいまあなたが思ったような理由からではない。「ありがとう」とエフィー。「パロミノに対してあなたがしてくれたすべてのことに対して。いまのパロミノは目的、日課を必要としている」円の反対側に位置する自分の家に目をやった。彼女の妻と娘が窓から手を振っている。「そしていま」尾根のほうに目を凝らした。「あの娘はもっと前向きになれる何かを必要としている。わたしたち全員がそう」家族がなおも手を振っている。そして最後にまたくりかえした。「ありがとう」そして家に帰った。

さまざまな思いがわたしの頭のなかを駆けめぐった。いったいいくつの菜園を建造できるのか？　いまあるほうはどうなのか？　これから何をすれば？　あの小さな植物にはどれぐらいの暖かさが必要なのか？　屋根を掃除しておくべきだというダンの意見は正しかった。ガレージを夏みたいな暑さに保とうとしたら、ほんのわずかな電力さえ無駄にできない。夏の明るさはどうか？　セラピー用のハッピーライトは？　みんなひとつずつもっているはず。充分だろうか？　少なくとも壁は白い。反射しやすい。アルミホイルは？　ヴェニスには水耕栽培の店があった。反射箱に植物を入れる？　それと肥料。ほんとにうんちが使えるの？　ダンは安全かな？　それだけの価値はある？　家じゅう臭くしてまで？

ここに書きとめているだけで、さまざまな疑問が湧いてくる。頭がぼんやり。ちょっと眠らないと。ラインハートはまだぐっすり寝ている。でも彼の蔵書は。とてもたくさんの本。役にたつ本がきっとあるはず。

日記#14（承前）

ダメだ。ない。実用的な文献なんてひとつもない。信じて、ちゃんと見たんだから！　哲学者の本がたくさん。デカルト、ヴォルテール、サルトル。それから歴史家の棚。ギボン、キーガン、タキトゥス。それから美しい小説の本。革装の初版本には著者名が金で箔押しされている。プルースト、ゾラ、モリエール。

もちろん、彼の書いた本も。『マルクスへと向かう道のなかばで』、『徐星とともに歩む』、そしてあの有名な『ルソーの子どもたち』。少なくとも十数の言語で。フランス語、イタリア語、ギリシャ語、中国語（あるいは日本語。わたしにはわからない。韓国語ではない。あの小さな円がないから）。たくさんのルソーの本がラインハートのさまざまな著作とごちゃごちゃに入りまじって並んでいた。まるでそれらの本が、同時に出版された仲間だとでもいうように。

大型の豪華本をあたっているとき、『アフリカ南部の消えゆく文化』という書名が目に入った。ひょっとして当たり？　少なくとも写真から有用な情報が多少は得られそう。わたしはそう思った。ところが、残念。いざ中身を見てみたら、〈白人男性向けのポルノ〉というか、その手の写真ばかりなんだもの。さまざまな土着の儀式で数多くの豊満な女性たちが上半身裸で、あるいは全裸で踊り、小刻みに体を揺らしていた。たしかに文化的に正しい写真なのかもしれないし、もしかするとペンシルベニア大学にいたときに受けた〈植民地主義と男性のセクシュアリティ〉という授業の記憶を過度に投影しているだけなのかもしれない。とはいえ、ラインハートは、年齢的にいえば、後続世代が記事目当てに『プレイボーイ』誌を読んでいたというのと同じような意味で、『ナショナルジオグラフィック』誌集めに熱中していた世代に属している。本の背の書名の上に置かれたマーク――ビーズのついた紐パンをはいた女性の股間――が、これがどういう性格の本か、ほのめかす役割を果たしていたはずだ。

とはいえ貴重な情報がないわけでもなかった。わたしはそれを、あやうく見落としかけた一節のなかに発見した。成人の儀式に参加した若い女性が、剣と突き槍が合体したような武器を手にしている。なぜ合体かというと、柄の部分は見たこともないくらいに短く（一メートルあるかどうか）、刃は見たこともないくらいに長い（約五十センチ）から。下のキャプションによると、〈イクルワ〉というのが武器の名らしい。即座にわたしは索引のページを繰った。もっとくわしく調べようと思ったのだ。

イクルワはズールー族の武器で、シャカという男が発明した。以後、バントゥー系民族の戦争に革命をもたらした。それまでの投げ槍だと、相手側は盾を使って叩きおとすこともできた。イクルワはそれらと違い、接近戦用の武器だった。槍の使い手は敵のすぐ前に近づくと、自分の盾で相手の盾を叩きおとし、短い槍の長い刃を相手の腋の下に突きさす。武器の名前はそこからきている。死者の心臓と肺から抜きとるときに発する吸い上げ音。〈イクルワ〉。

すべての兵士がそんなふうにして戦っているところを考えると、グロいし、ぞっとする。その一方で、同じような戦い方をしたというローマの軍団兵との比較がされていて、わたしは否応なく魅了された。異なる場所、異なる時代、まるっきり異なる文化。それでいて彼らは同じような武器と戦略を編みだした。人間の脳の配線に特有な何か、人間全般に共通する何かがあるのか？　こんなことをかすみがかった頭で考えていたら、いつのまにかわたしは居眠りしていた。

心地のよい椅子、ラインハートのリズミカルな寝息。

何が何やらわからなかったが、突然、わたしはギクッとして目ざめ、頭を反らした。暗い空が目に入って、続いて廊下のトイレから出てくるラインハートが見えてわかった。わたしを目覚めさせたのはトイレの水を流す音だったにちがいない。頭がぼんやりした一瞬が過ぎ、ラインハートが壁にもたれかかって自分を支えているのに気がついた。わたしは手助けしようと立ちあがったが、ラインハートは追いはらうように手を振り、こう言った。

「大丈夫、わたしなら大丈夫」

明らかに大丈夫そうじゃなかった。さんざん苦労し、やっとの思いでカウチに寝かせたが、それでもラインハートの唇の青白さに気づかないわけにはいかなかった。お腹が空いているか尋ねたところ、弱々しくうなずいた。いい兆しだとわたしは思った。ほんとに状態が悪かったら、食欲もなくなるはずよね？

食べ物はたいしてなかった。少なくとも冷凍ダイエット食に関しては。代わりに〈秘密のお菓子〉が見つかった。小袋に入ったグミとキャンディーが大量にためこまれていた。わたしがラインハートの食べ物をリストにまとめようとしてここにきたときには、アイスクリームと同じく、全部二階に隠していたにちがいない。キッチン中の引き出しやら戸棚やらに手当たり次第に押しこんだらしく、いたるところから出てきた。こんなものを見てしまうと、いささか同情の念を禁じえなかった。わたし自身、ママに見つからないようにチョコレートのツイックスのかけらをちょこちょこと隠していたものだ。

恥ずっ。

だからといって、ラインハートのことをそこまで気の毒に思ったわけでもない。この状態で食べられるものと食べられないものを尋ねたときも。ラインハートは弱々しい声で、「なんでも大丈夫だと思う」

思う？　心臓の病気を抱えてるなら、知ってて当然なんじゃ？　彼の蔵書はたいして役にたちそうにない。

ねえ、フローベール、心臓発作を起こした患者が食べていけないものは何？

二つだけ残っていたインスタントワッフルで決定。カップで食べるやつ。水を加えてかきまぜ、レンジでチン。つい窓のほうをちらちら見てしまいそうになるのをこらえ、包丁は一本たりとも見当たらないという事実も無視しようとした。この男はこれまでただの一度も何かを料理したことはなく、誰かにつくってもらったこともないのだろう。

ある空間についての印象がこんなに急激に変化するな

んて驚きだ。二週間前にラインハート家のキッチンに招かれていたら、装飾（あるいは装飾の欠如）のことしか考えなかっただろう。何日か前、ダンといっしょにきたときには、ここにはどんな食べ物があるのだろうとしか考えなかった。いまは、自分の身を守るにはここにある何を使えばいいのだろうとしか考えられない。同じ部屋、異なる最優先事項。

電子レンジがさえずり、わたしは膨らんだマフィンっぽいものにスプーンを刺した。ラインハートは体を起こし、いかにもうれしそうな顔で食べ物を呑みこんでいる。「砂糖はない？」もうたっぷり入っているみたいだけど。そうわたしが答えると、ラインハートは「冷たいなあ」とでも言いたげに肩をすくめたので、わたしはキッチンに逆戻りした。「塩も……」リビングからラインハートが呼びかけた（口いっぱいに含んでいるような声で）。それから、おそらくは自分の口調に気づいたのか、付け加えた。「お願いしていい？」

カウンターからは塩入れ、パントリーからは白い砂糖の箱をつかみ、戻ってみるとラインハートはほとんど食べおえてしまっていた。

世界的に著名な学者は、十歳の子どものようにわたしを見上げた。「待ちきれなかった」

何かがガタガタ振動した。わたしは跳びあがり、振りかえった。物音が聞こえてきた方角にさっと目をやった。キッチンのドアだ。取り付け具のなかでひびの入ったガラスが振動していた。

ラインハートが言った。「ずっとこうなんだ。ただの風だよ」

わたしは謝り、これを見たらダンは大喜びするだろうと言い、体から力が抜けていくのを感じた。すると大きなあくびが、それも声になって出た。気まずさを感じながら口を手で押さえた。目を開くと、ラインハートがこれまでに見たことのない表情を浮かべ、わたしを見ていた。優しげな、いわば父親のような微笑み。

ラインハートが言った。「謝るべきなのはわたしのほうだ。ずるずる引きとめてしまった。世話してもらうべきじゃなかった。きみはそろそろ家に帰ってひと眠りしたほうがいい」

わたしが大丈夫だからと応じると、ラインハートが「大嘘だな」と言い、この二日でどれぐらい睡眠時間をとっているか尋ねた。二時間ばかりうたた寝した、とわたしは打ち明けた。

「やっぱり！」小さく一度まばたきし、指を振り、仰々しく両手でドアを指し示した。

「アラームをセットしておく?」それから窓全体の損傷を思いだし、言いそえた。「せめて屋内センサーぐらいは？　キッチンだけでも?」

「真夜中にスナックが欲しくなったらどうする?」軽く腹を叩く。「あのいまいましい装置をどうやって解除するか、わたしが知ってると思うか?」

「けど、キッチンに行くのは無理よ」わたしが抵抗した。「ふらふらして倒れ、頭か何かぶつけたら……」

「行きなさい。おそらくはただの……」わずかにためらい、さらにつづけた。「神経過敏……昔はよく……若いころは……この発作が……昨日の夜、打ち明けてもよかったんだが」そう言って床をにらみつけた。「人格形成期というのは残酷な冗談だね。われわれの脳は全宇宙の法則をそのとき学ぶ。われわれは幼児期を、もっぱら養育され、保護され、無条件に愛されて過ごす。ところが大人になれば、みんなその代替物を、結局見つかりはしないのに探しもとめるのだ。配偶者、政府、神……」

突然、ラインハートがこちらを見上げた。ばつの悪さと怒りが入りまじった顔で。「すまない」さっき口にした言葉が悪臭ででもあるかのように、手を振った。「知的臆病者そのものだ」

ラインハートのことが哀れに思えた。彼の身を大きく見せていたぱんぱんにふくらんだ虚飾のいっさいが剝ぎとられていた。自らの弱さを認め、恥ずかしさに身もだえしている老人。

わたしはこう言うしかなかった。「大丈夫。こんな恐怖に直面したら、誰だって自分の世話をしてもらいたいと思うはず」

ラインハートはその語句をくりかえした。「世話をしてもらう」それから派手にまばたきすると、ずるずる音をたてて長々と鼻をすすった。

気がついたときには、わたしはこう尋ねていた。「よかったら、うちで過ごしてみる？　万一、パニック発作じゃなかったときのために。真夜中に何か必要になるかもしれないし」

ラインハートは心底驚いたようで、一瞬、口をつぐんでいたが、笑みを浮かべて言った。「さあ出ていきたまえ」

「その前に後片付けをさせて」わたしは言い、カップとスプーンをキッチンに運んだ。時間はかからない。スプーンを食器洗い機に、使い捨てのカップをゴミ箱に放りこんでおしまい。それでも戻ってみると、ラインハートは自力で書棚まで行ってきたようだった。膝の上に小さく、厚く、赤いハードカバーの本が三冊。さっき気づいてはいたが、ラテン語の書名は読めなかった。「子ども時代の友人」とラインハート。「カト、ヴァロ、コルメラ。彼らが農業に関して記した文章」

わたしがいぶかしげな顔をしていると、こう答えた。

「エフィーと芽の話をしているのを聞いたものでね。ほんとうは寝てなかったから」最初の本を開き、テーブルに置いてあった眼鏡を手に取った。「ここに何か役にたつことが書いてあるかもしれない」それから自嘲するように鼻を鳴らし、「今回だけはわたしも役にたてるかもしれない」

心底苦々しげにほくそ笑み、ぼそりと言った。「労働は汝を自由にする」


この言葉、どこで聞いたんだっけ？

あまり夜更かししないで、とわたしは告げた。ラインハートは「大丈夫、大丈夫」と答え、微笑みと大あくびでわたしを追いはらった。

これは一時間ばかり前のこと。いまは自宅のキッチンにいて、作業に戻る前にすべてを書きとめている。ダンは竹の山に囲まれ、床にあぐらを組んですわっている。正確には山は二つ。短い竹の山は、すでに完成済みの杭。はるかに長く、あまり手が加わっていない竹の山は、ダンの膝の上にのっていた。ちなみにダンは冷蔵庫にもたれ、いびきをかいて眠っていた。なかば竹の毛布に埋まるようにして。

ダンを起こし、二階に行かせようかとも思ったが、すぐにでもまた作業にとりかかろうとするのはわかっていた。二、三時間、カウチで横になるつもりで、スマホのタイマーを真夜中にセットした。時間になったら起き、場合によってはダンも起こす。それから二人で朝まで杭を切りだす。モスターの予測だと、明日の夜までは、どうにかこうにかあたり一帯を完全に包囲できるだけの杭を用意できるはずだ。

で、その後は？

わたしは何度も起きあがり、菜園をチェックし、小さな芽たちの生育が順調かどうかたしかめる。芽はとても美しく、ひどく弱々しい。いちばんいい育て方を考えないと。

草も〈育てる〉でいいのかな。

どうでもいいや、くたくただ。

明日、あるいはむしろ明後日、ひと晩ぐっすり眠ったら、防御線を張りめぐらせたら。そのころにはラインハートだって、本から何か情報を見つけだしているかもしれない。彼はきっと大丈夫だ。立ち去ろうとして、ドアノブに手をかけたまま振りむくと、ラインハートが言った。「おやすみ、ハンナ」

第二十章

わたしたちが平和のなかで休んでいて、目覚めて意識を取りもどしたとしても、永遠なる神よ、
わたしたちをあなたの平和の幕舎でかばい、あなたのよき助言で導きたまえ。

憎しみや災い、破壊から保護したまえ。

戦争、飢餓、苦悶を遠ざけたまえ。

悪へと向かう傾向を打ちけすのを助けたまえ。

平和の神よ、わたしたちはつねにあなたによって守られているのだと感じられますように。あなたはわたしたちの守護者であり、助力者なのだから。

あなたの翼の陰にかくまってくれたまえ。

わたしたちの出発や到来を守護し、生と平和を授けたまえ。

幸いなるかな、永遠なる神よ、わたしたち、あなたの僕たるイスラエルの全人民、そしてエルサレムは、あなたの平和の庇護のもとにあるのだから。

——ヘブライ・ハシュキヴェイヌ
守護の祈り

『ゴルダの娘　イスラエル国防軍《IDF》におけるわが人生』

ハンナ・ラインハート・ロス中佐（退役）著

知性。それこそが彼らの精神に働きかける唯一の手段だ。感情？　情熱？　ありえない。そんなものは堕落、動物たちの言語にすぎない。わたしはけっして冷静さを失わず、アカデミックな議論の流儀で会話をつづけた。
わたしが俎上《そじょう》に載せたのは、モスクワによる兵器供与の一時凍結に対する報復として、エジプトがソ連の顧問団を追放した事件だった。わたしは問題の兵器の特性を詳述した。ミグ23戦闘爆撃機からフロッグ中距離弾道ミサイルまで。『ニューヨークタイムズ』紙に掲載されたシーハンの記事を論拠とし、これらの攻撃兵器が、六七年にナセルが対イスラエル戦ではじめて配備したT55主戦闘戦車縦隊と少しも変わらないという事実を立証してみせた。

父がふたたび主張した。サダトはナセルじゃない。そのとおり。でも、だからこそわたしの考えはなおさら正しさを増す。わたしはそう言いかえした。サダトは、自分が前任者のクローンではないと証明するために、国民に対して、アラブ連盟に対して、世界全体に対して、ナセルの果たせなかったことを自分なら果たせると証明しなければならなかった。すなわち、ユダヤ人を追いはらい、海へと叩きこむ。敗北の上に勝利を上塗りするというこの戦略こそは、過去の数々の戦争の背後にあって、その隠れた動機となっていたのではなかったか？　事実、ナセルがイスラエルの抹消に乗りだしたのは、イエメン内戦への介入という自らの失政を糊塗するためだったのでは？

自らの作戦行動《キャンペーン》の見事さにわたしは誇りを抱かないわけにはいかなかった。裏付けとなる事実。水も漏らさぬ論証。クラウゼヴィッツ、マハン、ジョミニといった戦略家たちがいっせいに拍手する音が聞こえるようだった。シュリーフェンだけは称賛を差しひかえ、舌打ちしていた。二正面作戦を回避した、わたしの決定的なミスが許せなかったのだろう。

「戦争勃発なんてありえない」アレックスは攻撃のタイミングを心得ていた。父がもっとも彼の力を必要とするときに。「国際連合が対処するだろう」

わたしは質問で返した。「国際連合っていうけど、その実態は何？　衰退の一途をたどっている英国？　反ユダヤ的なフランス？　クレムリンからの指令に従っているだけの共産主義圏？　石油に目がくらんでアラブ諸国の言いなりになっている、いわゆる非同盟諸国？」

相手がほかの論点をくりだす気満々でいるのはわかっていたが、わたしは先制攻撃でそれを粉砕した。「ずいぶん国連を頼りにしてるみたいだけど、シリアが十四回に及ぶ偵察攻撃をくり返したときだって、ただ手をこまねいて見ていただけだった。それと、半島から平和維持軍を撤退させ、エジプト軍の侵攻を許したときもあった。そうよね？」

アレックスがしどろもどろになって、「でも、アメリカは……」

勝った。わたしはわかっていた。アメリカ？　わたしは数々の不都合な事例を投げつけ、アレックスを生き埋めにした。ベトナム。ウォーターゲート。文化的市民戦争という国内の混乱。アレックスはむっとし、わたしの猛攻が開始される前に退却した。せめてわたしが勝利に対してあそこまで貪欲でなく、とどめの一撃を思いとどまっていたら。

「アメリカはわたしたちを助けてくれない」

たったの五文字。一語。

「わたしたち？」父の目のなかで復活した炎が輝きを放っていた。「わたしたちとは？　ハンナ、わたしたちはアメリカ人じゃないのかね？」

「ユダヤ系アメリカ人」わたしは反論した。あの気取って、落ち着きはらった顔の前で態勢を立てなおしながら。

「過去から何ひとつ学んでないとでも？」

「うーむ」父が黙想をはじめた。わたしの主張について考えるふりでもしているのだろう。「学びこそが鍵だ。自己を理解するすべを習得することこそが」背後の本棚に向け、けれん味たっぷりに手を振った。「生物学、心理学……」

「政治経済学」アレックスが言いたすと、わたしたちの家父長が満足げに微笑んだ。

「戦闘欲求の根源を暴きださなかったら」父が教えさとした。「わたしたちは、パストゥール以前の医者と変わらない。彼らは細菌の存在を認識していながら、病気とけっして関連づけようとしなかった」

詩的で劇的、ご本人の最新作からそのまま引用したものだ。父は目をそらし、いちばん最近になって書棚に収められた書籍の背の聖なる湾曲へと視線を移した。『ユングのヒロシマ　戦争の精神病を解剖する』。

「将来の平和を実現する仕事ほど高貴なものはない」わたしは父の虚栄心をくすぐろうとして言った。「でも、現在を守りぬかなければ将来は存在しない」わたしは窓を開けた。解きはなたれた精霊のように、アッパーイーストサイドの騒音とにおいがどっと流れこんだ。「そして目下、地域の全軍が集結し、わたしたちを地図上から消し去ろうとしている」

アレックスがうれしそうにくすりと笑った。「となると、本は全部燃やしてしまって、原始人よろしく棍棒を振りまわしてればいいって言いたいのかな？」

「わたしが言いたいのは」わたしは反撃した。「時間を無駄にするのは致命的だってこと。ナチの突撃隊がユダヤ人の住居や店舗を襲撃した、あの〈水晶の夜《クリスタルナハト》〉の翌朝に、ヴェルサイユ体制の解体に着手するようなものよ！」

父はまだすわったままで、唇をゆがめ、あの鼻もちならない、勝ちほこったような笑みを浮かべた。「ああ」あの腹立たしい指を空に向かって振った。「おまえの崩壊しつつある砦の本丸に達したようだな。わたしたちは戦うべきだったのか？」

お馴染みの議論だ。擦りきれ、心地よい。父のすわっている古い革張りの玉座みたいなもの。〈わたしたちは戦うべきだったのか？〉。最初はわたしが六つのとき。マントルピースの上のモノクロの顔について尋ねた。彼らは誰？　ストラスブールってどこ？　どうして死んだの？　どうしてこのひとたちはいっしょにこなかったの？　そして最後の質問は、「どうして反撃しなかったの？」すると、当然のようにその場から追いはらわれた。

「戦っても無駄だったからだ」

いまもその同じ写真がわたしたちを見下ろしていた。笑みを浮かべた、無邪気なデスマスク。

「〈目には目を〉で報復したところで」父がつづけた。「世界中の人々が盲目になるだけだ」

父が引用したガンジーの言葉をかわすべく、わたしも、同じくガンジーが、英国のインド統治時代に語った言葉をもちだした。「もしもすべてのインド人がいっせいに小便をしたら、英国人どもは海へと押しながされるだろう」

「ガンジーが非暴力主義者だということを忘れてないか？」アレックスがかぶりを振った。「キング牧師がこの国にもたらした進歩を否定するつもりか？」

「キング牧師がなぜあれだけの影響力をもったかといえば、マルコムXに対する恐怖心が社会の根底に伏在していたからだという事実を否定するつもり？」突破口を開いたという手ごたえを頼りに、わたしは包囲を突きくずそうとした。「握手しようと開いた手が役に立つのは、もう一方の手が握りこぶしになっているときだけ」

アインシュタインを引用し、アレックスが言った。「戦争を防ぎながら、同時に戦争の準備を進めることはできない」

「ダッハウのかまどを逃れた男が語った言葉よ」

「なんという狂信者だ」父がうめいた。その言葉からは失望感がにじみでていた。「おまえは祖国防衛のために戦争すべきだと言うが、わたしたちが彼の地を失うに至ったのも、もとはといえばそんな手段をあてにしたからではないか」

わたしは頬が紅潮し、自然と声が高まるのを意識した。「わたしは別に戦争が正しいとは言ってない！　世界中を回って人々を攻撃するのが正しいと言ってるのでもない！　違う！　それは最後の手段、いつだって！　ほかに何か問題を解決する手立てがあるなら、なんであれ、流血の事態を避ける手段があるなら……でも彼らが襲いかかろうとしているとき、彼らが襲いかかろうとしているとわかっているとき、彼らが耳を貸さず、逃げだすには手遅れのとき、そんなときにはわが身を守らなければならない。戦わなければならない！」

わたしはけっしてやるまいと誓ったことをやってしまった。感情に支配権を与えてしまったのだ。「ああ、ハンナ」アレックスが勝ち誇ったように鼻で笑い、憐れむように両手を差しのべた。「ハンナ、ハンナ」兄がそんなふうにして口にするとき以外、わたしは自分の名前がもつ響きに嫌悪感をおぼえたりしない。**ハンナ、おまえはほんとうに子どもだな。ハンナ、そう興奮しないで。ハンナ、おまえがわたしの力を借りて、もっとわたしみたいな人間になったら、パパはおまえにも大いに愛情を注いでくれるだろう。わたしのことをこんなに愛してくれてるように。**

「あなたは知的臆病者よ！」わたしは嘲った。「あなたたち、二人とも！　本と引用文、それと他の誰かがくれる盾の陰に身をひそめてるだけ！　でも、本物の軍靴が玄関を蹴破ったらどうするつもり？」

父に向けて、それからマントルピースの上の幽霊たちに向けて、わたしは拳を振りまわした。彼らの人生はいまや靴、メガネ、金の詰め物、さらには灰の山へと変わりはててしまった。

「彼らのために何をしてあげたの？」冷ややかな顔をした二人に向かって叫んだ。「手紙が途絶えたとき、あなたの同級生全員が入隊したとき。あなたはどこにいたの？」

わたしは父のほうに身を乗りだし、受動的で冷淡でまるっきり反応しない脳を凝視した。なぜなら、それこそがいまの父のありようなのだから。心はなく、魂はなく、まさしく血の通っていない灰色の物体。「あなたはここにいた。隠れた。毛筋ほども世界を変えなかった」父のシャツに涙の染みができ、はじめてわたしは自分が泣いているのを知った。「やってみようともしなかった」かすんだ視野の向こう側にいるアレックスに向かってまくしたてた。「あなただって同じよ。彼らがきたって、抵抗なんてしない」肩越しに吐きすてた。「その場に寝たまま死ぬだけ」

キッチンを通っているとき、母が皿をしまう音が聞こえた。わたしを擁護してくれなかったが、だからといってそれをとがめることはできなかった。母は一度たりともわたしを擁護してくれなかった。当の母もそんなことができるとは思っていなかった。磁器がカチャカチャぶつかる音、キャビネットの扉が閉まるときのドンという鈍い音を通して、母の独り言が聞こえてきた。音楽のように反復される祈りの静かで落ちついた響き。背後のドアが閉じようとするとき、ハシュキヴェイヌの最後の何行かがわたしの耳に入った。

日記#15　十月十五日

これまでの日記をすべて読みかえした。とうてい自分が書いたとは思えない。見知らぬ誰かが生きた人生。ほとんど思いだせない誰かが。

ページをめくるくらい簡単に時間旅行ができたら。さっと二日前に戻り、かつてのわたしに警告する。

あの朝。十月十三日、わたしは七時にアラーム音で目を覚ました。予定より何時間か遅い。ダンによると、真夜中に目が覚めたとき、わたしのスマホのアラームを勝手にリセットしたらしい。睡眠をとるほうが杭作りの手伝いよりも重要だと考えたのだ。見たところ、仕上げの必要な杭はあと何本か残っていたが、ダンは笑みを浮かべ、こう言った。「菜園を見てきたら」

ダンはひと足先に見にいき、そこで起こった変化を目にし、わたしもそれを見れば喜ぶと思ったのだろう。

クリスマスの朝の気分だった。土から顔を出した青白いアーチはさらに増えていた。昨日すでに生えていたうちでももっともたくましい苗はマメ全体を宙に引きあげていた。まだごく初期の状態とはいえ、裂け目から成長しつつある、ごく小さな緑色の葉もいくつか見えた。ほかの小さな若芽も増えていた。コンポストからやってきた志願兵だ。コメの草はどう見ても一センチほどは高くなっていた。すべてたったひと晩で。

「きみが成長をサポートする必要があるだろうね」ダンがキッチンから声をかけた。「もっと大きくなったらだけど。きみが植物のためにすべきことってそれじゃないかな？　何かの器具に固定する。トマトケージ？　バスケット？　なんて言うんだっけ？」ダンはすぐ背後にいて、ドア枠に手をかけ、笑みを浮かべてわたしを見下ろしている。「短く細い竹の枝がまだ大量に残っている。時間ができたら、まあそのうちってことになるだろうけど、ぼくも手伝うから、枝を使ってケージだかなんだかをつくったらいい」

わたしに腕を巻きつけ、さよならのキスをした。腰にココナッツオープナー、片手に槍、もう一方の手にパン切りナイフ。集会所の竹はあらかた切りはらわれていた。残りは十数本。たいして時間はかからないだろうし、ダンが私道に踏みだしたときには尾根に何も見えず、なんの音も聞こえなかった。それでもわたしは「気をつけて」とささやかざるをえなかった。ダンは返事をする代わりに、うなりをあげる、原始人の槍を胸の前にもってきた。ダンの敬礼に対し、わたしもわたしなりの敬礼で返そうと、ダンに向けて中指を突きたて、言葉に出さず口の動きで伝えた。「愛してる」

開いた戸口に立ち、凍《い》てつく寒さに震えながら、ダンがラインハート家へ向かっているエフィーやパロミノとすれちがうのを見守った。ほんとうならわたしからエフィーに引継ぎをする時間だ。エフィーは愛想よく手を振っていたが、突然、わたしは不安になった。ラインハートをほったらかしにしたとか思われてないかな？ もちろん、エフィーはそんなことを思ってるはずはないし、それにもちろん、駆けよっていって、ラインハートに追いだされたのだなどと弁解する必要もなかった。でも、やっぱりわたしはそうしてしまった。結果的にはそこでおしゃべりできてよかった。エフィーはいい知らせを教えてくれた。ようやくブース夫妻のカーラジオから好ましい情報が流れはじめたのだ。

エフィーによると、州間高速自動車道九十号線の狂気のスナイパーはすでに捕らえられたらしい。それで通行が可能となり、物資は入り、避難民は出ていった。ハリケーン・カトリーナのときみたいに、カナダ人はすでに移動中だ。大統領はついに自尊心を呑みこみ（これはカーメンの考え）、他国の救援部隊が北からアメリカ入りするのを容認した。シアトルはすでに安全を取りもどした（おそらく暴動が鎮圧されたという意味なのだろう）以上、当局はレーニア山の噴火で被害を受けた地域に全精力を集中できる。

エフィーが言った。「ということは、もうすぐわたしたちも発見されるはずよ」娘の背中をごしごしさすりながら。「広範囲で活動を展開し、生存者を捜索するようになったら、そのうち必ずここにもやってくる！」こんなに生き生きしているエフィーを見るのははじめてだった。「〈助けて〉というメッセージを掲げたほうがいいかもしれない。ほら、嵐のときとかよくやってるじゃない。屋根とか使って。いままで思いつかなかったなんて信じられない！ シーツを利用してもいい」集会所の前の草に覆われた〈ヘリパッド〉を示した。「でなければ、これを並べて文字にするとか」わたしたちの足元にごろごろ転がっている投石に向かってうなずきかけた。

「いい考え」わたしはそう応じたが、一応、釘を刺しておいた。「確実に片がついたら――」

「ええ、そうね！」エフィーが話をさえぎって言った。「〈防御線〉でしょ、もちろん！　当然ね」

それまであんなに情熱的に語っていたエフィーだったが、現実を突きつけられ、依然として眼前に立ちはだかっている問題を思いだした途端、熱が消えていくのが手にとるようにわかった。「明日にはなんとかなるかもしれない」エフィーが試しに口にした。

わたしは答えた。「そうかもしれない」パロミノを見下ろして尋ねた。「でも、いまでもあなたは菜園で仕事したいと思ってる？」

パロミノは熱烈に頭を上下に振った。すでに彼女の母親はラインハート家に向かって歩きだしていた。

「すっごく素敵なのよ」わたしはパロミノを家のなかへ導いた。「ある程度時間がとれたら、アルミホイルを壁に貼りつけてもいい」パロミノが立ちどまり、小さな植物をひとつずつ確認するたび、さらにうれしそうにうなずく。「どうやったら植物の成長を助けてやれるか、そろそろちゃんと考えないとね」わたしはつづけた。「ダンにいいアイデアがあるみたい。余った竹を利用して……」

くぐもった悲鳴。

遠く、ラインハート家のほうから。

外に飛びだすと、ラインハート家の玄関口からエフィーがよろけでた。家に戻ってカーメンを見つけるようパロミノに頼むと、エフィーに駆けより、くずれおちる寸前で体を支えた。

目を見開き、声と体を震わせている。エフィーのもとにまだ行きつかないうちから、わたしは考えていた。**きっとまた心臓発作を起こしたんだ、やっぱり最初のは本物で、夜の間にまた発作が起きたんだ！**　エフィーは何も言わなかったし、言えなかった。過呼吸のせいで言葉を発しようとしてもできず、半狂乱になって手を振り、なかへ入るようわたしにうながした。エフィーのかたわらを駆けぬけ、リビングに入るとき、ラインハートの姿を想像していた。すでに血色を失い、冷たくなった体でカウチに横たわっているにちがいない。「お願いだから、目が開きっぱなしなのは勘弁してください」

最初に目に入ったのは血の跡だった。二本の血の跡。一方は細く、もう一方は太い。それらはたがいに対して平行に走り、裏口にぽっかり開いた穴から赤く染まった空っぽのカウチまで続いていた。ダンの腕が肩にかかるのを感じた。視線をそらせなかった。途中で切りあげることもできないまま、目の前でくりひろげられる物語を読みすすめた。ここで起こった出来事を想像しないわけにはいかなかった。しかも、そのときのわたしときたら、家でぬくぬくと眠りをむさぼっていたのだ。

彼らはまったく音を出さなかった。キッチンドアのひびの入った安全ガラスを押し、様子を見、自分たちを追いはらう音がするのを待った。辛抱強く、思慮深く。カサカサ音のする安全ガラスをフレームから最小限だけ押しやり、長い腕をなかに差しいれたにちがいない。錠をいじり、小さな金属製スイッチの単純なパズルを解く。フレームを横にすべらせて開き、カーテンを引き、立てかけてあったテーブルを少しずつずらす。このすべてを器用にやりぬくなんて。しかもラインハートを目覚めさせないよう細心の注意を払いながら。血の足跡から判断するなら、入ったのは一匹だけだ。小さなやつか？〈王女〉、あるいは思春期に達したばかりの若い雄か？これは通過儀礼だったのか？　一種のテストなのか？侵入の技術、知性、そしてラインハートの頭をひきちぎるだけの力が備わっているかどうかを試すための。

そいつがやったのはまさにそれだった。ねじり、ちぎった。もっともどす黒くて濃い染みが枕の下のほうに広がっていた。ラインハートは抗わなかった。何ひとつ乱れていない。本さえも、コーヒーテーブルの上で眼鏡の横にきちんと積みかさねられていた。おそらくは読みかけたものの眠すぎて集中できないと思ったのだろう。本をかたわらに置き、スタンドを消し、毛布を首まで引きあげた。ラインハートはずっと物音に気づかなかったのだろう。やがてそいつはすぐそばまで迫り、ラインハートを見下ろした。そのときラインハートは目を覚ましたのだろうか？　毛皮がさっと顔を撫で、ざらつく皮膚の感触が口を覆ったときに？　そうでないことをわたしは祈る。神様、お願いです。ラインハートが最後まで眠りから覚めないままだったらいいのに。

とはいえ、もうひとつの可能性が絶えず脳裏をかすめるのはなぜなのか？　目覚め、黒々とのしかかる巨体に気づいたラインハートの物語。突きさす視線、生温かい息、喉をつかむ指。あえて反撃せずにいるラインハートを想像しつづけてしまうのはなぜなのか？　一方の手で押さえつけられ、もう一方の手の指で喉笛をつぶされるとき。蹴りもせず、ひっかきもせず。自らの命を救おうともしない。意識が覚醒してからの何秒間か、ラインハートは恐怖に憑かれ、現実を受けいれる以外、何もしなかったと想像してしまうのはなぜなのか？

　血の足跡のせいだ。あの二つの巨大な足の歩幅。幅はあまりにも短すぎた。以前、彼らが走るところを見た。あのときの歩幅なら、カウチとキッチンの間にはせいぜい一対の足跡しか残っていないはずだ。だが、ここにある足跡のひとつひとつは接近しすぎてて、数も多すぎ、そこに混じる血は多量すぎた。並行して続く跡のうち、太いほうは体が、細いほうは頭がつけたものだ。ラインハートの頭の血が、壁や床にビチャビチャと飛びちっていた。まるで化け物が口をつかみ、前後に大きく振りまわしたように。悠然と。恐れをしらず。

　当然だ。こんなにやすやすと侵入を許す相手をどうして恐れなければならないのか？　しかもその相手ときたら、反撃さえしようとしないのに。

第二十一章

チンパンジーは人間を食べかねないと聞けば多くの人々が恐怖をおぼえる。とはいえ、チンパンジーからすれば、人間にしたところで霊長類に属する別種の動物にすぎない……。

——ジェーン・グドール
『森の隣人　チンパンジーと私』

シニア・レンジャー、ジョゼフィーン・シェルの証言

一九九一年、コロラド州ボールダー。町は楽園みたいでした。草木が青々と繁り、何ひとつひとの手で損なわれていなかった。というか、損なわれるも何も、ほんとうならそれはそこに存在するはずがないものだった。ボールダー周辺の地域は本来、半乾燥気候に属しています。芝生や果樹のために水を汲みあげたのは町の住民でした。果樹が成長すると、シカがやってきて、地元住民は大いに喜んだそうです。「ほら、おまえ、うちの庭にシカがきてるぞ!」

草食動物がやってくると、それにともなって肉食動物もやってきた。当時、ピューマはきわめて稀少でした。初期のヨーロッパ人が絶滅の危機に追いやったんです。生きのこったピューマはロッキー山脈の奥深くに入りこみ、人間

と接触する機会をほぼ完全に回避しました。でも、シカを追って山奥から下りてきたピューマは、新種の人間が、〈見つけ次第、撃《シュート》つ〉タイプの先祖とはまるでちがうことを知ったんです。いまの人間たちはカメラで撮《シュート》るだけ。「すごいぞ、子どもたち、見てごらん！　本物のピューマだ！」って。

より賢明な人々は訴えました。「ここは動物園じゃない。あれは捕食動物だ。危険なんだ。怪我人が出る前に、つかまえて別の場所に移してやる必要がある」

誰も耳を貸さなかった。〈野生の世界〉に生息する巨大ネコを目にするなんて、信じられないくらいに幸運だと思うだけ。家のすぐ裏に林があるというのに、動物園なんて必要ない。

そのうちイヌが消えはじめた。最初は小さなイヌ。わが身を守れないちっぽけな愛玩犬です。だから誰も耳を貸さなかった。バッジをつけたひとたちが、その危険性についてふたたび人々に理解させようとしたというのに。「くだらない、誰かのビションプードルミックスがリードをふりほどき、どっかへ行ってしまっただけのことじゃないか」負傷したイヌの一頭はコッカプーで、嘘みたいですが〈フィフィ〉という名前でした。フィフィが襲われたのは森のなかでなく自分の小屋の真ん前だったことは言うまでもありません。それでもなお懐疑的なひとたちはこう考えていた。フィフィが襲われたのは、彼女が手の出しやすい標的だったからだ。ピューマが普通サイズの戦闘的なイヌに狙いを定めたりするもんか、なんて言って。

ところがやがて普通サイズのイヌにも被害が及びはじめた。一頭のドーベルマンは九死に一生を得た。ラブラドールレトリーバーとジャーマンシェパードの黒いミックス犬はそうでなかった。「リードにつながれたイヌをなんと呼ぶ？　紐つき肉さ」当時、流行っていたジョークのひとつです。地元新聞に似たようなマンガが載ったことも。飼主が巨大ネコから受けとった手紙を彼女の子イヌに手渡して、そこに「食物連鎖にようこそ」って書いてある。

――ジョゼフィーンがかぶりを振る。

食物連鎖。本来、わたしたちが食物連鎖のどの辺に位置しているのか、誰も憶えていない。危険がすぐ間近にまで迫っていました。やがてエスカレートし、ついには人々の玄関口へといたる径路に沿って。

人々は対策に着手しはしました。それは認めます。一頭のピューマが狩猟牧場を襲撃したあとで駆除され、何をすべきか議論する町の集会が開かれた。いかにもありがちですが、このときも議論はひどくおざなりで、しかも時すでに遅し。ピューマはそこいらにいて、次第に数を増やし、何度か境界線の突破を試みたあと、いまやその行動は日ごとに大胆さを増していたのです。

イヌを殺すのが当たり前になってしまうと、彼らが食物連鎖を上に向かって徐々に進み、やがて人間に到達するのは時間の問題にすぎなかった。ジョギングしていたひとが追いかけられ、追いつめられた。彼女がかろうじて生きのびることができたのは、護身術の講習を受けていて、反撃する手立てを知っていたからです。病院の従業員が駐車場で追いまわされた。家から出られなくなったひともいました。その他いろいろ。

ある日、スコット・ランカスターがランニングに出かけ、そのまま戻ってこなかった。スコットは十八歳で、健康で、頑健で、自由時間に有酸素運動をしようと高校裏の山道に向かったんです。

二日後、スコットは見るも無残な姿で発見されます。胸を引き裂かれ、内臓をむさぼられ、顔を食いちぎられて。死体の残りはピューマの胃のなかで発見されました。調査の結果、問題のピューマは獰猛だったわけでもなければ、餓死寸前だったわけでもないと判明した。この一件だけじゃなく、その後、住人がピューマに襲われ、命を落とすという事件が相次いだわけですけれど[*1]、ここからどんな事実が読みとれるかわかりますか?

彼らはもうわたしたちを恐れていない——そういうことです。

日記#15（承前）

「あなたのせいじゃない」モスターはわたしたちの背後に立っていた。またもわたしの心を読みとった。わたしが自分を責めずにはいられないことはお見通しだった。あのとき家に帰る必要はなかった。ここにいたら追いかえせた。いっしょにいて明かりをつけていたら、わたしが助けを求めていたら。ラインハートの命を救えたかもしれない。せめてここにいたら！

「あなたのせいじゃない」モスターがくりかえした。

「わたしのせいよ」

一瞬、それまで見たことのない何かが視界に入った。モスターは不安げにごくりと唾を呑み、わたしと視線を合わせまいとした。

いまのは罪悪感？

「こんなに早く、こんなに大胆になるなんて思わなかった」低い声。かろうじて聞きとれた。「火を使えば……彼らが楽しみのために殺しをはじめるまで……少なくともあと一日は時間が稼げると見てたんだけど……」

モスターはかぶりを振り、外国語の文句を吐きすてるように口にした。「マイムネイエダン！」[*2]

それからあれは消え去った。背筋を伸ばし、澄んだ目をして、わたしたちを眺めわたした。戦争映画の将軍然として。

「もう時間がない。村全体を杭で囲みつくすのは無理ね。規模を縮小し、集会所の周辺に防御線を構築しないと。それもすぐに。カーメン……」哀れな女性は手指消毒液をあやうく落としかけた。「ボビーを叩きおこしてきて。起こして服を着せる以外にも、必要なことがあればなんでもやって、とにかくボビーを起こし、服を着替えさせて。さあ急いで」

カーメンが外に駆けだすと、モスターはくるりと回転し、エフィーとパロミノのほうを向いた。「家に戻って、毛布を何枚かもってきて。もってるうちでいちばん重いやつを。移動するのは一回こっきり、抱えられるだけの毛布を抱え、集会所まで運んで」

二人は余計な質問もせず、さっさとその場をあとにした。

ふたたびわたしに向き合い、モスターが言った。「ラインハートのキッチンを漁り、冷凍食品、缶詰、乾物類を集め、大きな袋ひとつにつめて」

わたしはうなずく。モスターはダンの袖を手でつかんだ。「きて」それから二人はどこかに行ってしまった。

モスターの声からはなんの感情もうかがえなかった。時間がなかった。

わたしはラインハートのキッチンに急いで戻った。靴が床の赤い跡に貼りつく。ロール状になっているビニール製ゴミ袋を一枚引きちぎると、冷凍食品の残りを詰め、急いで集会所に向かった。

彼らのにおいはいっそう強烈になった。思い込みのせいじゃない。尾根の上に姿も見えるが、こちらも思い込みが見せてるわけじゃない。木の間に、背が高く黒い影。ただそこに立って、わたしを見つめていた。わたしは二夜前に投げこまれた岩を避けようと視線をすばやく下に落とした。それからまた目を上げると、もう何も見えなかった。一瞬の後、遠吠えがはじまり、ひとつの吠え声はやがてコーラスへと高まった。素っ裸でさらされているみたいだった。わたしの新しい槍は。家に置きっぱなしだ。まさか必要になるなんて。もう時間がない。

頭を低くした姿勢を保ち、最後は駆けこむようにして集会所に入った。食べ物を冷凍庫に放りこみ、また外に出るとモスターとダンが彼女の家を出るところだった。二人とも腕いっぱいに杭を抱えていた。それを下に置き、モスターはわたしの視野のすぐ真後ろに控える何かを指さした。ダンがモスター家の入り口に立てかけてあった槍に手を伸ばすと、モスターはエフィーとパロミノに呼びかけた。「デュラント家へ！」メガホンのような声、自分についてこいと必死に振る手。

全員がデュラント家の前でモスターに合流した。わたし、エフィーとパロミノ、それからカーメンと、おずおずと付き従っているボビー。ひどくぼうっとした顔のボビーはパジャマの上にローブをまとっていた。

そのときモスターが何を考えていたのか、わたしにはわからない。デュラント家の戸口に全員を呼びあつめるって。全員いっしょに？　社会的圧力とか？　それともたんに、二人を無理やり引きずりだすにはこれだけの物理的な力が要るってこと？

「イヴェット！　トニー！」ドアベルもノックも無視。

モスターは手の込んだデザインが施された木のドアに拳の横や開いた掌を叩きつけた。「開けて！　このドアをさっさと開けなさい！　ほら！」切迫感みなぎる、暴力的なまでの勢い。

　もはや眠気の吹っとんだボビーが一歩あとずさった。カーメンとエフィーは二人で娘をハグしていた。わたしはダンの腕をつかんだ。新しい可能性に思いおよび、息が止まった。ラインハートが最初じゃなかったら？

　わたしはダンを連れ、引きかえそうとした。これから待ちかまえているはずの光景がわたしの頭のなかいっぱいに広がっていて、ほかには何も考えられなかった。そのとき玄関のドアがゆっくりと開いた。とはいえ、呼びかけに応えて出てきた食屍鬼《グール》の姿を目にした瞬間、安堵の波は砕けた。

　赤く濡れた焦点の定まらない目が、くぼんで暗い眼窩の奥で光を放っていた。唇にはあかぎれができ、ひび割れとかさぶたで縁取られて、その上にひげを剃っていない痩せこけた頬が張りだしている。靴を履いていない足、染みのついた白いTシャツ、いまにもずりさがりそうなよれよれのスエットパンツは爪が不潔に伸びた震える手につかまれ、かろうじてその場にとどまっていた。ややあって悪臭が、目に見えない湿った雲のように戸口から漂ってきて、わたしに襲いかかった。体臭。口臭。かすかな糞便臭。

「トニー？」モスターの全身から力が抜けていくのが見てとれ、ため息まで聞こえたような気がした。わたしが自分の気持ちを投影してるだけ？　勝手な思い込み？　モスターは別に驚いていなかったような気もする。その他の人間は例のごとくそろいもそろってたじろいでいた。

「トニー」今度はやや大きく。言葉はゆっくりと空《くう》を切りつける手の動きと呼応していた。「イヴェットはどこ？」

「ああ……」ゆがめた口をあんぐり開けると、汚れた歯の列が丸見えになった。「そおぉぉかぁぁぁ」わずかに目を細めた。別の部屋にまちがって足を踏みいれてしまったとでもいうように。

「イヴェット」モスターがもうひとりの人物を求め、トニーの向こう、周辺、背後に目をやろうとした。「イヴェット！」

　唇をなめ、それからまた、「そうか……」トニーが背を向けた。

「ちょっと、トニー……」モスターが言いかけ、トニーを追ってなかに入った。残りのわたしたちはごちゃっとなって後を追う。ダンの槍がドア枠にひっかかって、あやうくエフィーに突き刺しそうになった。間髪入れずダンは「ごめん」と言い、外に武器を置いた。

そのときにはわたしはもうダンよりも先にいたが、なかに漂っているにおいで吐きそうになった。汗、足、階下のバスルームから漂う濃密ですえた小便のにおい。そして見えたのは……。

これがもしほかの誰かの家で、かつまた状況が違っていたら、家の住人のことをたんに無精者と思っただけだっただろう。

床にはタオル。服が何着か。本棚やら空き瓶やらに囲まれたいくつかのワイングラス。カウチの上の枕や掛布団は、黒ずんだ垢が付着して茶色い染みになっていた。大学生の寄宿舎の部屋とか、はじめての一人暮らしをしている二十代の同僚の何人かを思えば、そこまでひどいありさまでもない。でも、家が家だし、住んでるのはあのひとたちなのだ。

わたしが愕然としたのは、取り散らかった部屋の様子や、壁にできたへこみの下に転がっている壊れたｉＰｈｏｎｅサイズのへこみの下に転がっている壊れたｉＰｈｏｎｅだけではない。むしろ雑誌のせいだ。雑誌がガラスのコーヒーテーブルを覆っていた。上にもあれば下にもあり、コーヒーかすが底にこびりついたマグカップの間に押しこまれているものもあった。『ワイアード』『フォーブス』『エコストラクチャー』。すべてしわが寄り、水濡れだらけだった。どれもこれもトニーの顔が表紙になっていた。**エコ資本主義の夜明け、グリーン革命、終わりなき闘争**。

「トニー！」モスターは彼の腕を取り、自分のほうに向かせた。「イヴェットはどこ？」穏やかに、断固として。「あなたたち二人に話しておきたいの」

「ああ、そうか、イヴェット……」トニーの目は宙を見据えていた。絶望的な戦いの最中にあっても遠くを見つめつづけなければならない兵士のような目で。額にしわを寄せ、舌で唇をぐるりと舐める。「イヴェット」

トニーが口をつぐんでいたとき、わたしたちはその音を聞いた。

ジー、ジー、ジー。

モスターがかぶりを振った。もっと早く気づかなかった自分に腹をたてているのかもしれない（いずれにせよわたしはそう感じた、ガレージをチェックし忘れるなんて）。わたしはドアをノックしていたかもしれない。もしモスターがわたしの横を突きすすみ、ドアをさっと開かなかったなら。

まぶしい光が、目には見えないが鼻につんとくる霧とともに流れこんだ。

イヴェットというかイヴェットのなれの果ては、エリプティカルマシンからあやうく転げおちそうになった。「なんなの？」その声は高く、かすれていた。リビングに飛びこんできた。汗にまみれ、半狂乱。イヴェットの目を思いだすたび、つねにこれが甦るだろう。半狂乱。あらゆるひと、あらゆるものを狂気じみた光で射抜く目。イヴェットの顔、姿態——わたしたちは骸骨のように痩せこけた体を見ていた。びしょ濡れのスポーツブラとヨガパンツの下の、頑丈な骨の上にぴったりと張りついた皮膚。わずかでも食べものを口にしたのだろうか？　こんな短期間で、何をどうすれば体や心をここまで変えられるの？　まだ二週間もたっていないのに。人間ってこんなに早く崩壊する？　こんなに簡単に？

そもそもはひととなり次第というか、これまでそのひとがどの程度無理してたかによるのだろう。

逆境に置かれたとき、ひとは真の自分と対面する。

はじめまして、ミスター・アンド・ミセス・デュラント。

「いったいぜんたいなんなのなんなのなんなの！」首にかけた雑音防止ヘッドフォンからガーガー洩れてきた、わけのわからない音声がいまでも聞こえるようだ。音楽じゃなかった、何かのおしゃべり。自己啓発？　瞑想の手助け？　イヴェット自身の声？

モスターはかろうじて口にした。「イヴェット」でもそれは半狂乱の声にさえぎられた。「いったいなんの用なのよ！」

状況を認識し、それに合わせる。モスターは、イヴェットに対するスタンスを命令的なものから懐柔的な緊張緩和策へと移行させた。「イヴェット、お願い、どうしてもあなたたちをここから連れだす必要があるの」穏やかに、親しみをこめて。子どもや飛び降り志願者に語りかけるように。「向こうにいる動物たちのことは知ってるでしょ?」ゆっくりと、相手を刺激しないように手を振り、壊れたまま修理していない窓を示した。「彼らはわたしたちを取りかこんでいる。いい? しかもますます攻撃的になってる。あなたも聞いた――」

イヴェットはそれをさえぎり、一気にキーキーまくしたてた。「なになになにいいえ知るもんですか動物なんて」肌は冷たい空気のなかで湯気をたて、頭が一語ごとに揺れる。

「なにもわからないあなたが言ってることなんて」イヴェットの息。一・五メートル先からでも飢餓のにおいがした。

モスターは気づかい、懸念した声で、「あなたも悲鳴を聞いたはずよね。ヴィンセントのようじゃなかった? 彼の声を聞いたよね?」

それを聞き、カーメンが励まそうとしてボビーに腕を回した。

モスターがつづけた。「そのあと、昨日の晩に、アレックスが……」

「わたしはなにも知らない!」イヴェットが軋り声をあげた。英国上流階級訛りは消えていた。新しい訛り、もともとの訛り、きついオーストラリア人口調が丸出しになる。「行ってちょうだい!」ドアに向けて狂ったように頭を上下に振る。「行って……行って行って行って!」

「わたしたちみんなで行かなきゃいけない」モスターがゆっくりと言った。「生きるために必要なものをもっていく必要がある。全員で集会所に移動するの。そこにいれば、おたがいの身を守れる」

彼らの世話をどう進めていくか、わたしはすでに計画を練っていた。まずはシャワー。熱いお湯を浴びせ、ごしごしこする。必要ならイヴェットを押さえつけてでも。いずれにせよトニーはおとなしく従ってくれそうだ。食料を要する口がさらに二つ。それから衣服。わたしは彼らの服を手洗いするつもりだった。別にかまわない。清潔、安全。それで彼らは正気に戻るだろう。そうなってもらわないと。全員いっしょに閉じこもり、すべてを分かち合う。選択の余地はない。

「急がないと」モスターは一語一語をはっきりと発音した。「何ももたず、ただいっしょに――」

「だめだめだめ!」イヴェットは下あごを突きだし、一歩だけ下がった。追いつめられた動物。わたしはそんなことしか考えられなかった。檻のなかのサル。「出てってちょうだい！　あなたたち全員さっさとほらほら！」

すでにトニーは腰を下ろし、カウチについた睡眠時の染みに溶けこみつつあった。いま自分のまわりで起こっていることになど気づいていないようだった。目を向けず、身動きもしない。

「イヴェット、お願い！」モスターが耐えきれず、懇願でもするように両手を伸ばした。必死さが伝わり、わたしは胃のあたりがぎゅっと締めつけられるような気がした。「こんなことをしている時間はないの！　彼らはもはやわたしたちを恐れては――」

モスターが言いきることはなかった。

あのとき、モスターの顔は、わたしたちの背後の大きなリビングの窓に面していた。

わたしは振りかえった。カーテンを閉ざした窓の真ん前に立っている何ものかの黒い影をとらえたと思った瞬間、窓が粉々に砕けた。

第二十二章

もしこの突撃がただのはったりだとしたら、わたしたちを威嚇しようと叫び声を発していたでしょうね。でも、彼らは静かだった。しかも大群だった。彼らは仕留めるためにやってきた。

――霊長類学者シェリー・ウィリアムズ
BBCニュース、コンゴの〈謎の類人猿〉について

日記#15（承前）

大混乱。
叫び声と走る体。わたしの胸にひじが、顔に髪が、そしてむこうずねに誰かのむこうずねがひっかかる。完全に振りかえる前にわたしは駆けだしていた。よろけ、倒れ、起きあがろうとし、『エコストラクチャー』誌を踏んでまた足をすべらせた。

顔を絨毯に打ちつけたその瞬間、頭ほどもある大きなこぶしがビューッという音とともにすぐ上の壁に叩きこまれた。亀裂の走る音が聞こえ、振動を感じ、顔を上に向けると再生デニムの緩衝材から湧きでた青いほこりを通してダンの顔が見えた。ダンの手がさっと伸び、わたしを両わきの下から抱えこんだ。
パロミノ！　意識に最初に浮かんだ考えがそれだった。パロミノはどこ？　頭をぐるりとめぐらせ、部屋を見渡した。目に入ったのはトニーだけだった。全力疾走でカ

ウチを越え、宙を飛ぶようにしてガレージのジムに通じるドアを抜けた。イヴェットが一歩半後方にいて、トニーの名を呼び、夫をつかまえようと手を伸ばしていた。その背後で、ホーホーという声を発する巨像がイヴェットをつかまえようとこちらも手を伸ばした。

家の外を移動する姿（モスター？）がちらりと目に入ったが、すぐさま視界から消えた。

ドタドタと逃げていく音が頭上から聞こえた。二階の小さな足。人間の足？

「パロミノ！」天井に向かって叫ぶと、ダンがわたしを立ちあがらせた。わたしの耳に大声で「早く！」と言い、腕をがっちりつかんだ。

一緒にキッチンドアを目指して駆けだした。テーブルと椅子を迂回し、あとほんの二、三歩。スライド式のドアに手をかけようとしたとき、目の前に何かがぬっとあらわれた。一撃して跳ねかえる拳。

「うしろへ！」ダンがわたしを引きはなすと、支脈の走った安全ガラスに攻撃者が文字どおり——ほんとうに文字通り——めりこんだ。そいつは一瞬、視力を失い、手足をばたつかせて全身を包むガラス片をバリバリいわせた。

「こっちよ！」背中のほうから叫び声。外にいるモスターがリビングの窓の穴からわたしたちを招いていた。

モスターはわたしを待っていた。自分は脱出したのに、待っていてくれた。

モスター。

わたしたちはリビングの反対側へ突進した。あたりを乱打しながら、エクササイズルームへと前進している怪物の横をすりぬけて。見つけたぞ、というようなり声。モスターの恐怖の表情。やつがこちら側へと向きを転じ、わたしたちを追ってきたにちがいない。が、ちょうどその刹那、わたしたちはジャンプし、窓の自動車サイズの穴をくぐりぬけた。

モスターが叫んだ。「走って！」そして、ダンがもってきた槍を振って合図した。次の瞬間、わたしの顔のすぐ横をかすめ、槍が突きだされた。くるりと振りむくと、血まみれの巨大な手はまだ刃をつかんでいた。

悲鳴、そして長々と続く苦痛の叫び。耳のなかでその声が鳴りひびいていたが、モスターはわたしを前に引っぱり、蹴飛ばした。文字どおり蹴飛ばしたのだ。わたしの家のほうへと。「行って！　行け！」

　わたしは全速力で私道を横切った。月のクレーターのようにめりこんだ石をいくつもかわしながら。彼らはすぐうしろにいるとわたしは思っていた。モスターとダンは。彼らのためにドアを押さえてさえいた。でも彼らは、右に行くかわりに左に突進し、集会所の反対側を回りこんだ。モスターの考え？　ターゲットを複数にするとか？　あるいは最終的な目的地はモスターの家ってこと？　モスターの作業場？　武器？　モスター家のドアの前に到着した二人を見たとき、わたしは突如、猛烈なパニックに見舞われた。家族が反対側の地下鉄に乗っているのに気づいた小さな子どものように。

　わたしは呼びかけた。「ダン！」一瞬だが、ダンは実際に足を止めた。目が合い、何かを認知し、何かを言いかける。そのときモスターの肩が勢いよくぶつかり、ダンを入り口からなかへ追いやった。背後の咆哮。わたしは屋内に飛びこんだ。

　二階に行くべきだった。少なくとも槍をもってくるべきだった。槍はそこにあったのに！　玄関ドアの背後に立てかけられて！　バカ！　失敗だらけ。もし武装し、仕事場をバリケードでふさぐとか寝室にたてこもるとかしていたら。寝室にいたら裏のバルコニーから脱出できていたかもしれないのに。いくつもの選択肢とチャンス。

　やったことは全部まちがい。一階にとどまり、窓にそっと接近し、道の向こうの恐怖を覗く――その全部が。

　目を向けたちょうどそのとき、デュラント家のガレージの扉が徐々に上に開きはじめた。三十センチほど、いやもっと狭いかもしれない。トニーがやっと這いでることができるぐらい。トニーはテスラに向かってすばやく進む。右手につかんでいるのはスマートキーらしき何か。運転席に飛びのったちょうどその瞬間、外に出たイヴェットがカニ歩きで追ってきた。助手席に向かって走り、ハンドルレスのドアを開けようとする。ドアをバンバン叩き、それから骨張った両こぶしを窓に打ちつけた。

　最初、トニーの姿は見えなかった。車は彼らの自宅に向けて止められていた。でも、バックライトが点灯したとき、タイヤが四つの灰の雲のなかでスリップしたとき、イヴェットが轢かれないよう後ろに跳びのいたとき。

　トニーの顔が見えた。フォトショップで修整されたみたいな、日常性の仮面。死に物狂いで逃げているというふうではなかった。たんに妻を見捨てただけじゃない。店に向かう途中、いつもの三点ターンをキメただけという感じでそうしたのだ。イヴェットが正面に飛びだし、ボンネットをドンドン叩いたときでさえ。

「このくされまんこ！」イヴェットの金切り声、わが家の二重ガラスの窓越しでもはっきりくっきり。「このくされボケくそボケまんこ野郎！」

　トニーはクラクションを鳴らした。ほんとに鳴らしたのだ！　パタパタ動くフロントガラスのワイパーの向こうにいるトニーの顔にあったのは、なんだろう、不安？　道路工事やらのろくさ横断している歩行者やらのせいで足止めを食わされてるときのような？　ヒステリックになっているイヴェットを見て、ちょっとだけしかめ面をした。イヴェットの背中には四本の長い血の筋がついていた。「くそやろうくそやろうくそやろうくそくそくそ**くそやろうううううう！**」

　わたしのほうはどんな様子だったんだろう？　おそらくはそのまま変わらず？　トニーが渋滞に巻きこまれてるとすれば、わたしは映画を見ていたというか。動かず、話さず、彼らに警告しようともしなかった。茶色い、毛むくじゃらの巨大な怪物が窓の穴から跳躍し、建築物解体用の鉄球《レッキングボール》みたいに車体の屋根にドンと落ち、フロントガラスに亀裂を走らせたというのに。

〈アルファ〉だ。掲げた両腕。ホーホーという鳴き声。

　わたしは目をそらすことができなかった。〈アルファ〉は、じたばたもがき、悲鳴をあげているイヴェットのよれた長いロープのような髪をつかんでいた。イヴェットは蹴り、叫び、こぶしをうしろに振りまわし、人間の前腕ほどもある指を殴りつけた。〈アルファ〉がぐいと引くと、すべてが終わった。一度、思いっきり引っぱっただけでイヴェットの首はうしろに折れ、頭が背骨にくっついた。スイッチをパチン。イヴェットが倒れた。

　それからもう一度、引っぱり、頭上でぐるりと振りまわした。イヴェットの体が車のフロントガラスに叩きつけられ、不透明なバリアを崩壊させた。トニーの尻が後部座席に消えていくのがちらりと見えた。車から這いでようとしていたのか？　けど、どちらの後部ドアも開かなかった。足元のスペースに縮こまっていただけかもしれない。追いつめられ、なすすべもなく。

　ほとんど形をなくしたイヴェットをつかんでぶらぶら

揺すりながら、もう一方の腕をフロントガラスにできた穴に通し、トニーの右脚をつかんで引きずりだした。左脚がシートに引っかかり、ありえない角度でねじれるのが見えた。叫び声は聞いていないはずだ。フードの上でうしろに引きずられながら、両腕をバタバタさせ、なめらかな金属をつかもうとしていた様子からして。トニーの姿は昆虫を思いださせた。捕らわれ、はばたこうとしているチョウ。

トニーがまだ動いているのに、〈アルファ〉は地面に放りなげた。腹這いになったトニーが、地面の上で弾んだ。〈アルファ〉が巨大な足で肩甲骨の間を踏みつけた。どうしてトニーはこちらに顔を向けていたのか？　口からぶくぶく出る赤いあぶくを見る必要なんてあったのか？　もう一度、踏みつけるとあばら骨が砕けた。口からもっと濃く、もっと黒い血がどっと噴きだし、呼吸困難になった肺が痙攣を起こした。

いまや〈アルファ〉はトニーの上に立ち、両足を交互に使ってトニーの首と背中の骨を砕いた。頭が炸裂した。砕けたんじゃない。炸裂。頭蓋のなかの流体？　圧力をかけられ、鼻や目からブシュッと弾けでた赤い物質はそれ？

〈アルファ〉はトニーを高々と掲げた。いまやトニーは、だらりとなって滴を垂らす皮の袋とびしょ濡れの服にすぎなかった。そしてイヴェット――アルファのもう一方の手で吊り下げられたあやつり人形――はまだ原形をとどめていて、目を見開き、大きな口をゆがめ、なおも何かを見つめていた。〈アルファ〉が遠吠えを発した。勝利の長い絶叫は、わたしの目の前のガラスを震わせているようだった。

集結を命じる叫び。残りの連中が駆けてきた。〈双子〉は家の裏から回りこむ。〈斥候〉は全速力で円を突っきった。年老いた〈灰色〉もなんとかその速さについていこうとしていた。斜面からは〈ジュノ〉と母親になったばかりの二体が。小さな若い雄が正面の戸口を無理やりくぐりぬけ、〈老貴婦人〉はリビングの窓の穴から這いでた。彼女の背後には背が高く、幅が広い〈王配〉。その血だらけの手から滴が垂れる。モスターがダンの槍で突いたのはこいつだったにちがいない。傷を舐める血まみれの舌。

跳ね、ホーホーと鳴き、胸を叩きながら、リーダーのまわりに集まる。全員が目をそらして。一頭たりとも〈アルファ〉を直視するやつはいない。そのまま適当な距離にまで接近すると、開いた両手を突きだした。懇願。服従。

〈アルファ〉がすでに形をなくしたトニーのドロドロの塊を足元に落とした。群れが前に突進した。〈アルファ〉が吠えたてた。群れは後退した。〈アルファ〉はイヴェットのむきだしの腹へと、いまは何ももっていない手を伸ばした。鋭い爪が平らな筋肉質の腹を裂くと、赤い奔流が白い肌の上をどっと流れた。ゆっくりと、穏やかとさえいえるような動きで引っぱると、ひとつかみの血まみれのホースが転げでた。

円は狭まり、キーキーという鳴き声は高まった。アルファが手を低めると、小さな雄、〈寵児《ゴールデンボーイ》〉がひと口目を食らい、それから皆に背中を向けた。イヴェットの死骸につながったままの長い腸。

群れは異様に興奮し、なかにはグルグル小さな輪を描くようにして駆けまわるやつとか、灰のなかを発作的にゴロゴロ転がったりするやつもいた。サメがこんなことをするとき、なんて言うんだっけ？〈狂食状態〉だっけ？〈アルファ〉はイヴェットの胴の内側からもう一度つかみだそうと視線を下げた。そのときだ。〈アルファ〉がわたしを見たのは。

スパイ。覗き屋。どうしてわたしはいつまでもあそこにいたのか？どうして見ていなければならなかったのか？あの最初の夜みたいに。コンポスト容器の喧嘩があった夜。わたしにじっと視線を注いでいた。にらみ合いで勝負しようというのか？もうひとつかみの内臓を手にしたまま、あの巨大な頭は上向きになる途中でぴたりと停止していた。二つの黒いビー玉のきらめき。

咆哮！イヴェットの体がわきに放りだされ、山が突進してきた。

わたしはカーテンから離れ、後方に跳びはね、走り、つまずき、ひざをこすりつけて階段をのぼった。またも槍を忘れた。またもやまちがった隠れ家を選んだ。来客用のバスルームは、階段を上ってすぐのところにあった。ドアは開いていたし、裏窓も開いていた。あんなところをくぐりぬけられるなんて、どうして思ったんだろう？ドアをバタンと閉ざし、施錠し、閉めた便座の上に飛びのり、両肩をじりじりと押しいれようとした。

狭すぎ。

もう一度、押しやり、全身の力を抜き、体の肉を無理やりへこませようとした。摩擦、ひりつき。また試した。今度はもっとスピードをつけて。もう一度。引っぱる。金属の下枠で皮膚がすりむける。狂気とは、別の反応が返ってくるのではないかという根拠のない期待を抱いて同じ行動を反復すること。強引に体を通そうと試しつづける。まるで四角い穴にはまったケイト型ひっかけ釘。前後に動き、両腕をねじり、後頭部を下枠で強打する。首が動かなくなるまで何度試みたかもわからない。いつ首が動かなくなったのかも。あの頭蓋の下のこぶ、両目の奥で破裂した手榴弾《しゆりゆうだん》。痛みがさざ波となって首を下降し、顔の右側へ広がった。耳、あご。背骨。

動かない。動けない。

トイレの上にまた腰を下ろす。頭、首、右腕が動かなかった。立ちあがってドアに行こうとした。ノブに手を伸ばした。

手のなかでドアノブが振動した。家全体が揺れていた。

リビングの窓が破壊されたらしい。カーテンが取り付け具から引きちぎられる音が聞こえた。わたしは身動きしなかった。息もつけなかった。首からの衝撃波をあまり感じなかったのは、きっとアドレナリンが大量に分泌されていたからだ。わきの下から腰へと冷や汗がだらだら流れていたのを憶えている。

〈アルファ〉はわたしを見なかったかもしれない。わたしはそれを期待していた。カーテンのせいで、わたしの逃げる姿はアルファの視界に入らなかったはずだ。どちらの方向に逃げたか、わかるはずがない。

また咆哮。わたしの前の鏡が振動する。コーヒーテーブルを激しく叩きつけるバンという音が聞こえた。カウチのドサッという低い音。ドンという振動混じりの衝撃音がすばやく、三度くりかえされた。こぶしで一階のバスルームのドアを強打しているのだ。バリバリバリという長い亀裂音からすると、どうやらドアは打ちやぶられたらしい。

不満げにフーッと息を吐く音。そして沈黙。〈アルファ〉はいったん休止し、聞き耳をたてた。おかげでこちらも考える時間ができた。どこからこのアイデアが生まれたかはわからない。でも、足が階段を踏みつけ、最初のきしみが聞こえたとき、わたしはポケットのなかのスマホを手に取った。まだ充電切れしてないし、まだ通信可能。ミュージックアプリをタップし、部屋を選択した。キッチンから爆音が流れた。

うなり声、のそのそ移動、それから鍋がぶつかる音や皿が割れる音。

ありがとう、『ブラック・ホール・サン』。

わたしは痛みをこらえながら注意深く息をし、思考に集中し、脱出計画を練ろうとした。ドアから出る？　別の窓をくぐりぬける？　モスターの家までたどりつけるだろうか？　〈アルファ〉のスピード、リーチの長さが脳裏をかすめる。その瞬間、床が跳ねあがり、音楽が停止した。スマホを確認すると、接続が停止していた。精密に設定された何かをアルファが切断したのだ。下からはさらに破壊の音が聞こえた。キッチンテーブルが勢いよくひっくりかえされ、〈アルファ〉はドスンドスンと足を踏みならし、リビングに戻った。バンという激しい衝撃音。別のドアが打ちやぶられた。

菜園。わたしの新芽たち！

低いうなり声。長く、ゆっくりと。ビシッバシッという鋭い音、ドスンドスンというくぐもった音。

別のところから聞こえる音。窓の外、高く、遠く。隣の家。パン、パパン、パン！

〈アルファ〉もその音を聞いたにちがいない。動きが止まった。わたしたち双方が耳を傾けた。騒音、そしてそれにつづくうなり声、攻撃的な吠え声、そして突然の悲鳴。

前に〈王配〉が発していたのと同じ声。モスターが槍で彼の手を突いたときの。

痛み。

あいつは傷を負った！

すさまじい音とともに家具がひっくりかえされた。子どもじみたぐずり声は次第に低くなり、キャッキャッというらだたしげな声に変わった。

わが家からも応答。わたしの菜園にいる〈アルファ〉が大声で吠えたてた。

ゴーン、モスターの家のどこかから、そんな深みのある低音が。家具じゃない。木材じゃない。生き物でもない。このティンパニじみた強烈な響きを生みだしているのは何かと想像するひまも与えられなかった。

絶叫。人間だ——モスターとダン。

ダン！　わたしはもう一度スマホを試してみた。わたしの逃亡を隠蔽するための音楽を再び。反応なし。圏外。カッとしてスマホを鏡に投げつけてやりそうになった。鏡のなかに煙探知器が見えた。記憶同士が衝突し、あるアイデアが生まれた。そのときちょうど吠え声が聞こえた。

〈アルファ〉はわたしが出す音を聞きつけたにちがいない。足音がたてたかすかな軋み？

とどろく足音。

わたしはタオルをつかみ、腕に巻きつけた。

音はより大きく、より近く。

空いている手にマッチ、タオルにくるんだこぶしとシンクのあいだにマッチ箱を。

階段が振動した。

一本目のマッチ棒をこすりつける。失敗し、悪態をつく。

トラックのような勢いでドアに衝突。

二度目のトライ。ぱっと火がつく。ちらちらする炎を生地の下に固定する。

二撃目。木が裂ける。


点いて。お願い。点いて！

ドアが勢いよく開き、太い指がわたしのシャツをつかむ。

点いて！　立ちのぼる煙の向こうでオレンジ色の炎が閃く。タオルにくるんだこぶしが燃えている！

〈アルファ〉がわたしを引きよせた。欠けた歯、悪臭、湿った息。

パンチを一発。

口のなかに！

くぐもった叫び。あいつがバクッと噛みついたとき、わたしはタオルから手を引きぬいた。

飛びちる燃えかす、チクチクする目。こげた毛と焼けた肉のにおい。

咳。

うなり声。

うしろによろめき、わたしをひっぱる。

ドア枠にわたしの頭がぶつかる。

前方に倒れる。

回転。

宙返り。

階段。
わたしの目、口に毛皮。
硬い骨を覆うなめらかな皮膚。
鼻が折れ、黒地に白い斑点が見えた。

第二十三章

タンザニアのゴンベ国立公園で研究を開始してまだまもない時期から、グドールは次の点に着目していた。チンパンジーは周期的に狩猟熱に取り憑かれ、その期間になるとたくさんのコロブスやヒヒが捕らえられるらしい。

——クレイグ・B・スタンフォード
『チンパンジーとレッドコロブス　捕食動物と餌動物の生態学』

シニア・レンジャー、ジョゼフィーン・シェルの証言

全世界でサメのせいで負傷するひとより、北米でバイソンのせいで負傷するひとのほうが多いって知ってました？　なぜかわかります？　乗ろうとするからなんです。ニューヨークとか東京とか、どこであれ安全に守られた都会生活の只中からやってきた観光客は、文字どおりバッファローの背中に飛びのろうとするんです。餌をやり、ハグし、彼らといっしょに自撮りする。〈ふれあい動物園〉にいるか、でなきゃディズニー映画の世界にでもいるような気になってるんでしょう。彼らは真のルールをけっして学ばない。それで、自分なりのルールをつくってもいいんだと思ってる。要するに、擬人化というやつです。たくさんの家族が小さい子どもをコヨーテの近くで遊ばせようとするのも、

ヴェニスビーチの〈グリズリーマン〉がアラスカヒグマに混じって暮らそうとしたのも、コロラド州のある町の住人が誰ひとりピューマが人間にとって脅威になるなどと想像しなかったのも、そもそもの原因はそれです。自然界を理想化しているあの手の連中、過剰教育を受け、それぞれが孤絶している都市住民。

しかも、ことは動物にとどまらない。わたしの同胞に対しても、やることはいっしょ。あの〈高貴な野人〉とかいう与太話。ルソーから、アルコール中毒者で女性に暴力をふるう、レイシストの反ユダヤ人主義者にいたるまで。彼がユカタン半島で撮った映画を見たことあります？　素朴で心やさしい原住民が〈自然と調和して〉暮らしていた。ところが、なんてこと、あの邪悪なやつらが、ピラミッドを建造し、穀物を育てる、堕落したマヤ族がやってきた！その後、神の懲罰たるスペイン人が登場して、めでたしめでたし！　映画のタイトルは『インディアンの自業自得』だったかしらね。さまざまなバージョンで変奏される、その手の哲学を、わたしは生まれてからずっと聞かされつづけてきました。

自然は純粋だ。自然は現実だ。自然との結びつきこそが人間に最良のものをもたらす。頭からっぽの哀れなクズどもの決まり文句。あいつらは毎年こんなところまでやってくるんです。ＲＥＩ《アール・イー・アイ》の新しい装備一式で身を固めて。足元の土を感じることはけっしてない。ひたすらエデンの園に入りこみたいと願っている。で、それから数日後、彼らは泥のなかを這いまわっている。飢え死に寸前になり、脱水症状に苦しみ、壊疽《えそ》になった傷をかばいながら。

彼らはみんな〈自然と調和して〉生きたいと思っている。けど、その後になって、自然のほうは人間と仲よくやっていく気などさらさらないのだという事実を思い知らされたりもする。そのときにはもう手遅れになっているというのに。

日記#15（承前）

何かが手に触れたような気がして目をさました。跳ね起き、両脚を引きよせ、いつでも蹴りつけられるように構えた。目を開けたとき、パロミノもうしろに跳びのいていた。

「きゃあ、ごめん！」そう言ったような気がする。それから身を起こして、パロミノを引きよせた。わたしの腕のなかでパロミノは震えていた。もしかすると震えていたのはわたしかもしれない。首がずきずき痛む。背中も。頭を傾け、パロミノの頭の上にあずけようとすると、右耳の下から肩の付け根までの皮膚がひりひりと痛んだ。あとでわかったのだが、表皮が完全にそぎとられていた。

パロミノと二人の母親がどんなふうにして命拾いしたのか知ったのも、やはりあとになってからだった。エフィーによると、デュラント家の窓壁が打ちこわされ、最初の怪物が乱入したとき、カーメンは一方の手でパロミノを、もう一方の手でボビーをつかみ、主寝室に駆けあがった。エフィーがすぐうしろに続いた。エフィーはドアをバタンと閉め、施錠し、ノブの下に椅子を突っこんだ。その間、カーメンはボビーとパロミノをベッドの下に押しこんでいた。

それからカーメンは手当たり次第に汚れた衣服を手に取った。汚れた衣服はいくらでもあった。どうやら二階はリビングよりもひどいありさまだったみたい。染みだらけで、不潔で、うんこまみれの下着。いや、本当なのよ。エフィーなんて、トニーのウン筋パンツを思いだしてゲロしそうになってたくらい。それなのに彼女の細菌恐怖症の妻はなんのためらいもなく汚れた下着を大急ぎでひっつかんでは、ベッドのすべての側面にぎゅうぎゅう押しこんだ。カーメンの見るところ、化け物どもの嗅覚への依存度はきわめて高く、視覚や聴覚にさえ匹敵しているようだ。そこでカーメンはこう考えた。ベッドと床の間の空間に汚れ物を詰めこみ、有害なにおいを放つ堀をめぐらせば、自分たちのにおいを消し去ってくれるだろう、と。

結果は目論見どおりだったはずだ。彼らの追跡者――おそらくは〈老貴婦人〉――がドアを叩きこわしたときには、全員がデュラント夫妻のベッドの下、汚物の防壁の背後に身を潜めていた。カーメンにとってそれがどんなものだったか、わたしには想像もつかない。あの真っ暗で息のつまる悪臭のなかに横たわっているなんて。カーメンがボビーに一発食らわせたのもそのせいかもしれない。エフィーに言わせれば、どうしてもそれが必要だったみたいだけど。

事件が起こったのは、〈老貴婦人〉が突入する直前のことだった。すでにドアはたわみはじめていた。全員がちょうどベッドの下にもぐりこんだところで、カーメンは最後の隙間に湿ってかび臭いタオルを押しこんでいた。ボビーは正気をなくしかけていた。荒い息、より早まり、より耳ざわりに。エフィーの話だと、カーメンは怒気を含んだ声で、静かにするようささやきかけたそうだ。ボビーは「無理、無理、無理！」と言いつづけた。

やっぱりエフィーによれば、ボビーが三度目の「無理」を口にしたとき、カーメンは一撃を食らわせた。大きく開いた平手打ちじゃなく、ぎっちり握りしめたこぶしで目にパンチした。全員腹ばいになって寝そべってるというのにどうやってそんなことをやれたのかはわからない。暗闇のなかでどうやってボビーの目のあたりを狙ったのかもわからない。でもパンチは見事に命中し、ボビーは呆然として黙りこんだ。けど、カーメンにとってはそれだけじゃ足りなかった。ボビーの首根っこをつかみ、唇を彼女の耳元に寄せ、こうささやいた。「黙れ、でないとぶっ殺すぞ、この野郎」

〝野郎〟と同時にドアが倒れた。〈老貴婦人〉がドカドカ足を踏みならして進んでいくとき、床板から振動が伝わってきたってエフィーは言った。〈老貴婦人〉はそのまま彼らのそばを通りすぎ、バスルームに入っていった。〈老貴婦人〉はバスルームに頭をつっこんだだけだったみたい。手を伸ばしてシャワーカーテンを引きちぎると、外にまた顔を戻し、イヴェットのウォークインクローゼットの扉をもぎとった。何秒間か、衣服をびりびり破り、たんすの引き出しを次々と開く音が聞こえた（どうして？　ただの好奇心？　それとも彼女たちが小さくなって、別の部屋にいったとでも思ったとか？）。

それから〈老貴婦人〉は怒りのうなり声を発した。おそらくは苛立ちのせいだ。それからくるりと振りむき、ベッドに向かった。何かを求めてそうしたわけじゃない。

というのも、エフィーの説明だと、ベッドからはシーツや枕、あげくはマットレスまでもが放りだされ、部屋中に散乱していたのだから。もし〈老貴婦人〉がボックススプリングだけになったベッドまでたどりついていたら、もし〈アルファ〉のホーホーという鳴き声が聞こえず、〈老貴婦人〉がむかっ腹をたてたままだったら。

助かったのはデュラント夫妻のおかげだ。いまエフィーはそう考えている。ほこりだらけの隠れ場だとか、夫妻の殺戮がやつの関心をそらしてくれたことだとか。あのときの様子を振りかえって説明するとき、エフィーは感に堪えないという表情でこうくりかえしたものだ。

「あのひとたちのおかげでわたしたちは命拾いした」

これじゃ先走りしすぎよね。ごめん。パロミノに起こされたときに戻ろうか。あのときは頭がすっかりぼうっとなって、思考と感情の間を行ったりきたりしていた。

〈アルファ〉！　わたしがいちばん最初に考えたのはそれだった。パロミノをぎゅっと抱きしめると、角の向こうで毛むくじゃらの黒々とした姿が身を潜めていないかと思い、びくつきながらも目で探りを入れた。階段のいちばん下のあたりの壁に焦げ跡ができていた。そこから燃えかすが点々と続いていて、ついには窓の穴から外に出ていった。ひらひらと揺れうごくカーテンの向こうに何かが見えた。灰のなかに転がっているのは黒焦げになったタオルの塊にちがいない。

「パロミノ、いったい、な……」尋ねかけたが、パロミノはわたしの手を振りきり、自分の手でわたしの手をつかむと、ドアのほうへ連れていこうとした。

「なに……どこ？」わたしは尋ねたが、パロミノは頑として耳を貸さず、無言のまま目で訴えかけた。何歩か踏みだすと、両方のくるぶしがカクンと弾けるような感じがした。それから、叩き壊されたガレージのドアが見えた。

菜園。

あいつはそれを破壊していた。

〈アルファ〉は灌水用ホースをシンクからむしりとっていたが、シンクからはなおも土の上に水が流れでていた。あれほど丹念に整えた畝はすでに跡形もなく、いまでは幼稚園の砂場さながら、めちゃくちゃに荒らされ、あちこちに山やら穴やらができていた。わたしたちの苗。残骸のなかに何本か散らばっていた。根っこごと引きぬかれた、いやおそらくはバックホー並みに巨大な掌が土くれをすくいあげたとき、そこにあっただけなのだろう。

　ヌルヌルした小さな緑色の塊がいくつか残されているところからすると、アルファは何本か食べようとしたらしい。トマト、キュウリ、パロミノの貴重な小さなマメ全部。嚙みつぶされ、吐きだされ、ポニーの糞みたいだった。でも〈アルファ〉の糞じゃない。それは別に残していた。

　部屋の真ん中にてかてかとした巨大な山が堆積していた。我慢できなかった？　動物が普通に用を足しただけ？　それともなんらかのメッセージを伝えようと意識的にそうしたのか？

「くたばれ、ちっぽけな獲物め。わたしの手にかかれば、おまえの巣などこのとおりだ」

　においをかげなかったのは幸いだった。折れた鼻がひどく腫れあがっていた。けど、パロミノはにおいがかげたから、鼻孔をセーターで覆った。わたしの手を引っぱり、さらに先に連れていこうとした。

　最初、わたしは抗った。「これが見えないの？　あんなに苦労したのに！　これまでの努力が水の泡！」

　パロミノは聞いていなかった。見てもいなかった。パロミノの顔は玄関広間のほうに向けて固定されていた。開いた玄関ドア、その向こうに、わたしが絶対に見ておくべき何かがあるのだろう。パロミノが振りかえり、こちらに顔を向けた。目から流れる涙。

「わかった、わかった」わたしは争うのをやめ、パロミノに導かれるまま、灰が降る外に出た。

　ほんとにそう思ったのだ。でも最初の薄片が右目のすぐ下に付着したとき、わたしはその冷たさに驚き、思いっきり目をしばたたいた。

　雪。

　どう考えたって早すぎる。雪が降るのはもう何週間か先だろうと思っていた。雪は重くなかった。地面に届く前に蒸発してしまい、覆い隠しはしなかった。わたしの家から続く巨大な足跡を。あるいは、モスター家へ向かっている血痕も。

　飛び散った血のなかに残された赤い足跡。足跡はモスター家のキッチンドアから出て、玄関をぐるりと迂回していた。パロミノはわたしの手を離すと、モスターの家に向かって駆けだし、ガレージの壁を抜けて――抜けて？――姿を消した。わたしの目はどうかしてしまったのかもしれない。でなければモスターがガレージを開けたとか。その角度からはよくわからなかった。開いた玄関ドアの前で足を止めたときも。

玄関ホールにも血の痕。きらめく絨毯のようなガラスの破片の間を通り、またキッチンのほうへ逆戻りしている。とてつもない量のガラス。とてつもない数の色彩。モスターのアート作品。あの精巧な作品のすべて。いくつかの小片は見覚えがあった。ピンクの花弁、鳥の青い頭。きれいに断ち切られた一枚の葉は、以前、わたしが魅了された、炎を形象化した作品の一部をなしていた。すべてが消えてしまった。攻撃を受けているときに聞いた、パン、パン、パンという音の正体はこれだったのだ。一個ずつ床に叩きつけられていた。怪物の手によってではない、わたしの菜園とはちがう。あのときはもしかしてと思っただけだけど、その後、やっぱり正しかったとわかった。モスターとダンは、土壇場での防御策としてガラス作品を破壊したのだ。

バスルームに隠れていたときに聞いた、苦痛を訴える吠え声はこのときのものだ。点々と続く血痕。**ゴーン**という鈍い轟音。さらに何歩か進むと、それがなんの音だったのかわかった。ガレージのスライド式のアルミニウム壁が打ちやぶられていた。パロミノが壁を通りぬけていったように見えたのはそのせいだった。パロミノはなかで待っていた。他のみんなとともに。エフィーはパロミノを抱いていた。カーメンはエフィーを抱いていた。ボビーはうしろの壁にもたれていた。掌をくぼませ、黒ずみ、腫れぼったい頬にあてている。そろいもそろって、赤く泣きはらしたような目が、どこに視線を向けるべきか、わたしに教えてくれた。

体がうつぶせに横たわっていた。平べったく、なめらかで、途方もなく大きな足は、埋めこまれた多数のガラス片できらめいている。それらはまるでいま掘りだされたルビーのようだった。血がそれらの傷からしたたり、死骸から広がる大きな赤い円と交じり合う。血の出所であるそいつの銀色の背中からはナイフのついた竹がまるで生えているように突き立っていた。〈王配〉だ。その血のなかにわたしの姿が映っていた。そこからまた別の血痕が点々と続き、部屋の反対の角に達していた。

ダンは壁にもたれてすわり、モスターのだらりとした体を腕で大事そうに抱えていた。一瞬、ほんの一瞬だけ、わたしは彼女が寝ているのかと思った。ダンの波打つ胸の下でモスターの体が上に移動した。すぐに気づくべきだった。人間の首が一方の側にあそこまでねじれることはありえないと。でも、閉じた唇、穏やかに閉じたまぶたときたら。安らかで、生きているようだった。

その後、ダンは何があったのか話してくれた。モスターはダンを家のなかに引きいれ、自分のアート作品を粉砕するよう命令した。彼女は作業場に姿を消し、ダンは棚の彫刻をすべてひっつかんで、次から次へと床に叩きつけた。いくつ破壊したかはダン自身にもわからない。六個ほどだったかもしれない。そのときキッチンのスライド式のドアがバタンと倒れた。モスターもその音を聞いたにちがいない。ガレージからこう叫んだ。「壊しつづけて!」そしてダンはそうした。

ダンによると、怪物は、歩いてこようとしているのか、飛びかかろうとしているのか、どっちつかずの動きでダンに迫り、ガラスの破片だらけの床を思いっきり踏みつけた。村じゅうがそのときの怒号を聞いたはずだ。ダンの目の前で、巨獣はうしろによろけ、さらに破片を踏みつけ、それからまたキッチンの戸口から外へ消えた。ダンは歓呼の声をあげ、それどころか絶叫してやりたい気分だったが、モスターはこう叫んだ。「手を止めないで! 地雷原を広げて!」

モスターが口にした言葉、地雷原。つねに戦争の比喩。ダンはすべてを地面に放りなげた。「なるべく強く叩きつけて」とモスター。「すべての場所に!」ダンはキッチン、リビング、玄関口を破片で覆った。ガレージへと通じる全方位。

モスターはまだガレージにいて、もうひとつの槍をつくっていた。モスターのための槍。死んだ類人猿の背中から突きでている短い柄を見ると、おそらくそうだろう。モスターの真正面でガレージの扉が内側に向かってぶち破られたのは、電線をくくりつけたときだった。

「モスターはぼくを呼ばなかった」そうダンが言った。助けを求める叫びを発したりせず、モスターはくるりと振りかえると、槍の柄の端をぎゅっと壁に押しあてた。モスターにはわかっていた。自分の小さな体の弱い力ではダメージを与えられない。でも、けだものの力と大きさを利用できるなら、やつが憤激に駆られ、何も考えずに突進してきたら……。

モスターはそれを期待していたにちがいない。狙いどおり〈王配〉はモスターに突進し、自らを串刺しにした。けど、作戦はうまくいきすぎた。すべてはあの体重とスピードのせい。怪物は勢い余ってそのまま突きすすんだのか、それとも、槍が突き刺さっているのに激痛などものともせずモスターへさらに迫っていったのか、そこはダンにもわからなかった。ダンは何が起きたのかひとつも見ていなかったから。

ダンがその場にきたとき、すでにモスターは息絶えていた。ダンにできたのは、モスターの体を抱えてひきずり、死にかけた殺戮者から遠ざけることだけだった。怪物はすぐには死ななかった。何分間か、うつぶせになったまま、血を吐いた。ときおり体がひきつり、すると突きささった槍が風を受けた旗竿のように揺れた。

ダンは隅でモスターを抱え、〈アルファ〉が黒焦げになって煙を上げている口をぎゅっと押え、うちからよろめきでるのを見つめていた。〈アルファ〉が痛みのあまり発した叫び声をダンは聞いていた。ほかのやつらがわたしたちを皆殺しにしなかったのはそのせいだとダンは信じている。リーダーは傷を負い、命令を下せなかった。おそらく〈アルファ〉は逃亡し、安全な場所を見つけて傷口を舐めたい一心だったのだろう。ほかのやつらは何も訊かず追従した。服従心が殺害欲求を凌駕した。

ダンはその後、ひたすら謝罪しつづけた。わたしを探しだそうとは思わず、その場にうずくまり、モスターの冷たくなっていく体を抱え、静かにすすり泣くことしかできなかったのだから。わたしは夫に対し、判断を下さなかった。いまだってしていない。最初に顔を合わせたとき、ダンは口もきけなかった。悲嘆、喪失。ダンがうらやましい。あのときは何も感じず、夫のほうにかがみこみ、涙に濡れた頰に手を添えた。

ダンの顔が周囲に集まってきたみんなの影で暗くなったのを憶えている。わたしは振りかえり、みんなと向き合ったのを憶えている。沈黙。何を言えばいいのか誰にもわからない。

それから。

「あいつらを殺さなければ」

わたしだった。そしてわたしじゃなかった。

そんな言葉を言うつもりじゃなかった。それに続く言葉も。ほかの誰かがしゃべっていた。これまで会ったこともない、わたしの一部。

「殺してやる。あいつらがビビって、わたしたちを狩ろうなんて思いもしなくなるまで。でなきゃ、あいつらが一匹残らずこの世から消えてしまうまで」

すべての目がわたしに向けられていた。ためらいはなし。議論もなし。ひとりずつ無言でうなずいた。

わたしはダンを見下ろした。それからモスターの顔に目をやった。「やつらを追いはらうか、でなきゃ消し去らないと」

パロミノの両腕がわたしの腰に巻きつくのを感じた。頭をわたしのお腹にあててうなずいていた。

「あいつらを殺さなきゃ」

第二十四章

ダーウィンの『種の起源』によると、生きのこるのはもっとも知性的な種じゃない。もっとも強い種でもない。そうではなく、自分たちが生息している環境の変化にもっともうまく順応し、適応する種なのだ。

――レオン・C・メギンソン
ルイジアナ州立大学経営学・マーケティング学教授、一九六三

NPR（全米公共ラジオ）の番組、『フレッシュエア』より。
テリー・グロスによるインタビュー（二〇〇八）

グロス　……それであなたは故郷の街の名を名乗るようになったと。人々の記憶を風化させないために。

モスター　まあたしかに一部の人々は、なんていうか……映画のなかでジェリー・サインフェルドは〈スティング〉という芸名のことをどう呼んでたっけ？　〈イキリ系芸名〉だったかな？　それと同じような感じで受けとるかも（くすくす笑い）。でも、インスピレーションの源になったのは、エリ・ヴィーゼルのこういう言葉なの。「死者と生者のために、わたしたちは証言しなければならない」それこそがわたしの人生、与えられたこの新しい人生の目的と

なる。そのためにわたしはアーティストになった。
グロス　モスタルの悲劇を世界に思いださせるためということですか？
モスター　ええ。でも、悲劇的なやりかたではなく。ありがたいことに、あなたは〈悲劇〉という言葉を使ってくれた。というのも、否定的想起は大きな危険をはらんでいるとわたしは信じていて、これこそはその典型例だから。ほとんどの人間は生まれつきマゾヒストというわけじゃない。人間の精神は一定量の痛みしか吸収できない。
グロス　そして、悲劇的な出来事をむき出しの姿で論じるのは、人々を事実から遠ざける危険をおかすことになる——そうあなたは感じていると？
モスター　いつもそうだというわけじゃないけど、往々にしてそうなりがちね。死を嘆くだけじゃたりない。生を祝福することも忘れてはいけない。『アンネの日記』は必要だけど、表紙に使われている彼女の笑顔だって必要なの。だからわたしはアーティストになろうと決めた。あのインスピレーションを得た瞬間に。
グロス　その瞬間のことを少し話してもらえませんか。
モスター　包囲が終わってまだまもない時期だった。
グロス　二度目の包囲ですね。
モスター　ええ、セルビア人がいなくなり、クロアチア人がわたしたちに攻撃を開始したとき。あれは五月のこと。停戦がこのまま維持されるのかどうか、はっきりしたことは何もわからなかった。当時、わたしは病院へ行ってたんだけど、毎日、通りかかる一軒の家があった。といっても、ただの黒焦げの残骸にすぎなかったし、それまでちゃんと見たこともなかった。何百回も通っていたというのに。でも、あの日、あの瞬間、雲が晴れ、日差しが特別な緑の輝きをとらえたとき……わたしは立ちどまり、振りかえった。信じられなかった。あのきらめく氷の滝。
グロス　でも、それは氷じゃなかった……。
モスター　そう、ガラス。錬鉄製ラックに載せたワインのボトルがドロドロに溶けていた。

グロス　ほう……。

モスター　固形の流れが黒いケージから垂れおちているみたいで、すごく美しかった。凍結した流動性――それが日差しを浴びてた。信じられなかった。炎からこんなに美しいものが誕生するなんて。

日記#16　十月十七日

彼らはおそらく満腹なのだろう。攻撃を仕掛けてこない理由がほかにある？　デュラント夫妻とラインハート。大量の肉。わたしたちに行き場がないのは承知の上。その気になればいつでもとって食えると思っている。あるいは〈アルファ〉のせいかも。傷から回復中で。ビビってるとか？　モスターが期待していた例の抑止力のおかげかな？　だったらいいんだけど。モスターの作業場の防水シートの下で腐りかけている死骸は関係ないと思いたい。ダンの考えだと、ここを去るとき、あいつらのなかで死骸を見たやつはいないとのこと。〈王配〉はどこかに逃げてしまっただけだと考えてくれたらいいのに。もしかすると全員で探しているのかもしれない。そうであってほしい。やっぱりあいつらだって嘆き悲しんだりするのだろうかなどと考える余裕なんてない。

いまはまだ。

自分をごまかし、やつらがすでに立ち去ったという夢想に浸ることもできない。いまだってやつらのにおいで息がつまりそうなのに。空中に濃密に漂うにおい。身を切るような、凍てつく寒さだというのに、悪臭はべっとりとまとわりついた。どういう理由かはわからないが、やつらは四十八時間の平和をわたしたちに与え、わたしたちは準備のため最後の一秒まで利用しつくした。

「家をハッキング」ダンはそう呼んでる。屋内アラーム、バイオガス・タンク、料理用レンジを外から操作する。そのハッキングだけど、ダンには難しかったみたい。技術的にじゃない。感情的に。ダンはやきもきしっぱなしだった。自分がｉＰａｄとにらめっこしている間、わたしやほかの住民が手作業に取りくんでいたから。肉体労働。男のプライド。

三回にわたり、ダンは〈勉強中の休憩〉をとって、わたしたちを手伝おうとした。一度なんて外に駆けだし、いろいろなものの入った大きな箱を運んでいるエフィーとパロミノを手助けしようとした。わたしはダンに怒鳴った。そんなつもりはなかった。モスターのガレージの扉にできた穴からダンが出るのを見たので、仕事に戻ってとつい叫んでしまった。

ダンはその後、わたしに詫びた。彼はわかってくれている。傷ついたプライドにこだわって泣き言をこぼしている場合じゃないと。くだらないことで時間を無駄にするわけにはいかないのだ。〈専門化し、分業する〉。

モスターが伝授してくれた多くの教えのひとつ。

わたしがダンを怒鳴るきっかけとなったあの箱は、備蓄品が詰めこんであった。集会所の蓄えの補充は、エフィーとパロミノの仕事だった。毛布、薬、食べ物の残り。そこで生きのこるために必要なすべて。ありがたいことに、所持品をめぐり、エフィーとの間で議論がもちあがったりはしなかった。なんであれエフィーが議論をふっかけてくるとは別に思ってなかったけど。でも、エフィーの言うことにも一理あった。写真はどうするの？　思い出の品は？　このまま残していくのは忍びない。ええ、でも、それで余計な時間を使うわけにはいかない。しかるべきものをしかるべき場所に運んだら、大切な品の荷造りにとりかかりましょう。

エフィーはわたしが言いたいことをわかってくれたようだった。カーメンも。彼女は杭の設置を担当している。カーメンとボビーは新しい杭を切り、先端を尖らせるとともに、すでにつくってある杭に〈修正〉を加えた。修正とは、杭をわたしたちのうんちに浸すこと。

やっぱりカーメンのアイデア。うまくいけば、やつらを病原菌に感染させられる。わたしはどうなんだろうと思う。彼らの抵抗力がどの程度なのか、まったくわからない。でも、ほんの少しでもそれが効果を発揮するなら、たった一匹でも、傷ついたやつがふらふらとはぐれ、何日かあとで病にかかり、あるいは死にいたれば……。そういうわけでわたしはカーメンの考えをみんなの前でクソみそに言ったりしなかったし（ごめん、寒いジョークで）、心のなかでは大いに感心していた。だってカーメンは自分が抱えている恐怖症をサバイバルの手立てに変えてしまったんだから。

でも、彼女がどうやってにおいを我慢しているのかはわからない。消毒剤に手を伸ばすところだって一度も見かけなかった。バイオガス・ダイジェスターからバケツを使って糞尿をすくいとる作業だって自分でやっていた。ボビーがやってもいいと申しでたというのに。ボビーは、カーメンから顔を殴られたことについて何も言わなかった。ほっぺたは固ゆで卵を半分のっけたみたいに腫れあがっていたけど。なんについてであれ、二人はほとんど口をきかなかった。

二人は手を休めることなく作業を続け、家と家の間、表の芝生、集会所を取りまく、とぎれとぎれの環に杭を敷設した。なぜ〈とぎれとぎれ〉かというと、公道に接続する私道には杭を立てられないから。家を取りまく環についても事情は同じ。アスファルトは固すぎるし、灰は浅すぎる。そこでガラスの出番となる。

モスターの〈地雷原〉からアイデアを拝借した。例のガラス片をすべて掃きあつめ、村に残っていたすべてのガラス製品と一緒にした。カーメンとボビーが何時間も叩きわっている音が聞こえた。グラス、ボトル、額縁。そのすべてを頭上の二階のバスタブで粉々に砕き、バケツで階下に運び、完全な円になるよう散布した。竹ほど役にはたたないかもしれないが、立ちどまらせるぐらいの効果は見込める。わたしはそれを期待している。そのためにがんばった。

わたしは村の武器職人。ダンはそう呼んでる。わたしはモスターの作業場に二日こもった。うとうとしないように努力し、隣の〈王配〉の死骸を無視しながら。上の階のモスターのそれについても。モスターの亡骸は、彼女自身のベッドに横たえた。あとで埋葬するつもりだ。モスターならわかってくれる。仕事しろとわたしに向かって怒鳴る姿が目に浮かぶ。「サボらないで、ケイティー！」自分をわざわざ二階に運びこんだと知ったら彼女は叱りつけただろう。「カウチの上に放っておくか、大型冷凍庫のなかの、ヴィンセントの頭の隣にでも突っこんでおけばいいのに！」

おそらくモスターのことだから、自分の体いっぱいに毒を注入し、怪物どもが食らいつくよう、これ見よがしに放りだしておけとでも言っただろう。実際、わたしも何度かそれを考えた。でも、誰にも言わなかった。不気味なだけでなく、そのアイデア自体あまり現実的には思えなかったから。毒がとれる何かを探して時間を無駄にするわけにはいかない（もちろん、ここには猫いらずをもってる人間なんていない）。そもそもどうやって毒を体内に仕込めばいいかもわからない。

少なくともわたしがそれを考慮したという事実があり、モスターが死んでから一度も泣いてないという事実があっても……それでもわたしはモスターのことを考えている。目覚めている間はずっと。背後にいて大声で指示を出し、わたしのミスをいちいち指摘するモスターを思いえがく。わたしが彼女の３Ｄプリンタを使っていると知ったら、さぞや鼻高々だろう。わたしがつくりだしたものを認めてくれればいいんだけど。

槍の穂先。もっとはっきり言えば、投げ槍の先端。どうしてモスターがこれを思いつかなかったのか、そっちのほうがむしろ驚きだ。モスターがピューマに向かって投げつけたあの最初の武器、刃に返しをつけることができないと嘆いていた。そう、こちらには返しがついている。新しい、長さ十五センチ幅一センチ強の、かみそりのように鋭利なガラスの刃。しかも美しい。自分で言うのもおこがましいけど。取り付けだっていたって簡単。３Ｄプリンタでの成形時にすでに開けてある穴にラッピング用のリボンを通すだけ。リボンは、エフィーから未使用のロールをひとつもらった。ピンクで光沢があり、小さな穴を通すのにちょうどいい幅だった。強度を試すため、外れないかと引っぱってみた。一回はうまくいくだろうし、使い捨ての武器としてはこれで充分だ。

本物の槍とは別物。時間もひどくかかる。投げ槍だと完成までプリンタが仕事を終えるのを待っているだけなので、その時間を活用し、部族の全員のために槍をつくった。

いま〈部族〉と書いたよね？

なんかド迫力。

個人用の槍をたくさん用意しなければならない。基本的にはモスターの仕様を踏襲したけど、わたしはそこにわずかな修正を加えた。クロスバーというかガードというか、呼び名は何でもいい。長さ十三センチ、幅は十セント硬貨より若干細い。それを最後から二番目の接合箇所のすぐ上に穴を開けて、そこに水平に挿入した。接着剤を少し使っただけだけど、充分、固定できているようだ。これで槍が深く刺さりすぎるのを防げればいいんだけど。誰にもモスターの二の舞にはなってほしくなかった。ほんとにうまくいくかどうかはわからない。いずれにせよ槍自体の有効性はすでに明らかだし、幸い原料なら充分にある。竹と電線は簡単に手に入ったが、高品質で、なおかつ竹に装着可能な包丁を探すのには多少手間がかかった。ダンとわたしのところには一本、モスターのところには二本あった。

デュラント家の包丁はすばらしかった。刃渡り二十センチの頑丈なものが二本あり、それで強力な凶器を二つこしらえた。皮肉なことに、いちばん役にたたなかったのはブース家の包丁だった。いや、実際は皮肉でもなんでもなく、食通ならではの包丁類を取りそろえた結果がこれなのかもしれない。調理という観点からすれば、ブース家にあった日本製の高級刃物は比類がない。でも、わたしたちが求める用途からすると、ピンもなければ穴もなく、薄い鋼の芯が柄の間に貼りつけられただけのようで、使い物にならない。

「ごめんなさい」ボビーが眉をひそめて言った。わたしが、最初に叩きわった木の柄から剝き出しの刃を取りだし、掲げたときのこと。「こっちなら役にたつかも」ボビーはさらに二本の包丁をもってきていた。一本目はU字型の肉切り包丁と言えばいいか。刃が手元のほうまで、柄と並行するように伸びている。しかも柄は鋲で固定してある！

〈ソバキリ包丁〉というのが正式な名称らしい。ボビーは、いまや別の世界に属するように思える、あの夜にふるまわれた汁そばのことを思い出させた。ボビーが自家製の麵をつくるときに使ったのがこの包丁だった。

わたしが最初に考えたのは手斧としての用途だった。このすぐれものがあれば竹なんかスパスパ切断でき、時間も節約できただろう。もっと早く知ってれば。でも、実際はそうじゃなかったし、もし植物をたたき切れるなら、肉だってたたき切れる。どうやれば手斧を本格的な斧に変更できるか、想像するのは難しくなかった。短い、頑丈な竹の柄に固定されたソバキリのイメージがありありと目に浮かんだ。

その計画はわたしの創造力を大いにかきたてた。でもボビーの次の贈り物を目にした瞬間、わたしははっと息を吞んだ。わたしの手元にある他のどんな包丁と比べても刃が厚く、少なくとも五センチは長かった。それに加えて、仕上がりのすばらしさときたら！　ただの鋼が芸術作品になるなんて。ボビーは、これを発明した中世アラビアの刀鍛冶にならい、〈ダマスカス・ブレード〉と呼んでいる。金属は水みたい。詩的に表現しようとしてるわけじゃない。表面に波のような線が走っていて、まさしく月明かりが揺らめく海原のようだった。

明かりに向かって刃物を掲げ、芝居っけたっぷりに言った。「これに匹敵する品など見たこともない」

「『プリンセス・ブライド・ストーリー』ね」ボビーは引用に気づいて微笑んだ。「実際、真実を言いあてててるといっていいんじゃないかな。ツヴィリングのレプリカなんかじゃない。有名なナイフ職人、ボブ・クレーマーがヴィンセントのためにと特別に制作してくれたものなの。二人は昔から付き合いがあったから、ヴィンセントが癌になって、わたしたちがヴィーガン食を試していると知ったときに……」ボビーはいったん口をつぐみ、わずかに鼻をすすり、指先を柄に走らせた。「効果はあった。ヴィーガン生活だけど。少なくとも害はなかった。もともとヴィンセントはステーキ、とくに上等なポーターハウスに目がなかった。でも、完全寛解してからも……」

突然、ボビーの目がうわぐすりでもかけたように光沢を帯びた。頬が赤くなっていた。ハグしようとしたが、ボビーはくるりと背を向けて言った。「ごめんなさい。仕事に戻らないと」カーメンを手伝おうと、早足で外に出ていった。

わたしはボビーの感情、そして自分の感情を振りはらい、目の前の仕事に集中しようとした。標準的な槍の柄に装着する刃の採寸に取りかかろうとしたんだけど、やっぱりソバキリ包丁のことが気になりだした。最初は、九十センチ、でなければ百二十センチぐらいの柄に取りつけ、新しい斧にするのがいいように思えた。でも出来上がりをイメージしたとき、そういえば室内用の武器がひとつもないと気づいた！　槍だと長すぎるし、投げ槍だと弱すぎる。まあ、普通の果物ナイフなら使えるし、ダンは例の万人垂涎の凶器、ココナッツオープナーをもっている。でも、あまりにも小さすぎるし、使おうとしたら至近距離まで接近しなきゃいけない。

その中間の何かが必要だ。斧でなく（こちらもまだつくるつもりではいたんだけど）。振りまわすにはかなりのスペースが必要だから。切りつめたミニサイズの槍をつくるというアイデアが浮かんだ瞬間、わたしは小走りでラインハートの家へ、例の本のところへ向かっていた。本は、落下してから手を触れられてないみたいで、まるっきり同じ場所にあった。

『アフリカ南部の消えゆく文化』。

写真もあった。ズールー族の短い槍、イクルワ。

音をたてずに済ませられるはずもなかった。包丁の柄のことね。高品質の包丁ならたいていそうなのだが、柄は岩を叩きつけて破壊できるような代物じゃない。果物ナイフを使って、切り、刻み、削がなければならなかった。アルミニウムの留め具を断ちきろうとして、何本も鋼の刃を折り、優に十五センチ以上はある包丁まで使い物にならなくした。あの包丁をダメにしたのは悔やまれるが、新しい斧、見るからに物騒なイクルワを手に入れるためと思えばそれも仕方がない。

この槍を考案したシャカ氏は受けいれてくれるだろうか？　ダンが受け入れるのはわかっている。明日、渡しにいこう。新しい盾といっしょに。盾なんて我ながらばかげたアイデアだと思うけど、本で写真を見たあと、怪物たちの闘い方を鑑みるに一個つくってみる価値がないでもないかと思ったわけ。実際、盾をつくるのにたいして時間はかからなかった。金網の棚を支柱から取りはずし、電線でつくった取っ手を括りつけ、アルミホイルで正面を覆っておしまい。しめて三十分。盾をこしらえたほんとの理由は、アルミホイルの部分にある。やつらのパンチを食いとめられるとは思ってない。わたしの腕をへし折りかねないパワーだし。でも、イクルワを振るうべくダンが接近を余儀なくされたとき、アルミで光を反射させて敵の気を散らせられれば、その隙をついて一撃を叩きこめる。動画をダンのｉＰａｄで確認してみてわかったのは、やつらは新しい光源が出現するたびにそちらに目が釘付けになること、やつらの攻撃は頭上からの殴打に終始していることだった。うまくいくかも。

スチール格子は、石を投げつけられたときに多少は身を守ってくれるかもしれない。ほんとはいまこう書くまで、そんなこと考えもしなかったんだけど。棚の金属支柱の使いみちについても考えている。竹のように強靭で、中空になっているはずなんだけど、包丁を取り付けるための穴はどうしたら開けられるだろう？　いろいろ試してみるだけの時間がほしい。

でもそんな余裕はない。モスターの作業場からは集会所で眠っているみんなの姿が見える。全員、掛布団や寝袋のなかで体を丸めて寝入っていた。ボビーはカウチで。エフィーとカーメン、パロミノはクッションの上で。ダンは、デュラント家で見つけたエアマットレスで。そんなはずないのに、みんなのいびきが聞こえるような気がする。

聞こえるのはそれだけじゃない。

こんな状態では、盾だろうがイクルワだろうが何だろうが、これ以上つくるのは無理だ。何分間か前から林がうごめきはじめている。枝が折れ、ときおりうなり声が混じった。作業をしていたわたしが立てていた、金属をガンガン打ちつける音が注意を惹いたんじゃなければいいんだけど。あるいは、いままさにやつらの調子が整ったのかも。やつらは腹ごなしを終え、たっぷり休息をとった。

きた、最初の吠え声だ。

戻ってきた。

人感センサーライトはまだ作動しない。音はまだずいぶん遠くのようだ。もしかすると気合を入れてる最中かもしれない。腹がいっぱいのときに狩りをするのはかえって困難なのか？

ホーホーという太くて低い叫び。〈アルファ〉だ。仲間を呼びあつめている。わたしたちを始末するために。

もっと時間があったら。せめて投げ槍の練習だけでもできたら。もう無理。こんなことを書いて時間を無駄にすべきじゃなかった。でも、わたしの身に何かがあったときのために、何か記録を残しておきたかった。誰かに、誰であれこれを読むひとに、ここで何があったのか知ってほしいと思った。

ホーホーという鳴き声はどんどん大きくなっている。

みんなを起こし、思い出の品をもってこなかったことを謝るべきときだ。謝ることならお手のもの。専門化。

もっと怖がってるはずなのに。もしかしたら怖がっているけど、ただそう感じていないだけなのかもしれない。疲れすぎてどうでもよくなっているのかもしれない。

恐れと不安。わたしはこれまでずっと後者とともに生きてきた。でも、いまは消え去った。脅威が迫っている。自分自身が奇妙なほどに落ちつき、警戒し、集中しているのを感じる。

準備はできた。

また吠え声。より近くで。

さあ、始まりだ。

第二十五章

レッドコロブスがもっとも攻撃的になり、もっとも華々しい戦果をあげるのは、効果的な防御が実行可能な環境にあって、全員一丸となって反撃に臨むときだ。

——クレイグ・B・スタンフォード
『チンパンジーとレッドコロブス』

日記#17　十月十七日

わたしの夫が死んだ。

ダンを起こすのはひと苦労だった。ぐっすり眠りこけていた。わたしは何度か揺さぶらなければならなかった。ダンはわたしのほうを見上げて何か尋ねようとしたが、遠くのうなり声を聞いてすべてを察した。

わたしたちはほかの住人も起こした。説明する必要はない。誰もが自分の仕事を心得ていた。パロミノはカウチの背後のブランケットの下に隠れ、彼女以外は〈餌〉を取りに作業場に向かった。ひどく重く、わたしたちの歩みも遅くなる。防水シートのパタパタはためく音が心配だった。まだこちらの準備が整わないうちに、においがやつらの鼻に届くかもしれない。この瞬間に飛びかかってこられたら。わたしたちは丸腰で、両手がふさがっていて、杭もガラス片も置いていない狭い通路にいた。〈餌〉を置き、打撃《ヽヽ》を開始した。短く幅広の竹竿は、できるだけ大きな音が出るよう内部をくりぬいてあった。

コン、コン、コン。

ゆっくりと、調子をそろえて。幼稚園にある木片でできた打楽器みたいに叩く。

コン、コン、コン、コン、コン、コン、コン、コン。

集会所のドアの外でわたしたちは一列に並び、まるまる一分間、打ち鳴らしつづけた。わたしは振りかえり、屋内の壁掛け時計を一瞥すると、叩くのをやめるよう手で合図した。

やつらからの応答はなかった。

わたしたちは待った。息をつめ、何かしら応答を聞きとろうと必死に耳をすませた。やつらはやってこないんじゃないかと考え、そう願いはじめた。満腹だと気合が入りにくいというわたしの説は正しかったのかもしれない。わたしたちはすでに用無しになってしまった。彼らは遠くで遠慮がちに様子をうかがっているが、そのうち行方をくらます。

そうであってほしいと必死で願った。でも、ごくごくちっぽけだけど、わたしのなかには――もう否定してもしょうがない――かすかな失望感があった。

「ねえ……」カーメンが言いかけた。

トン。

最初の音は、あやうく聞きのがすところだった。手をまた上げた。

トントン。

静かでこもった音、尾根の向こう側で。

トントントントントントントン。

わたしはみんなに目くばせして、それから全員一丸となって応答した。

ガンガンガン！

より速く。よりうるさく。掌が湿り気を帯び、耳がほてり、急に尿意を催した。

さらに何度か叩く音とそれにつづく吠え声。長く、力強い。聞きおぼえがある。

知っている声。

わたしは自分の声でそれに応じた。

滑稽なのは自分でもわかってる。あいつらの声の大きさに張り合おうとするのは、フルートがチューバと一騎打ちをするようなものだ。でも、わたしは試してみた。叩き棒を下に置き、前に進みでると、尾根に向けて顔を上げ、自分の横隔膜を限界まで酷使し、可能なかぎり太く、荒々しいうなり声を発した。

わずかな間《ま》。戸惑ってるとか？

でもその後、〈アルファ〉が応答し、彼女が率いる群れのコーラスがつづいた。

ホーホーという声はいまではずっと近くに迫っていた。こだまじゃなく、直接、その音が届いた。

彼らはすでに上り斜面を越えていた。わたしたちの様子をじっとうかがっているにちがいない。

わたしは振りむき、みんなを見て言った。「いまよ！」

ダンがiPadのボタンを押し、屋外照明を点灯した。いやがおうでもわたしたちの姿が目に入るはずだ。わたしたちがビニールシートをひっぺがして露わにした〈餌〉――〈王配〉の死骸――も。

音、わたしはそのすべてを聞いているとばかり思っていた。決闘への呼びかけ、ホーホーと結集を促す声、突撃の咆哮、食べ物をめぐるおしゃべり。でも、いま聞こえるいくつもの叫びが織りなすこの不協和音ときたら。精神的な打撃の声か。〈王配〉が死んだことをやはり知らなかった？　悲嘆？　いきなり彼のこんな姿を目のあたりにしたため、死を受けいれ、あるいは死の原因を察する余裕もない？　それとも希望？　どういうわけか生け捕りにされちゃったのだと信じた？「彼を傷つけないでくれ！　解放してくれ！」みたいな。

ソプラノの絶叫へと駆りたてている感情がなんであれ、それは異様な興奮にまで高まった。わたしたちが死骸を傷つけはじめたからだ。

わたしは〈王配〉の生命を失った胸を踏みつけてその上に立つと、槍をもちあげ、もう一度やつらを挑発しようと吠えてから、死んだ類人猿の腹に刃をぐいぐいねじこんだ。

みんながそれにならった。わたしの吠え声を真似し、毛皮で覆われた肉に自分の槍を突きたてた。わたしたちはすべてにわたり綿密にプランを練っていて、この行動も例外じゃない。時間は十秒だけ、それ以上はなし。槍を引きあげ、待った。だがやつらはこなかった。まだ用心している？　先読みするだけの明晰さをまだ保持している？　恐れていたのはそれだ。わたしは〈王配〉の顔をまたぎ、手から槍を落とし、ズボンを下げた。膓は思いどおりには動かせなかったが、膀胱は別だ。明々とわたしを照らす照明が、この行動にこめたメッセージをやつら全員に明確に伝えてくれるよう願った。

「ざまあみろ、けだものども。おまえらの家族がどんな目にあうか、ちゃんと見ておくがいい」

咆哮がわたしたちを押し包んだ。

やつらがくる。

猛りくるっている。

最初の人感センサーライトがわが家の裏庭のどこかでパチリと点いた。つづいて前かがみになった大きな姿がうちとモスター家の間のスペースを暗くした。

影が大きくなり、吠え声が反響した。

そしてやつは一歩踏み込み、悲鳴をあげた。尖ったガラスの先が突き刺さって、獣が苦痛にあとずさった。うまくいった。決闘の申し込み、嘲弄、愛する仲間の死体が冒瀆される光景。やつらも憤激で我を失い、足元の杭に気づかなかった。

別の怪物がモスター家とパーキンズ＝フォースター家の間に駆けこんだ。またもや鋭い叫び。闇に紛れた塊が後退し、視界から消えた。新たな人感センサーライト、家々の間をすばやく移動する影がさらにいくつか。

わたしたちは見つめ、待った。

闇雲な突進がとぎれた。

彼らは学習した。

数秒後、わたしたちの家の壊れかけたキッチンドアからかすかにカサカサという音が聞こえた。彼らは別の戦略を試している。家の周囲を回りこむのではなく、なかを突っきろうとしているらしい。**頼むからやつらにあのにおいを嗅がせないで。**わたしは頭のなかでそう祈った。**でなければ、あいつらがまだ激烈な怒りにとらわれ、ほかのことがすべてどうでもよくなってるように！**

ダンのｉＰａｄがピピピとさえずり、ホームセキュリティ・アプリがぱっと光った。一匹――もっと多数だったらいいんだけど――がわが家のキッチンを横切っていった。手にしているタブレットの角度のせいで、ダンの顔が悪魔じみて見えた。浮かびあがる笑み、狭まる眉間。ダンがどうやったのかはいまだにわからない。料理用レンジをハッキングし、自家製メタンガスのすべてを家じゅうに送りこんだ。リモートで確実に点火できるよう、安全装置はバイパスずみ。ダンの目が許可を求めてわたしを見た。画面の少し上で指を止めている。

わたしは伝えた。「やって」

ダンが答えた。「お望みのとおりに」

青い炎がわが家の窓を吹きとばした。わたしの顔が熱くなり、目が開けられなくなり、耳が鳴った。怪物は裏から走りでられたかもしれない（もし走れていれば）。爆風のなかで呆然としていただけだったかもしれない。何があったのかたしかめる時間はなかった。

　さらにピピピという音。さらに家屋内への侵入。モスター、ラインハート、パーキンズ＝フォースターの家。爆発があったというのに、ひるみもしないなんて。とてつもなく勇猛だからか、それとも単純すぎるせいかはさておき、とにかくわたしたちをやっつけたくて仕方なく、ほかのことはいっさい頭に入ってこないくらい必死だというのか。今回、ダンはわたしの許可を求めようとはしなかった。すばやく三度タップ。**ドカーン、ドカーン、ドカーン！**　熱と圧力がわたしたちを見舞った。と同時にわたしたちは、確実に自分たちの手で仕留めた敵の姿をはじめて目撃しつつあった。

　そいつはラインハートのリビングに到達していた。〈龍児《ゴールデンボーイ》〉。爆発の威力はやつを正面の芝生まで吹きとばした。〈龍児〉は両手両足で着地した。呆然とし、体を震わせている。あちこちくすぶる毛皮から何筋か白い煙が立ちのぼっていた。立ちあがろうとして足をすべらせ、先を尖らせた竹を植えた区画に顔からぶっ倒れた。

　空咳の混じる、湿り気を帯びたぜーぜーというあえぎを洩らしながら、〈龍児〉は体を押しあげ、刺し傷だらけの正面をさらした。杭が何本か深く刺さったままで、抜けたものは大きな穴を残していた。腹や胸といった上のほうの傷は、小さな赤い雲のように泡を噴いていた。〈龍児〉は立ちあがろうとし、足をすべらせてうしろによろけ、ラインハート家のドアにぶちあたり、テカテカした血の広がりの下にふたたびすべりおちた。

　そのとき家全体が飛びあがった。ラインハートの家は土台の上で上昇したようで、すべての窓からさらに多くの火の玉が噴きだした。ダンが叫んだ。「バッテリーだ！」わたしたちは避難のため集会所へ駆けだした。

　ダンは各戸のエネルギー貯蔵セルに細工して、いつでも爆発可能な状態にしておいた。火災鎮火装置をハッキングするとともに、セルの土台に油を染みこませたタオルをつめこんだ。ダンはわたしに警告した。うまくいかないかもしれないし、うまくいきすぎるかもしれない。「爆発がどのぐらいの大きさになるかはわからない！」「大きければ大きいほどいい」そうわたしは応じた。いったいそれで何体殺せるか、皮算用をして精神的なよだれを垂らしながら。

でも、テーブルの下にしゃがみこみ、家が一軒ずつ爆発する音を聞き、その響きを感じながら、「ヤバッ、いったい何てことをやらかしたんだろ」と思ったことも打ちあけておきたい。モスターだったらそんなこと一顧だにしないだろうし、おそらくは過去に経験した砲撃と比較するだろう。「ばかばかしい」こう愚弄するはずだ。「こんなの全然たいしたことない」などと。それから軍の大砲の名前をいくつか挙げ、それに比べたら爆竹みたいなものだと言う。でも、そのうちそんな比較自体がまったく意味をなさなくなった。というのもいまでは瓦礫が雨あられと降りそそぎ、周囲はまるで第三次世界大戦みたいな様相を呈していたのだから。ガーン、ドサッ、あるときには屋根の中央の梁がバリッと裂けた。かつてわたしたちが住んでいたものの一部がぶちあたったのだ。外は何も見えなかった。灰が舞いあがり、窓は靄で覆われていた。突然、窓のひとつが小さな打撃を受け、ひびわれた。わたしはパロミノに覆いかぶさり、次の一撃でガラスがこちらへ飛びちっても大丈夫なように彼女をかばった。

頭上で決定的な**ドカーン**という音、最後まで残っていたものが地面に落下。

張りつめ、静まりかえった数秒間。それから――。

「聞くんだ！」ダンだった。一方の手でわたしの手を握り、もう一方の手をくぼませて、ドアの側に向けた耳にあてている。

バリバリ、ギーギーと崩壊する響きを越えて立ちのぼる音。

新たな呼び声。甲高い慟哭の叫びが痛みに満ちた悲鳴と入りまじる。

恐れ。

〈アルファ〉**か？** 彼女の声を聞きわけようと耳をすませていたとき、わたしの頭を占めていたのはただその一事だった。**全員を呼びもどそうとしているのか？**

わたしは次の謎めいた叫びを求めて聞き耳を立てていたが、代わりに耳を聾さんばかりの大きさで聞こえてきたのは喝采の声だった。

「よっしゃー！」ダンだった。開いたドアの前でしゃがみ、外の火事を見つめ、拳を宙に突きだした。「やったやったやった！」

ボビーが喝采を引きつぎ、背後のエフィーやカーメンとともにわたしの耳元でわーっと声を上げた。

わたしが叫んだ。「静かに！」そしてドアに突進した。ダンがわたしの手をつかまえようとし、「待って」とかなんとかつぶやいた。

無理だった。たしかめずにはいられなかった。

ほこりが軽い瓦礫とともにまだ舞いおりていた。煤煙のせいで咳こみながら、ひりつく目を凝らした。〈グリーンループ〉は消えていた。いまでは円環状に配されたかがり火にすぎない。

いた！

やつらが二体、わたしたちの家だった燃える残骸の背後の斜面を走りぬけていた。炎のなかのオレンジ色の背中。一方は他方よりも色が薄い。〈王女〉だ。彼女の真新しい毛皮はぼろぼろで見る影もない。〈斥候〉はずっと先を行っている。あの二体だけ？　わたしは自分の槍をつかみ、頭をすばやく左右に動かした。ほかに動きはなく、一体たりとも姿はない。

それからわたしの背後で甲高い叫び。まだ闇に包まれたままの私道のほうから。

わたしはこうなることを恐れ、そのための計画も立てていた。ポケットのなかの二つのスマートキーに手を伸ばした。道路からの入り口の両端にうちのプリウスとブース家のＢＭＷを止め、斜面に沿ってまっすぐに並ぶよう鼻先の角度を調整してあった。ボタンを押すと、ヘッドライトが点灯し、夜を昼に一変させた。ぎょっとした〈灰色〉は、〈双子1号2号〉とともに目の前に手をかざした。彼らは割れたガラスにも驚いたはずだ。灰で覆われたアスファルトでも設置可能な唯一の妨害物。でも、まずガラス、今度は光でやつらの警戒心を呼びさました結果、奇襲攻撃を実行する余地は完全になくなってしまった。

わたしは叫んだ。「投げ槍！」でもダンはもう隣にいて、長細いミサイルを一本、わたしの手に押しつけた。わたしはそれを顔の横に固定し、腕を引き、脚を曲げてバランスをとった。ガラスの先端が光のなかできらめく。

炎から生まれた美しいもの。

わたしは投げた。はずした。槍は〈灰色〉のほんの少し手前に落下した。年寄りの雄はそれをわきに蹴りとばし、踏みつけ、それっきり忘れ去った。

でも、二本目がある。

カーメンがオリンピック選手のように槍を構えたまま、助走をつけて投げた！　カーメンが片方の脚でかろうじてバランスをとるなか、わたしは前方に視線を振り向けた。火花のようにきらめくオレンジ色の反射光が標的の胸に吸いこまれた。どうやら肋骨の間に命中したらしく、槍は柄に達する寸前までめりこんだ。

〈双子1号〉は吠え、灰を巻きあげながらたたらを踏んで止まった。怒ったように槍を引き抜き、脇に放りなげ、後ろへ横へ飛びはねながら小さな傷口をほじくりかえしていた。

成功！

返しのおかげで刃が抜けず、柄だけがきれいにちぎれたのだ。〈双子1号〉はキャンキャン叫び、跳ねまわる。血まみれの穴をつまみ、指でいじっていた。ついには癇癪を爆発させ、猛烈な勢いで胸を叩きつけた。おそらくはそのときの衝撃で、槍の先端が肺を貫いたにちがいない。

その音。湿った空咳が拡声器をかけたかのように響く。鼻と口から噴きでる泡がバチバチはじける音。いつまでだって見ていられた。でも、そのとき……。

「投げろ！」

ダンが耳元で告げ、手でわたしの左を示した。〈双子2号〉がほんの三メートルほど先まで迫っていた。腕を突きだし、口を開き、目を細めて。

二つの投げ槍。わたしの、そしてダンの。ダンの投げ槍は途中で叩きおとされた。わたしのは低い位置に命中し、太腿の上部に深く刺さった。〈2号〉は急停止した。見えない壁にでもぶちあたったかのように。揺れうごく柄をむしりとろうとやつが手を伸ばしたとき、ダンが次の投げ槍をそいつの肩に向けて放った。2号は勢いよくのけぞり、吠え、引き抜こうと手を伸ばした。

そのときたしかにわたしは聞いたのだ。第三の投げ槍がダンとわたしの間をつきすすむビューンという音を。またもカーメンだった。敵のなめらかな筋肉質の腹にまっすぐ突き刺さった。そいつが槍をつかんで引きぬくと、返しのついた穂先がぞろりと出てくる。長々とつづく悲しげな遠吠えがして、管になったピンク色の内臓がちらりと見えた。

やつの一方の手が自分の前の宙を掻き、もう一方の手はおわんのようになって傷ついた腹にあてられた。

効いたのか？　やつはただの自己防衛本能でやってるだけなのか、それともそれなりに成功する可能性があると知的に計算しての行為なのか。

「やってられるか！」まるでそんなふうに聞こえる叫びを残し、〈2号〉は私道を何歩かあとずさると、振り向き、走りだした。逃げたのよ！　きょうだいを助けようともせずに。きょうだいはわきを下にして横たわり、あえぎ、血を流し、這って逃げようとしていた。〈1号〉が悲しげな声で訴えても〈2号〉は振りかえらなかった。ネズミがネコから、レイヨウがライオンから逃げるように。距離、安全、生命。

「エフィー！」

目をさっとカーメンに向けた。カーメンは突き槍を手に、うずくまる妻のもとに駆けよった。〈灰色〉がエフィーの投げ槍を宙でつかむと足を止め、茹でる前のスパゲッティみたいに半分に嚙みちぎり、数歩先にいるエフィーに飛びかかった。

速さ、重さ、勢い。突進する小惑星をはねのけるにはどれだけの力が必要なのか？　カーメン、ダン、そしてわたしが思いっきり槍を突きだして走った。わたしたちはほぼ同時に一撃を加えた。ダンの刃は〈灰色〉の左の前腕の腱に突き刺さり、カーメンの刃は盛りあがったふくらはぎを貫いた。わたしの刃は、先がガクンと下がったものの、柄にがっちり括りつけていたおかげでどうにか安定を保てた。いちばん低い肋骨の下を串刺しにして、クロスバーのところまでめりこんだ！　〈灰色〉は悲しげに遠吠えすると、くるりと身をひるがえし、わたしの頭に向けて腕を振りまわした。十五センチというところか。八センチ？　近すぎて、風がわたしの顔を打った。クロスバーのおかげで腕の長さ分だけわたしは距離を保つことができた。

あのとき手を離し、頭をひょいとさげるぐらいの機転がきいたら。〈灰色〉は、今度は腰をぐいとひねると、わたしの武器を逆用して、わたしを背後の灰のなかに叩きつけようとした。頭が何かにあたった。固い。視界の中央で輝く星が爆発した。わたしは二度転がり、自分がぶちあたったものを目にした。第一夜の砲撃で投げつけられた石。ごつごつしていて卵型で重い。わたしはそれを両手でつかみ、どうにか立ちあがった。ダンとカーメンと、どちらが先に動いたのかはわからない。でもわたしが彼らのほうに振りむいたとき、二人はともにエフィーの槍をつかんでいて、巨大ゴリアテの胸に叩きこんでいた。角度は申し分なく、胸郭の真下からそのまま心臓に突きささった。

濃厚でねっとりしたしぶき。竿に沿って、わたしたちの顔にかかり、〈灰色〉は後方に倒れた。

そのときわたしたちはあやまちを犯した。

そいつはその場に放っておく。武器を取りもどす。他の攻撃者がいないか目で探る。それが正しい選択、計画を立てる際、念頭に置いていた選択だった。〈灰色〉は死にかけていたはずだ。そして死にかけていようがいまいが、わたしたちを傷つけることはもうできなかった。上下するあばら骨の上でカーメンが両足をつっぱらかしていたのを憶えている。刃が引きぬかれるにつれ、血がビューッと噴きだした。カーメンがその刃を再び刺しこみ、赤く染まった歯を丸出しにしてにんまり笑っていたのを憶えている。ダンが自分の槍を取りもどし、〈灰色〉の胸、腹、股間をぶすぶす刺したのを憶えている。わたしが頭のてっぺんの側に両ひざをついたとき、老いた類人猿の、日差しで傷んだ染みのある顔が逆さまになって見えたのを憶えている。その澄んだ目も、開いた口も。そこに石を叩きこんだことも。

皮の下の骨で石が跳ねかえる。もう一回。歯が折れ、唇が裂ける。もう一回。鼻づらが裂ける。もう一回。頭蓋骨がへこむ。もう一回。折れた骨が湿った毛皮を裂く。もう一回。脳みそがかすかに見えだす。もう一回。もう一回。もう一回。目が飛びだし、頭骨が陥没し、脳みそが灰のなか、わたしのジーンズの上に飛びちる。毛髪とどろどろで湯気のたつ、光沢のある肉の塊。わたしはすべてを憶えている。

自分が笑っていたのを憶えている。

言葉はない。言葉は思考する動物のためのもの、人間のためのものだ。ただ笑いとうなりと張りつめた短い歓喜のうめきのみが。

そのとき叫びが上がった。

はっとして我に返った。

わたしたち全員が急いだ。自分たちがどこにいるのか、何者なのかを思いだして。

一度のあやまち。それだけで充分だった。

そこにやつらがいた。消えかけの火など少しも恐れず、杭の影や割れたガラスのきらめきを見つめていた。わたしたちが思考をやめたその瞬間、やつらは活動を開始していたのだ。音もなく暗闇を移動し、わたしたちの背後の集会所に忍びよった。

叫びはボビーのものだった。そいつはボビーの髪をつかんでいた。舞いあがる灰の跡を残して彼女をひきずっている。ひょろ長い脚が宙を蹴り、華奢な青白い手が後方の何かをつかもうとしている。絶叫し、すすり泣き、懇願している。

次に起こったことは自己防衛のためだったのか。〈老貴婦人〉はボビーを使ってダンの突進を阻もうとしたのか。とにかくわたしが目を向けたとき、ボビーはなおも身もだえしながら宙に浮いては落ち、ぶらんぶらんと大きく揺れていた。イヴェットのときみたいに完全な円を描くように一回転。すぐにでもボビーの首の骨が折れてしまっていたらいいのに。集会所の屋根がドシンと音をたて、そこに叩きつけられたボビーの体が砕けた。あのときボビーはもう事切れていたにちがいない。落下するボビーを目で追っていたとき、獣の胸に叩きこまれるダンの槍が見えた。

そのときわたしたちは別の叫びを聞いた。

パロミノ！

〈ジュノ〉がわたしたちの横を見事にすりぬけて音もなく集会所に入り、パロミノが隠れているブランケットの山にまっすぐ向かった。

「パロミノ！」カーメンは、その場から逃げていこうとする巨人を追った。ボビーがされたように、そいつもパロミノの髪の毛をつかんだ。〈老貴婦人〉とはちがい、〈ジュノ〉は闘いを望んでいなかった。足どりは重く、右足からは出血していた。杭にやられたか。おそらくはそれでパロミノのところに行ったのだろう。楽に手に入る獲物で、危険は少ない。この場を撤退し、逃げ、静かで安全な場所で餌を摂る。妊娠した雌の頭に浮かんだのはきっとそんな思いだったのだろう。

カーメンとわたしは〈ジュノ〉たちに向かって走った。

ただひとり武器を所持していたエフィーが先頭に立っていた。重く不格好な槍をエフィーが高々と弧を描くように投げつけた。エフィーの肩の向こうで、槍が〈ジュノ〉の腰のくびれに刺さるのが見えた。浅い一撃、もしかすると骨盤をかすっただけかもしれない。とはいえ、〈ジュノ〉の関心を惹きつけるには充分だし、実際、彼女は振りかえり、空いているほうの腕をカーメンに向けて振りまわした。

開いた手がカーメンの側頭部をとらえ、つかみ、もちあげた。カーメンの足が地面から浮きあがるのが見えた。〈ジュノ〉が彼女の頭蓋骨を砕くバキッという音が聞こえた。〈ジュノ〉がわたしたちに向かってカーメンの死体を投げつけたので、わたしたちは足を止め、頭をひょいと下げなければならなかった。ホーホーという声をさらに高めながら〈ジュノ〉はパロミノを高く掲げ、ぶらぶら揺らした。嘲っている？　警告している？

「それ以上、近寄るな。おまえたちのかわいい子を痛めつけてやるぞ。引きさがれ。この子を殺してほしいのか！」

知性と理性。やつが何を考え、そうしていたかわたしにもわかる。そして、それはうまく行きかけていた。ところがそのとき――

「マンマ！」

それはわたしが唯一耳にしたパロミノの言葉だった。わたしは何ひとつ反応できないまま、その言葉がもつ力の強大さをまざまざと見せつけられた。

エフィーは前方に突進すると、高々と跳躍し、娘をも越え、獣の手の届く圏内に飛びこんだ。

両手を突きだし、やつのスイカ頭の両脇をがっちりつかみ、〈ジュノ〉の小さな目に親指を押しこんだ。

うなり声。エフィーの声だ。人間にあんな声を出せるとは思わなかった。それはサンドペーパーがキーキー発するような音にまで高まり、エフィーの後頭部が怪物の顎に隠れて見えなくなった。

〈ジュノ〉がうしろによろけ、パロミノを落とし、両腕を頭上に掲げた。その腕がハンマーのように落下し、エフィーの肩を強打した。

エフィーが〈ジュノ〉の足元に落下した。開いた目。壊れた人形。

エフィー。

マンマ。

エフィーの口は毛皮や皮、血でいっぱいだった。文字どおり〈ジュノ〉の喉を歯で食いちぎったのだ。巨大な怪物はうしろに倒れ、目や喉笛があったはずの穴を手でまさぐった。わたしはパロミノに駆けよった。パロミノはわたしのほうに這ってこようとしていた。必死に立ちあがろうとし、手を伸ばす。わたしはその隣にきて膝をついた。「さあ……」とかなんとか口にし、パロミノとともに体を集会所のほうへ向けた。ドアはすぐそば、わずか二、三十歩ほど先にあった。でも、何かが変だった。かたち。変化した。長方形のドアが三角形になってしまったみたいだ。何かのアーチの枠にでもはめこまれたみたいに。ソフトフォーカスのレンズを通して見ているかのようで、そのアーチの、光と闇の境界がぼやけた。

毛皮。脚。

それらをたどり視線を上に向けると、ひっかき傷のある腹が見えた。傷痕と裂けた胸を過ぎ、焼けただれて赤く腫れた口を越えると、あの二つのきらめく点が見下ろしていた。

エフィーの行動を目のあたりにして驚いている？　確実に屠れる獲物を眺めている？

なおも膝をついたまま、わたしはパロミノを背後に隠そうとした。「いつでも走りだせるようにして」

〈アルファ〉が咆哮した。

「走って！」わたしはパロミノを横につきとばし、自分は反対側に這いすすんだ。一撃が地面にぶちあたるのはわかっていた。ほんの数歩でも稼いでおきたかった。ほんの数秒でも。少しでも多くの時間的、空間的な猶予をパロミノに与えたかった。でも、足首をぶよぶよした万力でつかまれるとは思いもしなかった。

強力な力でうしろに引っぱられると、顔が灰をかきわけて進み、その灰を吸いこんでしまった。

喉がむせ、咳が出る。突然、わたしは逆さまになっていた。ボビーみたいにさっさと片をつけてくれたらいいのに。わたしはそう願った。視界がはっきりし、ほんの一瞬だけだったけど、グロテスクな笑みが見てとれた。わたしがくりだした炎のパンチの産物だ。やけどでべろりと皮の剝けた唇の両端がぐいと吊りあがり、まだらになった歯を剝き出しにした。

〈アルファ〉のうなり声がわたしの歯を震わせ、鼻を満たした。

彼女の口が開き、わたしは目を閉じた。

そこで金切り声。鼓膜を不意打ちし、貫き、麻痺させる。わたしは落下した。

両手をつき、横に転がり、見上げると、ダンが二発目をくりだそうと構えていた。

ソバキリ包丁の斧を両手でつかんでいる。斧は真っ赤に染まっていた。〈アルファ〉の腰の右側にできた裂傷と同じ色。〈アルファ〉はよろめきながらぎこちなく回転し、ダンと向き合った。

「ここから離れろ！」

わたしは立ちあがり、走った。集会所を目指して。

わたしは次に起こったことを見なかった。あとでパロミノがすべてを教えてくれた。

パロミノは別の方向に走っていた。闇のほうへ、すでに完全な残骸と化した、デュラント夫妻の車の下へ。腹ばいになって隠れ、ダンの身に起こったすべてを見届けた。

ダンはより高い位置にもう一撃加えようと斧を振りあげた。おそらくは目を狙って。刃は眼窩の突きでた骨にあたり、狙いをはずした。でも傷は負わせたにちがいない。わたしがあのとき聞いた吠え声はそれだろう。アルファが斧をつかんで放りなげるとき、一方の血まみれの手が裂けた額をぴしゃりと打つのをパロミノは見ていた。ダンは退却を試み、〈アルファ〉が腕を振りまわせばあとずさり、頭をひょいと下げた。

ダンはスピード頼みだった。体の小ささを利用して、棍棒を振りまわすような敵の猛攻を巧みにかわした。〈アルファ〉の動きはきわめて速かった。しかし傷を負っていたし、激昂してもいた。ダンは、相手の手が届かないよう、ぎりぎりの間合いをつねに確保し、六発のパンチをかわした。走って逃げることだってできただろう。杭を飛びこえたり迂回したりすることだってできただろう。そうすれば〈アルファ〉は杭を踏みつけ、傷を負っただろうに。出血させ、うんざりさせ、あきらめさせるチャンス。ダンにはそのチャンスがあった。

ダンの大バカ野郎。

ココナッツオープナーはまだダンのベルトにあって、それが手のなかに移った。相手のさらなる一撃を横に移動してかわし、前方に突っこむと、すばやく突き刺した。

心臓を狙ったにちがいない。胸郭の真下。前とまったく同じように。

だがあまりに近すぎた。

〈アルファ〉が同時に突進していたことで角度が狂い、切っ先は胸骨に向かい、皮と骨の間にとどまった。〈アルファ〉が吠え、ダンの身体ごとうしろによろめく。ダンがさっと離れた瞬間、〈アルファ〉はこぶしを振りあげた。

殴打が肩を見舞うと、ダンは横へ回転し、地面に顔から倒れた。〈アルファ〉が背中を踏みつけた。パロミノはボキッという音を聞いた。わたしも聞いた。

あのとき何を言っていたのか自分でもわからない。とにかく外に駆けだすと、〈アルファ〉が一方の足をもちあげ、いまにもダンの頭を踏みつけようとしているのが見えた。何か深刻な内容か、それともただの罵り文句か？　とにかくわたしが発した何かの音を聞きつけたにちがいない。〈アルファ〉がこちらに体をひねり、彼女の目がわたしの盾からの反射光をとらえた。

〈アルファ〉の顔にあたる光、あいつの表情。気を散らされていらついていたのか、それともわたしを始末できるのがただただうれしかったのか？　両方の拳を頭上に高々ともちあげ、盾に狙いを定めると、彼女の腋の下の暗くて柔らかなくぼみが丸見えになった。

わたしはダマスカス・ブレードを皮膚と筋肉、心臓と肺に叩きこんだ。

世界が回転した。〈アルファ〉が体をぐいっと引き、わたしを投げだした。盾はどこかに行ったが、ズールー族の槍はまだつかんでいた。傷口から滑りでたときにそれが発した音は――。

イクルワ。

わたしは背中全体で着地した。耳が鳴り、目と口は彼女の血でいっぱいだった。なんとか後方へと這いすすみ、集会所の端にたどりつき、上半身を起こして壁に背中をあずけた。狭まりつつある視野で見つめていると、〈アルファ〉が歩幅を大きくとり、ドシンと大きな音をたて、わたしに一歩接近した。

〈アルファ〉は咆哮を発しようとしたが、口から出てきたのはピンク色の泡だけだった。動こうとしたが、膝からがくりと崩れた。ひざまずき、片腕を上げて伸ばす。両手両膝をつくが、わたしの目から視線をそらさない。

最後に腕を伸ばしたとき指がわたしの靴をかすめた。〈アルファ〉が音もなく崩れおちた。

わたしは四つん這いになって〈アルファ〉の横を通りすぎ、ダンのところまで進んだ。ダンの顔を撫で、名前を呼んだ。パロミノの手がわたしの肩に触れた。

わたしの夫は死んだ。

エピローグ

わたしはあるやり方を見つけた。彼らのなかに混じって生きのびるやり方を。偉大な人間？　どうだろ。わからない。わたしたちはみな偉大な人間だ。誰にだって素晴らしいところがある。わたしは変わり者で、このクマたちをものすごく愛してるから、うまくやれるんだよ。最先端が大好きだし、タフだってこともある。でも、基本的にはクマたちをものすごく愛してるから、いっしょにいても生きのこれるし、ちゃんとやってけるんだ。

——ティモシー・トレッドウェル、自称〈グリズリーマン〉
クマに食われる直前のビデオ日記より

シニア・レンジャー、ジョゼフィーン・シェルの証言から

ドアにノックの音がして、インタビューが中断される。二人のレンジャーが入る。恭しく足を止め、ジョゼフィーンがうなずきかけると、部屋から重い箱をいくつか運びさる。いまは午前十一時四十五分。政府からの貸与期間は厳密に言うと正午までとされている。シェルは机を前にして立ちあがり、わずかに伸びをすると、ぎくりとし、背中の

下部をさする。

わたしたちは翌週、そこに着いた。翌日に着いているはずでした。ところが米国海洋大気局の極軌道環境衛星《NOAA POES》が熱サインを探知したという事実がルイスマッコード合同基地の官僚的迷宮に迷いこみ、いちばん近くにいるチーム――たまたまそれがわたしたちだったんですが――に届くまであまりに時間がかかった。もしあの家が燃えなかったら、わたしたちはおそらくそれを見つけだすことはなかったでしょうね。春がきて、誰かの家族からの電話が当局にやっと通じるとか、でなければ、いや、ほんとに、どこかの集金業者がさんざん顧客からのクレームを受けるとかしてはじめてわかったと思う。

わたしたちが現場に到着したとき、ミセス・ホランドは姿を消していました。彼女と小さな女の子も。でもわたしがそこで見たすべてが、彼女が残した日記の内容を完全に裏付けていた。

かつて菜園だったと思われる場所も見つけた。そのときにはもう黒焦げの土が一段高く盛られている小区画でしかなかった。ついこう思わないわけにはいかなかった、あれは役に立ったのだろうか、別のガレージにもっと多くの種を植えることもできただろうに……と。ガーデニングなら多少の心得があるんです。母がいつも家の裏の畑で野菜を育てていたから。正直、それでいつまでも生きのびられたとは思えない。でも条件さえ適切で、わずかの幸運に恵まれれば、春ぐらいまでならなんとか細々やっていけたかもしれない。仮定の話はさておき、それまでの作業がすべて無に帰してしまったあのありさまを目の当たりにして、同情の念を抱かないひとなんていないでしょう。

戦争になればああいったことは起こる。そしてあそこは戦場のようでした。真っ黒な瓦礫、いたるところに散乱している残骸。ガラス片の地雷原と、植えられた竹槍を見つけた。油断は禁物でした。チームのひとりは足を失いそうになりました。おじさんのベトナム話を思いだしましたよ。プンジ穴のこと。鋭く尖った竹杭を底に植えた落とし穴で、糞便まで溜まってたってやつ。別の時代、別のひとたちが同じことを思いつくなんて、まったく驚きです。

集会所のヘリパッドには石で覆われた墓が八つあった。四つは大きく、四つは小さい。掘りおこしはしませんでした。それはやがてくる鑑識チームにゆだねました。あとで聞いたところだと、長い墓にはミセス・ホランドの夫の遺骨が納められていた。ロバータ・ブース、カーメン・パーキンズ、ユーフィーミア・フォースターの遺骨とともに。小さな墓は……。

——ジョゼフィーンが顔をしかめる。

そっちは……寄せ集めだったそうです。デュラント夫妻の砕けた骨と組織の断片、ヴィンセント・ブースの頭部、そして後にDNA鑑定によりミズ・モスターだと明らかにされた、黒く焼かれた骸骨。

彼女、彼女たち二人があの小さな墓地を掘るのに要した時間を考えるとね。凍りついた地面を掻きだし、亡骸を集め、石で覆って……ほかの死骸のために費やした時間だってある……。

集会所の冷凍庫で大量の肉を発見しました。最近になって切られたステーキ肉——手際よくさばかれた、と付けたしてもいいかもしれない。いくつもの鍋に入ったシチュー。戸棚にはジャーキーの入ったジップロックの袋が大量にあった。昼夜、稼働可能な乾燥機があったんでしょう。うちのグループの男どもの何人かは……まあ、わたしもなんだけど……あの小さな干し肉を一枚失敬しなかったのをひどく後悔してるんです。だって、サスクワッチの肉を食べたくないひとなんていいます？

でも、すべてなくなってしまった。押収されてしまった。集会所の裏にあった割られて肉がこそげ落とされた骨の山も、壁に貼られていた重くて悪臭を放つ皮も。調査官は、ほかの骨の山も欠片《かけら》ひとつ残さずもちさったんですよ。尾根の向こう側の上方、ミセス・ホランドの日記によれば〈ねぐら〉の山にあったものです。菜園の凍った大便の山までかきあつめていった。すべてが厳重に管理されています。彼女の日記の隣にきちんと積みかさねられていたスマホ、パソコン、タブレットも。いまにして思えば大失敗なんですが、引きわたす前にダン・ホランドのiPadに充電してみようという考えはまるで浮かばなかった。コンポストをめぐる喧嘩の動画がきっと収められていたはずです。それがどういうものだったか自分の目でたしかめるチャンスだったのに。まあ、でも、そのうち誰でも見られるようになるんでしょうけど。

――シェルはまだ残っている二つの箱のひとつに手を伸ばす。わたしはすかさずもうひとつを持つ。駐車場までいっしょに箱を運び、合衆国国立公園局のくたびれたピックアップトラックの後部に詰めこむ。出ていくとき、わたしは最後の質問をする。

わかんないですけどね。彼らは少なくともすべてをなかったことにしようとはしていません。もしすべてを本気で隠蔽する気なら、すべてを火事のせいにして片づけてしまうでしょう。コミュニティは取りのこされ、住民は暖をとろうと流行りのバイオガスシステムをいじくりはじめ、不慮の爆発があって――みたいな。でも、彼らはそんなことをしていない。調査はいまもきわめてオープンに進められている。誰かこの件に直接、関係している人間をつかまえ、質問してみて。そしたら彼らはきっとこう言うはず。そっちもすぐ取りかかるつもりだ。現在、進められている他のすべての調査対象を掘りおえたら。文字どおり〈掘ってる〉わけですけど。

そのことで嘘はつけない。残務というのは現実のこと。林のなかではいまでも死体が見つかる。車を放棄したあとで死んだひとたち。まだ車に乗ったまま埋まっている遺体もある。火山泥流《ラハール》は乾燥するとコンクリートに変わるんですから！　地中探査レーダーを使っても発見にはものすごく時間がかかる。

そういう生き埋めになった遺体もあれば、うちがよく扱う冷凍になった遺体も、破壊された町の下からいまでも出てくる遺骨もあって……ハリケーン・カトリーナのとき、遺族が遺体袋に入った死者の身元をたしかめるのにどれだけ時間がかかったか。かつてタコマだった地域に設置したあの巨大遺体保管所が空になるまでどれだけ時間がかかると思います？

だから公式には、すべてお役所仕事の進捗次第ってことになる。でも非公式にはどうかというと……あのね、わたしたちはこの件について話さないようにと勧奨《かんしょう》を受けてるし、もし自分の職がかかってるとしたらはたしてどうするかはわからないけど、それでもあなたがわたしに接触しようとしたとき、別にこれといった支障もなかったんです。

わたしたちが話をするのを邪魔だてしようとする人間が出てきたりもしない。闇に葬るつもりはないようだし、『レイダース／失われたアーク《聖櫃》』の最後みたいに、証拠品はケースに押しこまれて倉庫行き、って展開にはならないみたいですね。

考えてみてください。観光客というのはお金なんですよ。動物園の入場料！　中国人がパンダでどれだけのものを得たか。ネス湖があの何枚かの偽写真のおかげでどれだけ長いこと注目を集めてきたか。当然よね。全世界の人々が生きる伝説をひと目見ようとここにどっと押しよせたら、レーニア山の噴火で受けた損失を取りもどせてお釣りだってくる。

彼らはおおっぴらにしたいと考えている。唯一の問題は時期をいつにするかってこと。レーニア山の噴火という事件は、人々が体制への信頼を失ったとき何が起こるのかってことをありありと示してくれた。わたしたちはその信頼を修復し、再建しなければならない。道路や橋、文明を構成するその他の建造物とともに。こうした事情を踏まえるならば、政府がビッグフットを発見したと公表するのは国民の信頼を得るうえでおそらくプラスとはなりません。

そうしたわけでこの件に関してはしばらく寝かしておかなければならない。やがて電気がまた点き、水道が復旧し、すべての死者の埋葬を終えるまで。その日のためにもうPRプランは用意されているのかもしれない。あなたの本もその一部かもしれない。真面目な話。わたしがあなたと話するのを許しているのだって、それでかもしれない。

そんなにぶっとんだ考えでもない。本が出たら、慎重に様子をうかがう。誰も興味を示さなかったら、事実を明らかにするまでもう少し待つ。でも、議論を巻きおこしたら、見つけた証拠を提供してあなたを支援する。発表の遅れは官僚主義のせいにでもすればいいだけのこと。なんとでもなる。そのうちすぐわかりますよ。

フランク・マクレー・ジュニアの証言

マクレーはバイオライトのキャンプ用ストーブの掃除を終えた。バックパックにストーブを収め、腕時計を確かめ、それから外に出るようわたしをうながす。すでに日は上りつつあるというのに、会話をはじめてから風はさらに冷たくなった。マクレーはパーカに手を伸ばし、明るいオレンジ色の小型トランシーバーを取りだし、送話器を三度調整する。山々のほうに体を向けると、視線の先で灌木のひとつが動く。人間らしき姿が獣道を通って、わたしたちのほうに向かってくる。

何があったのか？　この物語の次の章は？

シナリオはいくつもある。あんたが尋ねる相手次第だろう。

第一のシナリオは生きのこった怪物どもが態勢を整え、反撃に転じたというもの。【ウェブサイトの名前は非公表】に巣くってる不快なやつらはそう信じている。あいつらの考えはこうだ。ケイトとパロミノは冬が終わるまで集会所にこもりつづけようとしたが、ある日かある夜か、急襲されて連れさられた。たしかにその可能性はある。実際、ケイトは、何匹かは逃げたと書きしるしている。〈斥候〉と〈王女〉は爆発のあと、斜面を駆けあがっていった。いくつも投げ槍を食らった双子の一方。といってもその後、まちがいなく出血多量で死んだと俺は考えてるが。そして残りの二体の雌、新米ママたち。闘いがはじまってから終わるまで、そいつらに関する記述はまったくない。

やつらが態勢を整えなおし、ふたたび闘いを挑もうと戻ってきたという展開はありうる。ありうるが、おそらくそうじゃない。ケイトは絶対にそんな真似はさせなかっただろう。俺が読んだ日記のなかに出てくるケイトなら。死体を埋めているときでさえ武器を所持し、警戒を怠らなかったはずだ。あの墓は集会所のすぐ隣に掘られていた。ということはあのくそったれどもが襲ってこようとしたら、攻撃する前にがらんとした場所をかなりの距離、移動しなければならない。おそらくケイトは大量の投げ槍、それから新しい槍を手の届く範囲に用意していた。

イクルワの刃の処分先はおそらくそれだと俺はにらんでいる。それはいまだに発見されていない。ジョゼフィーンは親切にもそれとなく問い合わせてくれた。あの残骸、集会所に残されたすべての備蓄物資や手製の武器をあらいざらい調べても、ダマスカス・ブレードの包丁はまったく見つからなかった。

これはケイト自らここを去っていったという推測を裏付ける重要な証拠だ。それとソバキリの斧。これまた見つかっていない。長期の山歩きをするにはどうしても必要だったんだろう。ほかのものについてはよくわからない。バックパック、寝袋、調理道具。ほかに何を所持しているのかはわからない。ケイトはリストを残さなかった。書き置きも残さなかった。ケイトが連れさられたと推測するひとがいるのはそのせいだ。でも俺は信じない。おそらく自分がどこに向かうのか、ケイト自身、わかっていなかったんじゃないか。俺はそう考えている。

これが二番目のシナリオだ。彼らがその地域の地図をもっていなかったという事実はそれを裏付けている。一度ならずケイトは書いているんだが、そこから出るいちばんいい道はどれなのか、彼らは知らなかった。その土地の地形を把握するため、日帰りのハイキングを何度か試した可能性もある。書き置きを残さなかったのは、その朝、ドアの外に出たとき、もう二度と家に戻れなくなるとは夢にも思っていなかったからかもしれない。道に迷ったのかもしれないし、けがをしたのかもしれない。あるいはその冬最初の吹雪に遭遇し、立ち往生してしまったのかもしれない。

あの冬がどれだけ激烈だったか憶えてるか？　おいおい、マジかよ、もう勘弁してくれ！という感じだった。米国地質調査所《USGS》にコンタクトをとってみたところ、ああいうワンツーパンチはよくあるらしい。フィリピンのピナトゥボ山で噴火があったあとで台風が発生するみたいな。もしケイトがブリザードとひどい寒さを伴う、あの極　渦《ポーラー・ヴォルテックス》に外で遭遇したとしたら……彼女たちの死体はその場にまだあるのかもしれない。なかば雪と氷に埋もれたまま、溶けかけ、腐敗も進んでいて、露出した部分は清掃動物についばまれて。それが第二のシナリオの結末。第三のシナリオはそれよりずっと魅力的だ。

このシナリオで二人は首尾よくやってのける！　山中のどこかで洞穴を見つけ、火を絶やさず、溶けた雪とサスクワッチ・ジャーキーを口にして生きる。その後、また移動できるくらいに天気が回復したら、活動を再開し、そしていまは荒野を抜けだし、どこかの混んだ道に出ようとするところだ。すでにそうしているのかもしれない。二人はどこかの病院にいるのだが、衰弱し、精神的なショックも大きすぎて話ができない。近いうちにケイトは目を開け、いちばん近くにいる雑用係に自分の名前をささやく。俺は第三のシナリオが大好きだ。

だが、俺の直感は、第四のシナリオこそが真実だと告げている。

「あいつらを皆殺しにしないと」ケイトはそう書いていた。彼女はいまそれをしてるってやつだ。復讐なんかじゃない。もっと奥深くてもっと原始的な。あの愚かで哀れな獣たちがケイトのなかのスイッチ、あらゆる人間のＤＮＡに秘められているスイッチを押したのだとしたら？

怪物どもを駆逐するだけではおさまりがつかなかったとしたら？　やつらを追いもとめるようになったのなら？ケイトはやつらの足跡も、においも知っていた。防寒服ももっていたし、その点はパロミノも御同様。発見されたジャーキーもきっとそのために用意されたものだ。軽く、持ち運びも楽。レンジャー隊員が発見した肉をすべて足しあわせ、あの獣たちのおおよその体重の合計と比べたとする。まちがいなくかなりの不足分が出てくるはずだ。彼女たちが最初の獲物を求めて狩りに出たというのは、それが理由だ。

獲物を狩れば食糧は増える。死体を切りきざみ、串刺しにした肉汁たっぷりの脚をこんがり焼くとき、ソバキリの斧はこのうえなく役にたったろう。俺自身つらいのだが、こんな妹の姿が思いうかぶんだ。パロミノとともに闇のなかにすわり、うなりを上げて燃える火で手を温め、腕だか脚だか湯気をたてている部位を前にしてぐーぐー腹を鳴らしている。

一方で、生きのこった群れも哀れだなと思ってしまうね。そいつらは傷つき、おびえ、ほんの小さな物音にも、さてはあの腹を空かせた小さな霊長類が襲いかかってきたのではないかと縮みあがるのさ。うちの家族で想像力が豊かなのはケイトだけじゃない。

ケイトが彼らをこっそり追跡するのを思いうかべたよ。パロミノを狩りだし役として使うのかもしれない。小さな女の子がわめきたて、低木の茂みをバシバシ叩き、やつらを恐怖で散り散りにする。そしてケイトは、仲間からはぐれたやつが槍の餌食になりにくるのを辛抱強く待ってるわけだ。やられるやつのほうを想像することもある。やつらのなかでいちばん若くて、いちばん無防備な〈王女〉、ケイトの手で肋骨の間にダマスカス・ブレードを押しこまれて、ぎゃあぎゃあ泣きわめくんだ。妹が獲物をもてあそび、苦しめるところも想像できる。楽しみのためじゃない。そんなのは無駄だ。これはヴィンセント・ブースをひっかけた作戦で、ひとりで救出にこようとするやつをおびきだそうとしてるんだ。うまくいくかもしれない。〈斥候〉が助けようとして駆けてきて、あっと思って振りむくと、パロミノの振るった斧がやつのアキレス腱をバッサリやってる。

ほかのやつら、若い母親二匹は抱き合って、誰かの叫びが消えてゆくのを聞いてる。すると煙と肉を料理するにおいが届く。俺としては、連中の脳がまだ充分に進化してなくて、自分らを待つ運命を思い描けなければいいと思うよ。自分の赤ん坊は長生きできないし大人になるまで生きられないなんてわからないほうがいい。自責の念を抱けるほど知能が発達してなきゃいいのになとも思うよ。「わたしたちはいったいなんという存在を目覚めさせてしまったのか！」とね。自分の死をはっきり予見できることより最悪なことがあるとするなら、それが自分のせいだと知ってることだろう。

俺はあてにもならない希望にすがりついているだけなのかもしれない。ケイトたちは猛吹雪に遭遇しただけなのかもしれない。彼女たちの遺体はタコマあたりの死体置場に並べられている可能性もある。俺は毎週チェックしているが、これまでのところ、それらしき遺体はひとつもない。

それでもなんらかの奇跡のおかげで二人がいまだにやつらを追跡しつづけ、一匹ずつ殺し……そいつらのおかげでなんとか命をつなぎ……別のやつらを発見したとするならどうだろう？　このことはこれまで話してこなかったな。だが群れがひとつだけなどということはありえない。群れひとつだけで種を維持するのはとうてい無理だ。ケイトとパロミノが、さっき言った若い母親たちを生かしておいて、別の群れのところへ自分たちを案内するまで泳がせたとしたらどうだ？　そんなのありそうもないって？　だがそれを言ったら、この話のことごとくがそうだ。

——このとき獣道をこちらに向かって進んできた人物が、わたしたちと合流した。その人物はゲイリー・ネルソン、マクレーの別れた夫だった。二人の男性は長々と抱擁し合う。ゲイリーは、手袋をした右手でもった地図に、赤の油性鉛筆で記したマークをマクレーに示す。マクレーは何かをあきらめたかのようにため息をつき、肩からライフルをはずす。

ケイトが日記を残した理由を受けいれるのは困難だ。あの子はそれについて何も書かなかったが、俺にはわかる。ひとつの旅が終われば、新たな旅がはじまる。やさしくて繊細だった妹の記憶を、どことも知れぬ場所にいる捕食者と結びつけるのは容易じゃない。二人だけの部族の母。殺戮猿人《キラー・エイプ》。

——遠くで風が吠える。少なくともわたしはそれが風だと思う。

聞こえるか？

（了）

原註

第一章

＊1　ケイト・マクレーはメリーランド州コロンビアで育った。

＊2　ＵＡＥ（アラブ首長国連邦）のアブダビに建造された持続可能な都市プロジェクト。

＊3　中国、上海の崇明島で建造を計画されているエコシティ。

＊4　二〇一三年に合衆国議会により制定された予算緊縮財政管理法。

＊5　イギリス、ロンドンのハックブリッジで二〇〇二年に完成した、百戸の家からなる持続可能なコミュニティ。

＊6　ドイツの自給自足集落。

＊7　アメリカ、フロリダ州ダニーデンのエコホーム村。

＊8　「わたしはオーケストラを鳴らす」という言葉は、二〇一五年の映画『スティーブ・ジョブズ』のなかで俳優のマイケル・ファスベンダーが語っている。書いたのは脚本家のアーロン・ソーキン。ジョブズ本人が語ったかどうかは定かではない。

第二章

＊1　カールスルーエ工科大学は、ナノポリマー粒子入りシリコンベースを埋めこみ、３Ｄガラスをプリントする技術を他に先駆けて開発した。

第三章

＊1　ポップカルチャー博物館。
＊2　インテリゲンツィア・コーヒー・アンド・ティーはロサンゼルス、ヴェニスのアボットキニー大通りにある人気コーヒー店。
＊3　〈Y‐Q〉とは、イ・チ（Yi　qi）、つまり、中国の後期ジュラ紀の地層から発見された、コウモリに似た翼をもつ恐竜のこと。

第四章
＊1　ハリー・R（ランダル）・トルーマンはセントヘレンズ山の噴火の犠牲者。合衆国第三十三代大統領、ハリー・S・トルーマンとは混同しないこと。
＊2　炭酸飲料ラクロワは、マイナスカロリーではなく、ゼロカロリーとされている。一方で、セロリが本当にマイナスカロリー食品かどうかをめぐっては論者によって見解が分かれる。
＊3　二〇一四年のEPA（環境保護局）の調査によると、アメリカでは毎年三千八百四十万トンの食品が廃棄されている。

第五章
＊1　一九八五年十一月十三日、コロンビアのネバダデルルイス山が噴火し、近くのアルメロの町の住民二万九千人のうち約二万三千人が死亡した。

第六章
＊1　対抗流レーン転換とは、事前災害時に使われる単語。道路の全レーンを用いて車両を一方通行させること。
＊2　カリフォルニア州マンモスレイクス。一九八二年五月二十七日に噴火が起こるとの予測が外れ、町の経済とUSGSの双方にダメージを与えた。

第七章

＊1　「苦難に見舞われたとき、ひとは己と向き合う」はアインシュタインの言葉。ただし、「苦難に見舞われたとき、わたしたちは己と向き合う」なるこの特別バージョンは、合衆国大統領、ジョージ・W・ブッシュが、二〇〇一年九月十四日、ワシントン市のワシントン国立大聖堂で催された、アメリカ同時多発テロの犠牲者に対する祈りと追悼の式典で述べたもの。

第九章

＊1　ジョゼフィーン・シェル（旧姓ビゲイ）はナヴァホネーションの一員。
＊2　本書のインタビューを終えてはじめて知ったのだが、問題の映画、『Snowbeast』（一九七七）のスタッフはモンスター用の全身着ぐるみを作成していた。
＊3　ヒストリーチャンネル『歴史を求めて』（一九九七）でのインタビューより。
＊4　ブラフクリークは、一九六七年に撮影された有名なビッグフット映像、〈パターソン・フィルム〉の現場としても知られる。

第十章

＊1　二〇一九年六月、情報公開法にもとづき、連邦捜査局（ＦＢＩ）は二十二ページのファイルを公開した。皮膚の小片に〈付着した〉体毛に関し、研究所が分析した結果が詳細に記載されていた。一九七六年にビッグフット・リサーチ・センターから提供されたそのサンプルは、〈シカ系統の血統〉だと確定された。
＊2　アリゾナ大学のデイヴィッド・ライクレン、カリフォルニア大学のマイケル・ソコル、ワシントン大学セントルイス校のハーマン・ポンツァーが二〇〇七年に行った研究が示しているように、初期の類人猿に似た人間が二足歩行をしていたら、手の握りこぶしをつけ、四足歩行をするよりもエネルギーの損失は少なかっただろう。

第十二章

＊1　二〇〇一年のヒンディー語でいう〈カラバンダル〉、すなわち〈猿人〉を見たという噂がいくつも流れ、インドの東デリー区の住民を震えあがらせた。その後、噂は事実ではなく、集団ヒステリーが引き起こした空騒ぎにすぎないことが明らかとなった。

第十四章

＊1　二〇〇九年、スウェーデンのフルーヴィク動物園にいた〈サンティノ〉という大人の雄のチンパンジーは、あらかじめ用意していた石を投げつけ、来園者をぎょっとさせていた。

第十五章

＊1　『マペット・ショー』第二百十一回。〈超特別ゲストのスター、トム・デルイズ〉。

第十七章

＊1　おまえのかあちゃんのまんこに戻りやがれ。

＊2　アメリカの俗語の Git! Git!（行け！　行け！）、あるいは伝統的な March! March!（行進！　行進！）。

＊3　腐れまんこ。

＊4　おまえの血をめちゃくちゃにしてやる。

第二十一章

＊1　スコット・ランカスターの死後、この文章の執筆時までに北米では十人がピューマによって殺されている。

＊2　マイムネイエダンは「このサルめ」の意。

解説

本書はマックス・ブルックスの長編小説*Devolution*（Del Ray, 2020）の全訳です。ブラッド・ピット主演で映画化された『WORLD WAR Z』（原著二〇〇六年、邦訳二〇一〇年。以下『WWZ』）以来のオリジナル長編小説となります。

前作『WWZ』は、ゾンビと人類との「戦争」が終結したあとに、国連機関が「あのとき実際に何があったのか」に関する全世界的な調査を行なったという設定で、ゾンビの発生からパンデミック初期、そして局地的な衝突から全面戦争に至るまでを、世界中の生存者の証言を通じて、オーラル・ヒストリーの形式で描き切った大作でした。舞台は欧米諸国のみならず、中国、日本、南極、さらには軌道上の人工衛星にまで及びます。いわば究極のゾンビ小説として、ホラー・ファンのみならずSFファンや広くエンタメ小説を愛読するファンからの支持を集めました。

あれから十年あまり。今回もマックス・ブルックスは、ひとひねりした形式で、伝統的なモンスターの登場するホラー・スリラーというべき作品を上梓しました。ではいったいどんなモンスターが登場するのか？　それは早々に「まえがき」で明かされているので書いてしまってよいでしょう、「ビッグフット」です。

ビッグフットは、アメリカやカナダなどの北米大陸の山中で「目撃」される未確認生物（UMA）です。身長二メートルほど、全身に毛が密生して二足歩行するとされるので、いわゆる猿人や雪男のようなものをご想像いただければいいでしょう。ＵＭＡとしては、昔からその名を知られる有名で古典的なものです。

本書の副題には「A Firsthand Account of the Rainier Sasquatch Massacre　レーニア山麓で発生したサスクワッチによる惨劇の目撃記録」とありますが、「サスクワッチ」とはネイティヴ・アメリカンの伝説にある同様の獣人のことで、本書では「ビッグフット」と「サスクワッチ」を区別していません。

ビッグフット／サスクワッチとの遭遇・目撃談は無数にあります。本書で著者ブルックスが紹介しているもののほかにもインターネット上にも大量の情報がありますので、興味を持たれた読者は検索してみてください。中でもとくに有名なのは本書でも言及されている「パターソン＝ギムリン・フィルム」と呼ばれる短い動画。これは一九六七年、パターソンとギムリンの二人組が山中で雌のビッグフット／サスクワッチと遭遇したときに撮影したとされるもので、すらっとした体形の直立したゴリラのようなものが足早に去ってゆくところが（ブレブレの）映像に収められています。真偽についてはいまも議論が分かれていて、「自分が着ぐるみを着て演じた」という男性が現れたり、「あんな動きは人間には不可能」という見解もあったりと、謎に包まれています。

さて、本書はまずマックス・ブルックスによる「まえがき」ではじまります。ある日ブルックスのもとに、〈ビッグフット、町を襲撃〉という見出しの記事が添付されたメールが届きます。記事にはレーニア山の噴火によって孤立した被災地のうち、〈グリーンループ〉というエココミュニティが「ビッグフット」に襲撃されて全滅、その壮絶な一部始終を書き残した犠牲者の手記が発見されたと伝えるものでした。実はこのメール、その手記を記した女性ケイトの実兄からのもの。その男フランク・マクレーは、ブルックスが綿密な取材をするライターであると見込んでメールを送ったのだというのです。

グリーンループ壊滅現場でケイトの遺体は発見されておらず、彼女は現在行方不明。兄フランクは、この手記を公刊することで世間の注目を集め、妹を探し出したいのだといいます。半信半疑で問題の手記を読みはじめたブルックスは、記述が細部までリアルであることから、これは真実であると信じ、手記の公刊を決意します。そしてケイトの日記を中心に、兄フランクの証言や、現場でケイトの手記を発見したレンジャー隊員、同コミュニティーの住人にまつわる過去のメディア情報などを加えて構成した――

――という体裁で書かれたホラー／スリラーなのです。

前作『WWZ』も、多数の人物の証言から大きな物語を編み上げる形式の作品でした。しかし一方で『WWZ』は、多声から成るがゆえに「ひとりの主人公」というものがおらず、単一の物語よりも地球規模の大きな戦争の趨勢を一望する作品になっていました。これに対して本書『モンスター・パニック！』は、同じように怪異＝危機の渦中にいる当事者の肉声を通じて物語る形式は踏襲しつつも、より構造をシンプルにして、「災厄と戦う主人公」の一本の物語を明確に立てています。

本書の本編というべき「手記」は、ケイトがセラピストのすすめで日々のできごとや思いを心のままに綴る日記としてはじまります。ケイトは夫ともに、レーニア山を望む森の中にある「グリーンループ」というコミュニティーに移り住みます。そこは別荘地くらいの規模のコミュニティーで、どの家もエコ技術を駆使して設計されています。ケイトは一癖ある住人たちと交流しながら、このコミュニティーの人間関係に慣れてゆきますが、そんなある日、あろうことかレーニア山（実在の火山です）が大噴火を起こし、物語は一挙に緊迫の度を増すことになります。

噴火によって多大な人命が失われるなか、グリーンループには直接的な被害はなかったものの、道路の寸断とネット回線の不通により、完全に外界から孤立してしまいます。住人たちがどうにか生き抜くための態勢を整え終えた頃、外部に通じるふさがった道の真ん中に、うごめく岩のようなものがうずくまっているのをケイトが目撃します。これが、この陸の孤島に降りかかる圧倒的災厄のはじまりでした……。

あとは読んでのお楽しみ。グリーンループの住人たちは壮絶な死闘に放り込まれることになるとだけ申し上げておきます。

さきほどもふれたように、ケイトらの決死の戦いを描く手記の要所要所に、ケイトの兄フランクとレンジャー隊員の証言のほか、ビッグフット伝説についての解説や、登場人物の過去や来歴についての資料が挿入されています。つまり本書は一種のフェイク・ドキュメンタリーでもあるのです。

〝フィクションをノンフィクションっぽく描く〟。これはマックス・ブルックスがデビュー作『ゾンビサバイバルガイド』（エンターブレイン）からずっと試みているもので、もはや彼の作風といっていいでしょう。こうしたメタフィクション／ポスト・モダン的な手法は、うっかりすると作品全体を遊戯性のほうに傾けて、サスペンスを緩めてしまうこともありますが、本書は壮絶な描写に加えて、最後の最後に大きな重い主題を立ちあがらせることで、持ち重りのする作品に仕上げています。それは原題 *Devolution*（退化）と呼応する畏るべき主題です。それが暗示する壮大な物語は、果たして恐ろしい悲劇ととるべきか、あるいは一種の英雄譚ととるべきか、読む者によって見え方が違ってきそうで、そんな複雑な後味を残すあたりは、才人ブルックスの面目躍如。この著者にしか書けないホラーでありスリラーだといえましょう。

　いまアメリカのエンタメ界では、ホラーのブームが起こりつつあると言われていて、その起爆剤のひとつとなったのがシルヴィア・モレノ＝ガルシアのベストセラー『メキシカン・ゴシック』（邦訳は早川書房）でした。本書『モンスター・パニック！』は、この『メキシカン・ゴシック』やグレイディ・ヘンドリクスの話題作『吸血鬼ハンターたちの読書会』（同前）とともに、二〇二一年度のアメリカの文学賞ローカス賞の最優秀ホラー小説部門の最終候補となりました。同賞ホラー部門には日本の小山田浩子の芥川賞受賞作『穴』（新潮文庫）もノミネートされていて、そんなラインナップを見るだけで現在のアメリカのホラー・シーンのパワフルな多様性をうかがうことができます。なお最終的に受賞の栄誉に浴したのは『メキシカン・ゴシック』でした。


　ところで、『ゾンビサバイバルガイド』と『WWZ』の成功により「ブルックスといえばゾンビ」というイメージが確立したあとで、なぜ著者はビッグフットについての作品を書こうと思ったのでしょう。Gizmodoとのインタビューでマックス・ブルックスは、ビッグフットはゾンビよりずっと以前からの恐怖の対象で、幼い頃にもっとも怖かったのがビッグフットだったと述べています。

　存在を知ったのはブルックスが六歳くらいのとき。レナード・ニモイがホスト役を務めて超常現象の世界を紹介するテレビ番組『*In Search of...*』などで、「ビッグフットの姿をとらえた」とされるフェイク映像をいくつも見たのだそうです。幼いマックス少年には、それがフェイク映像だと見破るすべはなく、いつビッグフットが窓を破って襲ってくるかと怯えていたとのこと。ビッグフットにまつわる物語を書きたいというのは、そんな幼い頃の体験に端を発していたのです。

本書の「まえがき」には、ケイトの兄フランクがブルックスを信用した理由のひとつとして、ブルックスがホラー雑誌『ファンゴリア』に「ビッグフット映画・名作ベスト5」を寄稿していたのを見たからだ、とあります。ブルックスによればこれは事実だそうで、同じGizmodoのインタビューでも、ブルックスはビッグフット映画オススメ四選を紹介しています。まず一九七五年のビッグフットに関するドキュメンタリー『*The Mysterious Monster*』。そして一九七七年のTVムービー『*Snowbeast*』。こちらでは雪山のスキーリゾートをビッグフットが襲撃するのだとか。その他、『*Legend of Boggy Creek*』（邦題『ボギークリークの伝説 野人vsヒルビリー』）、『*Sasquatch, the Legend of Bigfoot*』。以上四本、いずれも一九七〇年代に製作されたもの。それにしてもこんなに映像作品がつくられたというのですから、アメリカでのビッグフット人気に驚かされます。日本でも同じ頃、オカルト・ブームやUFOブームがあって、ツチノコやヒバゴンなどが少年雑誌に登場していましたから、同じような空気があったのでしょう。ブルックスと同年代の読者には共感するものがあるのでは。

最後に著者ブルックスについて簡単にふれておきます。マックス・ブルックス（一九七二年生まれ）は、かの喜劇王メル・ブルックスと女優アン・バンクロフトのあいだに生まれました。コロナ禍の初期に「ソーシャル・ディスタンスをとりましょう」と啓発する短い動画を製作して、そこで父メル・ブルックスと共演していたことをご存じの方もいるかもしれません。大学では歴史学や映像について学んだのち、有名コメディ番組『サタデー・ナイト・ライヴ』の脚本チームに参加、二〇〇二年にはエミー賞も受賞しています。

作家デビューは二〇〇三年。「ゾンビ禍に見舞われた世界での生き残りマニュアル」という体裁の『ゾンビサバイバルガイド』を出版、これがベストセラーとなります。ノンフィクションの形式でフィクション的なものを書くというブルックスの作風は、すでに確立していますが、形式としてはいわゆる物語の要素のほぼない「マニュアル本」なので、小説デビュー作とは言いにくいところがあります。同書のアイデアを発展させ、より物語性を強めたのが、大作『WORLD WAR Z』でした。

二〇一二年には『WWZ』のスピンオフ短編四編を収めた百ページ足らずの短編集 *Closure, Limited* を刊行。俳優や声優としても活躍するかたわら、グラフィック・ノヴェルの原作や、ゲーム『マインクラフト』の世界を舞台にした小説『マインクラフト　はじまりの島』『マインクラフト　つながりの山』（ともに竹書房）を発表しています。そして現在のところの最新作が、この『モンスター・パニック！』です。

ハリウッドにも縁の深いブルックスですが、本書もすでに『DUNE／砂の惑星』や『ゴジラvsコング』などのレジェンダリー・エンタテインメントが映画化権を取得しており、着々と映画化が進んでいるようです。

（編集部）

著者紹介
マックス・ブルックス　Max Brooks
1972年、ニューヨーク生まれ。ＴＶ番組《サタデー・ナイト・ライヴ》の脚本などを手がけたのち、2003年、ゾンビ襲来時の対応マニュアル『ゾンビサバイバルガイド』で作家デビュー。話題となった同書のアイディアを発展させた初の小説『WORLD WAR Z』もベストセラーとなり、ブラッド・ピット主演で映画化された。本書『モンスター・パニック！』はオリジナル長編小説としては２作目となる。他にゲーム〈マインクラフト〉の世界を舞台とした小説作品『マインクラフト　はじまりの島』『マインクラフト　つながりの山』の２作がある。父は映画監督・脚本家メル・ブルックス、母は女優アン・バンクロフト。

訳者紹介
浜野アキオ（はまの・あきお）
1961（昭和36）年、宮城県生まれ。京都大学文学部卒業。英米文学翻訳家。主な訳書に、マックス・ブルックス『WORLD WAR Z』、ジョン・ヴァードン『数字を一つ思い浮かべろ』（ともに文春文庫）、エリオット・チェイズ『天使は黒い翼をもつ』、チャールズ・ウィルフォード『拾った女』『炎に消えた名画』（いずれも扶桑社ミステリー）などがある。

モンスター・パニック！

二〇二三年三月十日　第一刷

著　者　マックス・ブルックス
訳　者　浜野《はまの》アキオ
発行者　大沼貴之
発行所　株式会社文藝春秋
〒102-8008　東京都千代田区紀尾井町三-二三
電話　〇三-三二六五-一二一一
印刷所　精興社
製本所　大口製本

万一、落丁乱丁があれば送料当社負担でお取替えいたします。小社製作部宛お送りください。

定価はカバーに表示してあります。

ISBN 978-4-16-391666-8